叶永烈 著

叶永烈散文精选

中国青年出版社

图书在版编目（CIP）数据

叶永烈散文精选 / 叶永烈著 . — 北京：中国青年出版社，2021.5

ISBN 978-7-5153-6374-5

Ⅰ.①叶… Ⅱ.①叶… Ⅲ.①散文集—中国—当代 Ⅳ.① I267

中国版本图书馆 CIP 数据核字（2021）第 075353 号

责任编辑：彭 岩 刘晓宇

*

中图吉年出版社 出版 发行

社址：北京东四十二条 21 号 邮政编码：100708
网址：www.cyp.com.cn
编辑部电话：（010）57350407 门市部电话：（010）57350370
北京科信印刷有限公司 新华书店经销

*

710×1000 1/16 21.25 印张 345 千字
2021 年 5 月北京第 1 版 2021 年 5 月北京第 1 次印刷
定价：78.00 元

本书如有印装质量问题，请凭购书发票与质检部联系调换
联系电话：（010）57350337

目 录

序

朝花夕拾

泛黄却永不褪色 …………………………………… 2
见字如面 …………………………………………… 6
紫藤灿灿双燕飞 …………………………………… 10
父亲的古董书桌 …………………………………… 13
细心 ………………………………………………… 16
捐画记 ……………………………………………… 19
音乐的陶冶 ………………………………………… 22
当年我是《十万个为什么》的读者 …………… 27
我与《知识就是力量》的缘分 ………………… 31
电影情缘 …………………………………………… 34
初入电影厂 ………………………………………… 36
"美专"趣话 ……………………………………… 39
陈逸飞给我们画速写 ……………………………… 41
远去的"小字辈" ………………………………… 43
不知老之将至 ……………………………………… 49
捐赠之后 …………………………………………… 51

日坐书城

书的品格 ·············· 56
最初的阅读 ·············· 57
我与《收获》 ·············· 62
细水长流 ·············· 64
点烦 ·············· 66
不起眼的"小尾巴" ·············· 67
字数趣话 ·············· 68
《科学家故事100个》的故事 ·············· 70
掌上看散文 ·············· 72
听错了的钱学森 ·············· 75
"两弹一星"是什么？ ·············· 78
人人都是摄影师 ·············· 79
世界杯的意义不只是足球 ·············· 81
科学怪脑 ·············· 84
如果唐太宗懂点化学 ·············· 87
观剧有感 ·············· 89

名人速写

大器晚成张中行 ·············· 92
梁实秋是鸡冠花 ·············· 96
听沈寂聊前尘旧事 ·············· 103
速写王蒙 ·············· 105
渡江纪念馆里的红衣女 ·············· 107
我写《傅雷画传》 ·············· 110
波尔远去的身影 ·············· 115

漫步神州

带上"发现美的眼睛"去旅行	124
乘坐"另类"飞机	127
从陆家嘴看外滩	129
上海的声音	132
远逝的弹硌路	134
两只"老虎"	136
话说墓志铭	139
"上海犹太纪念园"建园记	141
"我爱北京天安门"	142
形形色色的北京旅馆	144
历尽沧桑圆明园	147
走进口述历史中心	151
北京味儿	154
六朝古都南京	156
北国新城大庆	162
呼和浩特沧桑	166
稀土之都包头	169
天津第一大院	174
杨柳青杨柳青青	176
枣庄印象	180
夜宿水城台儿庄	183
小巷深深朱自清	186
走进"世界超市"义乌	189
数学与黄鱼	192
窦妇桥寻旧	195
新游厦门	198
美醉了，南昌"浦东"	200
西安新观察	202
汨罗访屈原祠	206
江南三大名楼	208

塞上明珠银川 ……………………………………… 211
爽爽贵阳 …………………………………………… 213
传送带上的"凡·高" …………………………… 217
海南"第一课" …………………………………… 220
来自黄岩岛的"海底白玉" ……………………… 224
体验黎族风情 ……………………………………… 228
天生丽质亚龙湾 …………………………………… 231
海南之冬若暖春 …………………………………… 237
怎一个潮字了得 …………………………………… 240
香港书展见闻 ……………………………………… 243
坐拥碧海 …………………………………………… 245
香港后花园——西贡 …………………………… 248
台湾浓浓的年味 …………………………………… 250
在台北过中秋 ……………………………………… 254
热闹非凡的台湾元宵节 …………………………… 256
"航寄"的孙女 …………………………………… 259

东张西望

美妙无比的天际线 ………………………………… 264
海浪美如花 ………………………………………… 267
棕榈树下富翁岛 …………………………………… 269
硅谷新车 …………………………………………… 273
三访美国航空母舰 ………………………………… 276
海明威的三把椅子 ………………………………… 280
走进古巴餐馆 ……………………………………… 283
亲历游轮救生课 …………………………………… 286
入住莫斯科奥运村 ………………………………… 289
英国人的帽子 ……………………………………… 292

高雅美丽苏黎世 …………………………… 294
北欧的"凉夏" ………………………………… 297
"自行车城"哥本哈根 ………………………… 299
东京的乌鸦 …………………………………… 301
从细节看印度 ………………………………… 303
印度的交通 …………………………………… 307
在新加坡"打的" ……………………………… 309
新加坡公寓里的"防空洞" …………………… 311
远行南非 ……………………………………… 313
南非的海 ……………………………………… 315
戛纳静悄悄 …………………………………… 318
三国三树 ……………………………………… 322
葡萄牙急诊记 ………………………………… 324
神秘的开曼群岛 ……………………………… 326

序

2017年9月,我与来自台湾的"散文女神"简媜在上海进行对谈。她在台湾大学中文系念书的时候,便写出散文集《水问》。从那以后,从一头青丝到头发灰白,只写散文,不写别的,出版了一本又一本清丽隽永的散文选集,在散文界产生了广泛的影响,成为台湾散文最有代表性的作家。

我跟简媜不同。我不是专门的散文作家。我是在长篇小说、长篇纪实文学写作之余,写下一篇篇短小精悍的散文。

叶永烈与台湾散文作家简媜对谈

凡是有所思、有所忆、有所见、有所闻，以为值得用文字凝固，迅即逮住思想的火花，及时记录种种新鲜感，我便十指叩键，存贮于电脑之中。内中不少散文，发表于上海《新民晚报》及诸多报刊。日积月累，我每年差不多都会写下一批散文，结成一本又一本散文选集。

应中国青年出版社之约，编选了这本散文集，奉献给广大读者。

叶永烈
2019年3月20日
于上海"沉思斋"

朝花夕拾

泛黄却永不褪色

向来喜欢把书房收拾得整整齐齐的我，这些天却乱成一锅粥。我正在"兜底翻"，整理我的数以千计的信件，以便从中挑选一批精品捐赠给上海图书馆的名人手稿馆。

我是一个书信颇多的人。记得，最多的一次，我一天收到30多封信。大量的书信天南地北飞来。所幸当市面上第一次出现碎纸机的时候，我就买了一台，没有保存价值的书信，在碎纸机里"粉身碎骨"。即便如此，我还是保存了几千封信件。如果不是电话的普及、"伊妹儿"、手机短信、微信的出现，我家的书信数量还会翻几倍。

我放下手头的写作，逐封阅读我所收藏的信件，加以整理、分类，重要的信件加上标题、说明。锦书承载浓浓情。泛黄的信，使我回到远逝的岁月，脑海里不时闪过一张张熟悉又久违的面孔。

我收藏的最早的信件，信封上写着"叶永烈小朋友收"。那是1951年，11岁的我第一次向报社投稿，收到编辑的回信，说是采用我的小诗，将在下一期的副

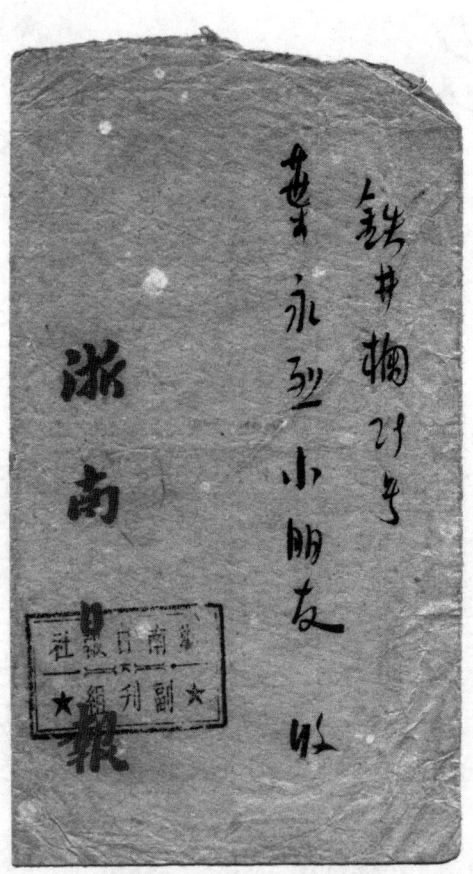

报社写给叶永烈小朋友的信

刊上发表。我一直珍藏着这封"历史性"的信。

我最看重的信，是陈望道先生写的。那是1962年，我还是北京大学五年级学生，给陈望道先生写信，请教他1934年创办《太白》半月刊时的几个问题。他亲笔作复，回答了我的问题。后来这封信被收入《陈望道文集》第一卷。

我收藏的"图文并茂"的信，要算是秦瘦鸥先生1983年的信。我曾拜读过

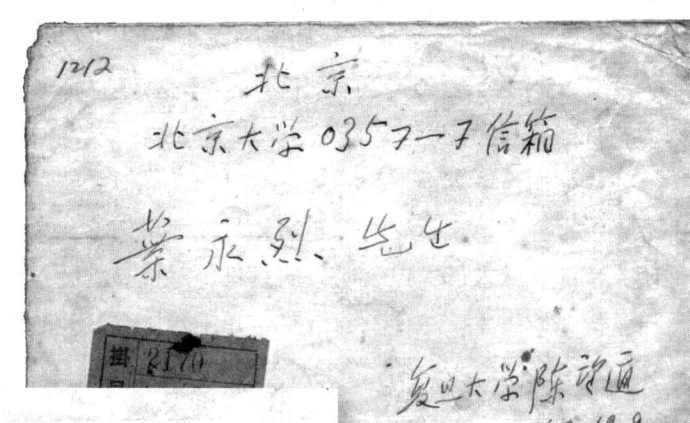

陈望道致叶永烈

早年陈望道

他的长篇小说《秋海棠》。他在长达3页纸的回信中,不仅详细回答了我关于1925年上海《福尔摩斯》报的相关问题,而且还欢迎我去他家访问。他说他的家不大好找,特地自绘了一幅地图,四纵四横八条马路都写上路名,然后用箭头指明他家的位置,其详细不亚于今日google地图。

冰心写给我的信则称我为"永烈小友"。我在梁实秋留学美国时的纪念册页上,看到她的题字,称梁实秋为"鸡冠花"。我不解,向她请教。她的回信很幽默。她说,她正要给梁实秋题字,说他像一朵花,旁边的几位朋友哄笑起来:"实秋是一朵花,那我们是什么?"于是她便写下梁实秋是"鸡冠花",因为鸡冠花是"花中最不显眼的"。

我收藏的最认真的信,要算是鲁迅之子周海婴的信。他为了要更正我在香港《镜报》一篇文章中的一句话,写了两封信给我,甚至还向丁玲的丈夫陈明先生的妹妹求证,以表明他的意见绝对可靠。另一位极其认真的写信者是傅雷次子傅敏先生,他给我的信达几十封之多。他非常认真校对我的《傅

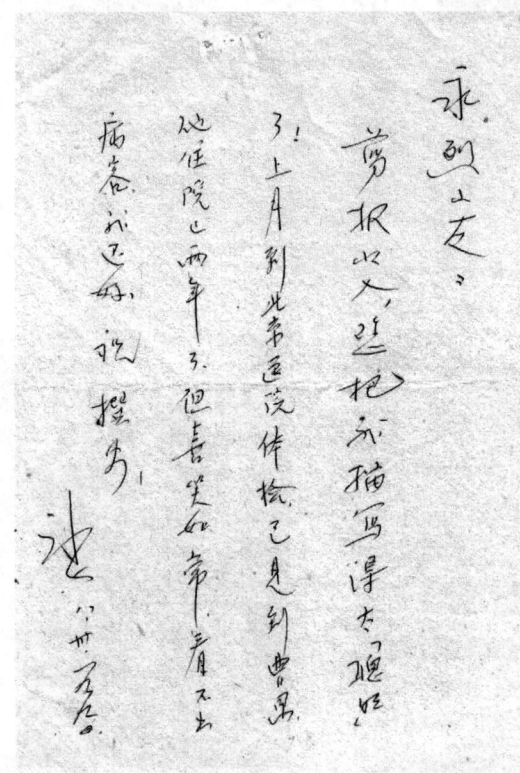

老作家冰心致叶永烈

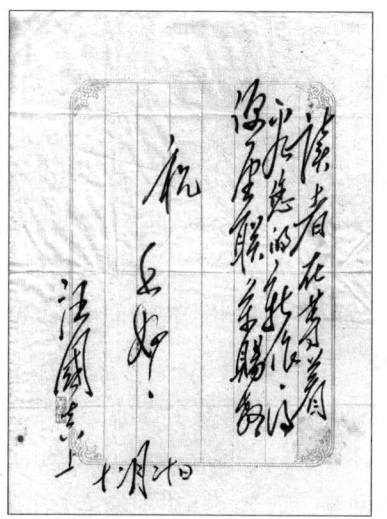
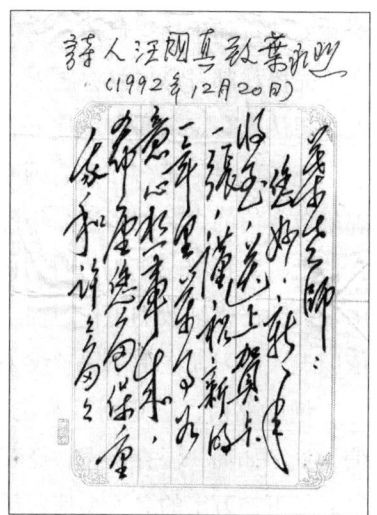

上：流沙河致叶永烈（1991年6月21日）

下：诗人汪国真致叶永烈（1992年12月20日）

叶永烈、汪国真访萧红纪念馆

雷画传》一书,写下近两万字的意见,每条修改意见都标明第几页第几行。

我收藏的最"花哨"的信,是梁实秋夫人韩菁清写来的。她喜欢在花花绿绿的卡片上写信给我,而在信封上贴了五颜六色的粘纸。当然,她也有"郑重其事"的时候,那信是写在印有她与梁实秋合影的专用信纸上。她是歌星,却颇有古文根底,而且自幼练过书法,信的文笔流畅。

我收藏的书法最漂亮的信,要算两位诗人——流沙河和汪国真所写。流沙河用端端正正的小楷写信,而汪国真的竖行毛笔草书华笺可以说体现了中国传统书信之美。

论书信的文辞之美,当推柯灵。我读柯灵的散文,叹服其词汇丰富。他写给我的信,随手拈来,便见用词精湛,足见文学功力之深:"嘱写《劫难》序文已完稿,邮寄恐付洪乔之误,何时命驾一谈如何?""我尘务粟六,俯仰随人,想认真写点东西,总是不能如愿,为之奈何?"

遗憾的是,很多作家、画家的信末,只署月、日,我不得不依照信封上的邮戳或者信的内容"考证"年份。然而考古学家夏鼐院士给我的每一封信,都在信纸右上角端端正正写明"19××年×月×日",这无疑是他多年考古工作中养成的严谨细致的工作习惯。96岁的高士其母亲何詠阁用毛笔给我写信,则依照老人的习惯在信末署"戊午年"(1978年)。

纸质书信,已是明日黄花。然而各人用富有个性的字体写下来的这些书信,见字如面,温存温馨,泛黄而不褪色。我摩挲故纸,竟然由此萌发用散文笔调写下75万字的名人书信背后的故事,取名《历史的绝笔》出版。

见字如面

2017年,《见字如面》节目连续推出庄则栋、郑渊洁写给我的信,使我记起这两封信的来历。

庄则栋给我写过好多封信,这次由张涵予朗诵的是1995年5月22日的长信。庄则栋是一位很有文学修养的世界冠军,不仅信很有哲理,而且书法漂

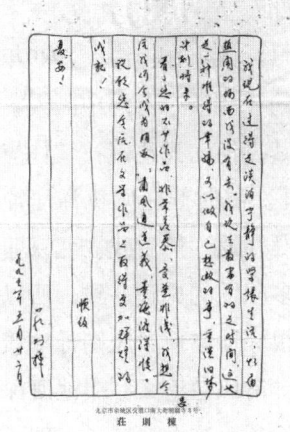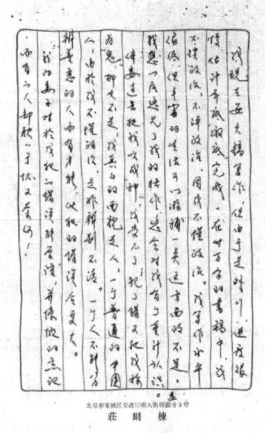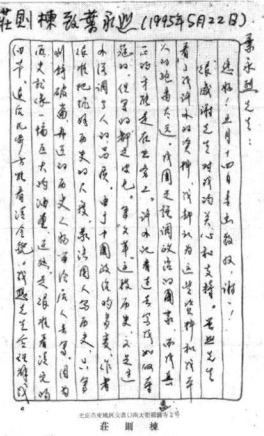

庄则栋致叶永烈（1995年5月22日）

亮。他在信中说："历史就像一幅巨大的油画，近处是很难看得清它的细节，退后几步方能看得清全貌。"

他写信，喜欢竖写在印着红色长条方框的信纸上，用蓝黑墨水钢笔书写，有时也用毛笔挥毫。他的信，无一字涂改，整整齐齐，清清楚楚。那封长信很特殊，写在他的专用信笺上——也印着红色长条方框，但是方框下方印着繁体"莊則棟"三个字，还印着他家的地址。这是他给很熟悉的人写重要的信件时才

1995年6月27日叶永烈在北京采访乒乓名将庄则栋（右）

使用的信纸。果真,这封长信被选信极为严格的《见字如面》节目组选中了。

我跟庄则栋相识,缘起于他的同父异母姐姐庄则君。她生在上海,1949年去台湾,后来移民美国洛杉矶。她读了我1994年出版的《星条旗下的中国人》一书,在来上海的时候,通过出版社找到我。她郑重其事地向我建议:"你应该写一写我的弟弟庄则栋。"她提供了庄则栋的地址。那时候庄则栋深居简出,几乎不接受采访。由于姐姐推荐,他跟我有了鸿雁往返,然后我去北京叩开了他的家门。我与庄则栋同龄,而且对于体育界诸多问题的见解一致,所以他在那封长信中才会直抒胸臆。张涵予苍劲的朗诵,很好地体现了庄则栋冷峻的思索。但是信末那句"我想今后我们会成为朋友:'肃风通道义,墨池渡深情'",导演大约是担心这两句诗不容易听懂,给删除了。这太遗憾了。朗诵时配有字幕,观众看得明白,不应删掉这出彩的诗句。

庄则栋是名人。我的书橱里有一大排文件夹,用来分类存放名人书信。收到他的来信,我随即放进标明"体育界名人"的文件夹里,所以一翻文件夹

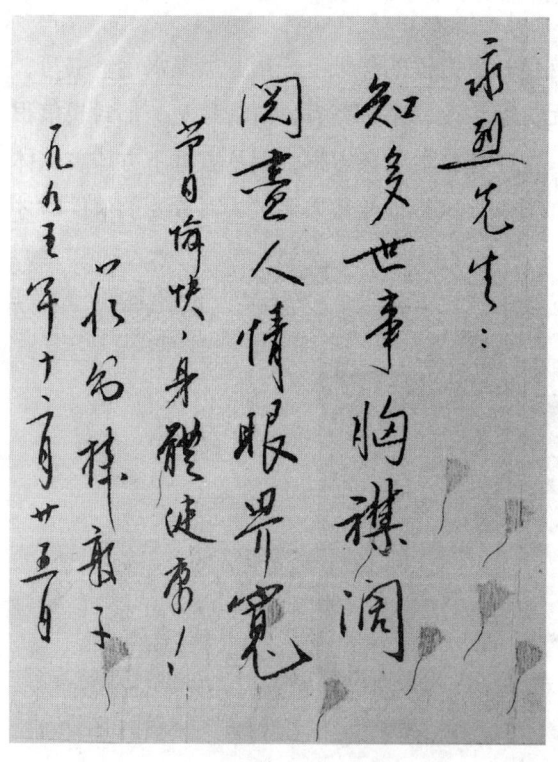

庄则栋给叶永烈的贺卡

就能找到。"发现"郑渊洁的信,则给我带来惊喜。郑渊洁的信,写于1979年2月15日,当时他才24岁,是北京大华无线电仪器厂的空调工。他的信,被我放进一大堆读者来信之中。当时,我差不多每天都收到许多读者来信,只保留了一部分有点意思的书信,存放于铁皮档案箱里,至今仍有近千封。2014年4月我决定向上海图书馆捐赠手稿、采访录音带、名人档案以及书信,不得不对家中30多个档案箱进行大清理。当我翻阅那一大堆读者来信时,见到一封信末署郑渊洁三个字,不由得眼前一亮。我饶有

郑渊洁

郑渊洁致叶永烈(1979年2月15日)

兴味重读这尘封35年的旧笺。那是用钢笔写在普通红色横条信纸上的,密密麻麻写满两张,字迹工整。

郑渊洁来信的第一句话就是"看到今天的《光明日报》刊登了您的事迹",因为那天《光明日报》在头版发表记者谢军关于我的报道,还配发了评论。郑渊洁这位关注报刊的青年工人,看了那篇报道,在当天给我写了这封信。他的信,一气呵成,行文流畅,无一字圈改。郑渊洁在信中说,他最初喜欢写诗,"立志要当个'诗人'"。他在报纸上发表了几首小诗,"许多人说我'想成名成家''拿双工资''不务正业'"。"我经常利用上下班和去食堂的路上背古诗,人家却说我'傲慢''不理人'。"他仍坚持写作。"后来我发现孩子们对听诗不太喜欢,倒很喜欢科学幻想小说。"于是他尝试创作科幻小说。他问我:"一、学习科学知识应该从什么地方开始呢?学到什么程度呢?一般了解行吗?二、需要懂外语吗?"

我从郑渊洁的信中看到了他的努力与好学,于1979年2月18日给他写了回信,还送了他一本《小灵通漫游未来》。后来,郑渊洁成为北京《儿童文学》《东方少年》的编辑,给我写来约稿信,1981年出差上海时还来到我家。如今郑渊洁是孩子们熟悉的"童话大王",而他在成名之前这封珍贵的信,由青年演员林更新读出了青涩、谦逊、奋发的感情,给诸多年轻人以有益的启示。

紫藤灿灿双燕飞

不论搬过多少次家,那一对国画条屏要么挂在客厅,要么挂在卧室,日日相伴,已经挂了半个多世纪。

右屏画的是一串串硕大的花穗如同风铃垂挂枝头,一朵朵紫色的小花犹似彩蝶张开双翅,棕褐色的苍枝像游龙般蜿蜒,又细又长的藤葛长髯缠绕在枝头。在紫藤之下,一对矫健的燕子迎着春风上下翻飞,给这幅国画增加了动感,令人记起李白的诗作《紫藤树》:"紫藤挂云木,花蔓宜阳春。密叶隐歌鸟,香风留美人。"

此画名曰《紫藤燕子图》，燕子象征燕尔新婚，紫藤则意味着藤缠树、藤树不相离，而盛开的紫花那紫即"子"的谐音，多子之意（当然也包括女）。《紫藤燕子图》是赠送给新婚夫妇的不二之作。

左屏则画着一对白头之鸟——白头翁（学名白头鹎），栖身于一丛盛开的红色牡丹之中。此画名曰《白头富贵图》，寓意明白而浅显：白头翁象征白头偕老，而国色天香的牡丹乃花中之王，富贵之意也。不言而喻，《白头富贵图》也是祝贺新婚之喜的吉祥画作。

诸多名画家如清末任伯年、当代齐白石，都曾经画过《紫藤燕子图》《白头富贵图》赠送新人。不过画家笔下的紫藤、燕子、白头翁、牡丹因人而异，画的构图也各不相同。只是我家的这两幅画屏，并非出自任伯年、齐白石那如椽之笔，却是八旬老妪以纤纤之笔精心绘成。她也是名画家，只是名气没有任伯年、齐白石那么大。

左屏上落款是"语香居老人笑秋"。她姓蔡，名巽，字笑秋，以字行世，擅工笔画，温州平阳城关人氏。我按照温州的习惯称她为"阿太"，因为她是我岳母的姑婆，所以她是我的曾外祖母级别的长辈。记得，1962年我第一次去拜访她，是妻（那时候尚是未婚妻）带我去的。温州市区有一座不高的山，叫作松台山，她住在山脚的温州工艺美术研究所里。她一头齐耳白发，眉清目秀，清瘦而精神矍铄，尤其是那双眼睛目光炯炯。四壁挂着她刚完成的花鸟画。隔着宽大的画案，她跟我聊天。我说起小时候曾经师从画家王知毫先生学工笔画，她一脸惊喜地说："王知毫是我的老朋友呀。这么说，你也会工笔画？"我连忙说："不好意思，半途而废。"她问："为什么？"我解释说："一只松鼠身上有好多毛，要一根根画。松鼠趴在松树上，许许多多松针又要一根根画。我没有耐心。"这时候，她大笑起来："性急吃不得烫粥，这样的徒弟我也不收！"她向来严肃持重，这是难得的一次朗朗而笑。

在亲友之中流传的"阿太"最"惊人"的故事，是她差一点成为中国的"第一夫人"。原来，她出身书香门第，父亲蔡英是温州名画家，妹妹蔡墨笑亦是画家，其瓯绣作品曾获巴拿马国际博览会优秀奖。受父亲影响，蔡笑秋自幼习画。她与妹妹曾在平阳毓秀女塾就读。1904年（光绪三十年），慈禧太后下诏在天津创办首所国立女子学校——北洋女子师范。18岁的她与14岁的妹妹双双考上，成为中国第一批女子师范生。她的美术成绩，居全校之冠。4年毕业之后,她与同学周砥获得校方推荐,前往时任军机大臣袁世凯家,分别担任美术和国文家庭教师。这在当时是何等令人垂涎的进入豪门的机会,而她品学兼优、风姿绰约胜周砥一筹。她却厌恶趋炎附势,一口谢绝。那位周砥小姐被袁世凯介绍给直系军阀首领冯国璋为妻。随着冯国璋后来成为民国副总统、代总统,周砥也就成为总统夫人。

"阿太"拂袖南归,回到家乡,先是创办平阳女子高等小学,成为首任校长,后出任永嘉(温州当时称永嘉)女子高等小学校长,致力教育事业。1918年与诗人黄梅生结为连理,婚后她谢绝教职,隐居平阳城东潜心作画,画室名曰"飞情阁"。她笔下的花鸟秀媚隽逸,栩栩如生,神采飞动,萧疏有致。其画作曾在《金石画报》《联益画报》等画刊发表。温州学者刘绍宽称赞她:"好古如李清照,工画如管仲姬。"她的画作常由黄梅生题诗,两情相悦。1945年,黄梅生不幸辞世。似晴天霹雳,她在极度悲痛之中为亡夫编订诗集《飞情阁集》并付梓,从此她生活在永久的怀念之中,埋头于画苑。

1956年,蔡笑秋受聘为浙江省文史馆馆员,成为当时唯一女馆员,同年应邀到温州工艺美术研究所任画师,并僦居于斯。1963年,她得知我的新婚之喜,"秀才人情",欣然命笔绘就两幅画屏作为贺礼。她的工笔花鸟堪称一流,却自逊书法弗如。画屏上的题款"永烈蕙芬贤伉俪燕尔之喜",虽然以她的名义写的,她告诉我,是当时担任温州工艺美术研究所副所长方介堪先生的手笔。方介堪乃篆刻名家,擅长金石,先后治印2万余方,郭沫若评其印章"炉火纯青"。方介堪曾任西泠印社副社长、温州市文联副主席,著有《介堪论印》等多部金石专论。画屏上有方介堪墨宝,似金镶玉,相得益彰。

"阿太"无子女,孑然一身,孤苦伶仃,所幸晚年有妹妹蔡墨笑的孙女马晓昀侍奉左右。晓昀年纪比我小,辈分比我大,跟随她习画多年,遂得真传。晓昀曾来沪,住在我家,见到画屏,每每道及"阿太"画技精妙之处。

"文革"之初,我从上海回温州探亲,曾前往温州工艺美术研究所看望"阿太"。令我震惊不已的是,她的门上竟然被造反派贴了大字报。敲门之后,晓昀开门。我进屋,见到"阿太"一脸茫然,判若两人,神情黯然,木然而坐,见我长叹,无言以对,内心苦痛,若煎若熬。难得有晓昀相伴,在严寒之中总算有一份温暖。

1974年1月,"阿太"在逆境中仙逝于温州,享年八十有八。她的同乡、上海华东师大学者苏渊雷教授闻之，写下悼联："艺苑星沉惊宝婺，画师笔妙失南楼。"1987年，方介堪先生作古。

2013年，我与妻欢度金婚之庆。如今，半个多世纪前的婚礼，除了美好的记忆，唯有"阿太"的画屏依在。正因为这样，我珍视这历尽沧桑而春风依旧的画屏，胜过那"恒久远、永流传"的璀璨钻石。

方冠英、方介堪父子

父亲的古董书桌

时光会冲淡记忆。经过久久的冲刷，仍然清晰地保留在记忆屏幕上的，往往是印象最为深刻的。

每当我忆及童年，记起我悄悄走进父亲书房的时候，他那不同于众的书桌，引起我极大的好奇心，以至深深地烙在我的脑海之中。如今，种种"老板桌"，都是平面的，无非追求桌面的宽大，木质的贵重，油漆的考究，以显示气派。父亲的书桌，却是立体的，看上去像一架巨大的钢琴，有着一个圆弧形的盖子。书桌是用漆成黄褐蜂蜜色的实木做的，所以那盖子很沉重，小时候我即使用双手抓住盖板下方的圆形把手使劲往上推，也推不动。好在父亲很少把盖板盖上，除非他写作重要文稿，写了一半离开，这才盖上。

桌面是一块巨大的木板，上面铺了一层深褐色的薄薄的牛皮，平常只露出一半。当父亲用毛笔写对联之类大字时，把桌沿的两个黄铜圆环勾起，拉出整

叶永烈父亲叶志超（1948年7月15日）

块桌板，起码有三分之二乒乓球桌那么大。桌板上方，是一个倒"凹"形的木架，上面有十几个大小不一的格子，可以放置各种各样的文具，诸如订书机、印泥、墨水瓶、便笺、糨糊以及回形针、大头针之类。还有一个我最喜欢玩的铜按铃，摁一下就发出清脆的叮当声，只是平常父亲不让我玩，因为铃声一响，父亲的助理就会前来听候吩咐。

父亲不在书房的时候，我喜欢坐在书桌前那宽大的椅子上，这时候书桌仿佛成了轮船的驾驶台一般展现在面前。桌板左侧，放着一盏台灯。长弧形的灯罩外绿内白，垂着一根铜珠链，一拉灯就亮，我小时候喜欢拉着玩。桌板右侧，笔筒里插着毛笔、红蓝铅笔，旁边放着一个铁丝文件筐，父亲用来放置尚未处理的信件、文件。桌板之下，两侧各有三个又大又重的抽屉。

当父亲书桌上亮着灯，他在书房写作、批阅公文或者看书的时候，我不敢去打搅。例外的是，当我写好几张毛笔字，就敢走进父亲的书房。父亲会拿起红笔，在写得好的字旁画个红圈。画的红圈越多，表明我练字进步越大。

渐渐的，当我长大，发现只有我们家才有那样钢琴式的大书桌，别人家的书房里只有普通的"办公桌"而已。父亲这时候告诉我大书桌的来历：这书桌，来自万里之外的英国！

我的家乡温州，位于东海之滨，曾经有过许多英国医生、英国护士以及英国牧师。我便出生在温州的英国教会医院。一位英国牧师在温州传教多年，从英伦老家远道运来整套英式家具，其中便包括这张书桌——英国维多利亚时期的古董书桌。

当英国牧师年迈离开温州回国时，再把那些英式家具运回老家无疑是旅途的累赘，何况运费足够在当地买一套新的英式家具。于是他托温州的旧货店卖掉这些英式家具。父亲路过旧货店时，目光一下子就被那张造型奇特的英式古董书桌所吸引。他没有买别的英式家具，唯独买下钢琴式书桌。

从旧货店用两辆板车（当年温州运货的人力平板车）"浩浩荡荡"运回家时，把钢琴式书桌拆开，一辆装圆弧形盖子以及倒"凹"形架子，另一辆装大桌板以及左右两侧的大抽屉及抽屉基架。

当时父亲的书房在二楼。所幸家里的楼梯很宽，这张硕大的书桌才得以安放在父亲的书房里。

虽然家中有客厅，但是父亲喜欢在书房接待熟悉的朋友。这张稀世书桌，引起诸多客人的兴趣。差不多每一位客人都要对这张书桌观赏一番，有的甚至要把圆弧形盖子掀开又合上，惊叹于书桌的机巧构造，客人们无不啧啧称奇。一位内行人端详一番之后，告诉我的父亲，这书桌是用英国胡桃木做的，圆弧形盖板是用胡桃瘿木做的。

父亲一直钟爱这古董书桌。随着父亲后来处境越来越差，几度搬迁，房子越搬越小，可是这英式古董书桌始终伴他左右。妻（那时候是女友）第一次到我家的时候，就对古董书桌发生浓厚兴趣，说从来没有见过这么奇特而豪华的书桌。父亲曾对她说，在几个子女之中，只有阿烈整天写作，最需要好的书桌，将来这张宽大的古董书桌留给他。

万万没有想到，在"文革"的日子里，一次我从上海回温州探亲，不见了英式古董书桌。我问父亲，书桌卖了？父亲长叹，一脸苦楚。从母亲那里得知，英式古董书桌被红卫兵、造反派指斥为"封、资、修"的"资"，连同被指斥为"封"的家中诸多书画一起，竟然被付之一炬！

我闻之唏嘘不已，为之扼腕。不过，在那"横扫一切"的年月，父母能够保住一命，已算万幸。此后不久，父亲受不住煎熬，撒手人寰。

从此，那张造型别致、用料考究、做工精良且富有历史文化价值的英国书桌，永远只留存于我的记忆之中。

此后，随着国门的打开，我终于有机会飞往万里之外的米字旗下的国度。

我踯躅于英格兰西南部海港布里斯托尔，见到一幢幢英国都铎时代的老房子。这种老房子屋脊陡峭，泥石瓦覆顶，最明显的特点是外观能见的很粗的木梁框架，而且漆成黑色。框架间砌砖石，涂白石灰，跟木梁框架黑白分明，看上去如同"黑体字"。偶然透过一扇敞开的房门，我瞥见熟悉的"老朋友"——一张钢琴般的英式古董书桌。顿时，我的脑海中闪过父亲的书房，闪过父亲的华丽而古老的书桌。

如今，每当我走进自己的书房，常常会记起父亲的书桌。如果父亲的那张书桌没有毁于一炬，我一定会运来，安放在我的书房之中，作为"镇家之宝"，作为永久的纪念。

1946年叶永烈与父亲在温州。这幢地处温州市中心的大楼是叶永烈度过童年的地方

细　心

中央电视台新做一档节目《谢谢了，我的家》，谈家庭文化传承。有人说革命家风，有人谈爱国精神，有人讲勤俭治家，有人论博爱之心。我用两个字概括父亲对我的家教，那就是细心。

父亲是一个非常细心的人。有几件事给我留下难忘的印象：

一是我的一周岁照片，他用毛笔在照片背面写着："永烈周岁纪念，三〇、农七、二六。"这三〇是指民国三十年，即1941年，而后面的日期特地注明是农历。我的农历生日是七月二十七日，而他带着我在七月二十六日去照相馆拍摄周岁纪念照片，真是365天一天也不差！

二是他保存了我从小学一年级到高中毕业的成绩单，总共达39张（内中还有期中考成绩单）。其中第一张是"民国三十四年"，即1945年，5岁的我两门不及格，读书，即语文40分，作文40分。他还保存了我11岁向报社投稿时，报社写给"叶永烈小朋友"的信以及当时发表我的诗的报纸。在我成人之后，这些保存完好的个人资料才全部"移交"给我，得以保存至今。

三是我考上北京大学之后，他给我写信，信封上写"北京市 北京大学 第十一斋 第一百十一室 叶永烈君亲启"，下方写着家里的地址以及他的全名，还写着"19××年×月×日发"。他见到我的信封上只写"北京大学叶寄"，便在信中强调："你今后写信封必须将收信人及寄信人的地址、姓名详详细细写出。"从那以后，我写信也像他那样"详详细细"。

四是父亲故后，我看到他的日记，每天总是写着公历月日，星期几，农历月日，天气，气温，如1961年"11月20日，星期日，农历十月十三，天气阴，有细雨，温15"。温15，即气温为15摄氏度。天天这么写，一天不漏。

我原本是个粗心大意的孩子，尤其是缺乏耐心。小时候我喜欢画画，跟一位发小居然在家里办了个画刊——把画贴在卧室的墙上。父亲见了，就带我到他的朋友、画家王知毫先生那里拜师。王先生是工笔画家，教我画松鼠，一笔笔画那成百上千根松鼠毛，而松鼠又趴在松树上，又要画不计其数的松针。我没有那样的耐心，就打退堂鼓了。其实，细心的基础是耐心。只有不厌其烦的人，才可能细心。

细心，还必须养成条理的习惯。小时候我随手乱放东西，找一篇作文往往要翻遍书包和书桌。我见到父亲的书桌上有一个许多格子的木架，分门别类放着各种文具和文件，整整齐齐，他的抽屉里的文件也都分门别类，井井有条。

父亲言传身教，使家中的孩子都成了细心的人。我的姐姐保存了父亲数十年写给她的诸多信件，而在老家的弟弟则在父母故后保存了家庭珍贵老照片以及种种家庭档案，包括父母结婚证书、奖状等。对于我这个做文字工作的人来说，细心更使我受益无穷。

比如，永久保存采访照片是一件重要的事。早年的照片是用胶片拍摄，

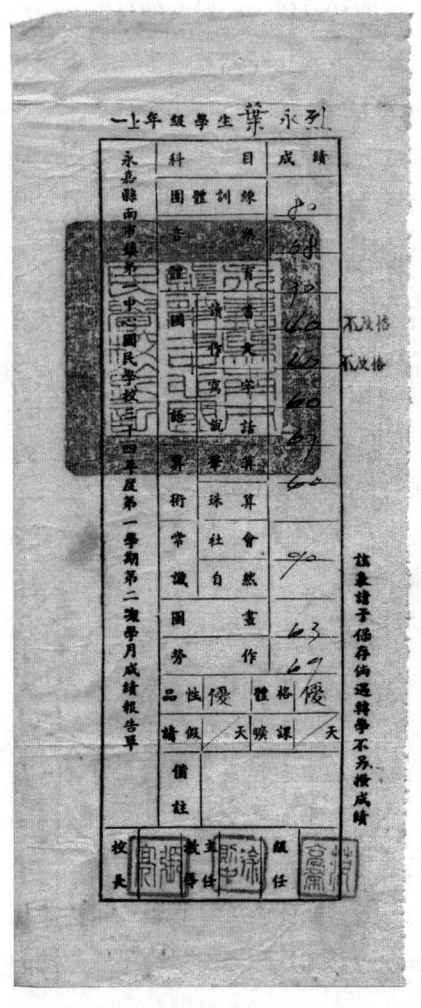

叶永烈小学一年级的成绩单

我买了十几本集邮册,专门用来插放底片,并在册页上写明照片内容,便于寻找。我还买了日期戳,盖在照片背面,以标明拍摄日期。如今改用数码照片,则分门别类存入电脑中不同的文件夹,文件夹上写明拍摄内容以及日期,重要的照片则逐张在文档名上也如此标明。每次出差回来,要花很多时间细心地做好照片的这些"标明"工作,有的合影要写上左为谁,右为某人。虽说很费事,需要足够的耐心,但是形成了庞大的十几万张的照片库之后,出书时要配什么照片如同探囊取物,那时候就深感细心带来的方便。

我的藏书日渐增多到数万册。我的书信、作品的手稿、档案以及电脑文件也堆积如山。所幸养成了有条有理的习惯,多而不乱。我的书分类保存于40多个书柜,书信、手稿、档案分存于30多个铁皮档案箱,至于电脑文件则分存于三个大容量移动硬盘,还刻在上百张光盘上。有一回我出差广州,珠江电影厂需要我几年前发表的小说,我打电话到上海,妻很快就按照我的提示在书柜第几格找到并用快递寄往广州。

其实,对于任何人、任何工作,细心是永远需要的。细心、耐心、精心,三"心"高照,一丝不苟,心细如发,以工匠精神做事,是成功的秘诀。

叶永烈（前左三）与父母、兄弟姐妹合影（1953年7月10日）

捐画记

我乘坐一辆黑色的吉普车，从上海南行，沿高速公路直奔温州。司机竟是上海淞沪抗战纪念馆馆长唐磊。此行是为了从温州老家取一幅画，捐赠给上海淞沪抗战纪念馆。我们为什么不乘高铁去温州呢？因为这幅画很大，画框长160厘米，宽60厘米，上高铁不方便，轿车装不下，所以用吉普车来装。

这是一幅什么样的画呢？看上去，像一幅国画，不是画在宣纸上，而是画在绢上。画的既不是山水，也不是人物，而是一座荒凉的村庄，断垣残壁，破败凋敝，秋风萧索，满目凄凉，画面右侧是一排东倒西歪的铁丝网。画的左下方，竖写着一行中文"陆军工兵大佐高桥胜马"，并盖着印章。这表明，画的作者是日本军官高桥胜马,大佐相当于或高于上校。他虽是军人,却擅长丹青,曾经在日本出版画集。画的左上方写着"昭和八年秋于庙行镇写之"。这表明,此画并非虚构的写意之作,乃是写实之作,所画的是昭和八年(即1933年)秋的上海庙行镇的苍凉景象。庙行镇,即今日上海市宝山区庙行镇。该镇位于上海市北郊,离彭浦新村不远。画的右侧竖写着一行篆字"申江战焰图"。申,上海的简称;申江,亦即黄浦江。战焰,战火也。这就是说,此画所描绘的是上海在日本侵华战争中的惨象。

在《申江战焰图》画面左侧,在断墙颓垣之间,露出一翼然之庙。经查证,那是庙行的地标性建筑——泗漕庙。泗漕庙位于宝山之河鹅鱲浦旁。泗漕庙前后共三进,中间的正殿飞檐翘角。泗漕庙建于元朝至正年间(1341—1368年)。从现存的泗漕庙照片可以看出,《申江战焰图》画面左侧所绘翼然之庙,正是泗漕庙的正殿。

在1932年1月28日,即著名的"一·二八"事变,日军突然袭击上海。驻沪的国民党第十九路军在蒋光鼐、蔡廷锴将军和第五军在张治中将军率领下,奋起抵抗。2月22日,日军三万人在总司令植田谦吉的指挥下,由吴淞进逼庙行,十九路军坚决抵抗,歼灭日军三千余人,史称"庙行大捷",全国军民为之振奋。战斗空前惨烈。据称,中国军队在庙行激战中牺牲的人数达一个团之多。庙行被打得乾坤破落,黄蒿满地,那座庙虽然没有倒坍,但也千疮百孔。作者高桥胜马于1933年秋在上海庙行写生,绘制了这幅画。为了便于行军中携带,他把画画在绢上。泗漕庙经战火摧残,30多座菩萨像只剩6座,后来遭到破坏,如今在古庙废墟上盖起一幢办公楼,以致年轻人不知这里曾是庙行之庙的所在地。

高桥胜马的《申江战焰图》,怎么会成为我家的收藏品?在日军1942年、1944年第二、第三次攻陷温州(那时叫永嘉)时,高桥胜马为日军指挥官之一。我家当时住在市中心的咸孚大楼,相邻的是永嘉县银行大楼,父亲任咸孚钱庄总经理兼永嘉县银行行长。父亲率全家逃难。日军把两幢大楼打通,作为司令部。高桥胜马在撤离时,那幅画遗留在大楼里,被人辗转到书画市场出售。颇有文学修养而又喜爱收藏书画的家父,于1946年买下此画。他在画上写了小记:"余在永嘉神州画苑购得绢本横卷一帧,乃日本陆军工兵大佐所写,系摹上海庙行民居市里炸毁及敌戍区所布铁丝网,状极荒凉,萧索之极。今倭

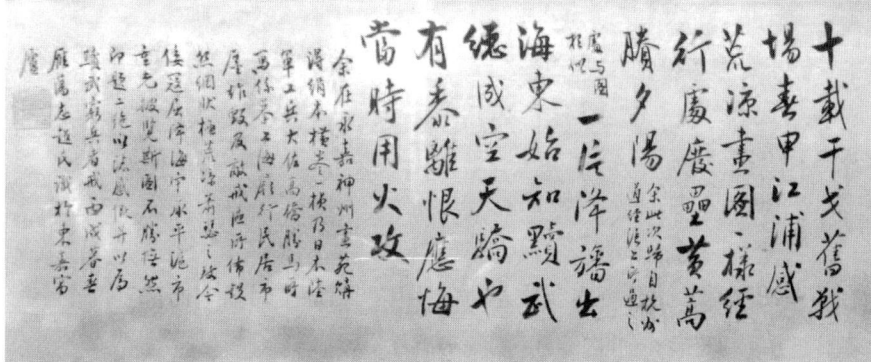

叶永烈父亲叶志超在《申江战焰图》上题诗两首

《申江战焰图》

寇屈降，海宁康平，沪市重光，披览斯图，不胜怃然。"父亲感慨之余，在画的右上角题写两首七绝："十载干戈旧战场，春申江浦感荒凉。画图一样经行处，废垒黄蒿腾夕阳。""一片降幡出海东，始知黩武总成空。天骄也有黍离恨，应悔当时用火攻。"

在"文革"中，父亲收藏的300多幅名人字画荡然无存，唯有此绢画被弟弟卷好带到插队落户的温州郊区，得以保存。经与姐姐、弟弟商议，决定把家藏70年的《申江战焰图》捐赠上海淞沪抗战纪念馆，让世人看到日本军官笔下的侵沪画面，永记"黩武总成空"。

上海淞沪抗战纪念馆把此画高清扫描，在绢上制作一幅同样大小的《申江战焰图》送我作为纪念，如今正挂在我家客厅之中。

音乐的陶冶

在整理旧物时，找到一本我中学时的手稿，封面上写着"曲选"两个字。翻开之后，扉页上写着"曲不离口，琴不离手"。

这"不离手"的"琴"，不是钢琴。那时候，钢琴在温州属于"稀有元素"。

这"不离手"的"琴"，是二胡。我喜欢二胡琴声的抑扬顿挫，喜欢二胡琴声的如泣如诉。

我自己用零花钱买了一把二胡。

那时候，在温州新华书店买不到二胡曲谱，我就从图书馆里借，然后手抄。那本《曲选》，就是我手抄的二胡乐曲，其中有《病中吟》《良宵》《汉宫秋月》《金蛇狂舞》《梅花三弄》《三潭印月》……这些整整齐齐抄录的乐谱，足见我对二胡的痴迷。内中，我最喜欢的是低沉的《病中吟》。

我也喜欢吹笛。笛子声音清脆，显得活泼。我喜欢吹《百鸟朝凤》《金蛇狂舞》。

箫笛同源。箫的指法跟笛子一样，只是一竖一横而已。我也买了箫。箫声悠扬、抒情。

我还学会了吹口琴。我喜欢用口琴吹奏节奏明快的乐曲，尤爱吹奏《骑兵进行曲》《中国人民解放军进行曲》。

没有想到，小时候对于音乐的爱好，后来促使我采访了众多的音乐名家，写了一系列报告文学和传记，诸如著名音乐家贺绿汀、傅聪、马思聪、刘诗昆。我也采访了心仪已久的"笛子大王"陆春龄。当陆春龄为我吹奏《百鸟朝凤》时，我完全陶醉于他的悠扬的笛声之中。

最为难忘的是，我担任电影导演时，为"二胡皇后"闵惠芬拍摄舞台纪录片，由于我从小就喜爱二胡，很快就成为她的"知音"，理解她的演奏特色，掌握她的二胡节奏。

那是在1976年5月初，根据来自北京的指示，上海成立"文集内片"摄制组。我这个"臭老九"突然被任命为上海"文集内片"摄制组导演。当时我只知道这是严格保密的"中央交办"的任务。

在"中央交办"的一系列拍摄任务之中，就有两集闵惠芬的节目，即用二胡演奏唱腔音乐《柴桑口》和《文昭关》。闵惠芬接到通知，拿着二胡来到上海泰兴路的政协小礼堂来找我。当时，为了"保密"，电影不在电影制片厂的摄影棚里拍摄，而把空置的上海政协小礼堂作为临时摄影棚。我带领50多人在那里日夜兼程拍摄"中央交办"的电影。我跟闵惠芬就在那里第一次相见。

在我的印象中，二胡仿佛是男人的"专利"。我所熟知的二胡演奏家刘天华、瞎子阿炳，都是男性。当31岁的闵惠芬出现在我的眼前，我感到惊讶，哦，女性也能成为二胡演奏家。我请她奏一曲《二泉映月》，立即被她指间泻出的

叶永烈在上中学时喜欢二胡、笛子，这是手抄《二泉映月》乐谱

琴声所征服。

我们聊起了二胡,非常投机。我年轻时喜欢用二胡演奏《病中吟》《良宵》《光明行》《二泉映月》《空山鸟语》,所以我跟闵惠芬有着共同语言,一见如故。她在奏毕《二泉映月》之后,又应我之求拉了一曲《病中吟》,琴声如泣如诉,深深感动了我。

接着,我们的谈话进入正题,即京剧唱腔音乐。所谓京剧唱腔音乐,就是用乐器模拟京剧唱腔,使乐器演奏人声化。当时我还接受了另外3部京剧唱腔音乐影片的拍摄任务,即汤良兴用琵琶模拟余叔岩、谭富英演唱的《空城计》,项斯华用古筝模拟程砚秋演唱的《文姬归汉》,还有韩凤田用擂胡模拟新艳秋、言菊朋演唱的《游龙戏凤》。

我听了闵惠芬演奏的《柴桑口》和《文昭关》,我的直感是闵惠芬用二胡模拟京剧唱腔,是最成功的。闵惠芬说,这是因为二胡比琵琶、古筝、擂胡更加接近于人声的缘故。琵琶、古筝是弹拨乐器,声音不连续。擂胡虽然是二胡的变异,但是音调过于高亢。

闵惠芬告诉我,京剧名家杨宝森的唱腔雄厚,她用二胡粗犷的音调来表现。闵惠芬又讲述京剧名家言菊朋的演唱特点。她讲一句,就用二胡拉一句。她给我提供了《柴桑口》《文昭关》的乐谱。

在闵惠芬的帮助下,我根据乐曲的疾缓节奏,写出了电影的分镜头剧本。《文昭关》最初分21个镜头,分切过碎,最后分为10个长镜头。但是这么一来,拍摄难度大大增加,因为每一个镜头都很长,有的长达几分钟,而拍摄时镜头要推、拉、摇、移,不断运动,有一个运动点不准确,就前功尽弃。当时拍摄所用是从美国进口的伊思曼彩色电影胶片,很贵,必须尽量避免重拍。唯一的办法,就是让闵惠芬一次又一次演奏,我们摄制组一次次演习,直到确有把握,我这才下达拍摄口令:"开始!"

7月正是上海的大热天,那时候上海政协礼堂没有中央空调,闵惠芬常常汗流浃背,她仍不厌其烦地配合我们反复演奏。直到正式拍摄,她换上演出服——浅蓝色的连衫裙,补好妆,摆好姿势……

在完成影片之后,闵惠芬很高兴地说:"导演懂二胡,所以影片能够很好展现二胡的演奏特色,我很满意。"

叶永烈与二胡演奏家闵惠芬。当年叶永烈曾经为她拍摄《京剧唱腔音乐》（摄于2006年11月15日北京）

没有想到，小时候对二胡的爱好，竟然在电影导演工作中派上了用场。

2010年11月，我在香港结识了香港音乐家协会主席、著名二胡演奏家朱道忠博士。我细细倾听那如怨似诉的《江河水》，大有唐朝诗人白居易《琵琶行》中"如听仙乐耳暂明"的感觉。在香港这样的商业社会，能够有这样醉心民族音乐的音乐家，确实难得。

我不仅有幸聆听朱道忠先生充满诗意的二胡琴声，而且有机会采访他。那次采访，如同一次对于二胡艺术的探讨。

一提到朱道忠，香港人总是称之为朱道忠博士。我问，二胡也设博士学位？他的回答，出我意外，他获得的是比较文学博士学位！也就是说，他原本是从事文学理论研究的，并非音乐学院毕业。

朱道忠祖籍广东南雄，青少年时代醉心于绘画，后来在中国内地的暨南大学、华中师范大学，攻读比较文学、中国现当代文学，获得博士学位。他是暨南大学比较诗学与比较文化研究中心的研究员，著有论文、小说、剧本、诗歌、乐曲等。然而，他广为人知的身份，却是二胡演奏家；他的代表性著作，是花城出版社1986年出版的《二胡演奏基础》。

我问起二胡是不是中国民族音乐的代表性乐器，朱道忠先生说，中国最早的民族乐器是古琴。古琴早在孔子时期就已经盛行，有着四千多年的历史。中国文人雅士所谓的"琴棋诗画"，那"琴"指的是古琴。二胡始于唐朝，已经有一千多年的历史。二胡又称胡琴，这个"胡"字，表明是从"胡人"那里传入。在唐朝，把西方、北方各民族称为"胡人"。

我很喜欢二胡名曲《江湖水》，曾经多次听过著名二胡演奏家闵惠芬演奏《江湖水》，而朱道忠先生也爱演奏《江湖水》。朱道忠说，《江湖水》写的是悲情，旋律是悲愤的。二胡属于弓弦乐器，音是连续的，适合表现悲情。正因为这样，1962年黄海怀把东北民歌《江河水》改编为二胡独奏曲之后，很多二胡演奏家都选择了《江湖水》演奏。朱道忠说，十个二胡演奏家如果都演奏《江湖水》，会奏出十部不同风格的《江湖水》。这是因为曲子虽然是同一的，但是每一个演奏家的文化修养不同，对《江湖水》的理解不同，所以演奏的《江湖水》是不同的。他说，他所演奏的《江湖水》，就明显地不同于闵惠芬演奏的《江湖水》。

朱道忠说，《病中吟》《良宵》是作曲家刘天华的代表作。刘天华是二胡的一代宗师，他的《病中吟》是在他失业又生病的时候拉着二胡创作的，所以旋律是悲伤的，而二胡最适合于表达悲凉的乐曲。我提及刘天华的《空山鸟语》《光明行》，朱道忠说，那也是非常著名的二胡演奏曲。刘天华对于中国二胡的发展，做出了巨大的贡献。

自然而然，我谈起了瞎子阿炳，谈起了那优美的旋律《二泉映月》。朱道忠说，瞎子阿炳来自中国民间。《二泉映月》是不朽的经典之作，他也喜欢演奏《二泉映月》。

我问，《金蛇狂舞》那样的乐曲，为什么更适合于琵琶演奏？朱道忠说，琵琶属于弹拨乐器，发出的声音是间断的，不像二胡是连续的，所以像《金蛇狂舞》那样欢快的乐曲，更加适合于琵琶演奏。

提及上海的笛子演奏家陆春龄，我曾经采访过这位"笛王"。我喜欢他的《鹧鸪飞》《小放牛》。朱道忠说，陆春龄原是三轮车工人，后来成为上海音乐学院教授。他对新社会有一种感激之情，所以他的乐曲大都是欢快的。我也喜欢陆春龄演奏的《百鸟朝凤》。朱道忠告诉我，《百鸟朝凤》来自民间，并非陆春龄的创作。

我说起"女子十二乐坊"中以十二位女子演奏二胡,且奏且舞,成为时尚。朱道忠则说,他在《二胡人文精神之我见》一文中,表示二胡演奏家女性化,这符合二胡本身的艺术规律。他写道:"二胡演奏家的女性化发展是一种人文现象,这一现象和二胡造型的女性化发展,和二胡自身气质相吻合。"他还指出:"二胡作为一件近乎人声的拉弦乐器,它的音色和韵味无一不体现出一种秀美和润的风韵和馥郁纤巧的灵性,是一种以抒情见长的乐器,它本身的气质就是女性的。……女演奏家以她那温柔细腻的气质和灵秀,处理乐曲里面的一些微妙含蓄的神韵以及顾及整体的敏捷反应上,都是强项。并且,女性生理上的韧度和心理上的柔度,都更适宜于应付刚柔相济的乐曲。"

但是,他也这样婉转地写道:"音乐形象不是靠眼目去审视,而是靠心眼去审视。所以歌唱家的伴舞可以取消,二胡演奏的伴舞更应该取消。即便是要衬以背景,也应以静态为主,尽量避免以动感的材料为衬托。民乐的创新应该奉'以本为源、以变为流'为其圭臬,至于'舍本逐末'或者'揠苗助长'的一些做法,那不叫创新,那是异化。"

我能够跟闵惠芬、朱道忠这样的二胡大师探讨二胡艺术,不言而喻得益于小时候对于二胡的热爱。

在年轻的时候,在不经意之中,在心灵撒下音乐的种子。音乐的潜移默化,会陶冶你的性情,提高你的修养。

当年我是《十万个为什么》的读者

说起来真有意思:小时候,我读了《十万个为什么》;长大了,我写了《十万个为什么》。

我在上初中的时候,读了一本很有趣的书。那本书的作者是一位热情的"导游",带领着我进行了一次奇特的"旅行"——室内旅行。

旅行的第一站是自来水龙头,第二站是炉子,然后依次为餐桌、厨房隔板、碗柜子，终点站为衣橱。

这本书的书名，便叫《十万个为什么》。

这本书的作者，是苏联著名科学文艺作家伊林，真名为伊利亚·雅科甫列维奇·马尔夏克。

伊林，化学工程师，1896年生于乌克兰，1953年逝世。伊林从9岁开始，就写了很多有关火星、热带森林、美洲豹和鳄鱼的诗。他在大学时学化学，开始为儿童刊物《新鲁滨孙》写化学方面的科普文章。1927年，31岁的他出版第一本书《不夜天》。此后，创作了《十万个为什么》《在你周围的事物》《自动工厂》《原子世界旅行记》《人怎样变成巨人》等。

本来，旅行么，总是要去很远很远的地方，总是要去没有去过的地方，这才感到新鲜、有趣。可是，伊林在《十万个为什么》中带领读者进行的室内旅行，全部"旅程"不过几米而已，旅行的地方又是司空见惯的——我们的家中。然而，每到一站，"导游"提出的一系列问题，使我产生了浓厚的兴趣：

"为什么要用水来洗？"

"我们为什么要喝水？"

"有没有不透明的水和透明的铁？"

"火柴为什么会着火？"

"面包里面的小窟窿是哪儿来的？"

"为什么铁会生锈？"

"为什么衣服会使人暖和？"

"穿三件衬衫暖和呢，还是穿一件三层厚的衬衫暖和？"

……

哦，一连串的问号，无穷尽的为什么。作者引用了英国诗人吉百龄的诗句：

五千个在哪儿，

七千个怎么样，

十万个为什么。

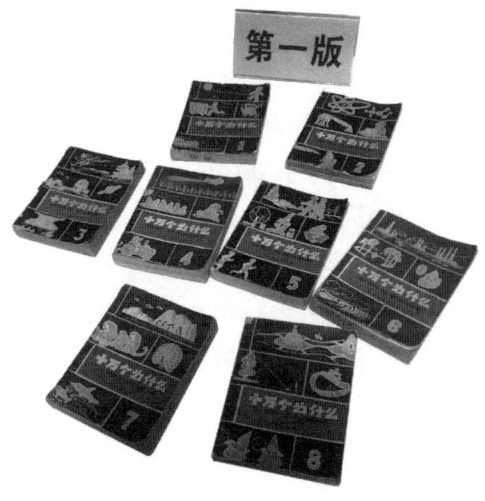

不同版本的《十万个为什么》

吉百龄,又译为吉卜林。约瑟夫·拉迪亚德·吉卜林,英国短篇小说大师,诗人,1907年度诺贝尔文学奖得主。吉百龄1865年生于印度孟买,他的父亲是艺术学校的校长、艺术家,巴基斯坦拉合尔博物馆馆长。在印度的经历,使吉百龄熟悉印度的自然风光和民间传说。后来,他移居美国,开始发表关于印度的《丛林之书》《丛林之书续集》等作品。

伊林从吉百龄的诗句中,选用《十万个为什么》作书名——尽管书里的为什么并没有"十万个"。在俄语中,"十万"——"一百个千",用来形容多。

其实,伊林的《十万个为什么》是一本小书,写了20来个"为什么",大约只有五万多字。但是,伊林的这本《十万个为什么》迷住了我。我发觉,伊林如同一位万能博士似的,懂得"十万个为什么"。他不仅仅是懂得,而且擅长于用生动、活泼、通俗、明白的语言讲述这些为什么。诚如高尔基在谈及伊林时,曾说他"有着简明扼要地描述复杂现象和奥妙事物的罕见才能"。伊林把科学与文学融合在一起,用文学的笔调描述科学。读他的书,津津有味比小说还好看。

2004年5月22日叶永烈在上海图书馆讲座:我与《十万个为什么》

于是，我读了伊林的其他科学文艺作品，如《伟大计划的故事》《几点钟》《山和人》等。

于是，我读了苏联著名科普作家别莱利曼写的《趣味几何学》《趣味物理学》等。

于是，我读了中国著名科普作家高士其的许多科学小品。

我与《知识就是力量》的缘分

说起来，我跟《知识就是力量》杂志结缘很早。那是在60年前的1956年，我上高二，16岁，喜欢读科普杂志的我，跟同桌一位姓林的同学合订了一份苏联的знание - сила的中文版。знание - сила便是《知识就是力量》。我是《知识就是力量》中文版第一代读者。

当时，《知识就是力量》中文版印刷精美，图片很多，内容丰富，我很喜欢，成为我自费订阅的唯一杂志。我从《知识就是力量》中文版上读到正在连载的苏联科幻小说《精密度的钥匙》。这是我读到的第一篇科幻小说。不过，也许这篇科幻

《小灵通漫游未来》初版

小说的故事情节太平淡，也许是内容跟中学生的生活有距离，所以我如今只记得篇名，不记得故事了。不像我后来从《中国青年》杂志上读到的科幻小说《射击场的秘密》那么有趣，以至时隔半个多世纪我还能讲出《射击场的秘密》的故事梗概。

《知识就是力量》有个专栏，叫作"点点滴滴"。这个专栏里的文章短小精悍，生动有趣，天南地北，无所不谈。我爱看这个专栏。

1979年6月1日叶永烈把《小灵通漫游未来》送给成都的小朋友

为了纪念由作者（左四）编剧的儿童系列片《小灵通》播出十周年，中央电视台制作《我十岁了——"小灵通"特别节目》（1993年4月2日）

在不知不觉之中，《知识就是力量》播撒的科学的种子，在我心中发芽，引起我对科学的兴趣，对科普的兴趣。尽管我那时候对于文学创作，尤其是写诗，有着浓厚的兴趣，在高考时还是报考理科，把北京大学化学系作为第一志愿。

进入北京大学化学系之后，在图书馆里遇到我的"老朋友"——《知识就是力量》，我依然是它的热心读者。这时候，我开始学习科普创作，从《知识就是力量》杂志的科普文章中学"门道"。我一边读，一边做读书卡片。除了《知识就是力量》之外，我还喜欢读《科学大众》《科学画报》这些科普杂志。

1958年，不知天高地厚的18岁的我，用读书卡片摘编成第一本书《科学珍闻300条》，寄给河北人民出版社。遭到退稿是理所当然的事，但是这表明了我对于科普写作的喜爱。

从此我不再搞科普摘编之类的事，而是认认真真为北京市科协主办的《科学小报》、国家科委的《创造与发明》等报纸写科学小品，内中以化学小品居多。

1959年，我把化学小品结成一本集子，叫作《碳的一家》，投寄给上海少年儿童出版社，于翌年——1960年2月得以出版，成为我平生出版的第一本书。我也因此被少年儿童出版社看中，委以重任，参加写作《十万个为什么》，并成为1961年出版的第一版《十万个为什么》的主要作者（全书5册，总共900多个为什么，我写了300多个）。

在《十万个为什么》第一版出版之际，我写出了科幻小说《小灵通漫游未来》。我能够在20岁写出《十万个为什么》，21岁写出《小灵通漫游未来》，

2000年2月28日中央电视台"东方之子"播出叶永烈谈《小灵通漫游未来》专访，主持人白岩松

得益于当年《知识就是力量》《科学大众》《科学画报》等科普杂志的启示。尤其是编写《科学珍闻300条》一书,使我从《知识就是力量》等科普杂志得知最新科技发展动向,无意之中为创作《小灵通漫游未来》做了准备。

春雨润物细无声。我从《知识就是力量》等科普杂志的读者成长为作者的。正因为这样,在2016年,我写下这篇短文,祝贺《知识就是力量》60诞辰。

电影情缘

电影人人爱看。小时候,那还是中华人民共和国成立前,父亲带我去看电影《苏联之光》,头一回领略莫斯科阅兵的壮阔雄伟场面,幽默的《贼老爷》讽刺了白天坐堂当县官、晚上却干盗贼勾当的可笑两面人,而看了《13号凶宅》,吓得我不敢一个人走夜路。

上中学时,喜欢看根据巴金小说改编的电影《春》《秋》。为了看白桦编剧的《山间铃响马帮来》,耽误了功课,挨了老师的批评。

进入北京大学之后,周末在大膳厅前常有露天电影。花5分钱买张票,坐在小板凳上一看就是两三部电影。有时候人多,只能坐在银幕背面看,居然也看得津津有味。

没有想到大学毕业之后,来到电影厂,看电影成了工作!记得,刚进电影厂,分配给我的第一项工作就是审查影片。那时候中苏关系紧张,审片小组的任务就是一部部观看影片,如果有赫鲁晓夫之类镜头,就在审查意见表上写明"建议删除"。就这样,我每天早上去片库用小车装一堆电影拷贝,推到小放映间,然后开始审片。

在电影厂里,有着许多放映室,大的可以容纳全厂职工观摩影片,小的则容纳十几人、几十人不等。最小的一个放映室,只能坐几个人。审片就在这小放映室。审片人员连我在内三个人。我的面前有一张小桌子,桌上有一只带罩的小灯,幽幽的灯光只把桌面照亮。桌上放着记录纸。看到影片中有什么问题,当即作记录。就这样,我每天闷在黑咕隆咚的放映间里,看七八个小时的电影。如此连续工作了两三个月，我几乎把片库里的影片都看了一遍！

"近水楼台先得月"，我在电影厂还能经常看到许许多多最新的电影，这叫"业务学习"。"外行看热闹，内行看门道"。这时候的我，不再只注意剧情，而是从故事结构、人物刻画、导演手法、摄影构图直至片头字幕设计、镜头蒙太奇组接、电影特技等，进行分析。尤其是在我担任电影导演之后，目光更敏锐，也更内行。我养成了记电影笔记的习惯。每看一部电影，总是在《看片笔记》本子上写下观摩心得。这些笔记不是影评，而是电影技巧分析。后来，我写作《电影的秘密》一书，所举种种影片例子，很多就来自我的《看片笔记》。

在"文革"中，看来看去就是那几部"样板戏电影"。不过，那时候也有机会看种种"批判"电影。厂里常常分发"内部电影"票。我在新光电影院看了不少"封、资、修"电影。每看完一部，要分小组进行"批判""消毒"。正是这种"批判"，使我有机会看了当时很多外界看不到的影片，其中不乏"修正主义"的苏联经典影片以及"资本主义"的美国好莱坞新片。记得，当我看了台湾电影《家在台北》，才知道台湾是那样的漂亮。

随着我的电影业务能力的提高，在"文革"之后，我担任厂"艺委会"委员，参与审查本厂即将出品的每一部新片。1981年之后，我离开了电影厂，就没有那么多的机会看电影了。尤其是写作越来越忙，没有时间进电影院看电影，我几乎与电影"脱节"了。我也很少看电视剧，虽说有的电视剧也很不错，只是因为电视剧动辄二三十集，我实在"耗"不起。我曾说，电影是紫菜干，而电视剧是紫菜汤。我宁可偏爱高度浓缩、精练的电影。

自从家中的电视有了高清电影频道，我又有了与电影"亲密接触"的机会。傍晚散步归来，我有空就打开高清电影频道。虽说高清电影频道放映的都是"过时"的电影，但是对于我来说无所谓。不论是《诺丁山》《一生一世》讲述的温馨而动人的爱情故事，还是《中国合伙人》《决胜21点》深刻揭示的当代生活，以及科幻大片《终结号》的高科技，都给我以创作上的启示。令我最为难忘的是，早在1983年我就读过彭见明的小说《那山那人那狗》，没有想到，后来被拍成的同名电影，画面是那么的美，淋漓尽致把湘西山区不同层次的绿呈现在银幕上，可以说是一部优美的散文式电影。

看电影，是我从小到老永恒不变的爱好。

初入电影厂

听说上海电影博物馆开张了,我便带着孙子、孙女去参观。他俩爱看电影,所以对上海电影博物馆饶有兴味。我呢?走进那里,却勾起18年电影生涯的诸多回忆……

我在大学毕业之后,来到电影厂工作,在摄制组当场记。场记,是学习导演工作的第一步,借以熟悉电影的摄制。电影厂的"规矩"是由场记而助理导演而副导演、导演。一到摄制组,我就领到场记必备的"三件宝",即小黑板、秒表和场记单。小黑板叫"拍板"。导演教我如何做场记:

一是每拍一个镜头,场记必须在"拍板"上写明是第几镜,第几次拍摄。摄影师每拍一个镜头,必须先拍"拍板"。这样,电影胶片到了洗印厂,一印出来,就知道这是什么影片第几镜第几次拍摄。

二是摄影师一开摄影机,场记就得摁下秒表,关机时则关上秒表,以记录拍摄时间。电影摄影机每秒钟拍24张画面,相当于消耗一英尺胶片。

三是每拍一个镜头,场记要像售货员开发票似的,填写一式三份场记单。场记单上要写明剧名、拍摄时间、镜号、内容、拍摄次数、长度等。这一式三份,一份随胶片送往冲印厂,一份交给摄影助理,一份存底。

记得,每拍完一个镜头,导演总是挨个儿问:"好不好?好不好?"就连我这个新来乍到的场记,也要被问到。仿佛非常"民主",善于倾听摄制组每一个成员的意见。后来,摄影师悄然告诉我:"导演问你好不好,就一定要回答说:'好!'"

听了摄影助理的"解释",我这才明白:每一个镜头,导演总希望多拍几次,以便从中挑选出最好的一次,用在影片里。可是,要想重拍,总要找个理由。导演不便于自己说,于是他逐一向摄制组成员询问"好不好",只要有一个人说"不好",他马上说"再来一次"。

我发现,导演总是把"再拍一次"的镜头,称为"NG"。起初,我不明白这"NG"是什么意思。后来才知道原来是"No good"的缩写,"不好"之意。

摄影师呢,当然希望拍好每一个镜头,有机会重拍一次,固然不错。不过,电影胶片很贵。为了节约胶片,电影制片厂对"耗片比"作了很严格的规定。所谓"耗片比",就是拍摄成功的镜头长度和消耗的胶片长度之比。当时规定的"耗片比",有时候只有"1∶1.75"。也就是说,拍成功1000英尺的镜头,只给你1750英尺的胶片。"耗片比"超过了,就得扣摄影师的奖金。正因为这样,摄影师在拍每一个镜头之前,都仔仔细细,生怕浪费胶片,尽量避免"NG"。

摄影师也抓我的"差",叫我帮助他看"光影"。所谓"光影",是指一个光源之下,被拍物体只能有一个影子。拍电影的时候,灯很多,光线分为主光、辅光、侧光、顶光、背景光,可是只许主光方向产生影子。平常在生活中,我从来没有刻意关注过影子问题。到了拍摄现场,老是要看有几个影子。特别是在看样片的时候,如果看到两个影子或者三个影子,便大声叫起来:"影子!影子!"于是那个镜头只得重拍。当然,如今拍电影,似乎已经不那么讲究了,光影混乱的镜头,比比皆是。好在观众只注意戏,并不注意有几个影子。我在摄制组受过"训练",见到光影混乱,总感到不舒服——只是没有大声叫起来:"影子!影子!"

刚到摄制组,什么都干。比如,帮助摄影助理用皮尺测量摄影机到被摄物的距离,这叫"拉皮尺";拍摄推拉镜头的时候,要不断改变摄影机的焦距,这叫"跟焦点",我也帮着"跟焦点"以至"跟光圈"。

跟录音师在一起,也十分有趣:每到一地,录音师总是用他那特殊的耳朵谛听着。比如,在选外景的时候,导演和摄影师选中一个景点,表示十分满意,录音师却摇头,说此地蝉鸣太响或者蛙声太吵——在平时,我根本没注意什么蝉鸣或者蛙声,而录音师出于职业习惯,每到一地,首先要侧耳听声。凡是杂音太多的地方,他总是摇头。

样片冲洗出来了,只有摄影符合标准,曝光准确且焦点不虚,洗印厂才给粉红色的"红单子"。如果圆铁片盒里放着白单子——用电影厂里的"行话"来说,那叫"报丧单"。见到"报丧单",摄影师的脸拉得老长,此单一出,前期的拍摄就白忙活了,只能"NG"了。

手持电影摄影机的叶永烈

叶永烈在1980年荣获第三届大众电影百花奖

"美专"趣话

老电影《乌鸦与麻雀》曾是上海老观众们难忘的记忆。内中,那个"猴子侯,住二楼"的国民党军官侯义伯,被长着一副"鞋拔子脸"的喜剧演员李天济演得活灵活现。中华人民共和国成立后,李天济不大在银幕上露面,干起喜剧电影编剧来了。偶尔在电视剧《围城》中,饰演一开口就是"兄弟在英国的时候"的学监,令人又记起了他。

他跟别人提起我的时候,总是翘起他的尖下巴说:"叶永烈,我'美专'同学!"

人们听罢,不得要领:他什么时候上过"美专"?叶永烈又什么时候上过"美专"?

李天济笑道:"我跟叶永烈是'煤渣砖学校'的同学!"

年轻人听了一头雾水,因为他们不知道什么是"煤渣砖",更不知道"煤渣砖学校"。

那是在1970年春日,妻生了次子。我承蒙照顾,从杭州湾畔的电影"五七"干校调回上海做煤渣砖,总算每天可以回家。

煤渣砖在当时很流行:煤渣中含有一些未烧尽的煤。煤渣拌上黄泥再加点水,做成长方形砖头,砖头内有一排排圆形竖孔。煤渣砖可以当燃料,烧毕,那黄泥变成了砖头,可以用来砌猪棚之类简易房子。

所谓做煤渣砖,实际上是晒煤渣砖罢了:几台做煤渣砖的机器,"砰""砰""砰",不断压出煤渣砖。最初压出来的煤渣砖,湿漉漉的,必须经过多日曝晒,才能放进炉子里烧。

那年月,电影厂"停产闹革命",上海电影制片厂偌大的摄影场空置,杂草丛生,便成了晒煤渣砖的"天然场所"。

我和李天济等"煤砖同学"每天头戴大草帽,身穿打补丁的蓝色劳动布工作服,在烈日下工作:把一块块放在芦席架上的煤渣砖翻动一下,为的是这面晒够了,翻过来晒那面。我们的工作其实就是一个"翻"字。

"煤砖学校"的元老,当推担任过越剧电影《红楼梦》美工师的胡倬云老先生。李天济年长我将近20岁,而李天济出生时胡倬云已经在上海美术专科学校西画系学习——他是正儿八经的"美专"学生。

文革中叶永烈在农村劳动

胡倬云上了年纪，受到照顾，从干校调来做煤渣砖多日，遂成元老。每逢"新工人"调入煤渣砖组，便由胡倬云介绍操作常识。

有一回，胡倬云右手食指砸伤，因此在"新工人"面前做"示范动作"的时候，便高高地翘起右手食指，犹如林黛玉的"兰花指"。"新工人"不知胡倬云右手食指砸伤的内情，以为那"兰花指"是"标准动作"，因此个个在翻晒煤渣砖的时候，都高高地翘起右手食指！

此事被李天济发现，经过一番"艺术加工"，成了"煤砖学校"的一个"经典笑话"！

能够在上海做煤渣砖，是一份使许多人羡慕不已的"美差"。次子满月之后，我的"美差"也到期了，又回到干校。

"煤砖学校"的趣事，使我记起当年上海大多数人家使用的煤球炉。我刚成家时，不会点燃煤球炉。点火用的旧报纸燃起浓烟，呛得我双眼泪汪汪。幸亏隔壁阿姨教我先用纸点着木柴，再用木柴点燃煤球。生火时，手持蒲扇，噼噼啪啪扇着，十来分钟之后，煤球就发红了。另外，还学会在用煤球炉做完饭菜之后，拿一块带小孔的圆铁板封住炉口，再把下方进风口关小，翌日打开之后，火力就会重新上扬，不用再生火了。那时候，几乎每一个居民小区，都有一家煤球店。

后来，煤球改进成了煤饼。煤饼跟煤渣砖类似，只是形状一圆一方。煤饼也有许多圆形竖孔，如同蜂窝，所以又称蜂窝煤。

随着抽水马桶的哗哗声取代了弄堂里"马桶拎出来"的呼喊声，上海市区家家户户用上了管道煤气，用上天然气，煤球、煤饼跟煤渣砖一起都成了"文物"。难怪，如今的年轻人会问："什么是煤渣砖呀？！"

陈逸飞给我们画速写

作家陈村给我发来一张珍贵的老照片：那是画家陈逸飞在给我们画速写。站在陈逸飞之侧的是上海电影导演宋崇。坐在长椅上的，从左至右是宗福先，卢新华和我。

我第一次知道宋崇的大名，是在20世纪60年代中国人民解放军海军与国民党海军在崇武发生海战时，宋崇冒着密集的炮火，勇敢地在战舰上拍摄了纪录片，成为上海电影界的标兵。

宗福先是剧作家，在粉碎"四人帮"不久，写出了话剧《于无声处》，轰动全国。他和我在当时是全国文艺界两个拿到1000元人民币奖金的人。如今，1000元人民币还不够买一张上海至北京的飞机票，可是在当时是一笔相当令人羡慕的奖金。

卢新华是作家，在上海复旦大学读书时，就在上海《文汇报》发表短篇小说《伤痕》，轰动一时。从此，揭露"文革"时期痛苦生活的文学作品，被称为"伤痕文学"。卢新华后来去了美国。我在1993年前往美国时，在西雅图曾经与他见面。

陈逸飞当时在中国油画界刚刚崭露头角，属于"美术新秀"，尚未前往美国留学。

这张老照片，我是第一次见到。可惜不知道摄影者是谁。

1980年在上海青联会议上。坐者右起：作家叶永烈、卢新华、宗福先；立者右起：导演宋崇、画家陈逸飞

这张照片大约拍摄于1980年,在上海市青联开会的时候,当时我们都很年轻,担任上海市青联委员。大家都穿着当时最流行的"礼服"——用"的确良卡其"做的蓝色中山装。我和宗福先后来当选全国青联常委。

人生易老。转瞬之间,27个春秋过去。陈逸飞由于过度忙碌,突发急症,已驾鹤西去。宗福先体弱多病。宋崇已经退休。卢新华是五人之中最年轻的一个,如今偶尔写点诗。

老照片可贵。那"咔嚓"的瞬间,仿佛是时间长河的"切片",记录了人生,记录了时代,也记录了历史。

我很感谢陈村兄传来这张从网络上发现的弥足珍贵的老照片——遗憾的是,照片经过缩小处理,只有107KB,像素低了些。

远去的"小字辈"

2016年2月5日,农历除夕的前两天,得知文友斯民三住院,便去上海龙华医院住院部14楼看望。

斯民三是上海电影制片厂编剧,与我同龄,相识多年。他曾经参与编剧的电影有《失去记忆的人》(1978)、《小字辈》(1979)、《燕归来》(1980)、《魂系蓝天》(1982)、《雨后》(1982)、《在这块土地上》(1982)、《大小伙子》(1983)、《四等小站》(1984)、《少爷的磨难》(1987)、《大江东去》(1995)等。

斯民三是严重肺气肿住院的。当时他似乎状况良好,跟我愉快地聊天。他说这一回要在医院过春节,倒显得清静。他说起93岁的同事沈寂,跟他患一样的毛病。我告诉他,前几天我去看过沈寂,他跟我聊了两个多小时,只是因年纪大了,出门要有人陪同。斯民三又说起他的一位同事因脑中风送急诊,在做核磁共振时死在核磁共振仪上。

那天,他还说起我的新书《双人伞》,笑道:"你写了一把雨伞。"

临别时,他说:"老叶,你来看我,很感动。"然后又幽默地说:"我感动得流泪了!"

不料，这竟是诀别。

正月初二（2月9日），他离开了人世，享年76岁。

在斯民三编剧的电影中，最著名的是《小字辈》。当这部电影上映之后，我曾在1980年采访《小字辈》的编剧们，结识了斯民三。我写下《"小字辈"和"老字辈"》一文：

1980年美国举办"中国电影周"，上映5部中国电影。其中除了中国在60年代摄制的《舞台姐妹》《早春二月》等影片外，还有一部是1979年由长春电影制片厂拍摄的电影《小字辈》。美国电影评论家认为，选择《小字辈》一片，是为了使美国观众了解新一代中国青年的风貌。他们还认为，"这部影片具有美国式的幽默"。

这部影片在中国上映时，也深受观众欢迎，荣获文化部颁发的"优秀影片奖"。

我走访了《小字辈》的编剧，他们自称是"小字辈"。当时斯民三40岁，周泱38岁，吴本务和孙雄飞均为37岁。除了周泱是电影学院文学专业的毕业生外，其余三人都是美术工作者。就拿周泱来说，在电影厂里，也只是经验不多的编辑。所以，他们自称"小字辈"，并非过谦，确实如此。

有趣的是，影片《小字辈》中的四对男女青年的扮演者，也是"小字辈"，平均年龄只有25岁。

"小字辈"成功地编演了《小字辈》，这说明"小字辈"是富有才华、大有希望的。

然而《小字辈》一片获得成功，也是与"老字辈"导演王家乙的贡献分不开的。王家乙是长春电影制片厂著名导演，很热心帮助"小字辈"。

王家乙看了剧本初稿，就给予肯定："我看了本子，很兴奋！希望它能给青年以启示——把失去的青春、失去的文化抓回来！把失去的时间夺回来！"王家乙到上海来，与四位"小字辈"编剧共同修改剧本，并亲自导演了影片。王家乙说出这样感人肺腑的话："'老字辈'应该做年轻人的人梯，让他们从我们的肩膀上跃过去。"那四位"小字辈"编剧，则满怀深情地说："如果这部影片有某些成功之处，要感谢'老字辈'的人梯精神。"

在银幕背后,"小字辈"与"老字辈"之间这种互敬互帮的作风,可喜可贺。这种好作风,应当推而广之,"移植"到其他领域。

从人才学的角度看来,任何"老字辈"都是从"小字辈"过来的,"名人"都是来自"无名小卒"。"老字辈"阅历深,学识博,富有经验,由于自然规律的作用,年事渐高,体力不济。盲目地以为"绍兴老酒,越陈越香"是片面的;"老字辈"固然应当受到重视,而"小字辈"也决不可轻视。目前,一般来说,对"老字辈"知识分子的政策,落实较好,老科学家、老作家大都得到妥善安排,然而对"小字辈"——中青年却往往重视不够。

与此相似的是中国科学院曾为三位"小字辈"的提升职称问题,发生了争论。这三位"小字辈"要被提升为副教授、副研究员。有人支持,有人反对。反对者并不否认三位青年的科研成就,却提出这样的理由:年纪太轻,资历太浅!

其实,那三位青年,都已是30多岁的人,当个副教授、副研究员,有什么可大惊小怪的?在外国,20多岁当副教授、博士的大有人在。华罗庚是25岁当教授,谈家桢是27岁当教授,苏步青是29岁获博士学位,傅鹰是26岁当博士,而傅鹰的夫人张锦是在23岁时获博士学位!

这些事例说明,束缚人才的一些旧框框,还是存在的。"小字辈"成才,并不那么容易。然而,中华民族要腾飞既要靠"老字辈",更要靠"小字辈"。特别是中年一代,年富力强又有经验,是当前四化建设的中坚力量。然而,中年一代总是上有老,下有小,工作重,家务重,亟须帮助中年一代解决困难,以充分发挥他们的才智。

"老字辈"王家乙的人梯精神,是很值得提倡的。"老字辈"热心扶植"小字辈","小字辈"虚心学习"老字辈",只有这样,我们辽阔的国土上才会人才辈出,千百万先烈抛头颅、洒热血开创的事业才能后继有人。

时光流逝,转眼30多年过去,"小字辈"渐渐老去,也成了"老字辈"。2013年冬,我去斯民三家看望。当时他患肺气肿已经日趋严重,在家中走几步都喘，不得不吸氧维持生命。他告诉我，是抽烟导致肺气肿。最初是边写作边吸烟，后来变成了习惯。一直到吸烟危及生命，这才戒烟，已经太晚。肺气肿一度导致脑瘫，右手、右脚瘫痪。当时他已经无法执笔写作。他痛苦地对我说："你我以写作为生，如今我不能写作了，非常痛苦。"他这毛病，是因为抽烟几十年导致的。

他问我："你写了那么多的书，抽烟吗？"

我回答说："我从不抽烟，也不喝酒。我的两个儿子也不抽烟，不喝酒。"

他听了，跷起了大拇指。

还有一回，他跟我谈起《小字辈》另一位编剧孙雄飞之死。

斯民三与我同龄，而孙雄飞小我们3岁。孙雄飞跟斯民三一样，都毕业于上海电影专科学校美术系。孙雄飞先后担任《年青的一代》《霓虹灯下哨兵》等十几部电影的美工工作，其中《蓝光闪过之后》获美工"金鸡奖"。这表明，就美工业务而言，孙雄飞是拔尖的。

比起斯民三，孙雄飞跟我的接触更多。我在采访《小字辈》编剧时结识孙雄飞。后来，我从《文汇报》的朋友那里听说孙雄飞的"绝活"。那时候，《文汇报》照片制版技术落后，不清楚，而人物专访需要配被采访者的形象。于是报社派出专人骑摩托车送照片到孙雄飞那里。孙雄飞一边抽烟，一边按照照片画出一幅人物速写，前后不过十几分钟，第二天就见报。这是因为孙雄飞出身美工，素描功底极好，练就这一手"绝活"。

1976年以来，孙雄飞曾有油画、版画、水粉画创作，多次参加全国美术作品展览和上海美术作品展览，版画《赤脚医生》及《学算术》分别获得上海青年美术创作奖和六省一市年画作品奖。

我听说孙雄飞画画功底过硬，便找孙雄飞为我的小说画插图。他爽快地答应了。这样，他经常到我家里来。他的插图又快又好，我非常满意。有几回，我的长篇小说在报纸上连载，报社要求连载时每天要有一幅插图，于是一边连载他一边画，从来不误事。

后来，孙雄飞把我的小说改成连环画达7部之多，每本连环画100多页，他差不多画了上千幅画，有的连环画的发行量达100万册。他画得快，而且画上的人物寥寥几笔就很传神。所以在那段时间，我们之间常来常往，建立了很好的创作友谊。

孙雄飞不仅绘画造诣高,而且有很好的文学修养。他也曾写小说,在大型文学期刊发表。自从参加电影《小字辈》编剧之后,他开始转行,从电影美工转为电影编剧、电视剧编剧。

写《小字辈》的时候,孙雄飞是"小字辈",而且是几个"小字辈"一起写的。孙雄飞引起广泛注意,是1990年电视剧《围城》一炮而红。

孙雄飞以非凡的目光,瞄准了钱锺书的小说《围城》,以为很值得改编成电视剧。不过,这是一般人不敢碰的题材,因为钱锺书是深居简出的著名学

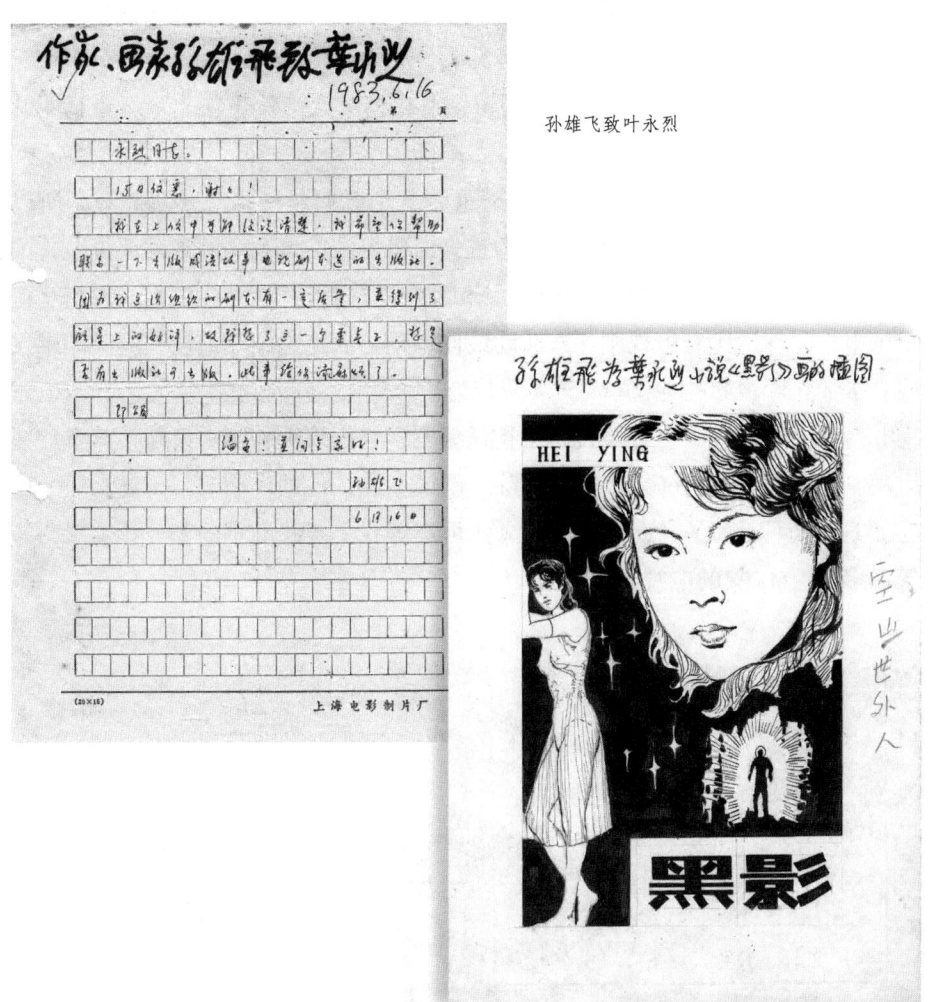

孙雄飞致叶永烈

孙雄飞为叶永烈小说《黑影》画的插图

者,不仅难以得到他的授权,就连见他一面都不容易;再说,钱锺书早已经声明在先:"拙作上荧屏不相宜。"

孙雄飞又以非凡的运筹之力,破除了障碍:首先,他说服了女导演黄蜀芹接下这部电视剧。起初,黄蜀芹以为《围城》是战争片呢。直至弄明白《围城》是钱锺书的小说,拍摄《围城》的意义,这才愿意接下这部戏。导演那么多,孙雄飞为什么非要黄蜀芹不可?因为孙雄飞知道,黄蜀芹的父亲、著名导演黄佐临是钱锺书的老朋友,所以选择黄蜀芹导演,容易被钱锺书接受。此外,孙雄飞又请老作家柯灵亲笔写了"介绍信",深知柯灵也是钱锺书的老朋友,持柯灵的推荐函,钱锺书不能不见。

就这样,1989年9月孙雄飞陪同黄蜀芹持柯灵亲笔信飞往北京,果真叩开了钱锺书的家门,获得钱锺书的授权。

由于孙雄飞在改编时非常注意尊重原著,黄蜀芹又精心导演此戏,所以电视剧《围城》得到了钱锺书夫妇的首肯,也得到广大观众的高度评价。《围城》获得1991年中国电视剧飞天奖,第二届上海白玉兰优秀作品奖,同年获得全国电影制片厂优秀电视剧评选活动最佳编剧。从此这位"最佳编剧"孙雄飞确立了他在影视界的地位。

孙雄飞先后在60多部电视剧中担任编剧、责任编辑和剧本策划,其中17部电视剧在国内外获得60余个奖项。除《围城》外,他创作和改编《蛙女》《称心如意》《月上海》《上海1935》《悉尼在等我》《我是真的》《花生阿狗》等30多部近500集的电视剧。

右起:孙雄飞、杨绛、黄蜀芹

孙雄飞成了忙人,他先后担任中央电视台特约编剧,中共上海市委宣传部属下的上海文化发展总公司总编辑,中国国际电视总公司上海分公司剧本策划,中国国安文化传媒投资有限公司编审部主任,上海新文化传媒集团有限公司孙雄飞工作室总监。

过度的忙碌,使孙雄飞不堪重负。他来我家,不停地抽烟。他心力交瘁,终于倒了下去……

"小字辈"远去了。然而《小字辈》作为优秀电影,永存于中国电影史。

不知老之将至

摔了一跤,把我摔醒了,明白了老之将至。

我住的是复式房。记得,在十年前,我双手各提一个装满书的旅行袋,可以噔噔地一口气踩着楼梯上楼。可是2017年8月18日,我像往常那样抱起一整箱书,噔噔地上楼,走到最后一级楼梯时,双脚一软,噗的一下摔倒在楼梯口。我在剧痛之中不得不在地板上躺了五分钟,这才由妻慢慢扶着起来。想想真有点后怕,如果不是摔倒在楼梯口,而是在楼梯中间抱着一箱书滚下去,那后果就不堪设想了。

当时正在上海书展期间,那天下午我有两场活动以及一小时的电视采访。虽然左脚以及右胸肋骨疼痛不已,我还是强忍着去上海展览馆,做完一场场活动。不久,我的左脚背肿了起来,皮肤发亮。真担心骨折,伤筋动骨一百天,那就糟了,不光是只能"宅"在家里,而且连上下楼梯都困难。在家静养几天,足不出户,一次次涂消肿药水,所幸慢慢地肿退了,而肋骨则在疼痛一个多月之后才渐渐好了。

我不由得记起,前些日子去看望老作家白桦。我曾经几度跟他一起出差,他向来风度潇洒,快步如飞。然而这一回我去他家,他竟然不得不坐在轮椅上跟我聊天。他说,他"犯错误",只一秒钟。那是他试图搬起家中的一个氧气钢瓶,只听见脊椎骨发出"啪"的一声,骨折了,再也直不起腰,从此只能坐在轮椅上。他叮嘱我："永烈，千万小心，真是一失足成千古恨。"

没有想到，我还是重复了他的错误，只是后果没有他那么严重。所以会犯这样的错误，那就是《论语·述而》中所言："不知老之将至。"

时间一天天过去，年岁在不知不觉中增长，我却浑然"不知老之将至"。我一直是同辈人之中的"年轻人"。大约因为上学早，而且又在中学跳级，所以到了高中，到了大学，我总是班级里年纪最小的一个。就创作而言，我11岁开始发表作品，19岁写出第一本书，20岁成为《十万个为什么》的主要作者，21岁写出《小灵通漫游未来》，所以在作家之中，我一直头顶着"青年作家"的光环。

一页页被撕去的日历，如同秋风扫落叶一般。不知不觉之中，从"知天命"而"耳顺"而"古稀"。在各种各样的会议之中，我从原本的最年轻者变成了最为年长者。人们对我的称呼也从"小叶""老叶"到"叶老师"直至"叶老"。我很羡慕人家称莫言为"莫老"，仿佛企盼他永远不会老。我也赞叹人家称任溶溶为"任老"，仿佛对于老之将至满不在乎。而我呢，叶老则黄，则落，这原本是大自然的规律。可是在我的心中，还一直以为自己是年轻人。

年岁毕竟不饶人。摔了一跤，使我明白，不能逞强去做超越年龄的事。我也开始注意保护自己。比如，我家的书架顶天立地，往日拿高处的书，端张方凳，嗖的一下站上去取书。如今改用椅子，以求站得稳妥。搬书时，也不再整箱整箱地搬，而是分几批搬，宁可多跑几趟。上下楼梯时也放慢了步伐，而且拉着扶手，不再是噔噔地奔上跑下。

落日的余晖很灿烂，也很短暂。明白了老之将至，也等于明白了余日不多，倍觉时间的珍贵。我在整理出版了1400万字、28卷《叶永烈科普全集》之后，正在整理出版我的纪实文集、散文文集、游记选集、书信选集以及日记。我也整理了我所收藏的大批名人书信、照片、档案、采访录音带、采访笔记，分批捐赠给上海图书馆，已经捐了40箱。

"写作着是美丽的"。我抓紧时间，在最近三年终于完成多年的夙愿，写出了130多万字的"上海三部曲"长篇小说：《东方华尔街》《海峡柔情》《邂逅美丽》均已经出版。

"凭谁问，廉颇老矣，尚能饭否？"毕竟"想当年，金戈铁马，气吞万里如虎"，已经过去。当老之将至，我只能量力而为，贾其余勇，再写几部长篇小说，奉献给读者。

捐赠之后

我走进上海图书馆一个特殊的部门。那里不见一排排书架，不见一本本图书，出现在眼前的是一台台电脑，各种各样的仪器。墙上贴着蓝底白字的两张布告：《"叶永烈专藏"数字化流程示意图》和《"叶永烈专藏"数字化项目安全细则》。

陪同我参观的是上海图书馆周德明副馆长。2014年4月，当他从陈凌康先生那里得知我有意把创作档案捐赠给上海图书馆后，便马上和历史文献中心主任黄显功到我家商谈。他了解到我的创作档案数量庞大，定名为"叶永烈专藏"专门保存。4月底，在上海图书馆举行了隆重的"叶永烈专藏"捐赠签约仪式。转眼之间，三年多时间过去了，我向上海图书馆捐赠了40箱手稿、名人书信、采访磁带、档案等。在捐赠之后，他们究竟整理得怎么样了？于是，我又一次来到上海图书馆。

对于上海图书馆来说，收藏、扫描手稿、书信是经常性的工作，是他们的长项。他们设有名人手稿馆，在恒温恒湿的库房里保存纸质文件，安全无虞。我关注的是那一千多盘采访录音磁带的命运。因为很多磁带是二三十年前录制的，而盒式磁带的寿命通常是十几年，必须尽快转成数码，才能长期保存这些绝版的历史的声音。

我来到上海图书馆信息处理中心。那里的负责人全先生告诉我，上海图书馆高度重视这批名人采访磁带，不仅配备了专门的转录设备，而且还从北京请来富有经验的专家给予技术指导。他指着《"叶永烈专藏"数字化项目安全细则》说，为了确保工作顺利进行作了十项规定，诸如"资料原件非常珍贵，加工时要轻拿轻翻""离开工作岗位时必须要将资料原件及时放入资料柜并上锁"等等。两位小姐专门做转录工作，目前已经转换了八百多盘。周德明副馆长说，他从转换之后的数码录音中，清晰听见了陈伯达那浓重福建口音的谈话，也听见刘诗昆充满激情的珍贵回忆。这些数码录音在几十年以至上百年之

上海图书馆叶永烈专藏室墙壁布告之一

后，仍将为后辈学者提供重要的研究资料。

全先生告诉我，除了少数磁带磁粉脱落、无法还原之外，大多数都能转换，这些磁带保管不错。我说，这可能有几个原因：一是我当时意识到所采访的大都是当代重大事件的亲历者，所以从上海磁带厂成批买了新磁带，只用一次，从不抹去之后反复使用，以求确保录音质量；二是保存在铁皮档案箱里，以屏蔽外界的磁干扰；三是箱中放了干燥剂，防潮防霉。不过，由于采访时使用盒式录音机，单声道，而且没有外接话筒，有的录音质量差。还有的环境杂音大，也影响录音质量。全先生说，准备以后再仔细加工，滤去嘈杂的背景声音。

对于我来说，捐赠那些采访磁带，还算轻松，因为磁带盒上原本就贴好标签，写明采访年月日，被采访者的姓名，是第几盘磁带。另外，在我的电脑中，还有一份以时间为顺序的采访磁带目录。所以我把成批的采访磁带装箱并附上磁带目录电子文本，交给上海图书馆就可以了。

倒是捐赠名人书信的工作量很大。通常，熟悉的朋友给我写信，往往信末只署名而没有姓，我必须在信的上方写明来信者姓名，有的还要注明身份，以便上海图书馆工作人员明白这是谁的来信，何等人物。比如，在署名耀明的信上标明"潘耀明（彦火），香港著名作家"，在丁盛的信上标明"南京军区司令员"（原南京军区司令员）等等。有一封信末只署一个"鼐"字，我注明乃是考古界泰斗夏鼐院士。有一封信末署"书弟"，我注明那是首漂长江的英雄尧茂书在牺牲前一周写给他的三哥的长信。他的三哥在接受我的采访时，把这封信送给了我。这是极其珍贵的文献。我在信上加以说明。在几千封这样的书信上逐一加注，很重要但又很费时间。

周德明先生"表扬"了我，因为我捐赠的书信往往附有我的回信，这是很少见的。有往有返，有助于理解信件的完整内容。我怎么会保存了给友人的诸多回信的呢？那是因为当年写文章、写书稿，我总是夹一张单面复写纸，留一份复写底稿。一是万一邮寄丢失，仍有底稿；二是出版社出书时往往会有删节，而我必须保留一份完整的书稿。我在写信时，凡是以为值得保存的信件，也留了一份复写稿。

从上海图书馆回来之后，趁国庆长假，我又整理了10箱创作档案，捐赠给上海图书馆。

这封1983年4月14日的信，末尾只署一个"鼐"字，乃考古泰斗夏鼐院士的手笔。如不加注，很易被忽视。

考古泰斗夏鼐院士的手笔

日坐书城

书的品格

一辈子读书、写书，跟书是老朋友，熟知书的品格。

书略显矜持。书自恃是学问的宝库，如果你不去叩响门扉，书不理你。只有你主动前往拜访，书这才接待你。

书也有脾气。如果你对书三心二意，浅尝辄止，翻了几页就走，书就对你翻脸，什么也不愿告诉你。

书其实是热水瓶，外冷内热。一旦你跟书交上朋友，书会滔滔不绝向你讲述各种各样的故事，讲述五花八门的知识。

书也很挑剔。书喜欢那些青灯黄卷、潜心苦读的人，愿意与你长厮守，永相伴。书不喜欢那些内心浮躁、急功近利的人，称他们是"一夜情""杯水主义"，做不得朋友。

书很真诚。只要你对书一片真心，书会对你倾其所知，毫无保留。

书是金子。不过这金子埋在沙中，无法一蹴而得。"千淘万漉虽辛苦，吹尽狂沙始到金。"书总是拿这句诗，奉劝每一位读者。

叶永烈把家用游泳池改为藏书室

书不势利。不论你是在"苔痕上阶绿,草色入帘青"的刘禹锡的陋室,还是在"门虽设而常关"的陶渊明的田园,甚至是在"八月秋高风怒号,卷我屋上三重茅"的杜甫草庐,书都安贫若素,心情愉悦。

书最恨虚伪。在金碧辉煌的豪宅那红木书橱里,成排的烫金封面的书过着无人过问的清闲日子,虽然一尘不染,但是形同废纸。书再三声言,我不是装饰品,"绣花枕头稻草芯",学问是"装"不出来的。

书也不喜欢盲从。书从来不以为书上写的"句句是真理"。书最不愿读者成为"书奴"。书希望读者从书中得到启示,超越前人,写出更新更好的书。在书看来,只有"后浪超前浪",书才能进步,人类才能进步。

我爱书。我爱书的品格。日坐书城,读万卷书,成为我的最爱。书使我清醒,书使我明志,书使我博学,书使我睿智。掩卷沉思,在我的书房"沉思斋"里,写下这篇为书画像的短文《书的品格》。

最初的阅读

答《中华读书报》舒晋瑜女士——

1.您看的第一本书是什么?是在什么情况下看的?

我最早阅读的是两本图画书,一本是《人猿泰山》,一本是《鲁滨孙漂流记》。

这两本图画书,是我从父亲的书柜里找到的。父亲有好几个书柜,放着各种各样的书。这两本图画书浅显又有着有趣的图画,《人猿泰山》所描述的非洲森林,《鲁滨孙漂流记》所描述的荒岛生活,都是我闻所未闻的,所以引起我强烈的阅读兴趣。

2.童年时期的阅读,对哪些书印象深刻?

童年时期喜欢读《白雪公主》《卖火柴的小女孩》那样的童话。

叶永烈夫妇与舒晋瑜（左一）2016年8月18日在上海书展

特别是《卖火柴的小女孩》，给我的印象是极其深刻的。因为在上小学五年级时，老师组织班级里的同学演出了这个童话剧，主角卖火柴的小女孩由班上同学蒋玉蓉饰演，我也是剧组成员。由于反复排练，我迄今仍会唱《卖火柴的小女孩》中的主题曲：

> 可怜我从早卖到晚，
> 还没有吃过半碗饭。
> 妈妈在家里生着病，
> 小女孩在街头受苦难。
> 哎咳哟，哎咳哟……

迄今，我不知道这首歌是谁写的。

另外，在新中国成立初，我的表姐、演员戈烟从上海来温州，送给我一本连环画《白毛女》。我第一次知道白毛女的传奇故事，而这故事有着强烈的阶级斗争意识。

3.小时候读的书，都是来自哪里？讲究阅读方法吗？

我先是看家里的书。父亲那几书橱的书，让我看光了，我便到学校图书室、少年之家去借。上中学时，我向温州市图书馆等申请借书证。于是我手中有好几个借书证。那时，温州市文化馆图书室在市中心中山公园里，还不算远。从我家到九山湖畔的温州市图书馆，路上来回要走一小时。然而，那里的书却像磁石一样吸引着我，使我不住地往那里跑，借回心爱的书。至今，我仍保存着"温州市图书馆读者证""温州市文化馆图书室借书证""少年之家出入证"。其中，那张"温州市文化馆图书室借书证"上有借书记录，从1956年7月31日至8月29日暑假期间，我共去该馆借书15次，差不多两天去借一次！

那时，我爱看《把一切献给党》《普通一兵》《团的儿子》《表》《卓娅和舒拉的故事》《钢铁是怎样炼成的》《源泉》……我很崇拜书中的英雄人物。有一次，我读《真正的人》，被"无脚飞将军"的英雄事迹深深感动，写了一篇几千字的读后感，交给语文教师。不过，《真正的人》开头，用了很长的篇幅单纯描写森林里的景象，我看不下去，"跳"了过去——我喜欢读故事性强的作品。到了高中，我开始读《契诃夫短篇小说选》《呼啸山庄》这样的书。

我也爱看中国古典小说。像《三国演义》《水浒传》《西游记》《聊斋志异》，我都看了好几遍。我最喜欢《西游记》，作者那丰富的幻想力使我深为佩服。这样的古典名著，多读几遍是很有好处的：我第一次读的时候，被书里的故事情节吸引住了，读得很快，一口气看完，像走马观花，浮光掠影；第二次、第三次读的时候，所关心的不再是故事情节了，细细品尝，下马观花，这才真正读懂这些书。

父亲有古文根底。那时候，父亲是银行行长、钱庄总经理，每天开门营业前，他要给员工讲解《古文观止》，所以买了很多本《古文观止》，员工人手一册。我也跟着学《古文观止》。我考上北京大学时，从家中带走的两部书，一是《古文观止》，二是《饮冰室文集》。迄今这两部书仍在我的书架上。

我看书时，有个习惯，读到精彩处，就随手记在笔记本上。这对于提高我的写作水平,很有帮助。一天,我得到一本精美的布面烫银的日记本,忽发宏愿,要自己编一本名言俗语的摘抄本,将精彩的词汇、诗句集中起来,经常翻翻。给它取个什么名字呢?想了好一会,取名"小辞源"。《辞源》词汇丰富,冠上一个"小"字,含涓涓细流的意思。这本《小辞源》,其实也就是我自己编辑的《景物描写辞典》一类的书。那时候,买不到《景物描写辞典》那样的书,不过通过自己的摘抄,印象更深。至今,我手头仍保存着这本《小辞源》,有时,还要拿出来翻翻。在这本《小辞源》中,记下五六万字的名言、佳句、成语、口头禅,光是成语就有上千条。还详尽地记叙了诗的韵律、五言律诗、七言律诗、五绝和七绝的格式,以及各种词牌的格式。我居然对"然"字发生兴趣,研究起"然"的词意。这样,我在看书时,见到"然"的词汇,诸如"猛然""奄然""怆然""蘦然""泫然""轩然""忝然""秩然""尽然""澹然""惴惴然""施施然""潸然""翩然""岢然"等都摘了下来,记了一百多个"然"。

4.哪些书对您后来的创作产生了影响?

上中学时,我也很爱读科普书籍。伊林写的《十万个为什么》,深深地吸引了我。这本书像一位忠实的向导,领着我进行了一次"室内旅行",使我明白了自来水、衬衫、镜子之类,也有许多科学奥秘呢。有一次,我借到一本翻得很旧的《科学家奋斗史话》,一口气把它看完,接着又看了一遍。我懂得了科学家不是天生的,而是"奋斗"出来的。我还读过《趣味物理学》《趣味几何学》。至今,我仍记得其中一些内容。比如,一个飞行员在驾驶飞机时,忽然感到脖子痒痒的,顺手一抓,抓住的竟是一颗子弹!这是因为敌人射来的子弹的方向、速度跟飞机差不多。这个有趣的故事使我明白什么叫"相对运动"。同样,读了"西瓜穿钢板",我明白了西瓜能够穿过迎面飞驶而来的坦克的钢板,也是"相对运动"的缘故……我特别喜欢这些用文艺笔调写成的富有趣味的科普读物。后来,在上大学的时候,20岁的我成为第一版《十万个为什么》的主要作者,便得益于中学时代的这些阅读。

常常有人问我,你怎么会写出《小灵通漫游未来》?你小时候读什么科幻小说?

我小时候读的科幻小说,跟你们现在读的科幻小说全然不同。我在21岁写作《小灵通漫游未来》之前,既没有读过法国凡尔纳的"硬科幻小说",也没有读过英国威尔斯的"软科幻小说",更没有读过美国阿西莫夫的"机器人科幻小说"。我那时候能够读到的,是苏联的科幻小说。我读到的第一篇科幻小说,是苏联的《精密度的钥匙》。当时,我上高中,跟同班的一位同学合订了苏联《知识就是力量》杂志中文版。在这本杂志上,我读到了连载了几期的《精密度的钥匙》。可能是这篇科幻小说太枯燥,也许是内容太深,我看了开头就没有读下去。

我对科幻小说发生兴趣起因于两篇苏联科幻小说,尽管这两篇科幻小说都没有"名气":

其中的一篇叫《射击场的秘密》,记得我当时是从《中国青年》杂志上读到的。《射击场的秘密》是惊险样式的科幻小说。故事很有趣,事隔几十年,我仍能复述:间谍拍摄的微缩胶卷被查获了,所拍摄的是军事禁地——射击场。奇怪的是,拍摄者的视角都很低。据此推理,破案的焦点集中在一只可以随意进入射击场的狗。最后查明,是间谍在狗的一只眼睛里安装了微型照相机……这篇情节跌宕、幻想出人意料的科幻小说,使我对科幻小说产生兴趣。

接着,我又读了苏联科幻小说《奇异的"透明胶"》。小说写的是一天清早,有人正在刷牙,忽然见到从空中飞过一个人,大为惊讶……这"空中飞人"是怎么回事?经过侦查,才知道原来是一个发明家,发明了奇异的"透明胶",充进氢气,就飞上了天空。这种"透明胶"有着奇异的用途……

我也很爱读中国当代小说。记得,邓友梅的小说《在悬崖上》发表的时候,我在念高三。我是站在温州的新华书店里,一口气读完这篇小说,久久地激动着,"蓝皮猴"的形象从此深深地印在我的脑子里。后来我在出席作家代表大会时,特地找邓友梅老师合影,因为我年轻时曾是"邓粉"。我也喜欢读王汶石的小说,可惜后来我一直没有机会见到他。在民国小说中,我爱读废名的短篇小说。

另外,我还读了那本长篇小说《上海——冒险家的乐园》。我手头正在写作的长篇小说《东方华尔街》,一开头就写到《上海——冒险家的乐园》。

我与《收获》

我的小说《青黄之间》，反映了电影制片厂新老导演之间的矛盾，发表在1983年第5期《收获》杂志。

《青黄之间》酝酿颇久。我在电影制片厂工作了18个春秋，从一个新导演经历了"媳妇熬成婆"的曲折过程，很想把内中的甜酸苦辣写成小说。大约是这18年的生活给我提供了极为丰富的创作源泉，所以当我构思成熟之后，下笔飞快，可以说是"文思如涌"。在1983年4月15日至16日两天之内，我便写完了初稿，22000字。

我当时打算寄给东北的《春风》文学月刊，因为他们正向我约稿。我给他们写过《心中的墙》等小说。写完小说，给家中的"第一读者"看。妻不写作，但是平常爱看小说，具备一定的鉴赏眼光。她显得非常兴奋，说："给《收获》！"

我很犹豫。众所周知，《收获》是中国纯文学名牌杂志，何况与我从无联系，我不认识《收获》编辑部任何人。

妻又说："试试看嘛。不用，顶多退回来，怕什么？"我以为妻的话，言之有理。4月18日，我路过徐家汇邮局的时候，把稿子挂号寄给了《收获》。我只写编辑部收。

5月1日，住在我家附近的上海文学研究所张唤民去"老虎灶"泡开水，顺路来我家。他告知："《收获》的编辑唐岱凌，托我转告，请你打电话给他。你写的关于电影厂的小说，他们打算用。"

当时，我还不知道"唐岱凌"三个字怎么写，问了张唤民才知道。他取出唐岱凌的一封信，交给我。信中说，"大作《青黄之间》已拜读，总的感觉不错，形式别致。我们有些修改意见，想面谈一次"。

"劳动节"休假结束后，5月3日上午我打电话给唐岱凌，约定下午谈。下午3时，去上海作家协会——《收获》编辑部就在那里。唐岱凌40多岁样子，戴眼镜，旁边坐一位50多岁女士。

唐岱凌告知："你的小说，经四位编辑看过，一致同意采用。小说立意新，题材新，手法新，而且把杨导演、大老王的形象都写出来了。"

他提出意见：厂长的性格有了，但是内涵不深。厂长为什么不敢用新导演？没写透。厂长是实权派，又懂业务。青黄之间，干部是关键。他还指出，中篇嫌短，短篇嫌长。还是压缩一下，作短篇，很精彩。

唐岱凌说，以上意见，供参考。改不改，你定。一字不改，也可以。又要压缩，又要挖深，是难的。我们这儿对作者要求是严的。

后来，一位年纪较大的男编辑进来，也谈了一下，认为文字上还可更漂亮一些。看过你的其他作品，觉得文字都不错。你完全可以写得很漂亮。另外，小说中的张厂长、汤导演，容易使人想及张骏祥、汤晓丹，改一下姓为好。以免作品发表后，引起不必要的麻烦。

我谈及自己在电影厂里的经历，小说中许多情况确有其事，甚至是我自己的经历。编辑们希望我抓紧，尽可能在最近几天内马上改出来。

我回家，妻马上端了张方凳，坐到我跟前，细细问及《收获》编辑的意见。听罢，她显得特别高兴，因为这表明她最初关于投寄《收获》的意见是正确的。她见到我的桌上摊满信件，她说晚上帮我处理，要我赶快集中精力改好《青黄之间》。

我不由得记起《人民文学》编辑王扶对我说过的话："我们《人民文学》还组点稿。《收获》是不组稿的。你愿意，投来！"

我的印象中，《收获》的"门槛"是很高的。第一次给《收获》写稿，况且不认识任何人，就受到热情接待，稿件处理迅速，意见诚恳，使我很受感动。我一再说，写文学小说，我还很缺乏经验！

不久，《青黄之间》在《收获》杂志发表，使我对纯文学小说产生浓厚的兴趣。那一时期，我很"卖力"地写纯文学小说。后来，我出版了我的中短篇小说选集《爱的选择》，算是我在文学小说创作中的收获。

如今，我再接再厉，写出了纯文学长篇小说"上海三部曲"。

细水长流

"叮当!"门铃响过,快递员双手抱着一只沉甸甸的纸箱。我打开一看,整整一箱清样,多达2000多页。

二话没说,我放下正在用电脑写作的新著,坐到书桌前,开始一页又一页地校对。我意识到,"倾盆大雨"开始了。

平常出书,总是一本而已。这一回不一样,2015年春日以来,两家出版社决定联合出版《叶永烈科普全集》,四个编辑室的十几位编辑上阵。这套全集总共28卷,每卷都有500页上下,50万字上下。每一回快递来三卷、四卷,我马上全力以赴校对,从清晨校到夜深,眼花缭乱,头昏脑涨。妻也跟着忙,她要依照我和编辑的修改之处,把电脑里的《叶永烈科普全集》电子文本逐一修改。这样的"倾盆大雨"一到,就把我们一连"折腾"好多天。

当我把整箱的清样快递给出版社,同时又用电脑写出一份很长的校对意见用"E-mail"发去,刚刚喘上一口气,"叮当!"声又起,又是一箱沉甸甸的

叶永烈在书房

清样……

《叶永烈科普全集》收入的大体是我1983年前的科普作品。从那以后,我结束了作为"理科男"的写作,转轨到纪实文学创作,不再写科普,所以这套书不叫"科普文集",而称"科普全集"。这些早期的作品当时是写在方格稿纸上,是"爬格子"的成果。后来请几位"小辫子"帮我输入电脑,才算有了电子文本。

记得,那时候只知道每天写呀写呀,不知道究竟写了多少作品。直至这次出版《叶永烈科普全集》,如同来了个"年终大盘点",这才知道写了1400万字科普作品。当然,1983年之后数量更多的纪实文学作品,不包括在内。

其实,这一次次"倾盆大雨",来自当年的细水长流。那时候,一页稿纸、一页稿纸地书写,今天写几页,明天写几页,全然是在不知不觉中写作。聚水成涓,聚沙成塔,聚少成多,集腋成裘,写作就是涓涓细流,一点一滴不间断,经过持之以恒的聚集,才汇成那一箱又一箱的清样,才形成那一大排厚重的书本。

云淡风轻,波澜不惊,我已经习惯了青灯黄卷的平静的书房生活。这里,只有滴滴答答的触键声,我把思绪源源不断通过键盘输进电脑。春花秋月,暑往寒来,岁月如流水,悄悄地流,日夜地流,永无止息。青春作赋,皓首穷经,我的一头青丝,在键盘声中渐渐双鬓花白,直至满头飞霜,却依然专工翰墨,唯务雕虫。在我看来,那些凝固在电脑屏幕上的文字,那一箱箱清样,那一部部著作,是凝固的时间,是凝固的生命。

韶光易逝,青春不再。有人选择了在战火纷飞中冲锋陷阵,有人选择了在商海波涛中叱咤风云,有人选择了在官场台阶上拾级而上,有人选择了在银幕荧屏上花枝招展。平平淡淡总是真,我选择了在书房默默耕耘。我近乎孤独地终日坐在冷板凳上,把人生的思考,铸成一篇篇文章。没有豪言壮语,未曾惊世骇俗,真水无香,而文章千古长在。

小水常流,足以穿石,即所谓滴水石穿。然而这却是恒心的考验,韧性的测试。书房里没有灯红酒绿,没有纸醉金迷,没有温柔之乡,没有巨注豪赌,日复一日,年复一年,厮守着一台电脑。所谓细水长流,一是细,二是长。写作之细,足称精雕细刻,反复斟酌每一个字,安排妥当每一个标点符号,那每一条引文的注解都必须精确写上"作者,书名,第几页,出版社,出版年份",无一遗漏,无一差错。写作之长,就一天而言,是从早到晚,从清晨至夜深;就一年而言,是从春到冬,从酷暑到严寒;就一生而言,从11岁发表第一篇作品,直至生命的终结。写作需要你奉献毕生的精力。不可心猿意马,不可三心二意,心无旁骛,一心一意。筚路蓝缕,以启山林;锲而不舍,金石为开。"有恒为成功之本",在文学的道路上,需要坚持,需要不懈,需要勤勉,需要努力。

"看人挑担不吃力"。在创作上拒绝平庸,拒绝无聊。只有精益求精,只有既不重复别人,也不重复自己,才能创新,才能前进。每写一部新著,每上一个台阶,都倍觉艰辛。

青山常在,细水长流,生命不止,笔耕不息。

点 烦

杨绛先生以105岁高龄仙逝之后,倘若把报刊上各种各样的纪念文章收集起来,足以出版一本厚厚的缅怀文集,可见她的敬业精神令多少人为之动容。许许多多文章给我许许多多感触,内中最有收获的却是两个字:点烦。

说实在的,我还是第一次听说杨绛先生的"翻译点烦"论。杨绛在《翻译的技巧》一文中称:点烦,就是"简掉可简的字"。点烦是她从唐代史学家刘知几那里借来,用作翻译的技巧之一。因为译者在逐句翻译时,往往会多用一些字以求意思准确。杨绛在译毕之后进行点烦,即芟芜去杂,减掉大批"废字",以求译文洗练流畅。她译《堂吉诃德》,初译本80多万字,经过点烦,"点"去了10余万字。她的这一点烦译本,获"全国优秀外国文学图书奖"及"西班牙国王勋章"。

鲁迅曾说:"文章写完后,至少看两遍,竭力将可有可无的字、句、段删去,毫不可惜。"鲁迅此言,其实也就是点烦。原创作品点烦,比翻译作品点烦的自由度要大,因为译文点烦毕竟必须处处考虑到忠实于原著,受到种种拘束,而原创作品点烦,该删就删,大刀阔斧,没有顾忌。

杨绛先生的点烦论，使我受益颇多。虽说往日写作毕，也至少要把文章看两遍，往往着重点是放在校对上，看有无错别字，看句子是否通顺，并无点烦这一概念。打从杨绛先生那里得到启示，今后我在写作之中也要点烦。尤其是在出版文集之际，披阅旧作，少不了点烦这一道精打细磨、挤去水分的"工序"。

不起眼的"小尾巴"

我很庆幸，在我从事纪实文学创作之初，得到一位香港文友的善意提醒：写这类作品，一定要注意标上"小尾巴"。你看看香港的同类书，差不多都有"小尾巴"。

他所说的"小尾巴"，就是页下注。他说，纪实文学那个"实"，就是事实、史实，加上"小尾巴"，表明你的作品言之有据，是建立在可靠的史实之上。

由于他的提醒，我注意起"小尾巴"，凡是需要注明的地方，就写上"小尾巴"。在我的书中，页下注主要分两类：一是引文出处，二是采访出处。

我写采访出处，总是写明哪年哪月哪日在什么地方采访某某人，倒是很规范。但是在写引文出处的时候，写明作者、书名、出版社、出版年份，但是在早期的作品中，往往疏忽了一个"要素"——页码。

最近，我的《"四人帮"兴亡》增订版由当代中国出版社出版。这家出版社的编辑工作很细致，连"小尾巴"都不放过。他们对全书的页下注进行全面检查，严格要求规范化。凡是漏写页码的，要求作者逐一补上。

这"补漏"看似简单，却花费了我大量的时间。在那段时间，我不断地"爬楼梯"，因为我住的是复式房，我的几万册藏书放在顶层，不得不逐一把二三十年前用过的图书一本本找出来，一次次把需要的图书搬下来，再从书中查到引文，补上页码，最后上楼把图书放回原处。《"四人帮"兴亡》增订版是200万字的长卷，分为四册出版，"小尾巴"无数。我一边找书、搬书、翻书，一边后悔，当初如果不是为了图省事没有写页码，就不会有今日这样的折腾了。不过，幸运的是，我保存了当年用过的所有参考图书和相关杂志、剪报,都能一一查到引文。此外,从1993年之后,我都注明了页码,所以"补漏"仅限于早期写的"小尾巴"。

也有引用的毛泽东、邓小平等领袖人物的话,很常见,我没有加注,这一回也逐一补上。为了减轻我的工作量,有的常用图书的引文页码,如《毛泽东选集》《邓小平文选》等,编辑帮助我注上。

有的注解,只写"1990年2期《啄木鸟》",编辑要求补上文章名和作者。我费了很多时间查到原文,补充为"何谦,《今天一定要到达——周恩来乘飞机秦岭遇阻纪实》,1990年2期《啄木鸟》"。

又如,一处注解只写"《党史通讯》1985年12期",编辑要求补上文章名和作者。我查到原文,补充为"胡乔木,《在陶行知研究及其基金会成立大会上的讲话》,《党史通讯》1985年12期"。

《"四人帮"兴亡》中,有些简称,根据编辑要求,在第一次提到时,写明全称。比如,"东工委",写明全称是中共"东北军工作委员会";又如,"上三司"全称为"上海市红卫兵革命造反第三司令部","工三司"全称是"上海工人革命造反第三司令部"。

"小尾巴"除了表明作者"言之有据",而且便于有些研究者深入研究。我的一位文友还对我说,他拿到一本新书,往往先从"小尾巴"看起。他飞快地浏览"小尾巴",便知作者有多少学术功底,可以大致判断这本书值不值得购买。

不起眼的"小尾巴",马虎不得,疏忽不得。虽然这一回编辑部要求非常严格,我为"小尾巴"花费很多时间,但这是对广大读者负责的体现,值!

字数趣话

常常有人问我,你总共写了多少字数的作品?我难以准确地回答。照理,每本书的版权页上都标明这本书的字数,把所有书的这些字数相加,就能得出作品总字数。可是,这字数却在变化着。一本二三十年前出版的书,最近重新出版，即便一个字也没有增加，可是新书版权页上的字数会增加许多。

这是怎么回事呢？

农民种地，除了关注农产品的品质之外，还关注产量，而作家写作，除了关注作品质量之外，当然也还关注字数。

就拿小说来说，字数是划分短篇、中篇、长篇的标准：通常把几千字到两万字的小说称为短篇小说，三万字到十万字的小说称为中篇小说，十万字以上的称为长篇小说。

往日"爬格子"，在方格稿纸上写作，字数的概念很清楚。我那时候喜欢用500格一页的稿纸。稿纸的右上角，印着"第__页"。每写一页，要在右上角标上页码数。一篇作品完成时，看一下末页的页码，就知道写了多少字。比如，写了10页就是5000字，写了20页就是10000字。

那时候，我给香港《大公报》写专栏文章，报社规定每篇文章500字，所以我快写满一页时赶紧打住。

最初，我并没有注意，字数的概念是分为两种的。比如写作时，总是分成一个个自然段，段末会留下许多空格。小标题上下各空一行。一种字数是包括这些空格，如前所说，写了10页500字方格稿纸就是5000字；另一种字数则要剔除那些空着的方格，统计实实在在的字数，那么写了一页500字方格稿纸，实际上往往不到400个字（包括标点符号）。

那时候，出版社实行字数稿费。也就是说，按照字数多少付给稿费。所以字数成了计算报酬的依据。这么一来，字数多寡显得很重要。一本书的字数，无非就是一个印刷页多少字乘以书的总页数。然而计算一个印刷页多少字，却大有讲究。对待作者很宽容的出版社，便把书中的空白处也算作字数，支付稿费；抠门的出版社，则要把其中的空白处除去，在他们看来，空白处没有文字，怎么能算字数呢？这么一"抠"，50万字往往变成了40万字。前者犹如称体重时穿着衣服、鞋子，后者则是裸身净重。

自从改用电脑写作，Word软件上方的工具栏里，设有"字数统计"。只消用鼠标轻轻一点，电脑立即显示你的作品的字数。我注意到，这"字数统计"分为计空格与不计空格两种。所以如今出版社要算字数的话，非常方便又精确。

令人奇怪的是，这时候许多出版社都显得异常大方，给字数加入许多"水分"。比如，我的一部作品，电脑显示为33万字（包括空格），可是出书时在版权页上却印着"字数45万"。字数怎么会一下子"膨胀"了许多？原来，出版社把书中的扉页、目录页、插图等等，都算作字数，所以比实际字数大大增加了。

为什么如今的出版社不再"抠"字数了？那是因为现在绝大部分出版社不再依据字数付给作者稿费，而是实行版税制。版税制是依据"版税率×书的定价×印数"的公式计算稿酬，支付作者版税，与字数无关。出版社用不着"抠"字数了，于是"大大方方"在版权页上增加了字数。

这么一来，我的作品的总字数比以前增加了许多。

这时候，出版社的大方与否，以另一种形式体现出来：前已述及，作者版税的三要素是版税率、书的定价、印数。内中版税率是经双方商定写在合同上的，书的定价是明码印在书上的，唯一的变数在于印数。大方的出版社以印数付给作者版税，比如印了一万本就支付你一万本版税。抠门的出版社则在签合同时把印数改成了销售数，也就是说，虽然印了一万本，但是只卖了五千本，也就只能付你五千本的版税。至于还有的出版社对作者隐瞒印数或者隐瞒销售数，那就另当别论，不是一个"抠"字所能形容的了。

《科学家故事100个》的故事

很难想象，十家出版社争着要出版我的《科学家故事100个》一书。《科学家故事100个》是一本畅销书，发行量近百万。正因为这样，才会引来那么多家要出版这本书。可是"女儿"只有一个，只能嫁到一个"婆家"。

其实，《科学家故事100个》是一本老书。那是在1981年，我应少年儿童出版社之约写的。少年儿童出版社副总编辑张伯文知道我熟悉科学史，熟悉科学家，所以约我写这本书。

科学家传记、科学家故事之类的书，可以用铺天盖地来形容。我在写《科学家故事100个》时，努力使这本书别具一格，不同于一般科学家传记、科学家故事。

第一，精心选择古今中外最有代表性的100位科学家，做到"古""今""中""外"以及不同学科都有代表性科学家入选。

第二，着重于"故事"。每一位科学家挑选一生中最感人、最生动、最具代表性的故事，文字要活泼。另外，配科学家简介、科学家肖像。配科学家简介，是为了使读者对科学家的一生以及主要贡献有一概括的了解。每一位科学家写明生年，已故的话写明卒年。外国科学家的译名，统一采用《辞海》译名，另外标明科学家名字的外文原文（如英文、法文、俄文等）。科学家肖像是请画家专门为这本书画的。

我曾说，这本《科学家故事100个》是世界科学史的浓缩版、综合版、文学版。这本书如同"折子戏"，从科学家的大戏（长长的一生）中选最生动的瞬间。

《科学家故事100个》于1982年5月由这家出版社初版，几度再版重印，发行了40多万册。另外，在1989年由台湾富春文化事业公司出了台湾版，在香港也出了香港版。

此后，这本书沉寂多年，几乎被"遗忘"。

2006年，我在北京出席会议，一家出版社的编辑来找我，希望出版这本书。我答应了。她把书名改为《叶永烈讲述科学家故事100个》，在2007年印了一万册。可能由于这家出版社的发行能力差，《叶永烈讲述科学家故事100个》销售平平。据责任编辑告诉我，这本书在一年多的时间里，才销售了五千册，还有五千册积压在仓库里。

就在这个时候，湖北少年儿童出版社社长何龙来上海，指名要出版《叶永烈讲述科学家故事100个》。我如实告诉他两点：第一，这本书与北京的出版社签约，版权有效期5年，要到2012年才到期；第二，这本书销售情况不好。

我建议何社长选用我的别的作品。他却非常"固执"，非要《叶永烈讲述科学家故事100个》不可。他说看过这本书，非常喜欢。他针锋相对说了两点：第一，版权问题——他可以向北京那家出版社购买版权；第二，他以为这本书的发行"绝对"会很好。

我无奈，便把北京那家出版社的责任编辑的电话告诉何社长，让他们两家出版社去商量。

何社长风风火火赶到北京，花了一万元，从北京那家出版社购得版权。我对这本书进行了修改、补充。这样，湖北少年儿童出版社在2009年1月便出版了《叶永烈讲述科学家故事100个》。

我很佩服何社长的眼光，这本《叶永烈讲述科学家故事100个》出版之后，果真不断重印，印数一下子就突破20多万册！

这本书还引起教育部的注意。《科学家故事100个》中的两个故事，被收入全国统编教材小学语文课本。中国教育学会副会长朱永新教授鼎力推荐此书。这样，《科学家故事100个》被列入教育部颁布的小学生必读书目。这样，《科学家故事100个》一下子就引起诸多出版社的注意。我甚至在一天之内接到五家出版社的电话，都是点名要这本书。

湖北少年儿童出版社的合同期尚未到期，21世纪出版社就提前签约。这样，他们花费一年时间另请画家全部重新画了科学家肖像。2013年6月，21世纪出版社出版了《科学家故事100个》。我对这一版本很满意，编辑、装帧质量都很好。

2015年底，湖北少年儿童出版社新任社长与责任编辑专程来沪，要求提前就《科学家故事100个》一书签约，以便他们有时间再度打造《科学家故事100个》一个全新、漂亮的版本。我则表示，着手对《科学家故事100个》一书进行再度修订，补充屠呦呦、霍金等故事，相应删去若干代表性差一点的科学家，使这本书的质量有进一步的提高。

《科学家故事100个》出版情况表明，不仅作者在写作时要讲究视角、布局以及高质量，而且出版社也要有眼光、有鉴赏力。只有这样，一本好书才可能在众多的同类书中脱颖而出，赢得众多读者的喜爱，成为畅销书。

掌上看散文

曾经笑话年轻人成了"低头族"的我，居然也成了"低头族"。

手机原本只是用来打打电话、发发短信之类，自从安装了微信之后，低头看手机屏幕的频率就大为提高。由于忙，我对于朋友圈转发的种种视频、消息，通常只是浏览标题，偶有几篇跟文学有关的文章则打开看看。与众不同的是，我在微信"公众号"里，订阅了上海三报的副刊，倒是天天拜读。这三报的副刊是《解放日报》的"朝花"副刊，《文汇报》的"笔会"副刊，《新民晚报》的"夜光杯"副刊。

我是用"扫一扫"扫描了三报副刊的二维码，让它们进入我的手机的"公众号"。从此三报副刊每天都把当天刊载的散文，发到我的手机里。不过，发来的并不是副刊的全部文章，而是最精彩的两三篇——这些散文在报纸副刊上发表时往往只有文字，而微信上的这些散文则充分发挥电子媒体的优势，配上多幅漂亮的彩色图片，可谓图文并茂。这样，我天天得以在掌上读到最新的散文，而这些散文恰恰是三报副刊每日的精粹之作。

掌上阅读自由度大，可以充分利用"时间零头布"，或在茶余饭后，或在候车乘车，或在树下小憩，或在排队之际，用些许时间读完一篇散文。天长日久，掌上看散文已经成了我的习惯，成为我生活的一部分。这些从手机屏幕、微信平台闯入我的视野的散文，给我以文学滋养，给我以丰富的信息，给我以"悦读"的快乐。看到佳句妙词，默记心中；读到华彩篇章，则用指尖轻点，收藏于手机的SD卡中，以备再欣赏。

我爱副刊，我爱散文。

记得，在北京大学上学的时候，作为"理工男"的我偏爱文学，每天吃过晚饭，会从大膳厅走向不远处的报刊阅览室。那里的一个长方形的木架上，插着当天到达的全国各省市报纸。我往往信手取阅报纸，尤喜副刊。在我看来，各报的国内外重要新闻，大同小异，而地方新闻则往往局限于本省本市，但是副刊各有特色，如一丛丛盛开的鲜花，地域不同而花不同，各领风骚。那时候，我天天必看的是《人民日报》的文艺副刊（后来叫"大地"），《光明日报》的"东风"副刊，《北京晚报》的"五色土"副刊。我也爱看上海三报副刊。

后来我去美国，喜欢看《世界日报》的副刊，人称"世副"。到了台湾，则爱读《联合报》的"联副"——其实，美国的《世界日报》属于联合报系，副刊都是每日两大版，用粗黑大字标题，内容丰富，而且作者遍及海外各地，天南地北，风格各异。

副刊是文学世界，散文天地。副刊上文章短小精悍，宛如一碗碗热气腾腾的小馄饨，是精美的精神食粮。副刊散文题材五花八门，无所不包，有的回忆故友往事，有的记述异国风情，有的谈天说地，有的谈情说爱。人生百态，人情冷暖，历史风云，知识小品，皆熔于副刊之炉。我尤爱辞章秀丽的散文，读之有着唐诗宋词的意境，如清风拂面，若舒云出岫，令人神清气爽，享受文学的美感。我亦甚爱充满真情实感的散文，细腻文字，如泣如诉，令人回肠荡气，体会文学的感染力。

我爱散文，我写散文。我是许多副刊的热心的散文作者。还是大学生的时候，就以笔名叶艇给《解放日报》"朝花"副刊写稿，为《光明日报》的"东风"副刊撰文，在《安徽日报》"红雨"副刊开设专栏。此后多年，在长篇写作之余，为多家副刊写作散文。如果说长篇小说如同庞大的航空母舰，那么短小的散文如同灵活的汽艇。我为香港《大公报》副刊、美国"世副"开设的专栏，每篇500字而已。写作散文，总是有感而发。每当生活的激浪触动创作的

北大图书馆是叶永烈当年在北京大学苦读与写作之处

灵感，我会抓住机会一气呵成，一挥而就。然而写完之后的反复修改，却颇为费时费力，我要"熨平"一个个瑕疵，直至每一个方块汉字都安排妥帖，整篇散文看上去像一匹细柔滑软的流畅绸缎，这才一点鼠标发出去。

文无定法。每一次创作散文，都是一次新的尝试，新的收获。科技的进步，每天都给我送来副刊美文，令我日日遨游于散文之林、文学之海。我不断从掌上拜读精锐新作，学习新的视角，新的谋篇，新的用词，新的手法。探骊得珠，永不停息，探胜求宝，永无止境。

听错了的钱学森

口述历史的重要性，人所共知。然而采访者听错了口述者的话，那就造成谬误以至笑话。凤凰卫视的纪录片《桂生高岭：钱学森》，就闹了大笑话。

《桂生高岭：钱学森》之错，在于听错了钱学森夫人蒋英关于钱学森致陈叔通那封至关重要的信件的口述。

1955年6月15日，钱学森致陈叔通的信件，是钱学森能够从美国回到祖国的关键性的一封信。

陈叔通是钱学森父亲的好友，当时任全国人大常委会副委员长。钱学森在家中写好给陈叔通先生的信，表达要求回国之意，并说美国政府阻挠他回国。

如果钱学森把信直接寄给在上海的父亲转陈叔通，由于他处于美国联邦调查局的监视之中，万一信件被美国联邦调查局拆检，那就麻烦了。钱学森把信夹在夫人蒋英寄给妹妹蒋华的信中。蒋华当时侨居比利时。蒋英请妹妹在收到这封信之后，从比利时转寄到上海钱学森父亲家中。钱学森父亲收到此信，即转陈叔通。陈叔通马上转交给周恩来总理。

1955年8月2日，第二次中美大使级会谈在日内瓦举行。按照周恩来总理的授意，中方代表王炳南在会谈一开始就着重提出美国政府至今仍在限制中国留美学者返回中国。美方代表约翰逊当场否认。他宣称，美国政府在1955年4月就取消了扣留中国学者的法令，允许他们来去自由。

这时，王炳南大使当场揭穿约翰逊的谎言："请问大使先生，既然美国政府早在今年4月间就取消了扣留中国留学生的法令，为什么中国科学家钱学森博士还在6月15日写信给中国政府请求帮助回国呢？"王炳南大使出示了钱学森的那封致陈叔通的亲笔信。约翰逊看了钱学森的亲笔信，无言以对，表示马上向美国政府方面转达。

8月4日，第三次中美大使级会谈继续在日内瓦举行。约翰逊告诉王炳南说，美方已经同意钱学森回国。

8月5日，美国司法部移民归化局正式通知钱学森，允许他离开美国，回到中国。

这样，钱学森一家得以离开美国。1955年10月8日，钱学森一家跨过深圳罗湖桥，终于回到祖国的怀抱。

关于钱学森致陈叔通信的来龙去脉，是钱学森纪录片的重要情节。凤凰卫视纪录片《桂生高岭：钱学森》的编导很努力，采访到关键性的当事人——钱学森夫人蒋英。

蒋英习惯于称钱学森为学森，她说："信是学森写的。"

可是，《桂生高岭：钱学森》的编导却误听为"信是学生写的"，闹了个大乌龙！

《桂生高岭：钱学森》的编导在听错之后，又加以演绎，称这封信是钱学森让"自己的学生"在咖啡馆写的，而且是"以香烟盒作纸"！

其实，钱学森致陈叔通的信，是事先在家中写好的。如果《桂生高岭：钱学森》的编导看过钱学森致陈叔通信的手迹，就一望而知是钱学森的笔迹，绝非是"学生写的"，而是"学森写的"。信是写在白纸上，而非"以香烟盒作纸"。

钱学森1955年6月15日致陈叔通的信全文如下：

叔通太老师先生：

自一九四七年九月拜别后未通信，然自报章期刊上见到老先生为人民服务及努力的精神，使我们感动佩服！学森数年前认识错误，以致被美政府拘留，今已五年。无一日、一时、一刻不思归国参加伟大的建设高潮。然而世界情势上有更重要更迫急的问题等待解决，学森等个人们的处境是不能用来诉苦的。学森这几年中唯以在可能范围内努力思考学问，以备他日归国之用。

但是现在报纸上说中美交换被拘留人之可能，而美方又说谎谓中国学生愿意回国者皆已放回，我们不免焦急。我政府千万不可信他们的话，除去学森外，尚有多少同胞，欲归不得者。从学森所知者，即有郭永怀一家（Prof.Yong-huai Kuo, Cornell University, ithaca, N.Y.），其他尚不知道确实姓名。这些人不回来，美国人是不能释放的。当然我政府是明白的，美政府的说谎是骗不了的。然我们在长期等待解放，心急如火，唯恐错过机会，请老先生原谅，请政府原谅！附上纽约时报旧闻一节，为学森五年来在美之处境。

在无限期望中祝您

康健

          钱学森谨上

          一九五五年六月十五日

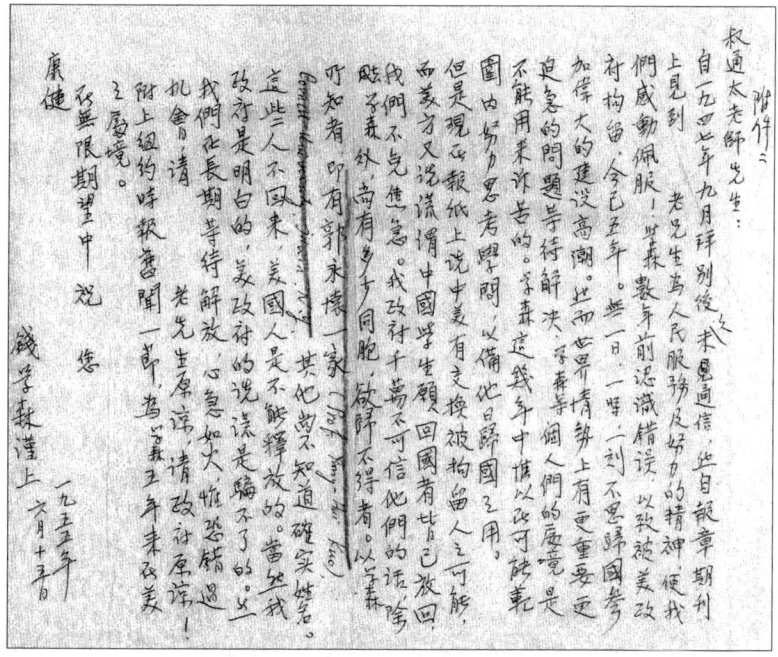

钱学森1955年6月15日致陈叔通信的手迹

钱学森的信，行文如此周密，字迹如此端正，怎么可能是在咖啡馆里"让自己的学生"写的呢？

据钱学森的儿子钱永刚教授告诉笔者，这封信是钱学森在家中仔仔细细写好，由蒋英写好信封。然后他们去一家超级市场，钱学森在超级市场门口，没有进去，跟踪的特工也就止于超级市场门口。蒋英进入超级市场，假装购物，机警地把信投入超级市场里的一个邮筒。

《桂生高岭：钱学森》的编导已经采访到钱学森夫人蒋英，原本可以做出一部完美的纪录片，可惜由于粗心把"学森"错听为"学生"，而且因此进行演绎，以致错上加错。这是做口述历史引以为鉴的事例。

"两弹一星"是什么？

昨天（2014年7月26日）晚上，凤凰卫视著名时事评论家何亮亮，在《新闻今日谈》节目中谈论"中国陆基反导试验成功战略意义不亚于'两弹一星'"时，竟然把"两弹一星"的"两弹"，说成是"原子弹和氢弹"，犯了概念性错误。他不是口误，他在节目中几度说及"两弹"是"原子弹和氢弹"。

我在长篇传记《钱学森》一书中指出：

"两弹一星"中的"一星"，准确地说是"人造地球卫星"，而"两弹"最初是指"原子弹和导弹"。后来"两弹"中的一个"弹"，包含原子弹和氢弹，另一个"弹"则仍是指导弹。

钱学森是中国首屈一指的火箭专家、导弹专家。

简单地说，"两弹"就是"导弹和核弹"。

如果按照何亮亮先生所说"两弹"是"原子弹和氢弹"，那么作为导弹专家的钱学森便与"两弹一星"无关。因为钱学森并不参与"原子弹和氢弹"的研制。

连"两弹"是什么都弄错了,何亮亮先生其实对"陆基反导"也不明白,大谈所谓用导弹攻击敌方军事卫星,又一次犯了概念性错误。

看来,时事评论家们要加强科学修养。如果连"两弹""陆基反导"都不明白,就不必去评论"中国陆基反导试验成功战略意义不亚于'两弹一星'"了。

另外,在看凤凰卫视的"时事辩论会"节目时,我总是很不舒服。节目中几位嘉宾紧挨着排排坐,在那里激烈争论,而每人面前都放着一个敞口茶杯,很不卫生。争论时的口沫,不断飞入茶水。有的嘉宾居然在辩论中还不断喝水。凤凰卫视怎么连起码的卫生都不讲?

哦,请给嘉宾的茶杯加个盖子吧!

顺便提一句,香港凤凰卫视时事评论家、节目主持人极为辛苦,也极为敬业,一个人每天要做很多节目,缺少"充电"的时间,做节目往往"急就章",犯错就难免了。不过,"两弹一星"是一个常识性的概念,作为香港著名时事评论家,何亮亮先生不能犯这种低级错误。

人人都是摄影师

当今,人人都是摄影师。春节之际,我的微信朋友圈热闹非凡,许多朋友一路旅行一路拍照,让我分享旅途的精彩见闻。还有的朋友用手机拍了视频发来,让我见到了诸多活动的画面。上初二的孙女则给我发来她跟父母一起在饭店用餐时一盆盆佳肴的照片,让我分享那舌尖上的美味。这使我不由得记起关于拍照的种种往事……

步入山东东平县第一中学,我在校友橱窗里,见到挂在第一个显要位置的,是万里的照片。不过,用的是万里成为全国人大常委会委员长时的彩色照片,却没有当年万里上小学时的照片。这是一所百年老校,前身是东平书院高等小学堂,万里的母校。据校长告诉我,当年拍照是"高消费",要到省城济南的照相馆里才能拍一张小小的一寸或者两寸黑白照片,所以当时的学生证以至毕业文凭上都没有照片。

在台北，我走访郝柏村将军。他像拿出宝贝似的，给我看一张泛黄的照片。那是1938年他在武昌陆军军官学校毕业，有两周假期，得以回到盐城郝荣村看望父母。为了纪念这难得的团聚，全家乘船前往县城，拍摄一帧全家福。郝柏村说，那时候只有县城才有照相馆。这次拍摄全家福，是他的母亲第一次拍照，也是她留在世上唯一的照片。所以他格外珍视这张全家福，不论到哪里，都带着这帧珍贵的照片。后来郝柏村到了台湾，请人把这张照片绘成大幅油画，挂在家中的客厅里。他还请人依据照片制成父母铜像，安放在书房里，坐在书桌前，抬头便可见到父母。

在我出生的时候，老家温州已经有照相馆，内中有一家照相馆的名字给我的印象特别深，叫作"就是我"。我最早的照片拍于一周岁生日，打着领带，却穿着一双绣花布鞋。我自己拥有照相机，则是在大学三年级的时候，用稿费买了一架海鸥牌二手"120"。每装一卷黑白底片，可以拍12张方形照片。拍摄时，不仅要调节光圈、速度，还要对焦点。那时候，我买了一个长方形的图章大小的自拍器，安装在照相机上，拧紧发条之后，好不容易才发出咔嚓一声，自拍一张照片。我在北京大学念的是光谱分析专业，拍完谱片之后，要在暗房里显影、定影，所以对于暗房技术倒是稔熟，底片、照片都是自己冲洗。不过，从拍摄到印出照片，要花费很多时间。尤其是一卷照片，必须等到全部拍完，才能冲印。

追求新潮的我，2001年在上海百脑汇花600元人民币买了一个手电筒形的"好E拍"，虽说每张数码照片才30KB，一放大就"糊"了，却使我第一次领略了不用胶卷的痛快。此后当市场上出现数码相机，我当即买下，从此告别了胶卷。我不仅买了数码卡片机，还买了专业的单反数码相机。不过，数码相机未必时时带在身边，使我错过诸多"偶遇"的良辰美景以及突发事件。在我看来，发明在手机上安装数码相机的人，是一个创新天才。自从手机可以拍照之后，摄影成为举手之劳。尤其是手机照相机的像素大大提高，而且可以变焦，使手机照片的质量不亚于数码卡片机，人人都成了摄影师。套用一句专业人士的话来说，摄影设备的智能化、小型化、廉价化、傻瓜化，使摄影全民化。

这"人人"也包括我的孙女。自从她也有了手机，几乎成了摄影迷。她拿着手机东拍西拍，居然慢慢悟出摄影的奥妙。她喜欢拍形形色色的花朵，拍风云变幻的天空，拍黄昏时分的都市天际线，拍湖光山色、水面倒影、夜幕彩灯、旭日朝霞。说实在的，有些照片已经够"水平"的了。她拍的一只白鹅水上游的照片，成为我手机的屏幕照片。有一回，她拍摄的我的逆光剪影，白底黑影，轮廓分明，如同木刻，我很喜欢。

从前我牵着她的手到处游走，如今不行了。她走路时东张西望，寻找拍摄对象。凡是她觉得新奇的，漂亮的，就来一张。有一回，走到台北101高楼前，她消失在夜幕中，拿着手机时而猫着腰，时而踮着脚，左一张，右一张，拍摄高楼上不断变色的灯光。我真担心，她只顾拍照，不小心会踩空摔跤，她却耸耸肩不在意地说："我是向爷爷学的，爷爷不也是这样到处拍照吗？！"我顿时语塞，无言以对。

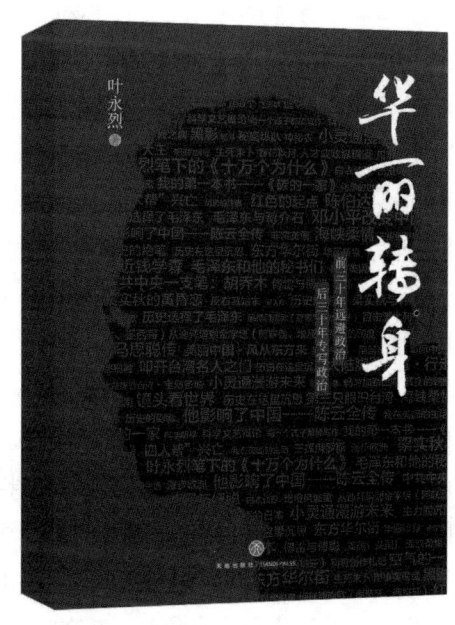

孙女用手机为我拍摄的剪影被用于我的自传《华丽转身》封面

世界杯的意义不只是足球

记者：你喜欢足球吗？

叶永烈：算是半个球迷。

记者：你喜欢世界杯吗？

叶永烈：足球比赛有一句行话叫"比赛的不确定性"。用文学创作上的行话，就是有悬念感。鹿死谁手，要到最后才能知道结果。所以看世界杯，这种"比赛的不确定性"诱使诸多观众看到底。

记者:请你谈谈对于世界杯的看法,好吗?

叶永烈:我喜欢超脱地看世界杯。世界杯给我们的启示,并不局限于绿茵场。

第一,世界杯因为制定了足球的游戏规则之后,人人都非常遵守,裁判就有绝对的权威,大家都按照这游戏规则进行,不管什么肤色,不管你是哪个国家,不管国家大小,大家都是公平竞争。尽管有时裁判也有误判什么的,造成一些不满,但是总的来说,世界杯是非常公正,非常公平的。我看我们在别的事情上也应该执行像世界杯一样的游戏规则。因为每行每业都有游戏规则,达成公认的规则之后大家都应该这么执行。

第二,就是世界杯比赛,国家不分大小,一律平等。很小的国家,它的球队却很强,不与人口成正比。我们这么一个拥有13亿人口的大国,球队这么差劲。韩国与中国比,相当于中国的半个省,还有的国家更小,可是他们的球队很棒。所以,这种竞争使我们看到国与国之间的竞争,有时不在于国家的大小。对于我们中国来说,应该急起直追,应该看到自己的差距。实际上,经济上的竞争跟足球上的竞争是一样的,并不因为你的国家非常庞大就怎么怎么样的,有的小国家经济发展得非常快。足球是看得见的,有些事不能这么直观,不是那样很容易看得见的。

第三,从写作来说,我很喜欢世界杯的电视转播。你在现场看世界杯,未必像电视上看得那么清楚。我觉得如果坐在现场看,你的视角是固定的视角,即使给你坐总统或首相那样的最佳位置,也总是从固定的视角看。但是看电视转播的话,你可以深切地体会什么叫"多角度",什么叫"全方位",什么叫"多层次"。据说,在现场有五十多台摄像机,有的是高高地挂在顶上俯摄的,还有的专门跟踪球星的,有的专门盯球门,有的专门拍裁判、教练、球迷等,从五十多个角度来拍摄足球赛,它的景位有时是全景,有时是中景、近景、特写。就我来说写纪实文学,也从中得到启示,我们的写作也应该是多角度,全方位进行扫描(笑)。我在谈到纪实文学创作时,经常说"多角度、全方位"这六个字。足球比赛的电视转播是最形象地体现了这六个字。

看来中国足球要上去的话,必须从小培养。我们中国乒乓球之所以那么厉害,就是因为有一支实力非常雄厚的青少年乒乓球队伍,有那么多青少年从小就在那里练乒乓球,所以中国乒乓球运动员几年换一批,几年换一

叶永烈在山西接受记者采访（2007年3月31日）

批，永远有新的优秀的选手在那里。中国的足球必须普及，中国的足球场只有美国的六十分之一那么多，有的美国人自己家里都有足球场，我听了十分惊讶。

　　在报纸或者电视报道中，我比较喜欢看足球场之外与世界杯有关的一些花絮新闻、幕后新闻。比如关于一些球星的经历、对于足球的见解，特别是一些著名教练的训练方法。

　　我曾经不大喜欢看足球赛，认为节奏太慢了，相对来说，排球、篮球、乒乓球节奏要快，而足球踢了半天有时进不了一个球。但这次看了世界杯，我觉得足球的魅力远远超过其他运动。

　　足球比赛还特别强调集体的力量。这跟乒乓球不一样，那只是个人的技巧，而足球特别强调集体主义的精神。不管你是怎么样的大球星，你也得靠别人传球给你，这是一个集体的运动。如果其他队员踢得很好，守门员守不住大门的话也会输掉。所以它对加强人们集体主义精神有一种潜移默化的作用，使你感到每一个人的成就都是建立在很多人的汗水之上。足球为什么会受到那么多人的喜爱,我看足球的精神就在此,强调团队精神。

还有就是足球比赛体现了强烈的爱国主义精神。每当一个国家的球队取得胜利,这个国家就成了沸腾的海洋,谁要是输了,这个国家的老百姓又哭又难受。尽管有时也会出现球迷闹事的情况,但起码都反映了人们对自己国家的热爱。

如果没有这种集体主义精神,没有这种强烈的爱国主义精神的话,不会到这种如痴如醉甚至发狂的地步。世界杯比赛,每个人都非常热爱自己的国家,都希望自己国家的球队能够胜利。

记者:对。

叶永烈:我们为什么对中国的足球队恨铁不成钢,也是希望我们的五星红旗高高飘扬,也是希望我们的球队应该起码进入半决赛。

巴西队很厉害,他们有足球传统,有球王贝利,有"足球王国"之称。我们应该研究一下巴西的足球,巴西为什么会成为"足球王国"。

科学怪脑

年龄是女人的秘密。梁实秋夫人韩菁清虽然不愿把真实年龄告诉我,但是在聊天中说及她属羊,"命硬",又说生日是重阳节。我一下子就推算出她生于辛未年(民国二十年)。用《万年历》一查,辛未年重阳节(农历九月初九),即1931年10月19日,这便是她的生日。她却说,她从来是过农历生日的,甚至不知道她的公历生日。自从我给她"算"出公历生日之后,她每年过农历、公历两个生日。每逢公历生日,如果她在上海,必定邀请我出席生日宴会,而且对亲友们说:"这是叶永烈用他的'科学怪脑'给我算出来的生日!"

我也因此"算"出梁实秋的出生年月。梁实秋的二十多种著作,封底均印着作者简介:"梁实秋,1901年生……"其实这是错误的。梁实秋属虎,而生日很好记,即出生于"腊八",亦即农历十二月初八。他生于光绪二十八年

（壬寅）腊八，我依据《万年历》查证，应为1903年1月6日。我把这一查证结果告诉韩菁清，她大笑道："可惜教授（她总是称梁实秋为教授）已经到英国看望莎士比亚去了（逝世之意）。要不，每年1月6日过生日，非要请你这个'科学怪脑'不可！"她也因此明白，她与梁实秋的年龄相差28岁，而不是台湾媒体所说的相差30多岁。

我也为我的老师、著名作家高士其"校正"了公历出生年月。高士其历来说他生于1905年11月1日——不仅他所有的自述文章中是这么写的，就连户口本上也是这样写的。我在1978年为他写的长篇传记《高士其爷爷》中，也是这么写的。

照高士其的这一生日推算，2005年11月1日是他的百岁诞辰，北京和他的家乡福建的有关部门都准备在这一天举行隆重的纪念活动。然而我从此前整理出来的《高士其回忆录》中得知他这样谈及自己的生日："农历乙巳（蛇）年九月廿三日，前清光绪三十一年。与宣统皇帝爱新觉罗·溥仪是同岁，与宣统皇帝的师傅陈宝琛是同日。"我查阅了《万年历》，应当是公历1905年10月21日。也就是说，比1905年11月1日早了11天！应当说，高士其所回忆的他出生于"农历乙巳（蛇）年九月廿三日"，是确实无误的。在中华人民共和国成立后，开始普遍使用公历，大约是在把农历生日换算成公历生日时算错了，一错就错了那么多年。

笔者当时紧急通知北京和福建的有关部门，希望改在2005年10月21日纪念高士其百岁诞辰。主办方经过核对，都认为笔者的换算是正确的，但是由于纪念会的通知早已经发出，不便改动，所以仍在11月1日举行高士其百岁诞辰纪念会，而在会上宣布，高士其的"正确"的生日，应当是1905年10月21日。

自从我在1985年买了中国科学院紫金山天文台编著的《新编万年历》之后，置于案头。凡是写及老一辈人物的出生年月日时，总要用这本《万年历》核对一下。据此，"更正"了许多人的公历生日，而这本书也被我翻得卷起了书角。

我甚至"更正"了父母亲的公历生日。我从老家拿到了父母亲1930年的结婚证书，上面记载着父母亲的农历生日。用《万年历》换算之后，发现户口簿上所写的父亲公历出生年份早了两年，而母亲的公历出生年份晚了一年，至于所载生日的月日，则写作农历生日的月日，当然也都错了。我用《万年历》查对自己的生日，发现也弄错了。当年户口本上写的出生年份是对的，但是月、

1992年叶永烈在上海采访梁实秋夫人韩菁清

1993年11月27日叶永烈与梁实秋夫人韩菁清一起在上海签名售书

日也用农历。在开始使用身份证的时候,我曾经要求改为公历生日,相关部门说更改出生日期的手续很麻烦,也就将错就错,一直用到现在。

其实,在中国存在农历与公历之间的换算,而在俄罗斯也同样存在俄历与公历之间的换算。众所周知的1917年爆发的俄罗斯十月革命,这十月是俄历,按照公历应是1917年11月7日。我在写俄罗斯著名化学家门捷列夫的传记时,查阅俄文相关文献,门捷列夫去世的日子写作1907年1月20日。其实这"1月20日"是俄历。把俄历换算成公历,倒是比较简单,在20世纪,俄历比公历早13天(在19世纪早12天)。考虑到1月有31天,所以门捷列夫的公历忌日应是1907年2月2日。

大约出身"理工男",所以我这"科学怪脑"也就特别较真。

如果唐太宗懂点化学

长达八十多集的电视剧《贞观长歌》在中央电视台一频道黄金时间热播。毕业于北京大学化学系的我,为唐太宗扼腕而叹:这位中国历史上叱咤风云的一代枭雄,征服无数敌人,却死在炼丹术士的手中!倘若唐太宗稍微懂一点化学,就不会如此悲惨地被"长生丹"所毒死!

其实,死于炼丹术的不只是唐太宗。

秦始皇、汉武帝、唐太宗,都是中国历史上声名显赫的皇帝。然而,就在他们创立了丰功伟绩之后,却做起了长生梦。

秦始皇在统一了六国之后,专门派人远渡重洋,去寻找"仙人不死之药"。结果呢?什么长生不老之药都没有找到。

汉武帝呢?他听说露水是"仙露",能够使人"长生不老",于是,便下令在长安的建章宫里,竖立起所谓"承露盘"。那盘是用青铜铸造的,高高地安置在20丈高的石柱上。夜间,露水凝结在盘里,成了"仙露"。这"仙露"被侍从送呈汉武帝,跟美玉碎屑一起服用,以求长生不老。因为据说"服玉者寿如玉"。

其实，那青铜盘经日晒雨淋，长满铜绿，而美玉碎屑，人体无法消化、吸收，还会阻塞消化器官，使人得病呢。

命运最悲惨的，要算是唐太宗了。

唐太宗的威名，曾使他的敌人心惊胆战。然而，他却在52岁时过早地离开了人世。

使唐太宗丧命的，不是他的敌人所下的毒药，而是他自己要吃的"长生药"！

原来，他希图长生。在648年（贞观二十二年），他的部队打败帝那伏帝国，从俘虏中发现一个名叫那罗迩娑婆的和尚，据说会制造"长生药"。唐太宗待他如上宾，叫他在金飙门制造"长生药"。第二年，当唐太宗吃下那个和尚给他配制的"长生药"后，竟然中毒而亡！

唉，长生不成，反而丧生！

唐太宗吃了"长生药"死了还不算，唐宪宗、唐穆宗、唐武宗、唐宣宗，也都是因为吃"长生药"而断送了性命！

那"长生药"究竟是什么东西呢？

1970年，我国考古学家在唐代京都长安——现在的西安，发掘到两坛唐代窖藏的宝物。据查证，那是唐明皇的堂兄李守礼埋在地下的东西。药方上开列着朱砂、密陀僧、琥珀、珊瑚、乳石、石英等。

朱砂是什么？这种红色矿物的化学成分是硫化汞，是一种剧毒化合物。

那些皇帝们服用了剧毒的"长生药"，怎能不呜呼哀哉？！

如果唐太宗们稍微懂一点化学常识，就不会命丧"长生药"了！

不过，话又得说回来，在古代，还没有化学这门科学，而化学却正是从炼丹术中诞生的。

在古代，化学被称为"炼丹术"。这"丹"，便是指"长生丹"。

许许多多炼丹家们，做着各式各样的化学实验。尽管长生梦是荒谬的，但是，炼丹家们毕竟在种种化学实验室中，懂得并积累了一些化学知识。

汉朝末年的魏伯阳，被人们称为"中国炼丹术始祖"。在他所著炼丹之作《周易参同契》中，大部分内容非常荒诞，但是也有一些关于汞、铅的化学知识。

谈到炼丹术，人们不由得记起这么一个故事：

有一个年老的农民快要死了，他担心在他死后，三个懒惰的儿子不愿种田，就故意对他们说，葡萄园里埋着黄金。老农死后，三个儿子天天拿锄头到葡萄园里去挖，虽然挖不到什么黄金，但是土地被翻松了，葡萄长得茂盛，第二年丰收了。

如果说，炼丹术对于化学的发展起过什么作用的话，它们就是那位老农所说的那些并不存在的黄金罢了。

化学的发展，走过了十分曲折的道路。

观剧有感

电视剧《历史转折中的邓小平》开播后，作为一名历史的亲历者，我随手在自己的博客里写下对该剧的个人观点。

其实，我平时只看电视新闻，几乎不看电视剧。对那些帝王改朝换代、后宫争风吃醋以及三角恋爱、婆媳争斗之类电视剧更是没有兴趣。

《历史转折中的邓小平》是个例外，因为我写过纪实长篇《邓小平改变中国》，同时影片里所写的内容，恰恰也是我所经历的。

电视剧名字就叫《历史转折中的邓小平》，关键在转折两个字上做文章，在重大转折关头，显示出邓小平的智慧。影片第一集从1976年粉碎"四人帮"写起，"四人帮"被抓了，组织上解决了问题，但当时中国面临巨大的问题是怎么从思想上扭转"文革"以来严重极"左"思潮和路线。如果说中国是一艘大船，那个年代就是惊涛骇浪，而邓小平是及时出现的舵手，在和风浪的搏击中，拨正了航船前进的方向。

电视剧以时间顺序，比如刚复出时、召开科学大会、平反冤假错案、知识青年回城，对一个又一个的重大历史事件进行推移展现。十一届三中全会后，党的中心工作从阶级斗争转到经济建设上来，从当年的"文革"岁月，转到改革开放。一个是改革，一个是开放，邓小平确立了中国的方针政策。此后，邓小平成为中国的第二代领导核心。这一幕又一幕都是自己亲身经历的一种回顾。

整个电视剧写了邓小平形象的四个方面，一是亲民，二是爱家，三是智慧，四是决断。应该说，电视剧成功演绎了一代伟人邓小平。

邓小平的性格是绵里藏针、柔中有刚。电视剧里有两场戏表现得很好，一个是撒切尔夫人那场戏，铁娘子撒切尔夫人携马岛胜利威风而来，以为香港也会这么顺利。但这场戏很鲜明地突出了邓小平的性格。表面上很客气，一直面带微笑，夫人长夫人短，但是讲到中国主权问题时，一点都不退让，非常有力。但遗憾的是，整个戏删掉了撒切尔夫人在人民大会堂前摔跤的情节，其实这个情节可以表现出她当时心里非常慌。

还有一段是面对意大利女记者法拉奇，这是一个很泼辣的女记者，问题很尖锐，特别是提出中国搞非毛化，邓小平非常准确回答了她的问题。另外还提出天安门城楼上毛泽东像是不是要拿下来？毛主席纪念堂会不会拆掉？邓小平回答：如果没有毛泽东，我们也许还在黑暗中徘徊，毛泽东像会永远保留下去。两个问题都非常肯定。

整个剧采取了实线和虚线相结合，这个手法也比较新颖。《历史转折中的邓小平》是电视剧，它不是纪录片，但是又不能像写光绪皇帝等历史剧那样，邓小平是当代重要的领袖人物，写到邓小平的事情都必须要符合历史事实。

为了观众能够了解当时时代气氛，电视剧中又虚构了很多人物，把虚构的人物跟实在的邓小平两条线交叉起来写，也是这个电视剧的亮点。但我觉得虚线部分，还有遗憾，比如巧合太多了。比如有一个人物刘金锁，是凤阳人，到北京一敲门，就遇到了当时准备一起逃港的田源。逃港的上海女知青后来又遇到田源，巧合太多，就感觉有些虚假，冲淡了一些真实的成分。

这部剧之所以这么吸引我，是因为里面的人物我有幸见到过。比如，剧中的中共中央政治局委员、国务院副总理方毅。1979年，剧刚开始时，在落实知识分子政策，抓科技的时候，方毅副总理对我做过两次批示。《光明日报》的记者到我家里来采访，看到我家很小很破，就写了一篇内参。方毅副总理看到以后，立即做出批示，要改善叶永烈的居住条件。后来，我也受到华国锋、邓小平国家领导人的团体接见，但方毅是单独接见我的。也就是说，我的命运，甚至我整个小家庭的命运都跟邓小平紧紧联系在一起。邓小平改变了中国，也改变了我。我深深地感受到改革开放对我们一个小小家庭带来的变化。

名人速写

大器晚成张中行

1996年12月19日上午,我来到母校北京大学,出席全国第三届传记文学研讨会。

会议在一座有着宫殿式大屋顶、四角飞檐翘起的大楼里举行。那是化学楼。我非常怀念在那里度过的6个春秋。

走进会场,我被安排在一位长者身边,与他并排而坐。他早早已经来到那里,中等身材,花白头发,慈眉善目,一对耳朵大而长,一件蓝色中式对襟褂子外套着一件土黄色棉衣。

友人介绍说:"行公——张中行教授。"

我的第一反应便是:"久仰!久仰!"

张中行,我最初知道他的名字,是在读了女作家杨沫的长篇小说《青春之歌》之后,知道小说中那个"不革命"的青年的原型,就是他。

后来又得知,他是杨沫的第一个丈夫。

再后来,知道他是著名的散文作家。

从友人称张中行为"行公"的话语中,足见对他的尊敬。

友人又向张中行介绍我:"上海作家叶永烈。"

"喔,叶永烈,知道知道!"张中行紧紧地握着我的手,说出一句我没有想到的话:"我的二女婿是你的同学,常说起你。"

我有点惊讶。

张中行见我不解,说道:"我的二女婿是常文保。"

"喔!"我确实感到吃惊,便说:"常文保是我的北大同学。这么说,张文是您的女儿。"

我知道常文保跟张文恋爱、结婚。

张中行说:"张文是我的二女儿。"

我告诉张中行:"常文保跟我同班,张文跟我同年级不同班,都是我的同学。由于常文保跟我同班，所以来往颇多。相对来说，我跟张文接触少一些。在我的印象里，张文当时梳两根辫子，不声不响，为人低调，所以我一直不知道她是您的女儿。"

张中行笑着："她在北京大学上学时，我是人民教育出版社的编辑，本身就没有什么可张扬的，无所谓'低调''高调'。"

我告诉张中行，常文保跟我性格、爱好相投，颇为要好。他是我们班上的团支书，山西小伙子。从北京大学毕业之后，我分配到上海工作，还跟他保持通信。我记得，他的地址是北京大学朗润园13公寓。

在我的印象之中，朗润园是北大名教授们居住之地。

我问："常文保跟张文结婚之后，住在朗润园您家中？"

张中行又笑了："不是他们住在我家中，而是我与老伴'寄居'在他们家！"

原来，张中行成为著名作家，是在他77岁之后。此前，如他所言，他只是一个平民百姓，小民而已，甚至没有房子，所以不得不"寄居"在二女儿、二女婿家中。

先成为著名作家的是他的前妻杨沫（当然最早成名的是杨沫的胞妹、电影演员白杨）。他跟杨沫有着5年同居生活（1932—1936年），那时候，他是北京大学中国语言文学系学生，而只有初中文化程度的杨沫因反抗包办婚姻从家中出逃，邂逅张中行。随着杨沫看了许多左翼书籍而于1936年加入中国共产党，"道不同，不相为谋"，终于与"不革命"的张中行劳燕分飞，这就是1958年杨沫在《青春之歌》中以张中行为原型写了"不革命"的余永泽。

虽说张中行毕业于北大国文系，满腹经纶，但是毕业之后也只在天津南开中学谋得个国文（语文）教师的职位。此后他辗转于各中学。1951年，张中行得以从贝满中学调入人民教育出版社担任中学语文教材的编辑，也只是普通编辑。据称，这时候杨沫已经是老党员，工资是张中行的两三倍。张中行虽学识渊博，却因在土改中定了个"富农"成分，在单位受歧视，而且往往成为一场又一场政治运动的批判对象。他竟然在北京没有分到房屋，只好与妻子住在单位宿舍里。

尤其是在《青春之歌》出版之后，杨沫在中国文坛声誉鹊起，而张中行被杨沫笔下的余永泽弄得灰头土脸。然而张中行却依据文学理论，否认"张中行=余永泽"，他说："小说，依我国编目的传统，入子部，与入史部的著作是不

叶永烈在第三届传记文学会议上发言。右为著名作家张中行

张中行的女婿常文保致叶永烈

常文保，北大同学，
著名作家张中行的女婿

同的。"也就是说,《青春之歌》只是"入子部"的小说而已,不是入史部的传记,大可不必对号入座。

在"文革"中,张中行受批判是意料中之事。他在安徽凤阳"五七干校"劳动两年之后,竟然被赶回河北香河老家"改造"。好不容易回到北京原单位,他只得"挤"到北大朗润园二女儿、二女婿家中。

张中行可谓"大器晚成"。他受到文坛关注,是在1986年出版随笔集《负暄琐话》——出生于1909年的他77岁。所谓负暄,也就是冬日晒太阳取暖之意。《负暄琐话》如同这位老夫子一边晒着太阳一边絮絮叨叨聊陈年旧事。张中行在二女儿家中执笔写作,张文回忆说:"父亲晚年主要的生活就是写作,写作已经成为他的最大的兴趣,甚至不写就难受。他经常早上散步,打完太极拳就回来写作,中午吃完饭休息一会,下午接着写。"他写旧北大的名人,写旧北京的琐事,他有着很好的古文底子,有着与众不同的视角,别具一格的文风,所以《负暄琐话》如同陈年佳酿,一旦打开,满室馨香。此前,他只在早年主编及参编过《文言常识》《文言文选读》《古代散文选》及中学通用语文教材等。即便是1984年他出版了两本关于语文教学的新书《作文杂谈》《文言津逮》,也如同泥牛入海,无人关注。只有在两年之后,《负暄琐话》问世,文坛的聚光灯才对准了他。

已逾古稀的张中行,自称"街头巷尾一常人",居然成为文坛"新秀",刮起一阵"老旋风"。北京大学中文系教授、评论家张颐武以为,张中行的作品"于戏谑中藏着冷峻,包含着深刻的人生哲理,文风平实自然,文笔流畅轻松"。张中行不断地"负暄"下去,出版了《负暄续话》《负暄三话》,接着又出版《月旦集》《禅外说禅》《顺生论》《流年碎影》。

张中行与同住朗润园的季羡林、金克木、邓广铭,被人称"朗润园四老"。"四老"之中的季羡林评价"另一老"张中行,称其是"高人、逸人、至人、超人","学富五车,腹笥丰盈"。

1994年,85岁的张中行终于分到位于北京祁家豁子华严里的一套三居室的房子,这才搬离了北大朗润园二女儿、二女婿家。

张中行的名声越来越大。到了1995年,中央电视台"东方之子"栏目,做了上下两集《张中行》,白岩松在片中说:"北京街头,读不读张中行,仿佛是检验一个人文化水准的标志。"

所幸张中行寿长。他在耄耋之年，仍不断写作，直至2006年2月24日在北京305医院以97岁高龄辞世。倘若他在77岁之前去世，也就没有"著名作家"之誉了。

杨沫在1936年6月10日与入党介绍人马建民结合，也就与张中行分手了。张中行到保定私立育德中学教书，10月10日经人介绍结识保定姑娘李芝銮，并于同年年底结婚。李芝銮与张中行同龄，比他大一个半月，张中行称之为姐。李芝銮是很传统的女性，善良贤惠，不像杨沫那样有着倔强的个性，所以与张中行相亲相爱一个多甲子。李芝銮于2003年以94岁高龄先他而去。

这时，张中行已经住院，并不知道妻子故世。

张中行病重之际，四个女儿轮流照料。这四个女儿即张静、张文、张采与张莹，皆学有所成。女儿们一直把母亲死讯瞒着父亲。

张中行不仅长寿，而且可谓福气甚好。

其实，张中行膝下，应是"五朵金花"。他与杨沫所生的女儿叫徐然。徐然是在快40岁的时候，才从母亲杨沫那里得知自己的生父是张中行。后来徐然生活在美国。当张中行病故时，68岁的徐然失声痛哭。

在"五朵金花"之中，张中行与二女儿张文感情最深，正因为这样才会那么多年"寄宿"在她家。

在那次传记文学研讨会上，张中行先生首先在会上发言，他侃侃而谈，谈了对传记文学的见解。我用录音机录音。我发觉，会议竟只有记录员，却没有录音。这么一来，我的录音成为张中行发言的唯一录音记录。

梁实秋是鸡冠花

1991年3月31日，从台北来到上海的梁实秋夫人韩菁清，又一次与我在衡山宾馆见面。记得，她的第一句话便说："这一回，我专程给你送信来了！"说着，她拿出一大包梁实秋书信原件交给我。她授权我来编选《梁实秋·韩菁清情书选》，并与上海人民出版社签订了出版合同，所以此前每一次来上海，总要带来一批梁实秋写给她的信件。这一回，她在家里"兜底翻"，不仅带齐了梁实秋写给她的所有的书信，而且带来她写给梁实秋的全部书信。她还带来154幅梁实秋与她的不同时期的照片送给我。另外，出乎意料的是，她捧出一个大纸包交给我，打开一看，里面竟是梁实秋诸多的字画原件，供我写作《梁实秋传》参考。

我把这许多珍贵的宝物带回家，摊满一桌，着手整理，逐一复印。我把一大堆书信复印件以时间为序，总算理出了头绪：梁实秋与韩菁清从结识到结婚这四个月里的情书共191封，婚后12年的家书

早年梁实秋

共185封，总共376封，竟有50万字之多。这是梁实秋一部重要遗著。为了便于读者阅读，我从每一封信中抽出一句话作为信的标题。接着，一次次跟韩菁清交谈，请她对信中涉及的许多人名、地名及"暗语"进行解释，逐一加上注解。为了方便交谈，她总是特意住在离我家不远的衡山宾馆或者华亭宾馆。她的记忆力很好，能够随口释疑解惑。她晚睡晏起。有时，我看信至夜深，发现疑难，随时打电话给她，她总是马上给予详尽的答复。这些疑难，倘若不是她作为当事人给予解答，旁人很难加以"考证"。编定书稿之后，请了几位年轻文友协助，把书信用简体字整整齐齐抄在方格稿纸上，交给上海人民出版社责任编辑季永桂先生排出清样，再交韩菁清审订，然后付印，同时交台湾正中书局出版繁体字版。这部砖头一样厚的《梁实秋·韩菁清情书选》在海峡两岸出版之后，韩菁清非常满意，买了许多本广赠亲友。这本书在海峡两岸引起广泛关注，报道、选载、书评众多。

梁实秋写信极为勤快，须臾之间便写成一封。1923年，20岁的他远涉重洋赴美留学时，每隔两三天便寄一信给未婚妻程季淑小姐，"一张信笺两面写，用蝇头细楷写，这样的信收到一封可以看老大半天"。他还曾如此论述过情书的"重要性"："'嘴唇只有在不能接吻时才肯歌唱'，同样的，情人们只有在不能喁喁私语时才要写信。情书是一种紧急救济。"离别三年，他给未婚妻的信积成一麻袋！婚后，梁实秋仍珍藏着他和爱妻的往返情书，收藏于大床之侧的小柜里。可惜，1948年冬，当梁实秋夫妇仓促离开北平时，无法带走这一

梁实秋恭录兰亭集序手迹（部分）

麻袋情书，只得含泪付之一炬，使世人再也没有机会读到他青年时代的情书。1974年4月30日，客居于美国西雅图次女家的梁实秋夫妇正手挽手到附近市场买午餐食物，突然市场前一个梯子倒下，不偏不倚击中程季淑头部，程季淑当场猝亡。从此，梁实秋茕然一鳏。梁实秋应台湾远东图书公司之邀，于1974年11月3日从美国西雅图飞抵台北。极其偶然，他来台北后20多天——11月27日，与小他28岁的歌星韩菁清萍水相逢，竟一见钟情，跌入爱河！

在整理梁实秋与韩菁清之间数百封往返书信的同时，我还着手整理梁实秋的字画。平心而论，梁实秋的画技一般，但是书法别具一格。我见到梁实秋用整整三页宣纸，恭录兰亭集序，文末标明写于辛酉年（1981年）重阳节，是送给韩菁清的生日礼物。

我注意到内中一本宣纸册页，多处有蠹虫蛀食的洞孔，表明这册页上了"年纪"。我小心翼翼翻阅这历经沧桑的册页。卷首是梁实秋的老同学——著名社会学家吴景超教授用毛笔题写的千字文，追溯他与梁实秋结交的往事，文中写及"阴历十二月初八,为实秋三十有八生辰"。梁实秋生于光绪二十八年(壬寅)腊八,即1903年1月6日。他习惯于按照阴历过生日,所以他的38岁生日——庚辰年腊八,为1941年1月5日。这个册页是文友们为庆贺梁实秋诞辰而为文、题诗、作画。当时正值抗战岁月,梁实秋把家眷留在北平,独自前往当时的"陪都"重庆执教,在北碚与吴景超、龚业雅夫妇一起在梨园村合买了一栋新建的平房,取名"雅舍"。那"雅舍"的"雅"字便来自龚业雅的名字。梁实秋在那里开始写作毕生最重要、最有影响的散文名著《雅舍小品》,由龚业雅作序。

我逐页欣赏着那些已经泛黄的字画,内有方令孺、李清悚等的贺词,皆为名儒。梁实秋非常看重这本册页,即便在1948年逃离北平的时候,仍随身带着这本册页。

我在册页中,忽地见到冰心毛笔题词,字迹娟秀,全文如下:

一个人应当像一朵花,不论男人或女人。花有色、香、味,人有才、情、趣,三者缺一,便不能做人家的一个好朋友。我的朋友之中,男人中只有实秋最像一朵花,虽然是一朵鸡冠花,培植尚未成功,实秋仍须努力!

庚辰腊八书于雅舍为实秋寿

冰心

据梁实秋生前回忆,当冰心写到"男人中只有实秋最像一朵花"时,为梁实秋庆寿的朋友们(内中大都是男人)便起哄了:"实秋最像一朵花,那我们都不够朋友了?"

冰心安然、坦然、泰然,徐徐而答:"少安毋躁,我还没有写完呢!"

于是,她继续提笔,写道:"虽然是一朵鸡冠花,培植尚未成功,实秋仍须努力!"

冰心掷笔,众拊掌大笑……

在这笑声逝去半个世纪之后,我读冰心题词,却有一点不解——她为什么说梁实秋是"一朵鸡冠花"呢?

我问韩菁清。她说在梁实秋生前,未曾听他说起鸡冠花的含义。不言而

早年冰心

喻,要解开"鸡冠花"之谜,唯有冰心本人。

于是,我赶紧把冰心的题词复印,函寄北京,向这位"世纪同龄人"请教。此前,1990年6月22日我曾在北京采访过冰心。此后,她在给我的信中,称我为"永烈小友"。

1991年4月1日我以"小友"的名义给冰心写信请教。我的信是这样的:

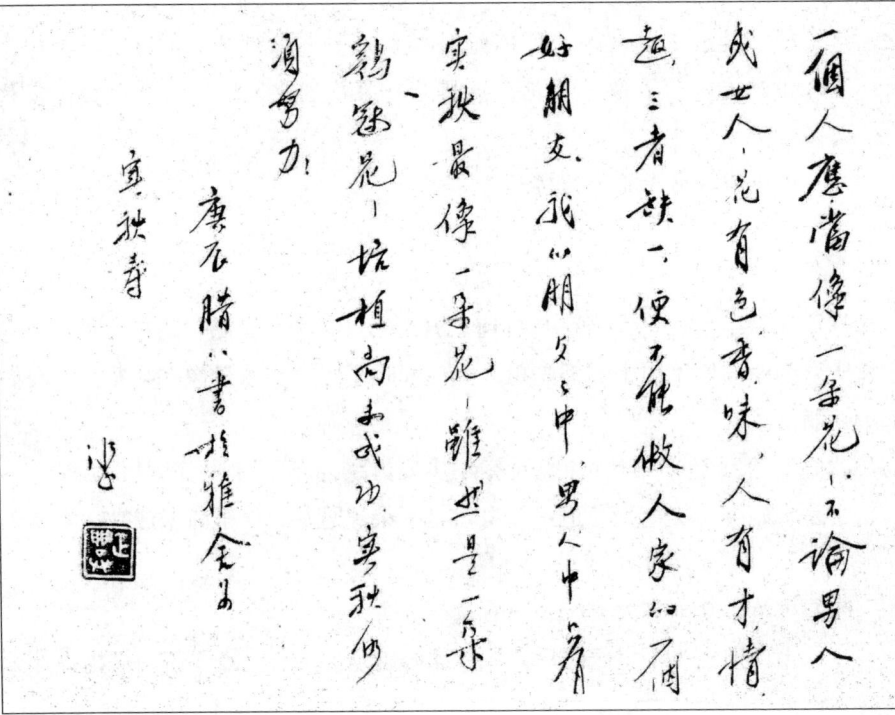

冰心为梁实秋贺寿

尊敬的谢老：

前函收悉，谢谢您亲笔复函。

我在着手写《梁实秋传》，梁夫人韩菁清女士从彼岸给我带来梁先生的一些遗物，内中有一些友人送他的字画。我发现您给他的题词，附上影印件，供存念。

您说梁实秋"是一朵鸡冠花"，不知是什么含义？写这几句话时的情形如何？如方便，盼告知。方令孺的题词中，则称梁实秋为"梨花"——"淡泊风流"。

我写的《倾城之恋——梁实秋和韩菁清忘年之恋》一书，已由台湾业强出版社印行。与卓如的《冰心传》是同一出版社。

祝

万事如意

小友

叶永烈上

1991年4月1日上海

1991年4月5日，冰心亲笔给我复函。这一回，她没有称我"小友"，而是称"永烈先生"。她的回信是这样的：

永烈先生：

谢谢您寄来的复印件。为什么他是鸡冠花？因为那时旁边还有好几位朋友，大家哄笑说"实秋是一朵花，那我们是什么？"因此我加上一句"鸡冠花"，因为它是花中最不显眼的。

读了印件，觉得往事并不如烟。

冰心1991年4月5日

九旬老人的记忆如此清晰，她所回忆的情景与梁实秋生前的回忆完全一致——虽然隔着一道海峡，虽然往事已过去几十个年头。

哦，"往事并不如烟"！正因为这样，1972年当梁实秋听见传言说冰心在"文革"中谢世，赶紧命笔写下《忆冰心》，把他所记忆的冰心往事清楚地向

冰心复叶永烈（1991年4月5日）

> 永烈先生：
>
> 谢谢佳寄来的复印件，为什么此是明信片？因为那时穷也，还有如给朋友大家哄笑说"实秋是一朵花"那那个是什么？因此我加上一句"朵花因为它是花中最不显眼的，读了卯件，觉得往事并不如烟。
>
> 冰心 四.五.

读者娓娓道来：1987年11月3日梁实秋在台北病逝之后的第十天，冰心则在北京写下《忆实秋》，写出她心目中的梁实秋。

海峡无法阻断缅怀之情，岁月没有模糊记忆屏幕。只有那个李后主，絮絮叨叨"往事已成空，还如一梦中"（见李煜《子夜歌》）。不如梦，不似烟，梁实秋夫人从海峡彼岸给我带来的大量书信原件，还有海峡此岸的许多梁实秋老友的生动回忆和丰富的文献资料，使我充满信心投入记述梁实秋往事的长篇之中——他在海峡此岸生活了40多年，在彼岸生活了近40年，此岸加彼岸，这才构成了一个完整的梁实秋！

1994年8月10日，63岁的韩菁清因高血压中风，在台北猝然离世。

1999年2月28日，冰心在北京医院逝世，享年99岁。她的一生，始于20世纪之初，殁于20世纪之末，是名副其实的"世纪老人"。

听沈寂聊前尘旧事

沈寂老先生最近两度打来电话，约我见面，一次是送新书《昨夜星辰》给我，一次是送曾在《新民晚报》上连载的《沈寂口述历史》给我。我去他家看望。92岁的他，个子瘦小而精神矍铄，依然那么健谈。

我结识沈寂，已经有30多年了。他不是那种满腹经纶的学者，而是满腹掌故的"故事大王"。他的阅历极其丰富，熟悉旧上海的三教九流，而记忆力又极好，他讲述的"掌故"往往是第一手的亲身经历。有一回，他来我家，我说起我在电影厂工作时，上班途中常常在斜土路遇见喜剧电影演员"胖子"关宏达，他竟因此从阮玲玉说到张爱玲，从哈同说到黄金荣，他时而跟我说上海话，时而讲普通话，足足谈了一下午，而我则在一侧饶有兴味地静静聆听他讲述种种名人逸事。

他早年写小说，后来主编杂志，还当过记者，因小说《红森林》被改编成电影而进入电影界，此后长期担任电影编剧。我发现，他给我讲述种种前尘旧事时，虽说是随意聊天，却铺陈有序，充满细节，而且富有现场感、画面感。

这一回，他跟我说起一件新鲜事——他曾经一度成为"悼词作家"。那是在粉碎"四人帮"之后，上海电影界给一大批蒙冤影人平反，接二连三举行追悼会。在给著名电影理论家瞿白音开追悼会前，于伶指定要沈寂起草悼词，因为沈寂跟瞿白音熟悉，而且沈寂笔头快。沈寂推辞说："我只会写剧本，不会写悼词。"可是他推不掉，只得勉为其难，总算完成使命。接着，沈寂受命为著名导演郑君里写悼词，他又一次"不辱使命"。于是沈寂写悼词在电影圈里有了"名气"，在著名演员赵丹于1980年10月去世时，上海电影局领导孟波指名要沈寂写悼词。他觉得赵丹一生错综复杂，悼词很难写，为此上海电影局开了专门的介绍信，派专车送他去中共上海市委组织部，在那里查看赵丹的档案……

依据自己多年在电影界的见闻，沈寂写过长篇传记《一代影星阮玲玉》《一代歌星周璇》。这一回推出的新著《昨夜星辰》，副标题是"我眼中的影人朋友"。在书中，他写王丹凤、白杨、黄宗英、金焰、石挥等影人，以友人、同事的视角来写，以第一手见闻来写，格外亲切，而且富有史料价值——他向来强调传记"字字有依据，事事有出处"。沈寂告诉我，在这本书里，他特地写了对于周璇身世的最新考证，这是《一代歌星周璇》一书中所没有的。他说，近年经过仔细查证，查明周璇的生母是江苏常熟一家教会医院护士，叫秦秀敏。她遭院长奸污而怀孕，投河自尽，被人救起，削发为尼。后来生下女婴，欲遗弃，被庵堂送往上海。周家收养了这个孩子，十岁时进入明月歌舞团，取名周璇。

我问起他是否用电脑写作？他摇头。他至今仍是用笔一个字、一个字写作。他正在写《蒋介石家世》，再写5万字，就可以完成。好在他向来文思流畅，一稿成文，没有翻来覆去重抄重写。毕竟年事已高，眼花，所以写作显得很吃力。这一回，沈寂在聊天时往往夹杂着几声咳嗽。他说近来肺气肿发作，所以很少外出，凡外出总要有人陪同。我问他是否因抽烟引起肺气肿？他摇头说，他不抽烟。他喜欢喝茶，酒量也不错。

《沈寂口述历史》的出版，了却了他的一桩心事。虽说是口述，沈寂谈了22次，每次口述前要做准备，整理出文字稿之后要校对，虽然累，但很值得。记述者葛昆元也是我的老朋友。沈寂说，葛昆元的整理稿很好，连语气都写出来了，他很满意。

沈寂对我说，他有三大心愿：

其一，他期望能够与夫人在2017年共庆白金婚——结婚50年为金婚，60年为钻石婚，70年为白金婚。他的夫人近来身体欠佳，他细心照料老伴。《沈寂口述历史》出版之后，他在第一时间拿给夫人看。

其二，整理、出版他的儿童文学作品。他过去曾经发表过许多儿童文学作品，散见于报刊，打算编成一本选集。

其三，再写一本类似《昨夜星辰》的书，写他所熟悉的电影界之外的朋友。

我祝愿他心想事成，健康长寿。

我的这篇《听沈寂聊前尘旧事》在2016年1月22日《新民晚报》发表之后，沈寂给我打来电话，说是因为这篇文章的发表，他接到许多老朋友的问候电话。不料，三个多月后，沈寂先生于2016年5月16日不幸离世，《听沈寂聊前尘旧事》成了他的绝唱。

速写王蒙

王蒙，长脸，中等个子，头发灰白。除了正式场合之外，平常穿着普普通通，看上去像个退休老师傅，没有大作家那样的范儿。

在中国作家之中，王蒙是一个传奇式的人物，一生大起大落，"波幅"甚大。王蒙成名甚早，以小说见长。1953年，19岁的他写出长篇小说《青春万岁》。1956年，22岁的他发表小说《组织部新来的青年人》，文笔尖锐、泼辣，表达对于官僚主义的强烈不满，引起毛泽东的关注，一炮而红。红极转衰，1957年23岁的他"派而右"，划入"另册"，此后便在北京郊区劳动。1963年至1978年，他被"发配"新疆伊宁县巴彦岱镇巴彦岱公社二大队，长达15年之久。他很乐观，在离开北京前往新疆时，居然还带一个玻璃缸，内中装了一条心爱的金鱼。在新疆农村，他居然学会了维吾尔语。跌入谷底那么多年之后，他终于平反，回到北京，他由悲转喜，笔端不断涌出新作，获奖无数。他出任中国作家协会副主席、文化部部长。他还应聘担任诸多大学的教授，种种兼职无数，甚至兼任三沙市政府顾问。

我曾经多次在中国作家协会的会议、在全国书市见到过王蒙。给我印象颇深的是2012年在银川举行的全国书博会，在嘉宾室，我见到他一边跟张贤亮聊天，一边往一本本新作上签名，工作人员把书翻到扉页上，他的眼睛看着张贤亮，却能飞快地在扉页上签名。

2015年，我在《上海文学》杂志3月号上读到他的中篇小说新作《奇葩奇葩处处哀》。这篇小说写的是有钱、有房、有地位的"极品男人"沈卓然在丧妻后择偶再婚，遭遇四个奇女子的故事。虽说故事本身平淡，但是小说中有许多王蒙式的长句和排比句，透露出王蒙的机智和幽默，令我拍案叫绝。

2017年5月，由于跟王蒙一起参加中央文史馆举行的"中华文化四海行·走进湖南"活动，从上海飞往湖南，跟王蒙有了近距离的接触。王蒙偕续弦妻子——原《光明日报》资深记者单三娅同行。

叶永烈与王蒙在上海（2017年5月20日）

已经八十有三的王蒙，身体硬朗，思维活跃，到处发表讲话：

5月20日上午，他在上海文史馆就海派文学发表讲话。

5月20日下午，他从上海飞往长沙。

5月21日上午，他在长沙做了题为《通道为一》的讲座。在长达两小时的讲座中，他讲述了孔子、老子、庄子诸家的思想，广征博引。

5月22日早上，我在湖南宾馆走廊遇见他的时候，他说不随"中华文化四海行·走进湖南"代表团去岳阳了，而是去衡阳。后来我才知道，单三娅是衡阳人，王蒙陪夫人回她的故乡。

5月23日，王蒙在衡阳石鼓书院做了题为《文化与自信》的讲座。

也就是说，从5月20日至5月23日，短短四天之中，王蒙做了三次主题不同的讲座。

这一回在湖南，王蒙聊及毛泽东曾经在1957年的五个不同场合，谈及王蒙的小说《组织部新来的青年人》。毛泽东的五次谈话,既使年轻的王蒙一举成名,也成了王蒙"划右"的依据。

王蒙的英语流利,还不时出国,参加各种文化交流活动。除了作各种各样的讲座,还在报纸、杂志上发表许许多多文章。我在《上海文学》杂志上,看到连载王蒙与一位日本作家谈文化的文章。在每年岁末的《新民晚报》上,则必定刊登王蒙的一篇文章,对他这一年的社会活动以及创作开列一份清单。

达观,睿智,勤奋,博闻,王蒙是中国作家中的奇葩。

渡江纪念馆里的红衣女

轿车驶过南京下关码头,沿着长江来到与秦淮河交汇的河口,我见到蓝天之下竖立着一大排高低错落的红色立柱,看上去像风帆。我问陪同的南京友人:"那是什么?"她回答说,是胜利广场。红色立柱组成"千帆竞渡"的图案,象征着百万雄师过大江,其中最高的立柱为49.423米,寓意是1949年4月23日,亦即渡江战役胜利日和南京解放日。胜利广场旁边,便是渡江胜利纪念馆。

见我对渡江胜利纪念馆甚有兴趣,她便让司机朝那里开去。我看到气势恢宏的主馆的黄褐色墙壁上,高悬邓小平题写的"渡江胜利纪念馆"7个金光闪闪的大字。步入纪念馆,如同走进历史,耳际响着渡江时密集的枪炮声。"打过长江去,解放全中国""将革命进行到底""天亮了",一幅幅当年的标语,勾勒出时代的特色。中国人民解放军战士站在总统府门楼上欢呼的照片,毛泽东在北平香山喜阅"南京解放"号外的照片,脸上洋溢着胜利的欢笑。

蓦地,一幅题为《会师》的巨幅油画出现在我的眼前:那是在中国人民解放军南京市军事管制委员会大门口的台阶上,站着许多穿绿色军服的军人。我认出其中两张熟悉的面孔,那便是当时担任总前委书记的邓小平和南京军管会主任的刘伯承。在油画的左前方,一位身穿红色旗袍的中年女子正在与一位军人紧紧握手,"万绿丛中一点红",显得格外突出。红衣女子烫发,穿黑色高跟鞋,跟一群布衣布鞋的军人相比,显得格外的"潮"。但是她戴一副金丝无

南京渡江胜利纪念馆中的巨幅油画《会师》，左前着红色旗袍女子为中共南京地下党市委书记陈修良

框眼镜，端庄典雅，一派知识分子模样，脸上漾着微笑。

她是谁？她便是当时担任中共南京市委书记的陈修良。

油画上的陈修良穿红色旗袍，并非艺术夸张。4月24日一早，通宵达旦工作、化名"张太太"的陈修良来不及脱下旗袍，就赶到南京励志社旧址（今玄武区中山东路307号），率先进城的中国人民解放军第35军军部设在那里。她求见老朋友、35军政治委员何克希。卫兵把这个小女子挡在门外。何克希得知后，连忙跑了出来，老远就对她大声呼喊："修良同志，我们终于胜利了！"卫兵这才吃惊地知道，这个"老百姓"原来是南京的地下党。油画《会师》正是在这样真实的历史细节上进行创作的。

在渡江胜利纪念馆，我还看到陈修良担任中共南京市委书记时期的多幅照片。对于陈修良，我很熟悉，不仅因为她的女儿沙尚之跟我是北大同班同学，而且我曾经多次在上海采访她。

陈修良是一位有着传奇色彩的女共产党人。她生于1907年，18岁的她便已经成为宁波学生运动领袖。她在1927年加入中国共产党。从苏联莫斯科留学归国之后，她长期从事地下工作。

1946年4月，陈修良被任命为中共南京市委书记。南京是蒋氏王朝的首都，蒋介石岂容卧榻之侧有中共地下党？屈指算来，陈修良是第九任中共南京市委书记，她的八位前任都倒在

南京渡江胜利纪念馆中的中共南京地下党市委书记陈修良照片

屠刀之下。陈修良义无反顾接受组织上的安排。她在江北脱下军装，换上便衣，与担任中共华中分局城市工作部部长的丈夫沙文汉分别时，以荆轲《易水歌》明志："风萧萧兮易水寒，壮士一去兮不复返！"沙文汉亦口占一首七绝相赠："男儿一世事横行，巾帼岂无翻海鲸？欲得虎子须入穴，虎穴如今是金陵。"

叶永烈采访陈修良（1996年1月13日上海华东医院）

陈修良机智沉着，在危机四伏的南京潜伏，在南京市中心开展地下工作，建立了学委、工委、文委、公务员委等组织，要求地下党"像酵母菌在面粉里一样，只看见面团发起来而看不见酵母菌的存在"。尤其是在1948年淮海战役胜利后，陈修良成功地组织地下党策反了国民党"重庆"号巡洋舰组成员、南京首都警卫师以及B24型轰炸机组成员，还为中国人民解放军渡江提供了重要情报，包括《京沪、沪杭沿线军事布置图》《南京城防工事地图》等。如果说，解放南京是"里应外合"的胜利，中国人民解放军是"外合"，而以陈修良为首的中共南京市委就是"里应"。那幅油画，就是画出了"里应"与"外合"会师之际的历史瞬间。

中华人民共和国成立之后，沙文汉任浙江省省长，陈修良任中共浙江省宣传部副部长、代部长。然而风云多变，陈修良和丈夫沙文汉蒙受不白之冤，命运坎坷。但是陈修良坚信乌云之后将迎来万里晴空，她和丈夫的冤案终于得以平反。

站在那幅红衣女子的油画前，我仿佛听见她的朗朗笑声。正是这爽朗的性格，使她在白色恐怖下巍然挺立，在漫漫逆境中心胸坦荡。她以诗明志："谁怜冠盖锦衣梦，留得清名我不穷！"1998年，陈修良以91岁高龄辞别人世。

我写《傅雷画传》

一本父亲写给儿子的家书集，成了中国的畅销书，一版再版，印行了一百多万册。

这本书的封面，出自名家之手：蓝色的封面上，画了一支洁白的羽毛笔。蓝色象征海洋，表示家书穿洋渡海；白色表示不俗，象征作者高洁的品格。

羽毛笔的含义是双重的，一是象征翻译家——因为作者是中国著名翻译家，所译的大都是十八、十九世纪法国文学作品，当时法国作家是用羽毛笔写作的；二是象征家书——鸡毛信。

哦，那支羽毛笔，仿佛飘飘欲飞，在蓝色的大海上空飞翔、飞翔……

这本家书集，就是《傅雷家书》。

1938年的傅雷（30岁）　　　　　　1961年的傅雷（53岁）

封面的设计者是著名画家、曾经担任中国工艺美术学院院长的工艺美术家庞薰琹，傅雷的好友。

傅雷，他把毕生的时间，凝固在15卷《傅雷译文集》中，共约500万言。他把手中的笔，化为一座架在中法之间的文学桥梁，这座文学桥梁，永存于人世。

至于《傅雷家书》，却是傅雷生前连做梦都没有想到会出版的书。然而，如今傅雷最广为人知的著作，是《傅雷家书》。《傅雷家书》的影响，甚至超过了傅雷的译著。

为什么一本家书集，会产生如此巨大的影响？

生于艰难，死于危世。傅雷的一生，历处逆境。他的这些家书，在写作时只是与儿子作纸上倾谈，无拘无束，心里怎么想的，笔下就怎么写。它是傅雷思想的真实流露，呈现在读者面前的是一颗纯真的心灵。《傅雷家书》的巨大魅力，正是在于傅雷高尚的人格力量。

"生年不满百，常怀千岁忧。"可以说是傅雷品格的生动写照。他非常喜

欢这两句诗。

这是《全汉三国两晋南北朝诗》中无名氏的诗，原作全文是：

> 生年不满百，
> 常怀千岁忧。
> 昼短苦夜长，
> 何不秉烛游。

原意是说，人的生命不满百岁，可是常常为身后的事忧愁不已。既然人生短暂，又昼短夜长，何不持烛夜游，及时行乐呢？原诗的意思是消极的、颓废的。

但是，傅雷先生截取了前两句，含义就大不相同。1963年7月22日，他在给傅聪的信中写道："生年不满百，常怀千岁忧：此二语可为你我写照。"

1985年5月27日，我在上海采访傅聪时，他说，他的父亲傅雷最喜欢这两句诗，作为座右铭。他的父亲的特点就是"生年不满百，常怀千岁忧"。

傅聪说，父亲总是忧国忧民，为整个人类的命运担忧。他是一个想得很多、想得很远、想得很深的人，是一个内心世界非常丰富的人。

傅聪记得，在1948年，印度民族运动的领袖甘地被极右派刺死，消息传来，父亲傅雷悲愤交集，三天吃不好饭……正因为父亲傅雷"常怀千岁忧"，所以他的心灵常受煎熬，常处于痛苦之中。

傅聪还对我说，他的父亲是"五四"一代中国典型的知识分子。知识分子，不应当只是理解为"有知识的人"，应当是有思想的人。知识分子是社会进步的先锋队。也正因为这样，许多进步的知识分子在历史上总是命运坎坷，如伽利略、哥白尼等，他们总是保持自己独立的见解，不做"顺民"。

《傅雷家书》，也可以说是一本忧国之书、忧民之书。尽管傅雷受极"左"路线迫害，不得不终日蜗居，与世隔绝，但是他的心是博大无涯的，紧紧地与国家的命运、人民的哀乐相连。

傅聪说，透过父亲写给他的那么多家书，足以看出父亲是一个非常热情的人，充满父爱的人。《家书》谈的是做人的原则、艺术的修养。父亲既热情，又细致,细小到衣、食、住、行都要管,什么都替你想到了。傅聪坦率地说,有优点必然有缺点,他以为父亲过于严格、慎微。他大笑道,幸亏他一半像父亲,另一半像母亲,他从母亲那里继承了宽容、乐天的品格。

我曾说,我作为上海作家,向来很忌讳写上海作家。傅雷与戴厚英是两个例外。傅雷与戴厚英都是命运乖戾、受尽"左"的压迫而死于非命的上海作家。我多次采访戴厚英本人,为戴厚英写下了纪实长篇《非命》。

我关注傅雷,最初是从关注傅聪开始的。

喜欢音乐的我,很早就注意到中国音乐界的"两聪"——马思聪和傅聪。这两"聪"都曾有过"叛国分子"的可怕名声。我为内心痛楚、客死美国的马思聪先生写下了纪实长篇《风雨琴声——马思聪传》。

1979年4月,傅聪从英国回到阔别已久的祖国,回到阔别已久的故乡上海,出席父亲傅雷平反昭雪的追悼会和骨灰安放仪式。这时,傅雷的冤案已经平反,可是笼罩在傅聪头上的"叛国者"阴影并未散去。我当时从《中国青年报》的一份内参上,看到详细的傅聪的动向报道,傅聪又爱国、又"叛国"的曲折经历,引起我的关注。

在对傅聪有了些了解之后,我发觉他和他父亲傅雷都有一颗火热的爱国之心。尽管当时无法发表关于傅聪的报告文学,我还是以他为模特儿写成一万五千字的小说《爱国的"叛国者"》,在1980年发表于《福建文学》杂志。

我采访了傅聪,又采访了傅敏。我的视线转向他们的父亲傅雷。我采访的范围逐步扩大,内中包括傅雷夫人的哥哥朱人秀,傅雷的老保姆周菊娣、梅月英(荷娣),傅雷夫人侄女朱佛容;傅雷的许多好友:著名作家柯灵、楼适夷,数学家雷垣教授,翻译家周煦良教授,声学家林俊卿教授,音乐家丁善德教授,小提琴家毛楚恩教授,翻译家严大椿教授,法学家裘劭恒教授,傅雷干女儿、钢琴家牛恩德博士;傅聪的好友:中央音乐学院院长吴祖强,中央音乐学院周广仁教授,钢琴家史大正,上海音乐学院吴乐懿教授,上海音乐学院李民铎教授……

随着采访逐步深入,我竟然"挖"出了那位冒死保存傅雷夫妇骨灰、感人至深的江小燕。

在上海市长宁区公安局查到傅雷死亡档案,采访了有关公安人员,首次揭开傅雷之死的真相。

在广泛采访的基础上,我写出关于傅雷、傅聪、傅敏的三篇报告文学,写出了《傅雷一家》一书,于1986年9月由天津人民出版社出版。

此后,1993年作家出版社出版七卷本《叶永烈自选集》,选入《傅雷与傅聪》一书。

楼适夷先生在给我的信中,曾经建议我写长篇《傅雷传》。我原本也准备写,所以对傅雷亲友做了广泛的采访。然而,后来我忙于"红色三部曲"、《"四人帮"兴衰》《反右派始末》等一系列重大政治题材的长篇纪实文学的创作,也就把《傅雷传》的写作搁下来了。

随着生活节奏的加快,"读图时代"到来了。读者喜爱图文并茂或者以图为主的书。复旦大学出版社约我写《傅雷画传》,由于我曾经为写作长篇《傅雷传》做过充分的准备,所以很顺利就完成了《傅雷画传》。

画传,是人物传记中的新品种。通常的人物传记是以文字为主,厚厚的几十万字,在书前插几幅照片;通常的人物画册以图片为主,图片多达几百幅,

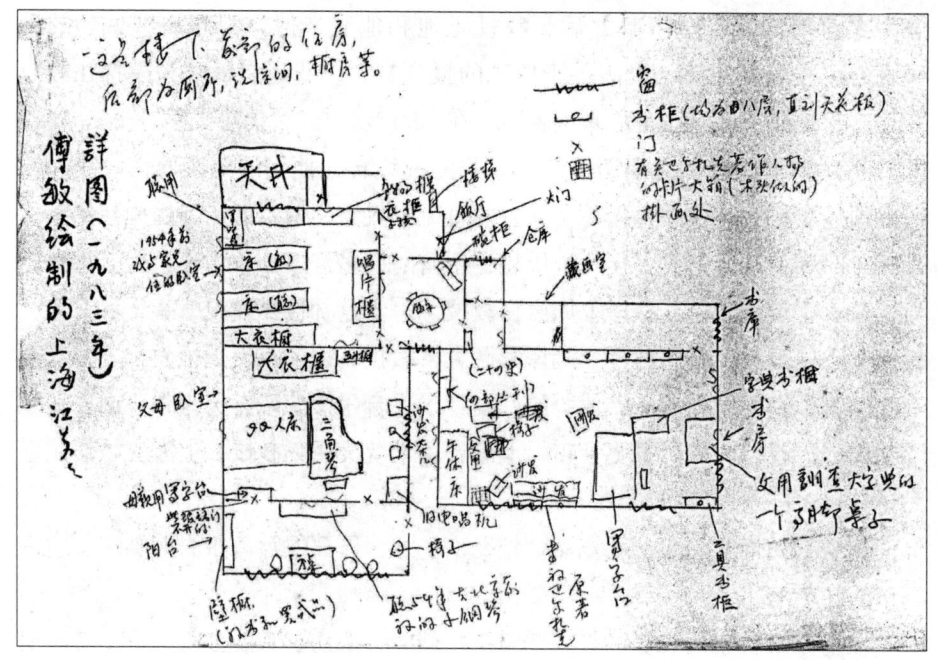

1983年傅敏绘制的上海江苏路傅宅当年详图,供叶永烈写作参考

每幅图片配以一两行说明文字。前者内容丰富,但是文字太多,要花很多时间阅读;后者图片虽多,但是内容显得单薄。画传则介乎两者之间,既有相当深度的内容,又有形象丰富的图片。可以说,画传的特色就是图文并茂。

傅敏先生提供许多珍贵图片并非常仔细审阅全书,写出长达15页的审稿意见,使《傅雷画传》许多史实上的出入得以逐一改正。

波尔远去的身影

今天接到吴岩的电子邮件,告知美国著名科幻小说作家弗莱德里克·波尔(Frederik Pohl)于昨天——2013年9月2日去世,享年93岁。

我不由得记起30年前在上海与波尔见面的情形。那是1983年7月26日夜9时,7位美国科幻界同仁飞抵上海。他们是美国科幻小说协会主席波尔以及伊丽莎白·安·赫尔(Elizabeth Anne Hull)博士,查理斯·恩·波朗(Charles N.Brown),罗格尔·社勒(Roger Zelazny)和夫人,威廉·伍(William Wu)博士,玛格·哈尔(Margaret Hauler)。他们下榻于上海新建的现代化宾馆——龙柏饭店。那里离上海虹桥机场不远。

7月28日上午,美国客人与10多位上海科幻界同仁,在上海科学会堂会晤。我当时担任上海市科协常委、世界科幻小说协会理事,负责接待美国科幻作家代表团。四川科幻小说作家刘兴诗、王晓达在暑假期间来上海,江苏科幻小说作家萧建亨则从苏州赶来,一起与美国朋友见面。

第一个从旅行车上走下来的,是赫尔博士。她挥动着双臂,高兴地向我致意,她已经是第二次光临上海科学会堂了。她在1981年12月24日上午,曾来到这里,向上海科幻界同好们作了长达3小时的关于科幻小说的学术报告。

波尔先生身材修长,头发花白,戴一副深度近视眼镜,总是和蔼地笑着。他当时63岁。自1974年起,他就担任美国科幻小说协会主席。在1982年,他还曾被选为世界科幻小说协会主席。他从1939年就开始科幻小说创作生涯,写了20多部长篇科幻小说(其中有的是与别人合作写的),被改编成许多影视节目播映。他还曾在美国、西欧等多所大学讲授科幻小说课程，是一位有国际影响的著名科幻小说作家。1982年，他访问了苏联、日本。这次，在游历中国之后，他还将去日本会晤科幻界同好。

波尔先生带来了现任世界科幻小说协会主席、著名英国作家阿尔迪斯对中国同仁们的问候。阿尔迪斯是第一个敲开中国科幻大门的人。1979年，阿尔迪斯作为英国"名人代表团"5名成员之一来华访问，受到当时担任国务院副总理的邓小平的接见。阿尔迪斯从北京来上海时，曾经通过对外友协要求与我见面。可是当时会见外宾要办理种种手续，而阿尔迪斯在上海只逗留一天，有关部门就以"叶永烈先生不在上海"为由婉拒了。无奈，阿尔迪斯委托当时在上海外国语学院工作的美国匹兹堡大学菲利浦·史密斯博士与我见面，转达邀请我参加世界科幻小说协会的意思。就这样，我成为世界科幻小说协会第一位中国会员，并成为该协会7名理事之一。从此，中国科幻界与世界科幻小说协会建立了直接的联系。波尔先生捎来阿尔迪斯的口信，希望有机会第二次访问中国，并邀请我出席世界科幻小说协会大会。

在上海的见面会上，波尔先生谈了自己对科幻小说创作的看法。他说，他从事科幻小说创作已经近半个世纪。年轻时，自己对科学很有兴趣，又喜欢文学，所以走上科幻小说创作道路。近50年来，科幻小说处于迅速发展之中，他以为迄今仍未找到关于科幻小说的恰当定义。波尔指出，科幻小说对于科学发展，起了重要的作用。例如，30多年前，已经出现了关于空气污染危害人类的科幻小说。这些科幻小说发表五六年之后，科学家才开始注意这个问题，才出现关于空气污染的科学论著。美国公众知道空气污染这一概念，首先不是来自科学专著，而是来自科幻小说。波尔认为，科幻小说要有可靠的科学依据，科幻小说作者既要懂得怎样把人物写好，也要懂得科学。

他回顾了美国科幻小说的发展历史：在35年前，美国科幻小说以短篇为主，大都是发表在杂志上。由于科幻小说受到读者喜爱，各出版社纷纷出版科幻小说单行本。于是，长篇科幻小说不断增多。目前，美国科幻小说以长篇作品为主。近年来，科幻小说大量被拍成电影、电视，影响更大了。青少年往往先是看科幻电影、电视，觉得不满足，于是去找原著看，也有的科幻电影是导演自己创作的，上映后，再请人改写成"科幻电影小说"，往往很畅销。据统计，最近几年，美国每年公布的当年十大畅销书中，往往科幻小说占了五六

1983年7月28日叶永烈（右）在上海会晤美国科幻小说协会主席波尔

1983年7月28日叶永烈（右一）在上海科学会堂主持会议欢迎美国科幻作家代表团

种。他认为,这是由于当代美国读者越来越喜欢动脑筋、爱思索的缘故。

波尔先生说,近几年来美国还出现一种创作科幻小说的新方法——一位作家写了一段之后,交给另一位作家续写,每人写一段,十几个人写成一部长篇。受波尔先生这一信息的启示,我为美国作家D. M. 罗维克的科幻小说《酷肖其人》写了续篇《自食其果》,而另三位中国科幻作家又分别写了《自食其果》的续篇,形成"接龙科幻小说"。

波尔把他的十多本科幻新著赠给了我们。我则回赠他的科幻小说《海底城》中译本,还赠送了中文版《外国现代科幻小说》一书,其中有关于他的生平介绍,且收入他的短篇科幻小说《彭家角的巫师》。收到这份特殊的礼物,波尔显得十分高兴。他说,虽然不认识中国的方块字,但是他的作品能在中国出版,是他的无上光荣,是他这次来中国旅游收到的最珍贵的礼品。这是他平生第一次来到中国。

波尔这次率美国科幻作家代表团来上海,最初是通过美国科幻小说元老罗伯特·海因莱因来信告诉我的。海因莱因在美国具有很高的知名度。如果说,阿西莫夫是美国创作"硬科幻"的领军人物,海因莱因便是美国"软科幻"的旗手。阿西莫夫由于不适应于飞行,所以几乎不出国门,海因莱因恰恰相反,喜欢环球旅行。在波尔来上海前一年,海因莱因来到上海。

记得,那是1982年10月11日清晨,一艘蓝白相间的挪威游轮徐徐驶进上海黄浦江。它叫"皇家维京海洋号"(Royal Viking Sea),是一艘远洋游轮,重28000吨,长205米,可载710名旅客。8时,船靠岸了,岸上挂着用英文写成的"欢迎"横幅标语。3个月前,海因莱因的夫人写信给我,告知她和海因莱因在这一时刻将到达上海,果真一点都不差。

海因莱因当时已经75岁高龄了,稍高的个子,高而宽的前额,稀疏的白发,脸色白里透红。他走路要拄拐杖,步履蹒跚,讲话声音很低,节奏显得有点慢,那双明亮的眼睛却很有精神。他的夫人年已古稀,一头皓发,行动轻捷得多,很开朗,常常说着说着,双眉一扬,便笑了起来。夫人成了海因莱因事业上的助手,从来往信件到出版合同,都由她处置。

当时的中国,刚刚改革开放,在黄浦江上难得看见"皇家维京海洋号"这样的庞然大物。我问海因莱因,从美国来上海,为什么不乘坐飞机?海因莱因说,乘坐游轮是一种享受!

海因莱因夫人告诉我，海因莱因每年都要安排出游，因为写作太累了。乘坐游轮横跨太平洋，呼吸海上空气，晒晒太阳，而且生活如同居住在豪华宾馆一样舒适，是很好的休息。

海因莱因是颇负盛名的美国科幻小说作家，日本评论家福岛正实先生曾这样评价："在美国科幻小说作家中，如果举出三位最有世界性威望的作家，不管另外二人是谁，绝对不能缺少海因莱因。"这是恰如其分的。

海因莱因自1939年起开始发表科幻小说，在40多年中写了30多部长篇，出版了10多部短篇集。他的科幻小说，曾4次获得具有世界性荣誉的"雨果奖"。他是1941年、1961年、1976年三次世界科幻小说大会的主宾。早年，他攻读物理学，担任过航空工厂的工程师。他的夫人则是化学工程师。

我对他年逾古稀仍不远万里前来访问，表示欢迎。他笑笑说："访问中国，这是我经过50年努力终于实现的事情。在30年代，我就想到中国来，一直没有机会。我热爱我们生活着的这个星球。我曾和妻子环游地球5圈，到过80多个国家。旅游，是我的爱好，可是，我从未到过中国。我早就向往这个东方

1982年10月11日叶永烈在上海迎接美国著名作家海因莱因夫妇

文明古国，我认为，作为一个科幻小说作家，要尽可能见多识广，只有这样，才会有丰富的想象力，写出好的科幻小说来。"

他告诉我，两个月以后，他还将去非洲访问。在地球上，他未去过的地方，就剩下南极了，在有生之年，希望能到那里看一看。他很想乘坐太空船上月球，可惜如今年迈，这辈子恐怕是去不成了。他对太空事业非常关心，不久前，他曾与驾驶"阿波罗"号飞船的太空人会面、交谈。太空人告诉他，人类一定能够在其他星球住下来，人类的生活范围决不会只限于地球。太空人的话，使他深受鼓舞。

我把他的科幻小说《生命线》中译本以及许多杂志上关于他生平的介绍文章，送给了他。海因莱因显得很高兴，兴致勃勃地谈起了《生命线》的创作经过。

"我年轻的时候，一直是科幻小说的忠实读者。1939年，我看到一家美国科幻杂志举行征文，说获奖者可得50美元奖金。当时我32岁，心血来潮，就写了《生命线》。写好以后我还未投给那家杂志，就被另一家杂志以更高的稿酬索去了。《生命线》发表以后，受到好评。从此，我竟然走上了科幻小说创作道路。"

海因莱因的作品，具有浓郁的文学色彩，很注重刻画人物性格。他的文笔轻快，善于把俚语、民间格言和科学术语有机地融为一体。人们这样评价他的作品："在海因莱因的科幻小说中描写的未来，具有很强的现实感。给人的印象就像熟练的新闻记者描写所见所闻的现实一样。他所描写的社会、事件和出场人物的一切，都具有恰到好处的实在性。"

海因莱因送给我一套在他家里拍摄的彩色照片。那是一幢被绿荫和鲜花包围着的米黄色别墅小洋房。在他的书房里，除了成排的精装书以外，引人注目的是并排放着三台打字机，其中有一台打字机上有电视显示系统（实际上是一台早期的电脑）。海因莱因一边打字，荧光屏上一边显示出文字。也就是说，他用打字机代替钢笔，用荧光屏代替稿纸。他在创作时，手指敲打打字机的键盘，看上去就像是音乐家在弹钢琴。他是专业作家，每年有3个月坐在打字机前工作，其余时间则在旅游中度过。正因为他的足迹遍及地球，所以他的作品题材广阔，反映各种各样的生活。海因莱因认为，科幻小说应当表现人的正直感、正义感，体现对科学的尊重，更增强人类的自信心，自尊感。他说："我的小说都是写未来的。我热爱生活，我认为人类会永远生存下去，而且将遍布宇宙。"他说，他的科幻小说总是以喜剧结尾，他不太喜欢写悲剧。

海因莱因很风趣地说："根据我的经验，科幻小说作家最好娶一个搞科学的妻子！"他谈起了他的夫人，夫人在科学上比他更在行。他们结婚已经40多年了。有一次，他花了一天时间计算一个科学问题，算好后请夫人验算。夫人很快就发觉他算错了。为什么呢？一查对，竟然是他所依据的一本工程手册上的数据印错了！夫人常常是他的作品的第一读者，总是从科学上提出意见，使他的科幻小说符合科学。

夫人笑了。她抽着烟，说道："如今，我成了他的秘书，跟400多家出版社、报刊签订合同。我每天要替他复几十封信。他是广大读者熟悉的作家，作品畅销。他的长篇科幻小说《异乡异客》，在1962年获'雨果奖'。这部小说光是在美国就印了600多万册。"

由于作品大量出版，海因莱因在美国享有很高的知名度。我陪同他在上海访问，好几次在路上、在餐馆被美国人认出来，请求他签名留念。

海因莱因夫妇在上海逗留4天，一直由我陪同。此后，我们保持着通信，直到他1988年去世。

在那些岁月，世界科幻小说正处于黄金时期。我与英国科幻大师阿瑟·克拉克有过多次通信，当时他住在斯里兰卡。克拉克的科幻小说《童年的终结》（*Childhood's End*），初版于1953年，到了1976年，印了35版，总印数超过100万册。1964年，英国科幻小说家阿瑟·克拉克的《太阳帆船》发表不久，美国国家航空航天局就根据该小说对其中描述的"太阳风"进行研究，很快就在宇宙航行和太空实验站获得广泛应用。

我还与日本科幻作家有许多交往。我在上海会晤了日本多产科幻女作家栗本薰，著名科幻作家崛晃，还与日本著名超短篇科幻作家星新一保持通信。我在上海还会晤南斯拉夫、加拿大、苏联以及中国台湾的科幻小说作家。

作为世界科幻小说协会理事，我在《世界科幻小说通讯》发表很多篇文章，介绍中国科幻小说创作情况。我还结识随同波尔一起来访的查理斯先生，他是美国科幻报《轨迹》的主编。《轨迹》，实际上相当于中国的杂志，每月出1期，当时已出版了270多期，发行全世界，在科幻界拥有广泛的影响。它不刊登科幻作品，主要刊登科幻创作动态、评论、各国科幻新书目录，每期40

叶永烈主编德文版《中国科幻小说选》（1985年）

页。我在《轨迹》发表过十来篇介绍中国科幻小说创作情况的文章。

中美科幻界朋友的会晤，是十分愉快的。波尔先生说，在美国，由于大家在不同的城市忙于自己的工作，他很难得能与赫尔、罗格尔、查理斯、伍先生聚会。今天不仅能与他们在一起，更难得的是能与这么多中国同好会晤，不胜荣幸。我补充道，在中国，萧建亨、刘兴诗、王晓达和我，也很难得一聚。即使是在上海的缪士、王亚法、王金海等，聚会的机会也不多。我还向美国客人们介绍了北京的科幻小说作者吴岩，他才20岁，也参加了这次聚会。

望着波尔远去的身影，写下这篇回忆当年的散记……

漫步神州

带上"发现美的眼睛"去旅行

(2012年4月27日《中国科学报》,记者李芸)

五一节将至,很多人在旅行之中,请带上"发现美的眼睛"去旅行!

奥古斯特·罗丹说:"生活中不是缺少美,而是缺少发现美的眼睛。"借用这句话,大抵可以解释为什么很多人在抱怨旅行的无趣和无新意。作家叶永烈是一位乐此不疲的行者,甚至一个城市旅行数次仍能兴致盎然,究其原因,就是他有一双捕捉美的眼睛。

叶永烈

小时候,叶永烈很羡慕父亲常常拎着皮箱从温州乘船出差去上海,希望自己也能有机会到温州以外的地方旅行。父亲开玩笑说,在他的额头上贴张邮票,寄出去就行了。

可惜直到高中毕业,叶永烈从未被从邮局"寄"出去过,从没离开过温州。直到考上北京大学,才远涉千里,大开眼界。

大学毕业后,叶永烈在电影制片厂工作,出差成了家常便饭,几乎走遍了中国大陆。

随着国门的开放,叶永烈开始周游世界。

出于职业习惯,作家叶永烈每到一处都会以自己独特的目光进行观察,捕捉各种各样的细节。旅行归来,又将所见所闻写成文字,形成一本又一本的"行走文学"图书。

凤凰卫视主持人许戈辉说叶永烈的写作有三个层面:在历史中游

走,他写作了红色三部曲:《红色的起点》《历史选择了毛泽东》《毛泽东与蒋介石》等纪实小说;在未来中游走,他创作了《小灵通漫游未来》等科幻小说;在现实里游走,他写作了《美国自由行》《真实的朝鲜》《今天的越南》《樱花下的日本》《这就是韩国》《从金字塔到迪拜塔》《神秘的印度》等20多种图书。

《中国科学报》:如果让你在地球仪上标注所去过的国家,你一定相当有成就感。

叶永烈:五大洲我都到过,统计下来应该有30多个国家和地区,其实数量不算特别多。我旅行不在乎数量,而在乎是否"深入"。

美国我去了7次,每次去都住一两个月,从西边的夏威夷到东边的纽约都留下了我的足迹。祖国宝岛台湾我也去了7次,22个县市我都去过,走遍了台、澎、金、马。台湾能够找得到的名人故居,我都去过。

有人旅游关注山川、峡谷这样的自然风景,我的视角不太一样,去一个国家或地区,我主要想了解她的历史和文化。我始终认为,历史是一个国家或地区走过的脚印,而文化则是她的灵魂。

《中国科学报》:从书中能得知你的旅游都是"深度游",而且书中的照片基本是你拍摄的,能描述一下你旅行的状态吗?

叶永烈:我常常选择"自由行",有时也参加旅行团,但会选择行程较长的旅游团。

旅行前,我会做详细的案头工作。有次在朝鲜旅行,我问导游明天(7月27日)你们国家有什么样的庆祝活动?那位导游马上反问我是否来过朝鲜。后来几次交谈他都这么问我。其实我是对朝鲜事先有充分的"备课",知道1953年7月27日朝鲜战争的停战协定在板门店签订,朝鲜就把这一天定为"祖国解放战争胜利日",此后年年庆祝。

我是背包客,常背一个双肩包,包里有数码录音机、笔、笔记本和两台照相机:一台单反,一台便携。

跟旅游团出去,我从不和游客争位置,永远坐在大巴的最后一排。最后一排人少,很方便朝后、朝左、朝右拍照。每去一个国家我大概都要拍1万多张照片。在大巴上我也几乎不打瞌睡，见到了很多别人看不到的风景。

《中国科学报》：你的背包里带有很多工具，但我想你最重要的"工具"恐怕是你的眼睛了。

叶永烈：是的。作为一名作家，我喜欢捕捉各种各样的细节。

我们总说"熟悉的地方没有风景"。总在一个地方居住，目光会被钝化，往往视而不见，这也是我喜欢旅行的原因之一。

譬如在东京，我注意到空中盘旋着成群的乌鸦，肆无忌惮地在漂亮的汽车上投下"粪弹"，而东京人却熟视无睹，这反映了日本与中国不同的"乌鸦文化"。在英国我发现不论男女老少都爱戴帽子，这大概与英国特殊的气候有关，帽子能防雨、遮日光、保暖、装饰。夏天我去俄罗斯，发现几乎没有人打阳伞。原来俄罗斯度过漫长的冬天，好不容易盼到太阳，所以都愿意把自己晒黑一点。

这些都能以小见大地体现一个国家的气质和文化。

《中国科学报》：有句话叫"要么旅行，要么读书，身体和灵魂必须有一个在路上"，这好像代表着两类人的生活方式：行者和宅男宅女。你如何看待这两种生活状态？

叶永烈：我很难想象宅男宅女的生活，我也鼓励他们能出来行走。当然读书是必不可少的。读万卷书行万里路，每个有条件的人都应该这么做。

旅行是打开一扇观察世界的窗口，只有善于学习他地、他国的长处才能使自己进步。旅游是开阔眼界之旅、解放思想之旅，长知识广见闻。

《中国科学报》：2012年伦敦奥运会的百天倒计时已经敲响，又恰逢伊丽莎白二世登基60周年大典，因此今年选择境外游的目的地，英国是不二之选。你年初刚刚出版了《米字旗下的国度》，你对英国的印象如何？

叶永烈：去英国，首先要了解这个国家的心理。在英国我发现英国人对于维多利亚时代抱着错综复杂的心情：既沾沾自喜，又黯然神伤。就像一个家世远不如前的子弟，说起祖上曾经有过的财大气粗、豪宅遍地的样子。

也正因为这样，今日英国在欧洲颇为特立独行：欧洲大陆通行欧元，英国单独使用英镑;度量衡英国使用英里而不是公里,使用磅而不是公斤;欧洲大陆汽车靠右行驶,英国靠左行驶;欧洲大陆统一使用布鲁塞尔时间,英国使用格林尼治标准时间;就连电插座,英国也与众不同,不适用欧洲大陆通行两孔圆头插座而是三孔方头插座……

乘坐"另类"飞机

如今乘坐飞机出差,已经成了家常便饭,要么波音,要么空客。我却有着乘坐"另类"飞机的种种有趣经历。

1977年春天,我在大兴安岭深处的加格达奇采访森林防火,住在护林机场。站长给了我一张登机证——那是一张通用的"免费"机票。有了登机证,可以跳上从这个机场起飞的任何一架护林飞机,而且那证可以一次次使用,一直到规定的有效期。

记得,我上了双翅膀的"安-2"型护林飞机。螺旋桨转动起来了,发出震耳的声音。飞机在离地面1500米的高度飞行。机翼下出现莽莽苍苍的林海,无际无涯,淡淡的晨雾在林间飘荡,如诗如画。就在我扬扬得意之际,飞机像小船遇上风浪似的颠簸起来,一下子抛了上去,一下子又跌了下来。顿时,我感到一阵眩晕,不敢看窗外。我闭紧双眼,还是晕。由晕引起恶心,我忍不住要吐了。这时,"观察员"老刘把塑料桶放到我的跟前——原来,他早就料到我会吐。他让我躺了下来,我还是一次次呕吐,直至吐黄水。那一航次,飞了三个小时。我巴不得飞机早一点回到地面。老刘呢,一直守在窗口,不停地在观察着,记录着……

下飞机之后,我眼前的一切似乎还在旋转,我不得不躺在炕上。我真佩服老刘,怎么一点也不眩晕。不料,他说刚刚上天时,也是每次要拎塑料桶。因为飞机在森林上空飞行,气流大,颠簸很厉害。他一连吐了两年多,才终于适应了。他教我,下次上机前,服一片晕海宁,再用棉花球堵住双耳,也许会好些。

我照他的叮咛办了,果真,第二次登机,只吐了几口,但脸色苍白。第三次，我下飞机时，塑料桶是空的，正高兴，却哇的一声，在机场吐了起来……即便这样，我仍然坚持飞行，渐渐适应了。在那里，我还乘坐老式的"C-46"运输机，螺旋桨，单翼，比"安-2"型大，载客28人。据说，蒋介石早期的座机，就是"C-46"运输机。

1980年6月17日，著名科学家彭加木在新疆罗布泊进行科学考察时失踪。我奉命从上海赶往那里参加搜索。登上"三叉戟"客机抵达乌鲁木齐之后，通宵乘坐越野车来到大漠深处的马兰，在那里的永红机场见到"老朋友"——"安-2"型双翼飞机。我上了"安-2"飞机，飞往某军事基地。虽然飞行高度也是1500米，但是在沙漠上空飞行很平稳，没有遭遇上下窜动的气流。到了基地之后，由于罗布泊没有机场，"安-2"型双翼飞机无法着陆，我换乘一架苏制"米-6"直升机，飞往罗布泊。直升机的飞行也算平稳，但是噪音震耳欲聋，我不得不双耳塞上棉花。直升机降落在罗布泊的库木库都克时，卷起漫天黄沙，真可谓遮天蔽日。时值中午，我刚刚走出机舱，差一点被扑面而来的热浪所掀倒。我的双脚像踩在滚烫的糖炒栗子的锅子里，头上是火炉一般的骄阳，鼻孔吸着热烘烘的空气。

我还有幸在上海市区上空飞行。上海市区禁空，不许飞机飞行。我参加特殊的空中科学考察。那是一架运输机，获准进入禁空。为了观察和摄影，打开了舱门，我的腰间束着安全带，在敞开的舱门旁朝下看。黄浦江上百舸争流，如鲫过江。飞着，飞着，江面渐渐变宽。忽然，我看到一个竖立着的大圆盘——那是吴淞口表示水位的大"钟"。喔，看见长江了。没一会儿，机翼下出现绿色的大岛——崇明岛。转了一圈，回到上海市区，高楼大厦密密匝匝如同筷子笼……

我还乘坐过多种小型客机：从台北飞往澎湖、金门、马祖这些离岛，乘坐的是螺旋桨"ATR-72"小型客机，每排4座，载客72人。从旧金山飞往洛杉矶，我所乘的是"EMB-145"小飞机，每排3座，载客60人。这种小飞机像空中巴士一样频繁往返于旧金山与洛杉矶之间，差不多半小时一个航班。从西安飞往延安，乘坐的是"多尼尔-328"小飞机，也是每排3座，但是只32个座位，人称"空中面的"。在以上三种小型客机上，除了一名驾驶员之外，就只有一名乘务员。

从陆家嘴看外滩

一辆又一辆旅游大巴驶过上海外滩，驶过陆家嘴，一群又一群游客踯躅街头，在那里东张西望看风景，我却总是行脚匆匆，草草一瞥。熟悉的地方没有风景。对于在上海久居半个多世纪的我来说，那里的风景已经没有新鲜感。

我的一位友人经常出差上海，总是住在陆家嘴一家五星级宾馆，积累了许多"奖励点数"，可供亲友免费开房数日。羊年春节，他邀我和妻住到那里，一起过节。大堂经理很客气，特地挑选了48楼一套景观最佳的客房给我。

我步入客房，迎面就是敞亮的整墙玻璃窗。那里观景有两大优势：一是高，可以居高临下，俯瞰一切，一景一物尽收眼底；二是朝向好，黄浦江呈倒"U"形从窗前缓缓流过，两岸最具代表性的建筑，大都处在视野之中，可谓上海的钻石级客房。

天天身在上海，却没有认认真真看过上海。这一回坐在窗边的沙发上，静静地、细细地、久久地、好好地品味着上海风景。天公作美，那几日艳阳高照，晴空万里，眼前的景色变得有光有影，富有立体感，而且大气的透明度甚高，一草一木一窗一户一车一人皆一清二楚。

黄浦江是上海的母亲河，仿佛张开碧玉般的双臂，"熊抱"着我们的大楼。江面干干净净，波光粼粼，来来往往的游轮，给画面增加了动感。唐朝诗人韩愈的《送桂州严大夫》一诗云："江作青罗带，山如碧玉簪。"倘若用来形容眼前的美景，那个"山"字要改为"塔"。东方明珠广播电视塔兀然矗立于窗前，仿佛伸手可及塔上那两颗紫红色的硕大"明珠"——上球体和下球体。

20年前，当468米高的东方明珠塔落成之后，当即成为浦东的地标性建筑。如今，在东方明珠塔之侧，崛起浦东"三炷高香"：420.5米高的金茂大厦，492米高的环球金融中心，632米高的上海中心。这三幢浑身裹着银灰色玻璃幕墙的摩天大楼，三足鼎立，成为浦东的新地标。我不由得记起，1957年我考上北京大学，从温州前往北京途经上海，父亲"关照"我："阿烈，在南京路上抬头看国际饭店时,帽子要戴紧,当心掉在地上!"这幢在1952年之前一直有着"远东第一高楼"之誉的深咖啡色22层楼房,高度只有83.8米,在高楼林立的今日上海不过是个"小弟弟"而已。

  坐在窗前的沙发上放眼望去,我的目光聚焦于黄浦江对岸的外滩,观赏着那一排"年纪"比国际饭店还大的大楼。平日,乘车路过外滩,透过车窗望着一幢幢老建筑如同电影中的横移镜头,一晃而过。从浦东高楼鸟瞰浦西外滩,从苏州河上的外白渡桥至金陵东路,那23幢风格各异的欧式大楼,呈弯月形整体展现在眼前。不论是绿色尖顶的和平饭店(原沙逊大厦),还是半球形穹顶的浦东发展银行大楼(原汇丰银行大楼),一字排开,这条当年"东方华尔街"上"万国建筑博览群"的全貌历历在目。我初来上海的时候,也跟所有头一回到上海的游客一样,站在外滩拍照留念,因为这里是旧上海的地标,同时也凝固着上海的历史脚印。上海正是从这里的"冒险家的乐园"起步,迈向国

上海浦东三塔并立

上海浦东夜景

际性的大都会的。

  在外滩的"绝版老建筑"后面,层层叠叠拥立着数不胜数的高楼大厦,看上去真是像筷子笼一般。密密麻麻的窗户后面,或是三口之家,或是四世同堂,2415万常住人口就容纳在这一幢幢大楼之中,组成了上海"好大一个家"。

  城市是由"城"与"市"组成。"城"筑着城墙,用于防卫,而"市"则是进行交易的市场。在今日上海,始建于明代嘉靖年间的城墙只剩颓垣残壁,而市场则比比皆是。上海是对全国、全世界开放的大市场。从外滩的"万国建筑博览群"到浦东陆家嘴的"三炷高香",就是上海城市发展的历史缩影。

  日出日落,夜幕垂降,两岸万家灯火抖落在黄浦江面波涛之上。此时此刻,在外滩情人墙,多少对情侣倚着江堤窃窃私语。黄浦江上一艘艘流光溢彩的游船犁开江面,留下一道道白色的浪迹,而长长的车流如同游龙从黄浦江底隧道呼啸着穿越而过。

  我在熟悉的地方做"3D"观察,既看到上海的横向与纵深,也见到上海的历史与未来。世有万般景。用新眼光观察上海,哦,熟悉的地方也有风景。

1950年的上海国际饭店和人民公园

上海的声音

"风声雨声读书声,声声入耳",这是明代思想家顾宪成脍炙人口的名句。近来有人从物理学的角度加以解读,声称"风声雨声读书声"乃是气体、液体、固体之声。这一新奇的诠释,引出我对于声音的兴趣。久居沪上,不由得"研究"起身边的种种上海的声音。

记得,梁实秋夫人韩菁清是"老上海",有一回问我,现在上海弄堂里清早还有没有叫喊"马桶拎出来"?我因此说起了周璇演唱的《讨厌的早晨》,并随即哼了几句。她大为惊讶:"你怎么会唱《讨厌的早晨》?"

那是小时候,家里有留声机。我是从周璇的唱片中学会唱"上海晨曲"——《讨厌的早晨》:"粪车是我们的报晓鸡,多少声音都跟着它起。前门叫卖糖,后门叫买米,哭声震天是二房东的小弟弟,双脚乱跳是三层楼的小东西,只有卖报呼声,比较有书卷气……从那年头儿到年底,天天早晨都打不破这例。"

关于上海弄堂的声音，在我看来，最精彩的描述，莫过于克士（即周建人）所写的《白果树》一文。那是我在读陈望道先生1934年主编的《太白》半月刊创刊号时，见到此文，开头这样写及种种声音："看看时候已经十一点钟了，赶紧睡下，想望早点睡熟，以便明天起来好做事情。偏偏这边邻舍的牌声还没有停止，那边又开起留声机来了。逢年逢节还要放爆仗，这自然更挡不住。而且常常这等声音还没有闹了，卖馄饨的又来了。……本地馄饨担是敲竹筒的，发出沉重的钝声。……近几天来，这等闹人睡眠的声音没有减少，却加添了卖热白果的声音了。白果担子挑来歇下，便发出镬子里炒白果的索朗朗的声音来，卖白果的人一面口中唱道：'糯糯热白果，香又香来糯又糯，白果好像鹅蛋大，一个铜板买三颗！'"周建人笔下的上海市声，可谓传神。

如今，上海弄堂的叫卖之声渐行渐远，"马桶拎出来""旧衣裳有哇""修棕棚""修洋伞"以及"鸡毛菜小白菜""卷心菜黄芽菜""方糕茯苓糕""黄香糕薄荷糕"已经几近绝响。公用电话老伯的"302电话！"呼叫声，也远去了。现在上海弄堂不停地响起的是助动车声，门铃声，送快递、送盒饭、送牛奶、送报纸的声音。当然，内中也夹杂着时尚女子高跟鞋的橐橐声，手机族们五花八门的炫酷铃声，还有他们边走边接电话的旁若无人的哇啦哇啦声。

"以鸟鸣春，以雷鸣夏，以虫鸣秋，以风鸣冬。"韩愈在《送孟东野序》中精准地勾勒了大自然的四季之声交响曲。上海亦然。夏日的炸雷、冬日的朔风依旧，但是身居高楼大厦之中，细微的鸟声以及更细微的虫声，淹没在满街的汽车声之中。不过，在上海的早晨，在春风秋雨之中，我还是能够清晰听见窗外飞鸟的啾啾声。

在上海的街头巷尾，响起的不再都是"阿拉"上海话。上海海纳百川。湘菜馆、重庆火锅、东北水饺、新疆清真饭店、苏浙汇、粤菜馆、台湾甜点、澳门豆捞坊以及各种风味的西餐馆……齐聚申城。餐馆里响起五湖四海的声音。来自天南地北的"新上海人"，已经占上海的半壁江山。上海本来就是移民城市。"新上海人"给上海输入了新鲜血液。诚如"老上海"曹可凡固然被视为上海声音的代表，而"新上海人"廖昌永的歌声也同样成为上海标志性的声音。

每当漫步外滩，海关大楼的钟楼里发出来的乐曲声，声声入耳。20世纪初叶，外滩曾是英国人的天下。海关大楼楼顶安装的是英国Whitchurch公司制造的大钟，每隔一刻钟，就奏响英国古典名曲《威斯敏斯特》。上海的英国人

上海外滩夜景（叶永烈摄）

听了，感到非常亲切，仿佛生活在伦敦一般，因为伦敦的大笨钟也是每隔一刻钟奏响《威斯敏斯特》。如今，在外滩回响的报时曲，则是陕北民歌《东方红》，清脆洪亮，节奏明快。

  黄浦江的潮涨潮落声，东方明珠上上下下的电梯的开门声、关门声，码头龙门大吊车抓起、放下集装箱的声音，豪华游轮、万吨货轮启航的汽笛声，组成黄浦江的交响曲。位于浦东的上海自贸区，则向全世界发出深化改革开放之声。

远逝的弹硌路

  又去欧洲。漫步在旧城区，我的双脚踏在用方形花岗石铺成的路上，有着时光穿越到中世纪的感觉。在一个个矗立着横刀立马的铜雕的古老广场，那些方石则铺成鱼鳞状图案，像粼粼水波般荡漾开来。方石仿佛打开了我的记忆闸门，哦，记起上海那远逝了的弹硌路。

弹硌路是上海话。硌路，就是街道，点睛之笔是那个"弹"字。弹硌路是用花岗石块铺成的，只是那花岗石块不像欧洲那样打磨成平平整整的方形，而是大体上加工成上大下小的方锥形石块，不仅石块表面不平，而且石块之间有很大的缝隙，所以车子从上面驶过的时候，车轮不由得蹦蹦跳跳，于是得了"弹"街路之名。也有人"音译"为"台阶路"，显然不妥，会被人误以为是铺了台阶的路。

对于上海的90后、00后来说，已经不知弹硌路为何物。然而对于我来说，弹硌路显得那样的亲切，是一种强烈的记忆符号。那"辰光"，我家住的弄堂，就是一条五六米宽的弹硌路。我家门口是两米宽的用红砖铺成的"上街沿"，而与"上街沿"相连的就是弹硌路。我天天走在弹硌路上。

不光弄堂里是弹硌路，我的工作单位——电影厂所在的斜土路，也是弹硌路。我骑自行车上班，行进在弹硌路上，充分领教弹硌路的"弹"，所以我不敢给车胎打足气，也不敢在弹硌路疾驶，以免"弹"得太厉害。那时候的斜土路不全是弹硌路，有的地段没有铺石块，成了烂泥路，所以同事们笑称斜土路"又斜又土"——其实斜土路是从斜桥到土山湾而得名的。在下雨的时候，我充分体会弹硌路的优点，因为弹硌路泄水快，不积水，而骑车进入烂泥路，泥水飞溅，又脏又滑，一不小心就会摔跤。

那个年月，上海人的晨曲——伴随着一声声高亢的"马桶拎出来"的呼喊，是粪车推过弹硌路而发出的低沉的辚辚之声。夜幕下的上海人，饭后茶余走出逼仄的弄堂小屋，他与她开始那充满小资情调的荡马路，荡的是弹硌路。当然，对于穿高跟鞋的小姐而言，荡在弹硌路上那清脆的橐橐声固然悦耳，可是在黄晕的路灯下却时不时要留心足下，以防偶尔有三两块异军突起的路石崴了脚，好在那年月穿高跟鞋者毕竟属于"稀有元素"。

有一回，家门口的弹硌路翻修，正值星期日，我端了张小竹椅和儿子并排坐在"上街沿"，细细观察弹硌路的铺建过程：在清理路基之后，先是用小车倒上黄沙，铺平，然后工人把那些上大下小的方锥形石块，整齐地"插"在黄沙上。路面上方拉着一根细细的尼龙线作为水平线，工人用小铁锤敲打着石块，使石块紧紧进入沙层。有时候觉得这石块太大或者太高，就挑选着换上另一块,直到路面平平展展为止。一边铺,一边往后倒退,没有多久,新的弹硌路铺好了。刚铺好的弹硌路踩上去有点松软,日久天长,人走车行,越压越紧。

　　1922年11月,爱因斯坦到上海城隍庙游览,走在那里高高低低的弹硌路上。陪同者向他表示歉意,不料爱因斯坦却说:"不要紧,意大利的街道上也铺着这样的石头呢。"我原以为,上海的弹硌路大约是从欧洲传入。后来得知,早在上海开埠前的明、清时期就已经有弹硌路。上海本地不出花岗石,弹硌路在上海如何起源,尚待考证。到了20世纪50年代末,上海处处弹硌路,可谓进入弹硌路的全盛时期。据统计,当时上海约有4000条弹硌路,全长达800多公里。不过,上海的大道通衢,不是弹硌路。早年的南京路,曾经铺过原产澳洲的铁藜木。后来,上海的大马路铺柏油、水泥,小马路以及弄堂建弹硌路。

　　弹硌路的优点是成本低,施工简单,尤其是遇上修理马路下的管道的时候,不论是扒开或者修复弹硌路,都很方便。不过弹硌路毕竟路面粗糙,"光洁度"差,行车颠簸,轮胎磨损度大。柏油马路逐渐取代弹硌路。当下,弹硌路在上海几近绝迹,据称只剩下几条小弹硌路,总长不足600米。只有在新天地,为了与那里的石库门房子一起"彰显"老上海特色,特意新铺了一小段弹硌路。

　　曾经遍布上海的弹硌路消失了。弹硌路只存在于老上海的记忆中,只存在于浓浓的怀旧思绪中。

两只"老虎"

　　别以为动物园里才有老虎。整整15年,我与两只"老虎"相伴。

　　"老虎"之一是老虎窗。我在上海最初的住房,是弄堂里的半间平房,在人字形的屋顶之下,有一个小小的阁楼。我把阁楼作为卧室,而底下的小屋则成了客厅兼书房兼厨房。阁楼前低后高,从梯子上去,往里可以站着,往前则只能弯着腰。阁楼又闷又黑,所幸有一个老虎窗。上海"洋房"里的老虎窗很考究,像一个小房子那样突出在屋顶的斜坡之上,窗是直立的。我家的老虎窗则很简陋，无非是在铺着青瓦的屋顶上开了一个长方形的口子，安上铁框，而铁框里装了一扇玻璃窗，晴天时可以用一根筷子撑起来，下雨时则取下筷子关窗。

对于阁楼而言，这扇老虎窗至关重要。我家朝南。清早，第一缕金色的阳光，就是透过老虎窗射进阁楼，顿时小室蓬荜生辉。清新的空气，也是从老虎窗源源不断吹进小楼。到了盛暑，干脆在老虎窗下的地板上铺床席子，凉风习习，伴我安眠。

在上海，许多带阁楼的房子几乎都安装了老虎窗。那时候我不知道，这扇带来光明和轻风的窗，为什么以

上海弄堂老房子的"老虎窗"

"老虎"命名。后来才明白，原来英语中屋顶为"Roof"，读音跟上海话中的"老虎"相近，处于中西文化交融之中的上海人便把屋顶的窗叫成了老虎窗。

我家正对面，隔着五六米的"弹硌路"（石子路），则蹲着另一只"老虎"——老虎灶，即开水炉。老虎灶这名字，倒是跟英语无关。那开水炉的炉膛口像老虎张开的大嘴，而灶后高高的烟囱像老虎翘起的尾巴，于是上海人便以其形象命名为老虎灶。早年，上海每一条弄堂差不多都有老虎灶，而我这条弄堂的老虎灶就在家对门——因为我家在弄堂口。那时候家家户户都有好多个热水瓶，人人都拎着热水瓶到老虎灶"泡"（装）开水，一分钱泡一瓶，要么付一分纸币，要么给一根竹筹子。我家通常用5角钱买50根竹筹子，放在一个铁盒子里，泡开水时随手拿根竹筹子过去。那年月老百姓家里没有热水器，没有饮水机，老虎灶从清早四时就开始供应开水，让居民起床之后就能用开水泡茶，掺点冷水洗脸，直到夜深还可以让居民打水泡脚，给大家带来莫大的方便。

就在老虎灶生意红红火火之际，忽有一日贴出告示，宣称停业十天，进行装修。那一停，顿时感到极大不便，一早起来就要生煤球炉烧开水。好不容易熬过这十天，老虎灶重新开业，面目大变，竟然把后面的房子借过来，打通，

安放了好多张八仙桌，开起茶馆。在老虎灶之侧，就是菜场，老人们买好菜，便在茶馆里喝壶茶，一边嗑葵花籽，一边"嘎山湖"（聊天）。也有提笼架鸟者，走累了，在此歇个脚。还有人在八仙桌上摆了象棋，杀上一盘。只是那年月搓麻将几乎跟赌博画上等号，所以从未见过有人带麻将牌上茶馆。老虎灶老板还卖起五香豆腐干、大饼、香烟、酱油瓜子、糖果之类。于是人来人往，真个是"垒起七星灶，铜壶煮三江，摆开八仙桌，招待十六方"，热闹非凡。这里的茶叶，与龙井无缘，跟碧螺春无关，只是茶叶店廉价的粗茶而已，抓一撮放进宜兴紫砂壶之中。不见西装革履，没有遍身罗绮，或敞着对襟布衫，或趿着塑料拖鞋，平头百姓、草根阶层在这里聚集。上海"闲话"，还有苏州话、无锡话、宁波话、苏北话，组成方言"交响乐"。这儿成了"信息中心"，谈天气，论花鸟，说张家，道李家，飞短流长，不一而足。冬日，茶馆里有老虎灶，犹如中央空调输送暖气，人丁甚旺，而到了夏日，则把八仙桌摆到门口的"上街沿"，享受弄堂的穿堂风，"风飘飘而吹衣"。

不过，茶馆开张之后，往往只是早茶人多，此后人走茶凉，茶客渐稀，到了下午空无一人。为了吸引客人，老板想出新招。记得，忽有一日，从老虎窗传入阵阵评弹声。我下了阁楼一看，原来是茶馆里请来评弹艺人，从此下午也桌桌客满。有人跷着二郎腿在听，有人慢条斯理抽着旱烟在听，有人倦了趴在桌上听，还有人（大都是孩子）站在后排桌旁"免费"听（这叫"立壁角"、听"壁书"）。茶馆里的众生相，如同老舍笔下的《茶馆》那样五花八门。

我家与茶馆门对门，一箭之遥，琴声、话声、铲煤声，各种喧闹嘈杂声，

图绘上海弄堂里的开水炉，俗称"老虎灶"

声声入耳。而我家的一举一动，皆在众茶客的睽睽目光之中，如同在家对过安装了无数"监视器"。好在15个春秋天天居于斯，听惯了，看惯了，见怪不怪，安之若素。谁知《光明日报》记者谢军先生来访，大为惊诧。他在1979年2月15日《光明日报》头版发表关于我的报道，内中写及："他创作条件很差，一家四口人（大孩12岁，小孩8岁）挤在12平方米的矮平房里，一扇小窗，暗淡无光，竹片编墙，夏热冬凉，门口对着一家茶馆，喧闹嘈杂。每年酷暑季节，他就是在这样的斗室里，不顾蚊虫叮咬，坚持挥汗写作。"他的报道提到了"小窗"与"茶馆"，只是没有"老虎"字样而已。

如今我身居高楼，家中既无老虎窗，对门也无老虎灶。楼道里是一扇扇紧闭的防盗铁门，家家户户"门虽设而常关"。偶尔在电梯里遇到左邻右舍，也只是微微颔首，嫣然一笑，道一声"吃过了吗"。据报道，1995年上海市区只剩下牯岭路一家老虎灶，不久之后也打烊了，从此老虎灶在上海绝迹。这时，我却怀念起当年的"两只老虎"。北有北京的大杂院，南有上海的弄堂，都是富有个性的都市生活典型。往日丰富多彩的弄堂百貌，涌入我的笔下，成为我的关于上海的长篇小说《东方华尔街》中活生生的场景……

话说墓志铭

上海人文纪念公园文化研究所根据园内众多墓碑上的铭文，选编了一本墓志铭选集，引起了我极大的兴趣。

"死去何所道，托体同山阿"，人固有一死。东晋诗人陶渊明的诗句，道出了他面对人生终点时的豁达，希冀从此回归大自然。

赤条条地来，赤条条地去。墓，原本只是人的归宿，一抔黄土而已，即所谓"入土为安"。那里是一片静谧安宁的世界，那里是一个与世无争的地方。然而，人毕竟富有感情，寄墓园以哀思，抒怀念之情，于是文化与墓园联姻，形成了特殊的墓园文化。

墓志铭是墓的灵魂，墓的主题，墓的"身份证"。

志，是指散文；铭，是指韵文。古时建墓，在墓中置一石碑，刻上亡者姓氏、世系、官衔、事迹、出生及卒葬年月，即墓志。也有的以韵文表达对死者的纪念，曰墓铭。后来，将两者合二为一，即在墓志之末，加上铭辞（多用四言）赞颂死者，称为墓志铭。

墓志铭有他撰与自撰之分。中国古代的墓志铭，都是后人、他人为死者撰写的。他撰的墓志铭，最常见的是记述逝者生平与贡献。

中国古代帝王将相的墓志铭，往往就是一篇刻在方石之上的历史文献。这种碑文用词遣句都极其严谨，经过反复推敲后才写定。不过，也有的帝王将相的墓志铭堆砌了连篇"谀辞"，使其文献价值相形见绌。

例外的是陕西乾陵武则天墓，只立一块无字碑而已，反而让后人对这位特立独行的女皇帝留以充分的想象空间。

南京中山陵孙中山墓碑上，只有一行镏金大字"中华民国十八年六月一日中国国民党葬总理孙先生于此"，却无一字碑文。据说这是由于很难把孙中山的丰功伟业浓缩于一块石碑之上，只得作罢。

随着时代的进步，思想的解放，自撰墓志铭者渐渐增多。

自撰的墓志铭常常是亡者最精炼的人生体验之言，最深刻的人生思索之悟。

著名爱国将领冯玉祥将军自撰墓志铭，反映生平之志："平民生，平民活，不讲美，不讲阔。只求为民，只求为国。旧志不懈，守诚守拙。此志不移，誓死抗倭。尽心尽力，我写我说，咬紧牙关，我便是我，努力努力，一点不错。"

美国著名作家海明威自撰的墓志铭，如同他本人一样风趣："恕我不起来了！"

富兰克林既是美国著名的科学家，又是"独立宣言"的起草者。然而，他的墓志铭却是"印刷工富兰克林"。

上海人文纪念公园里石西民的墓碑上，刻着他生前的自律联："知止求真须自励，悬鱼不羡淡清居。"显示了他生前追求真理、清正廉洁的高尚品格。

自撰墓志铭以过来人的身份，把一生的心得以三言两语镌刻于小小石碑之上，闪耀着真知的光芒，成为赠予后来者的宝贵的精神财富。

刻在石碑上的祭文，也是墓志铭中的一种。祭文是散文，具有强烈的文学感染力。从韩愈的《祭十二郎文》到欧阳修的《祭石曼卿文》，既是中国祭文中的名篇，也是中国古代散文中的佳作。

以诗祭奠亡灵，则是悼亡诗。把悼亡诗刻于墓碑上，从广义上讲，也属于墓志铭。西晋潘岳为悼念妻子杨氏而写了《悼亡诗三首》，开悼亡诗之先河。从此，历代悼亡诗词不绝。

形形色色的墓志铭，折射着万千世态，蕴含着历史文化，饱蘸着人生哲理，诉说着无尽怀念。正因为这样，墓志铭值得收集，值得保存，值得研究，值得出版。

"上海犹太纪念园"建园记[*]

一颗巨大的六芒星，在上海闪耀。在欢庆世界反法西斯战争胜利70周年的历史性时刻，"上海犹太纪念园"在福寿园诞生。

上海，犹太人的东方挪亚方舟。70多年前，当纳粹在欧洲歇斯底里嘶喊"犹太人是世界的敌人、一切邪恶的根源"的时候，当纳粹举起锃亮的屠刀疯狂杀害600多万无辜犹太人的时候，成千上万的犹太人流离失所。慑于猛虎之威，百兽望而却步。当时很多国家对于逃离家园的犹太人面露难色，拒之门外，而万里之遥、海纳百川的上海却向犹太难民敞开了大门。同声相应，同气相求。当数以万计的犹太难民涌向上海避难的时候，尽管上海民众自身也是日本法西斯皮鞭下的难民，还是张开热忱的双臂，拥抱来自远方的客人。诚如1993年10月以色列总理拉宾先生访问上海时所言："第二次世界大战时上海人民卓越无比的人道主义壮举，拯救了千万犹太人民，我谨以以色列政府的名义表示感谢！"拉宾先生的话出自肺腑，因为他的父母当年也避难于上海，并长眠于上海。

从来支援都是相辅相成的。在第二次世界大战最困苦的岁月，犹太难民和上海人民相互尊重，相互同情，相互扶持，共克时艰。在华犹太人也曾全力

---

* 这是在上海福寿园提供的草稿基础上由叶永烈重写的。

支持中国的民族解放运动，许多犹太友人参加了抗日战争，甚至献出了宝贵的生命。

中犹两个古老民族的友谊源远流长。早在公元8世纪，我们就有了密切交往。一批犹太人沿着丝绸之路来到这片东方大陆，这里的天空是那样湛蓝，这里的人民是那样纯洁，就像蓝色白底的六芒星一样。犹太人停下了离散漂泊的脚步而在中国定居下来，在历经十多个世纪的岁月沧桑后，最终融入了中华民族的大家庭。

从19世纪中叶起，随着上海开埠，新的犹太移民涌向上海。犹太人用杰出的商业才华，在黄浦江畔的这片泥滩上建楼宇，点华灯，为上海的崛起做出贡献。犹太巨商哈同拓宽、铺平了上海第一街——南京路，并在上海市中心建造了爱俪园，成为当年上海的地标性建筑。

在今日，许许多多犹太籍人士依旧活跃在上海的各个领域，贡献良多。特别是第二次世界大战中在上海得到庇护的"上海犹太人"，他们和他们的子孙后代虽然生活在世界各地，却始终把上海视为"故乡城"，心中的"精神城堡"。

历史见真情。中犹友谊从未间断，历久弥新。树常青，水长流。为了记录中犹两个民族的深厚情谊，我们特在此地建造"上海犹太纪念园"，以纪念犹太民族在上海的历史脚印，成绩贡献，供后世瞻仰缅怀，祝愿中犹友谊永存。

是为记。

"我爱北京天安门"

在高中毕业之前，我去过的最"遥远"的地方，只是距老家温州70公里的雁荡山而已。1957年我以第一志愿考上北京大学，不远千里来到首都北京，第一心愿就是去天安门广场看一看，拍一张照片。

那是一个阳光灿烂的秋日，17岁的我穿上了"礼服"——父亲给我的一件他穿过的"派力斯"浅灰色中山装，从北京大学"进城"，终于来到"日日盼、夜夜盼"的天安门广场。天安门广场给我的第一印象就是宏伟，我一下子

北京大学大一学生叶永烈在天安门前

被镇住了。那时候我还没有照相机,但是听说那里有人代客照相,就在金水桥上拍了一张黑白照片。

过了几天,我收到了这张照片,人拍得很大,倘若没有身后那金水桥汉白玉栏杆,几乎看不出是在天安门城楼前拍摄的。有趣的是,我的胸前除了别着北京大学校徽、高中的"班徽"之外,上衣口袋里插着三支钢笔。用相声大师侯宝林的段子来说,上衣口袋里插一支钢笔是小学生,两支钢笔是中学生,三支钢笔是大学生,四支是修钢笔的。那天我正好符合大学生的"标准"。

1957年国庆节,我报名参加国庆游行。游行队伍从北京大学出发,步行到天安门广场,也不觉得累。游行队伍走过天安门城楼前,我清清楚楚看见了站在城楼上向游行队伍频频致意的毛泽东主席。

此后,在1958年,我参加了建设人民大会堂的义务劳动,对天安门广场就很熟悉了。

后来我有了照相机,从上海出差到北京时,常在天安门广场拍照。我的得意之作是在2006年深秋看见一群老外在天安门城楼前拍照,个个笑逐颜开,我眼疾手快摁下了快门。

形形色色的北京旅馆

清晨,我拉开窗帘,从位于北三环的浙江大厦19楼往下俯瞰,北京初雪,一片银白。半个多月前,我出差北京,住的是西城木樨地中国科技会堂宾馆,从高楼的窗口看下去则是车水马龙的北京主干道——西长安街。北京是我最常去的城市。今儿个在北京这里落脚,明儿个在北京那边住下,我几乎住遍北京角角落落,体验了形形色色北京旅馆的不同风情。

说实在的,我并不太喜欢那些带星儿的玻璃幕墙包裹起来的高楼宾馆,因为那样的宾馆千篇一律,住在里面不知身在何处。北京的特色民居是四合院。我最喜欢住的是四合院宾馆。那是位于王府井东安市场附近的一家招待所。那里原本是"王府"——一位清朝王爷住的三进四合院,有假山,有长廊,却只有二十几间客房。那里没有闪耀着红色数字的电梯,我走过曲里拐弯的胡同,平步而进,平步而出,体验真正的"北京味儿"。不过那是一家内部招待所,只有办理跟他们相关的业务,才能住进去。

北京最著名的当然是坐落在王府井大街与东长安街交叉口的北京饭店。英籍女作家韩素音从瑞士来北京,总是住北京饭店。她曾经在这里与我见面。我多次出席中国作家协会代表大会,北京饭店是代表们的住地之一。然而北京和上海的代表都无缘入住北京饭店,原因是你们来自全国最大的城市,见过世面,所以总是让边远省市代表入住北京饭店。不过开大会总是在北京饭店金色大厅举行,我也因此对北京饭店相当熟悉。这次去北京,我约朋友在北京饭店贵宾楼茶室见面。其中一位朋友在北京居住多年,竟然从未走进北京饭店。于是我成了"导游",带领他漫步北京饭店底楼的长街,从最东头走到最西头。

北京饭店夜景

叶永烈在北京紫玉饭店4110室

赴京出席全国性大会，我多次入住京西宾馆。这是一家部队宾馆，大气又庄严。京西宾馆既有客房，又有大大小小的会议室，很适合举行各种会议。我乘在那里入住的机会，对宾馆进行详细采访，因为著名的中共十一届三中全会就是在这里举行的。

我很喜欢北京的香山饭店，那是建筑大师贝聿铭设计的，坐落在香山深处。这是一座四合院风格的宾馆，白与灰两色相间，古色古香。秋日，香山红叶似火，香山饭店是观景最佳去处，往往一房难求。我虽然曾经三度上香山，却只在那里见到皑皑白雪，因为在大雪封山的时候，香山饭店成了最佳会议场所，除了那时候房价打折之外，而且由于雪天进出不便，出席者很难"开小差"下山，所以是举行"封闭式"会议的绝佳场所。

也有的宾馆本身并无特色，但是四周的环境别具一格。比如我住在玉渊潭宾馆，仿佛浸泡在浓浓的绿色之中。这家宾馆在玉渊潭公园内，尤其当时正值黄灿灿的迎春花盛开之际，我进进出出如坐春风。北京珠市口的晋阳饭庄，与纪晓岚故居相邻。凭着晋阳饭庄的房卡，可以自由出入纪晓岚故居。纪晓岚故居，亦即"阅微草堂"。这里红柱绿梁，草坪假山，一派北京官宦人家风光。在外车马喧喧奔走一天，回到晋阳饭庄，得闲在幽静的纪晓岚故居漫步或者长坐，可谓是驱除疲惫的好去处。最有趣的是，我曾经在崇文门一家旅馆住了半个多月，餐厅里天天免费供应鲜美的鸭汤。一打听，原来与之相邻的是烤鸭店，把多余的鸭汤用管子输送到这家旅店的餐厅，所以这儿拧开龙头，鸭汤就喷涌而出！

30多年前，我在北京远郊的航天基地采访，住过那里的招待所。由于众所周知的原因，进出那里的手续颇为严格。前些日子我再度来到那里，在办理入住手续时，想不到还沿用"老规矩"——除了出示身份证之外，还必须出示工作证！我已经多年没有用过工作证，也就没有随身携带。正在为难之际，陪同我的朋友替我再三说明，才终于让我入住。

相比而言，我对上海的宾馆远不如北京熟悉，因为家在上海，当然也就不住上海的宾馆了。

历尽沧桑圆明园

在北京大学未名湖中,我见到一条用黄褐色细石雕刻、造型奇特的石鱼,那尾巴翻卷成"○"形,名曰"翻尾石鱼"。这条"翻尾石鱼"长约两米,朝天张大着鱼嘴,成为未名湖一景。

其实"翻尾石鱼"来自圆明园,1927年拍卖时被末代皇叔载涛买下,置于朗润园之中。燕京大学在1930年班毕业时,又从载涛手中买下"翻尾石鱼",置于未名湖。后来北京大学迁往燕京大学旧址,不仅"翻尾石鱼"归属北大,连朗润园也成为北大教授们的住所。季羡林、金克木、邓广铭、张中行四位名教授都住那里,人称"朗润园四老"。我毕业之后有一年随中国作家协会的朋友们回北大,与张中行教授相识。张中行教授对我说,他的女儿张汶、女婿常文保,都是我北大同学,也住朗润园。

朗润园不远处,便是圆明园。2013年初冬,我在北京大学小住,趁中午时光,抽暇前往圆明园游览。

北京大学、清华大学、中关村、圆明园、颐和园,像奥林匹克的五环,横卧在北京城的西北角。如今的圆明园,已经成了圆明园公园,跟颐和园毗邻。

圆明园公园跟颐和园旗鼓相当,论面积还稍大于颐和园:圆明园公园的总面积为350万平方米,而颐和园则只有300万平方米。

圆明园与颐和园同为当年的皇家园林,总体结构却不同。颐和园由万寿山和昆明湖组成主体框架,其中水面约占四分之三。记得,在北京大学上学时,夏日常步行到颐和园上体育课——在昆明湖游泳。

圆明园公园则是由圆明园、长春园、万春园(原名绮春园)三园组成,从南至北呈倒"品"字形:南面为万春园,东北为长春园,西北为圆明园。

游颐和园,通常由正门进入,沿昆明湖走一圈。由于处处可以看见地标——万寿山,游人的方位感很强。游圆明园公园则不同,到处是湖,到处是树,到处是亭台楼阁,没有明显的地标。圆明园公园很大,一天游不完三

个园。圆明园公园共有园景123处，其中圆明园69处，长春园24处，万春园30处。要从这个园到那个园，一个个景点走遍，实在不容易。

我从圆明园的正门——南门入园。青瓦红柱，石狮守门，这道皇家气派的大门，即万春园的宫门。走过迎晖殿，走过中和堂，走过敷春堂，我沿着万春园的湖滨大路向北漫步。风和日丽，一排排垂柳长长的柳枝，像绿色的瀑布倾泻到我的头上。湖中央的喷泉，在阳光下如同喷射一串串银珠，格外耀眼。万春园号称"三十景"，由于时间有限，我只是匆匆一瞥，便赶往"品"字形的三园交汇之处。

交汇处设有电瓶车站，我在那里上车，继续向北，直奔长春园的"西洋楼"。那是游人必至之处。那里又设一门，成为园中之园。游人在大门口买了门票之后，到这里又必须再买一回门票，足见"西洋楼"是圆明园公园中最核心的、非看不可的景点。

在中国皇家园林之中，怎么会有"西洋楼"呢？这里确实是圆明园公园里最为与众不同之处。

走进"西洋楼"，出现在我眼前的是一大片断垣残壁，在废墟上零零落落竖立着高高低低的方形雕花石柱。

"西洋楼"这样的欧式园林建筑，出现在清朝乾隆年间，从乾隆十二年（1747年）开始筹划，至二十四年（1759年）基本建成。这表明，早在250多年前，中国皇帝已经开始接受西方文化，以欧洲文艺复兴后期"巴洛克"风格建造"西洋楼"。参与"西洋楼"设计的有西方传教士郎世宁、蒋友仁、王致诚等，建造了谐奇趣、线法桥、万花阵、养雀笼、方外观、海晏堂、远瀛观、大水法、观水法、线法山和线法墙等"西洋楼"。

仿效法国巴黎的凡尔赛宫，"西洋楼"里建造了"水法"，亦即人工喷泉。这里有三大喷泉群，即谐奇趣、海晏堂和大水法。人工喷泉是中国皇宫中从未有过的。

在这里不见中国皇宫建筑的金钉朱门，不见斗拱飞檐，不见黄琉璃瓦，不见红色梁柱。这里一派"西洋"建筑景象，但是在"西洋"之中又加入东方元素。后来移置北京大学未名湖的"翻尾石鱼"，造型东方化，原本就在谐奇趣楼南大型海棠式喷水池中。水柱从"翻尾石鱼"朝天大嘴中喷出，达十米多高。

圆明园"西洋楼"，有了"中国的凡尔赛宫"的称誉。

北京圆明园遗址

叶永烈在圆明园废墟

然而，在1856年10月，英国和法国在沙皇俄国和美国政府的支持下，对中国发动了侵略战争，史称"第二次鸦片战争"。1860年10月6日晚7时，英法联军攻入圆明园。

法军司令孟托邦下达命令，"先取在艺术及考古上最有价值之物品"，"以奉献皇帝陛下（拿破仑三世），而藏之于法国博物院"。英国司令格兰特也"派军官竭力收集应属于英人之物件"。于是英法联军对圆明园进行大洗劫，把中国皇宫珍宝纳入囊中。

在进行了大洗劫之后，1860年10月18日，3500名英军在米切尔中将率领之下，长驱直入圆明园，纵火焚烧。大火持续了三天三夜，浓烟笼罩了北京城！

从此美轮美奂的圆明园，变成一片废墟，"西洋楼"也成了废石堆。

我迈着沉重的步伐，行走在圆明园"西洋楼"横七竖八的断梁残柱之间。这里是中国人民的伤疤所在，是中国人民的心痛之处，是国耻的象征，是"落后就要挨打"的铁证。

我来到海晏堂的废墟。海晏堂是"西洋楼"最大的宫殿。海晏堂前的喷水池中，原本按照西洋风格设计放置裸体女人雕像，乾隆皇帝以为不妥，改为十二生肖铜像，即鼠、牛、虎、兔、龙、蛇、马、羊、猴、鸡、狗、猪兽面人身像，按照十二时辰轮流从口中喷水。正午时刻，则十二生肖一齐喷水。在英法联军洗劫海晏堂时，劫走十二生肖兽首。近年来中国保利集团从国际拍卖行买回牛首、猴首、虎首、马首、猪首，其余七个兽首尚流落海外。

在海晏堂废墟之侧，我见到摆放着一排十二生肖铜像的复制品，借以激发国人对圆明园众多珍宝遭掠的痛苦记忆。

我从海晏堂往前，来到大水法废墟。那里硕大的半圆海棠形喷泉群只残留着石龛式雕花石梁、石柱，北侧的高台西洋钟楼式大殿远瀛观，只剩下十几根高大的汉白玉石柱，柱头刻着精美的葡萄花纹。这里成为圆明园遗址的标志性景观。出现在电视、画报上的圆明园遗址代表性镜头、照片，就是在这里拍摄的。大水法朝南，下午顺光。诸多游人在此拍照留念。一大群穿着五颜六色外衣的幼儿园小朋友在那里一字排开，口中齐声喊"茄子"，给大水法废墟带来了勃勃生机。我也在那里留影，以记住中国当年作为弱国所蒙受的耻辱。

结束长春园"西洋楼"的游览之后，我步行几分钟，从东门出园。应当说，我的游览路线是最为快捷的，只花了将近两小时，就浏览了圆明园的精华之处。当然，如果你的时间很紧，光是为了一睹"西洋楼"，从圆明园公园的东门进，东门出，是最便捷的了。

当我从圆明园公园乘出租车刚刚回到北京大学，下午的活动便开始了。

走进口述历史中心

漫步在北京中国传媒大学的校园里，处处感受到传媒的气氛：这里是一组摄制组在拍摄的青铜群雕，那里是中华人民共和国第一代播音先驱齐越的雕像，就连所住的宾馆里，也是这里放一台老式的真空管收音机，那里放着早期的电影放映机。拥有两万多师生的这所大学，俨然如同一座样样齐全的小城市。给我印象最深的是主楼前草坪上一尊巨大的跷着大拇指的石雕，基座上刻着"我们的母校"五个大字。从这里毕业的校友白岩松、敬一丹、李修平、罗京、崔永元、鲁豫、李咏等，是中国传媒大学引以为豪的"品牌"。

在高大的主楼之侧，在翁郁树丛包围之中，有一座不起眼的四层小楼。楼前，有一个不起眼的褐黄色木牌，上书中国传媒大学六个字，下面是一行很小的字"崔永元口述历史研究中心"。崔永元的助手林卉接待了我。她说，口述历史研究中心是中国传媒大学的挂靠单位，而崔永元并不在口述历史研究中心担任职务，但是口述历史研究中心是由崔永元创立并给予指导，还供了资金与资料，所以用他的名字命名。这幢小楼原本是图书馆。学校新建了图书馆大楼，就把这幢小楼给了口述历史研究中心。其实，小楼是相对于主楼、教学楼而言，这里拥有八千平方米面积，而工作人员只有六十多人，够宽敞的。

林卉带着我逐层参观，我这才明白，口述历史博物馆占了好多个大厅。其中二楼的"电影传奇馆"，收藏了诸多著名影人的剧照、电影海报、剧本、说明书以及影人拍摄电影用过的"老物件"。内中，特别是展出七位已故著名导演孙瑜、陈鲤庭、汤晓丹、谢添、王为一、苏里、严恭的遗物，包括书桌、座椅、床等，按照他们生前家中的景象布置，令观众能够走近他们……其实，这些展品都来自崔永元主持《电影传奇》时跟老电影家们结下友谊，得到了这些珍贵的藏品。崔永元对口述历史发生浓厚的兴趣，也就是从他采访众多电影人开始的。

倾听历史老人的口述，仿佛穿越时光隧道，置身于早已消逝的时代洪流之中。口述历史的可贵，不仅在于弥补档案的不足，更可贵的还在于揭露历史的真相。鲁迅曾经这么说及，由于"正史""涂饰太厚，废说太多，所以很不容易察出底细来"；但"如看野史和杂记，可更容易了然了。因为他们究竟不必大摆史官的架子"。口述历史不是史官之作，常常被视为"野史"，其实，口述历史更少"涂饰"，也就更接近于历史的真实。当然，从作家的角度看来，口述历史的可贵之处还在于丰富而又生动的细节。对于纪实文学作家来说，只有充满细节，才能使读者如入其境，如闻其声。这是纪实文学与那些干瘪的历史教科书的最大区别，不仅在于揭示历史的真实，还在于细节生动所带来的欲罢不能的强烈可读性。采访历史当事人时，我总是不厌其烦地请他们回忆细节——这是与查阅档案最大的不同。正因为这样，我也加入了口述历史的采访与研究行列。

跟我单枪匹马做口述历史工作这样的"游击队"不同，崔永元口述历史研究中心是一个团队，是一支正规军。研究中心分为四个部门——采访组、资料整理组、技术团队、项目管理后勤。内中，以采访组的人数最多，大约有20人。林卉拿出四厚册《崔永元口述历史研究中心受访者信息明细》，展现这些年的采访成果。我看了一下，采访项目分为电影人、外交官、留苏学生、西南联大、抗战老兵、知青、民营企业、抗美援朝等，总共采访了四千多人次。我正在着手在台湾采访在那里生活的中国人民志愿军战俘，这是一个几乎没有人触及的敏感领域，没有想到在第四册中看到口述历史中心的采访组曾经两度赴台湾进行这一专题的采访，寻觅了十来位散落在台湾各地的志愿军战俘。

在办公室里，我看到诸多年轻人在电脑前工作。他们现在进行的口述历史采访，全部是用数码摄像机录像。

对于口述历史采访而言，光是口问手记是远远不够的，必须录音或者录像。我记得，海外媒体报道"口述历史"第一人唐德刚时写及："1957年冬初，唐德刚携带一台笨重的录音机，首次到胡适府上，写下了他'口述历史'系列的第一笔。"当时的录音机使用的是像电影胶片那样宽的大盘的录音磁带，所以唐德刚所用的录音机是相当笨重的。但是唐德刚有着很强的"录音意识"，即便当时的录音机那样笨重，他在第一次采访胡适的时候，就开始用录音机现场录音。此后他在口述历史的采访中，都使用录音机录音。

在口述历史的采访中使用录音机录音，有两大优点：一是笔记的速度往往很难跟上口述的速度，所以在现场所做的采访笔记只能记其大概或者记其要点。只有录音才是最完整、最真实的口述历史记录；二是录音能够表达口述者的口音、声调以及叙述时的情绪，是最原汁原味的记录，这是采访笔记无法表达的。正因为这样，录音是口述历史采访中必不可缺的手段。

我在20世纪80年代初是拿着饭盒那么大的录音机进行录音采访，多年来积累了上千盘录音磁带。在口述历史中心，我看到有专门的设备，可以把录音磁带、录像磁带转为数码。

如今，口述历史中心采用数码摄像机录像，比录音机要先进一大步，既有声又有像。

我还见到有的工作人员在电脑上一边播放口述历史数码录像，一边在电脑上把口述变为文字。这样，很多重要的采访，他们都有文字稿。

口述历史中心的宝库，是在四楼。我来到资料库，那里保持24摄氏度的恒温，成排成排钢架上，放着一个个2TB（即2000G）的硬盘，里面保持着口述历史数码录像。我问林卉，通常复制几份？她说拷贝三份，以求永久保存。我在这些硬盘的标签上，看到许多熟悉的名字，但是标签上标明黑底白字"已故"，诸如张瑞芳、黄宗江、曹铎等。这表明采访历史老人是一项与时间赛跑的工作。这些历史老人虽然永别人世，但是他们的音容笑貌却可以重现在屏幕之上。

三楼的一个大厅，门口挂着"都本基艺术馆"的牌子，里面陈列着这位书画家的巨幅的国画及书法作品，厅里放着一张张宽大的木桌以及一把把椅子。这里白天是展馆，晚上供学生自修，叫作"朝馆夕室"。我的讲座，也是在这个大厅里举行。我在各种会场式的大厅作过讲座，然而这里看上去像"茶馆"，听众自由自在围坐在一张张长方桌之侧，觉得与听众之间有一种亲近感。

口述历史中心除了组织讲座之外，也正在把口述历史作为一门课程，列入中国传媒大学学生的学业之中。

这次走访口述历史中心，我与其说是一位讲课者，更重要的是一位取经者。我从他们那里学习了许多有益的经验，以用于今后的采访以及资料的保管、整理工作之中。

北京味儿

一碗灰绿色似糊非糊的东西，散发着一股馊味，我大有久别重逢之感。去北京那么多趟，这一回终于又喝到了豆汁儿。

每一座城市，都有自己的饮食文化。上海人爱吃生煎馒头、小馄饨，而北京人则说："没有喝过豆汁儿，不算到过北京。"豆汁儿是地道的北京小吃，是用绿豆制作粉条时剩余的残渣发酵做成的，有一股泔水般难闻的气味，外地人避之不及，"老炮儿"们却视为最爱。

记得，梁实秋作为老北京，到了台湾之后，念念不忘的便是北京的豆汁儿。他给在北京的长女写信，"给我带点豆汁儿来！"我的天，豆汁儿怎么带？长女只得复函："豆汁儿没法带，你到北京来喝吧！"

这一回我在喝豆汁儿的时候，店家还搭了"绝配"——在一个小碟里放着什锦酱菜丝，还有炸得焦黄的面圈，叫"小焦圈"。通常，喝着豆汁儿，吃着小焦圈，嚼着酱菜丝，那味道算是好极了。

眼下，在北京的餐馆里，已经很难见到豆汁儿的踪影。没有想到，这回在我所住的宾馆里，有一家用毛笔写着斗大的"局气"两字的餐厅，菜单上竟然写着豆汁儿、小焦圈。局气是北京土话，为人仗义、豪爽大方的意思。电影《老炮儿》里便有一句台词，夸"老炮儿办事真局气"。局气用作餐馆

地道北京小吃豆汁儿、什锦酱菜丝、"小焦圈"

北京簋街夜市

的名字,则含有公平、公正的意思。生怕外地人不明白局气的含义,在餐馆的一面墙上,用一系列方言来注释局气:山东话"讲究",江西话"要得",东北话"敞亮",四川话"好乐教",河南话"楞正",新疆话"攒劲儿",还有英文、俄文……只是没有上海话。我想,也许可以说成是"正宗"。

其实,另一面墙上写着"北京范儿"四个字,倒是道出这家餐馆的特色。这里专做老北京的家常菜,自称"家常不平常"。这里环境的布置,处处透着北京范儿。梁上挂着鸟笼,令人记起提笼架鸟的老北京;京剧脸谱,红漆大鼓,表明这里是国剧的故乡;挺肚而躺的北京大爷雕像旁边,放着一把写着"倍儿凉快"的折扇;宫廷式木栏杆长椅上,安放着飞燕风筝状的黑白靠枕……酱肘子、熏猪蹄、四喜丸子、烧牛尾、羊蝎子、醋熘白菜连同黄米年糕、豌豆黄、艾窝窝、奶饽饽跟豆汁儿一起,组成了京味大合唱。

知道我对北京味儿有兴趣,一天夜晚,北京友人带我探访东直门内大街。那里我去过,白天看上去很平常。没有想到夜幕降临之后,灯火辉煌,人头攒动。这条只有1500米的街道两侧,汇聚了150家餐馆,是北京著名的饮食街。我见到诸多餐馆的名字都带有一个"簋"字。友人告诉我,簋念"鬼",这里原本的俗名叫"鬼"街。早年这里是杂货、水果集市,半夜开市,黎明即散,摊主们点着煤油灯,从远处看上去如同鬼火幢幢,于是得名鬼街。"鬼"字毕竟不吉利,便以同音字"簋"替代。簋是圆口、双耳的古代盛食物的器具,不料却与饮食"搭界",这里竟然成了饮食街。

簋街上的饭店五花八门,川菜、湘菜、粤菜、淮菜济济一堂。友人熟门熟路,带我走进簋街一家京味十足的餐馆。从外面看过去,门面并不大,可是一走进去，豁然开朗，里面竟然是硕大的三进四合院，雕梁画栋，游廊环绕。四合院四面的房间，变成了一个个包间，水晶吊灯，大理石台面。四合院是北京代表性民居，犹如石库门房子是上海代表性民居，这里可与把石库门房子改建成餐馆的上海新天地相媲美。

烤鸭是"首席京菜"。入席之前，友人带我参观了烤鸭房。据称，与全聚德不同的是，这里以雍正皇帝御膳房秘方制作。我看到用粗大的果木（枣木、梨木）熊熊燃烧，明炉烤炙鸭子。果真，这"雍正王朝炙鸭"皮脆肉嫩，味香多汁，别具一格。

这里的点心"京八件"，即和谐佛手、金锭发糕、金丝寿桃、喜上梢头、富贵兰花、桂花黄糕、稻香茸鸡、祥云如意，象征福、禄、寿、喜、富、贵、吉、祥，据称也来自宫廷，无疑又是北京文化的化身。

庭院深深，那一夜我沉浸在浓浓的京味之中。

六朝古都南京

南京与杭州是上海的双翼，南京乃六朝古都，而杭州则是人间天堂。

已经记不清楚多少次去南京了。当然，更多的是路过南京，因为倘若从上海乘坐火车到北京，必定要路过南京。往日，乘坐火车从上海到南京，要三四个小时。自从京沪高铁开通之后，只要一个多小时就到了，上海与南京的联系因此变得格外密切，有时候我当天来回，有时候在南京住一两个晚上。在最近的一年之中，我竟然4次应邀前往南京，其中两次是讲座，两次是签名售书。

记得，我第一次与南京结缘，是在1957年夏日，我考上北京大学，从温州乘长途汽车到金华，然后从金华乘火车到北京。在途经南京的时候，印象最深的是从下关"摆渡"到浦口。下关火车，也就是如今的南京西站，地处长江南岸，而当时长江无大桥，火车要拆成一节节车厢，用蒸汽火车头推上渡轮，再缓缓驶过长江，到达彼岸——浦口。光是这"摆渡"，就要两个多小时。如今高铁从长江大桥飞驰而过，用不了两分钟就越过汹涌波涛的长江。我见证了南京的腾飞，见证了时代的速度。

南京绿树成荫。街道两侧又粗又高的法国梧桐，树冠在街道上空相接，遮天蔽日。法国梧桐号称"世界行道树之王"，年岁越久越高大。这些有着数十年树龄的法国梧桐，很多是国民党政府定都南京时所栽。此后石头城上红旗飘扬，仍然继续栽种法国梧桐。据称，南京城如今拥有法国梧桐树15万株，到处郁郁葱葱。

在南京闹市新街口的中心，在米黄色的花岗石底座之上，高高矗立着一尊伟人铜像，他留着八字胡，身穿长大衣，手执司的克（手杖），目光炯炯直视正前方。那便是中国革命的先行者孙中山先生。孙中山与南京有着"生死之缘"：1912年1月1日，孙中山在南京宣布就任中华民国临时大总统，组成中华民国临时政府。1925年3月12日，孙中山因患肝癌在北京逝世，于1929年移葬南京紫金山，从此在那里长眠。中山陵也因此成为游览南京的必去景点，台湾国民党高层人士访问大陆，往往第一站就是到南京中山陵拜谒"先总理"孙中山。

位于南京玄武区长江路上的总统府，也浓缩着南京的历史记忆。我多次去过那里，这次又去参观。在国民党统治中国的时候，南京是首都。如今的总统府仍保持原样，首先映入眼帘的便是高大的门楼——在三扇圆拱大门上方，镶嵌着"总统府"三个金色大字。总统府原本是国民政府的所在地，大门之上是"国民政府"四字。我在那里注意到两张照片：一张是1948年4月20日，行宪国大选举蒋介石为中华民国首任总统。蒋介石在风雨飘摇之中走马上任，门楼上的"国民政府"四字更换为"总统府"；另一张照片，摄于1949年4月24日凌晨，中国人民解放军第三野战军七兵团三十五军占领南京，占领总统府。南京的这座总统府，只维持了短短的一年零四天，就画上了句号。如今，我走进南京总统府，仿佛穿越时光隧道，进入蒋介石统治时期那逝去的岁月。

南京总统府呈"非"字形结构。从大门进入之后，是一条长廊，笔直伸向纵深。大楼、花园、大楼、花园交替"串"在长廊之中。最后一座，便是总统府办公楼，总共三层。底楼是文书局，二楼是总统、副总统办公室，秘书长办公室，三楼是国务会议厅。虽然只有三层，却设有一部美国奥汀斯公司生产的电梯，总统蒋介石、副总统李宗仁上二楼办公室，通常就是乘坐这部电梯，其他的人则走楼梯。在蒋介石的办公室里，他的办公桌是斜放的，据说这是听从

南京总统府

了风水先生的意见,这样摆放大吉大利。不过,蒋介石的办公桌不论朝什么方向摆放,都无法挽回国民党军队在战场上的节节败退,直至中国人民解放军把红旗插上总统府的门楼之上。

在南京,有一回我入住市中心的西康宾馆。那一带,差不多都是黄色的围墙、黄色的房子。一看到大门口的西康宾馆四个字,便知这家宾馆当属"老字号"。当年在国民党统治时代,有一个西康省,直至1955年才划入四川省和西藏自治区。果真,一打听,那里原是汪精卫公馆,后来成为美国驻中华民国大使馆。我漫步其中,得知外墙保持原貌,而内部结构作了改造,以适合宾馆之用。我住在7号楼219房间,窗口正对中共江苏省委大院,院内的亭台楼阁,也是历史遗迹。

杭州之美在西湖,南京之美在玄武湖。南京画家刷刷小姐是个"南京通",她说观玄武湖的最好去处,是登南京城墙俯瞰全湖。在她的陪同下,从神策门向南,登上了南京城墙。

南京城墙雄伟而完整,是古都的神韵所在,是上海、杭州所没有的历史景观。南京城墙称明城墙,是明太祖朱元璋攻占南京之后下令建造的。朱元璋定都南京,那时候叫"应天府"。南京明城墙修筑于明朝,建于1366年到1386年,历时21年建成,长达35.3公里,共设13座城门。如今,南京城墙保护良好,相当完整。

我登上南京城墙,发现城墙的墙砖上有密密麻麻凸出的字,这些字是制作墙砖时,在模子里刻了凹字形成的。我细看,那是刻着某府、某州、某县、某人制作。原来,建造明城墙的时候,就已经强调"责任制"。谁做的墙砖不合格,依据墙砖上制作人的名字便可以问责。当时没有水泥,城墙是用粒雪糯米浆与石灰混合胶粘的,历600多年坚如磐石。

城墙的一侧是鸡鸣寺,黄墙之后高高矗立着药师宝塔。唐朝诗人杜牧诗云:"南朝四百八十寺,多少楼台烟雨中。"据称,鸡鸣寺名列"南朝四百八十寺"之首。城墙的另一侧,便是波光粼粼的玄武湖。有水则灵。玄武湖方圆五里,乃南京的灵气所在。湖边垂柳依依,湖中小艇荡漾,人称"金陵明珠"也。

下了城墙,刷刷带我去游玄武湖,从玄武门入。高大的玄武门城楼,拥有三扇圆拱门(券门)。在玄武门城楼前,我听见年轻的游客在问:"玄武门之变,发生在城楼下还是在城楼上?"其实,年轻人的问题是"关公战秦琼"。玄武门之变发

泛舟玄武湖

生在唐朝武德九年六月初四庚申日（626年7月2日），那时候还没有明城墙，更何况玄武门之变的玄武门是长安城（今西安）大内皇宫的北宫门，并不在南京。南京的玄武门，只是与西安的玄武门同名而已。其实，南京的玄武门，虽说貌似明城楼，但跟明城墙无关。南京玄武门建于1910年，是为玄武湖建一座大门而建。

南京有江——长江，有湖——玄武湖，还有河——秦淮河。秦淮河被称为南京的母亲河。其实秦淮河是长江在江苏西南的一条支流，全长110公里，其中流经南京市区为10公里，即所谓"内秦淮"。内秦淮两岸，自古以来是南京繁华之处，即所谓"六朝烟月之区，金粉荟萃之所"，亦即所谓"十里秦淮"。

知道我喜欢热闹，在另一次赴南京的时候，刷刷安排我住在秦淮河之畔、夫子庙之中的状元楼。夫子庙类似于上海的城隍庙，只是上海城隍庙供奉的是城隍，而夫子庙供奉的是孔子，亦即孔庙。这里是南京最热闹的场所，不仅有着当年科举考场国子监，而且酒楼、茶馆、小吃、小商品店云集。这里人才辈出，曾经诞生多名状元，所以我所住的酒店便称状元楼。令我惊奇的是，在这样中国古风浓郁的地方，居然出现一条街，在洋文招牌下出售的皆是外国名牌货。

夜游秦淮河，是南京享有盛誉的特色游。状元楼之侧，便是秦淮河游船码

熙熙攘攘秦淮河

头。每当夜幕降临,那里灯火辉煌,一艘又一艘游船鱼贯而至。我上了船,船舱里大约可坐二十来位游客。游船沿着秦淮河破浪前进,两岸金粉楼台,鳞次栉比,彩灯映照,光彩夺目。十里秦淮,原本是风月之地,诚如清初戏剧作家孔尚任在《桃花扇》里所描写的:

梨花似雪草如烟,
春在秦淮两岸边,
一带妆楼临水盖,
家家粉影照婵娟。

我坐在游船上,如同穿梭于一条用彩灯"画"出的长廊,两耳笙歌,凌波歌舞,此情此景,只有夜游方可体会。

夫子庙的小吃,名冠南京。五色小糕、鸡丝浇面、薄皮包饺、熏鱼银丝面、桂花夹心小元宵、回卤干、油炸臭干、鸭血汤,应有尽有。刷刷却带我去大排档品尝南京风味餐饮。我以为,大排档大约是在大街之侧的棚屋里,谁知

南京小吃一览

在玻璃幕墙的大楼之中。我们乘坐电梯上了7楼，看到一家门面开阔、气派的大饭店，门口横着黑底金字招牌上写着"大排档"三字。入内，偌大的正厅上百餐桌座无虚席。如果不是刷刷事先预订，只能坐在门口的长凳上等候。我们订的是小包间，墙上装饰着南京城墙的青砖，古色古香。那天，我得以品尝各种各样南京小吃和菜馔，诸如又鲜又嫩的清炖狮子头，还有酒酿赤豆元宵、糖芋苈、糟田螺等。

  我发现，南京很多小吃和菜馔以鸭为原料，比如大名鼎鼎的南京盐水鸭，还有鸭血粉丝汤，就连小笼包——名唤"天王烤鸭包"，里面包的竟是烤鸭肉。刷刷说，南京有江、有湖、有河，这么多的水面适合鸭子生长，所以南京多鸭。其中南京盐水鸭与鸭血粉丝汤可以说是"连锁店"，因为这么多鸭子做盐水鸭，"副产品"鸭血就做成鸭血粉丝汤。怪不得南京满街是盐水鸭店和鸭血粉丝汤店。

  一次次去南京，一次次游南京，我渐渐领悟南京的沧桑，南京的文化。

北国新城大庆

  去过哈尔滨十来次，却没有去过大庆。2014年8月，我从哈尔滨沿着"龙江第一路"——哈大高速公路前往大庆，两小时就到了。

  大庆给我的印象是颠覆性的。我脑海中的大庆印象，是从大庆的纪录片中得到的。大庆是油都，中国第一大油田，除了高高的钻井架以及不断"磕头"的采油机之外，便是简陋的"干打垒"平房。然而出现在我眼前的大庆，色彩缤纷、样式各异的高楼大厦拔地而立，是一座拥有将近300万人口的现代化都市。

  1959年9月26日，中华人民共和国10周年大庆前夕，黑龙江省松嫩平原的"松基三井"喷出了黑黝黝、黏糊糊的宝贵石油，引发一片欢腾。当时的中共黑龙江省委第一书记欧阳钦得知喜讯，便以"大庆"命名这个新发现的大油田。半个多世纪过去，一座新城在这里崛起，成为黑龙江省的"副中心"。

  进入大庆市区，首先要经过一座长达5公里的斜拉桥。大桥的白色塔柱上

大庆公路客运总站

方镶着红色"大庆"两字,仿佛是大庆的路标。这座双向6车道的大桥,中间有一排黄色的隔离柱,那里可供停车、赏景。我下车之后,倚栏眺望,原来这桥不是架在江河之上,桥下一团团绿色的草甸与清亮的水面交错,叫作龙凤湿地。这座在2010年建成的大桥被誉为"生态桥",起着保护湿地、保持活水流通的作用。大庆多湿地,其中龙凤湿地被列为黑龙江省级自然保护区。大庆空气清新,原因之一就在于保护了大片湿地。

湿地多,湖泊也多。来到大庆,有着水乡之感。大庆拥有249个大大小小的湖泊,人称"百湖之城"。《大庆日报》办了个刊物,就叫《百湖周刊》。这些湖,往日用东北话叫作"水泡子",如今逐步改造成水景公园。我最喜欢黎明湖,仿佛是嵌在大庆高新技术产业开发区的一颗明珠。这个1.34平方公里的明镜一般的湖,新建了一条纵穿湖面的栈桥。栈桥底下是水泥桩、钢架,桥面是用马来西亚红巴劳木铺成的地板,两侧是粗大的黄巴劳方木栏杆,显得古色古香。栈道总长1公里多。走在平平展展的栈桥上,两面是闪耀的波光。栈桥中间，有隆起的中国式古拱桥，使栈桥有起伏感。湖四周是一幢幢新楼。我注意到，与栈桥相连的酒吧一条街，那楼房则全然是欧式建筑，我仿佛置身于瑞士苏黎世湖畔。据称，设计黎明湖景栈桥时，便把"现代风、欧式风、中国风"这"三风"结合在一起，形成自己独特的风格。

如果说，用一个字来形容大庆，那就是"新"。大庆是一座年轻的新城，到处是新建筑。用大庆人的话来说，是"先有大庆油田，后有大庆市"。在发现石油之前，这里只有湿地和"水泡子"而已，不过是游猎之地。自从钻探机叩醒沉睡在地下的石油之后，数万石油工人在这里展开大会战。"先生产，后生活"，那时候石油工人"逐油而居"，哪里有油井，就在哪里建起"干打垒"简陋的土坯平房。直到大庆油田初具规模，为了改善工人居住条件，考虑建设一大批新楼房，于是一座崭新的现代化城市开始破土。大庆是在一片荒原上按照总体规划建城，所以大庆城市建筑井然有序。

大庆市区的形状如同哑铃，分为东城与西城，双向8车道的主干道——世纪大道，横贯东西。东城与西城，相距约10公里。西城区以大庆石油管理局为核心，大都是油田家属区，东城则以大庆市政府为核心，是高新技术产业、石化工业与商业区。我注意到，大庆市区有多处草地，看上去不像公园，据称那是"预留空地"，以备城市发展之后可供新建项目之用，这可以说颇有预见眼光。

我在大庆生活了4天，从未遭遇堵车。其实，大庆由于城区特别大，无车举步维艰，人均汽车拥有量还是很高的，但是大庆的道路宽广，所以很少堵车。大庆的出租车的起步价只有5元，"打的"也很方便。另外，大庆大型建筑物前后设有停车场。记得一天早上8时，我来到大庆市图书馆，广场上已经停了许多私家车，很多年轻读者在图书馆餐厅进早餐，然后在图书馆借书、读书。这里读书蔚然成风。

大庆吸引着众多游客的目光，成为一座旅游城市，有所谓"石油文化游""湿地景观游""地热休闲游""民俗风情游""城市风光游"等等。其中的"地热休闲游"，是指大庆在钻探石油的同时，发现多处温泉。大庆市林甸县的温泉最著名。我所住的宝利丰国际酒店地下室，也设有温泉浴室。在种种观光项目之中，我最看重的是"石油文化游"。大庆建设了多座与石油相关的规模宏大的博物馆、纪念馆，我参观了其中的大部分。

我步入大庆博物馆，第一眼看到的，便是大厅里高大的猛犸象、披毛犀，那是东北地区特有的古生物。这里展示了东北第四纪丰富多彩的动植物。那时候,大庆地区是一个大型内陆湖盆,众多的古代动植物沉积在湖盆底部,逐渐形成了石油。大庆博物馆精心营造了东北第四纪的氛围和环境,使观众懂得大庆石油的来历。

在我看来,最值得参观的是铁人王进喜纪念馆。这座纪念馆的造型很特殊,从空中俯瞰,呈"工"字形,而从侧面观看则是"人"字形,馆前广场矗立着高大的铁人王进喜白色大理石雕像。纪念馆47级台阶,象征着王进喜(1923—1970年)47个春秋的人生历程。虽然纪念馆是以王铁人的名字命名,实际上记述了以王进喜为代表的第一代大庆石油工人艰苦奋斗、无私奉献的精神。"石油工人一声吼,地球也要抖三抖",王进喜和他的战友们在极其艰苦的条件下,开创了中国第一大油田。正因为这样,在如今现代化的大庆,以王铁人命名的"铁人大道""铁人中学"等等,永远纪念开创者的功勋。

如果铁人王进喜纪念馆记录的是大庆的过去,那么大庆规划展示馆则展示大庆的现在和未来。那里以高科技的声、光、电,充分展现大庆作为一座现代化新城的魅力和无限美好的未来。

最令我惊喜的是参观石油馆——这是2010年上海世博会时的石油馆,居然整体搬迁到大庆,成为永久性的展览馆。这里展示石油多姿多彩的各种用途,跟人们衣食住行的密切关系。我是在上午8:30来到那里,居然已经有100多名参观者在等候9:00入场。这里人气最旺的是4D电影院,放映石油专题影片。在上海世博会期间,要排四五个小时才能进入石油馆看4D电影,我没有那么多时间去排队,没有想到在大庆倒是看了由新生代导演陆川导演的电影。我认识陆川的父亲陆天明、姑妈陆星儿,所以看这部4D电影格外亲切。

我来到西城的油田,见到许许多多"磕头机"在那里日夜不停地"磕头"。采油机全自动工作,不像挖煤那样要用人工。采油机不断把地下深处的石油抽上来,用输油管不断输出原油。值得提到的是,大庆油田初期的原油年产量高达5500万吨,经过多年开采,依然保持年产量4000万吨,这是很不容易的。据当地朋友告诉我,现在采用高压注水的方法不断从油层中驱油,用化学药剂从油层中提取油,这样保持稳产高产。最使我感到奇怪的,在有的小区,在楼前屋后,居然也有采油机在"磕头"。他们说,大都是先有这些采油机,后来才建楼房、小区,表明这里拥有丰富的油层,这些采油机抽了那么多年,仍然还可以源源不断地抽油。石油是国家重要的战略物资，大庆油田为中国的现代化建设做出不可估量的贡献。

进入20世纪90年代，大庆开始转型，进入第二次创业，即在发展石油生产的同时，发展高新科技。以大庆东城为中心的高新科技区迅速崛起，以至与石油生产平分秋色，即各占GDP的二分之一。

大庆楼房不见灰色、火柴匣式的"筒子楼"，而是外墙五颜六色，丰富多彩，而且楼房样式百花齐放，欧式大楼、别墅比比皆是。有一个小区，全部是尖顶的英式别墅。很多大楼表面用瑞典式棕红砖砌成。大庆收入高而房价不高。我所住的32层的宝利丰大厦，全装修，送家电，每平方米建筑面积的价格不到5000元人民币，大约只相当于上海房价的十分之一。所以大庆每户家庭拥有两套住房相当普遍。大庆虽然是重工业城市，空气质量很好，是宜居城市。缺点是冬季太长，每年10月中旬开始供暖，直至来年4月中旬停暖，意味着寒冬长达6个月。大庆的春秋两季很短，夏日是最舒服的日子。不过，大庆湖多草木多，蚊子也多，成为盛暑一患。

我在大庆的几天，正值夏末，夜间一场暴雨突然降临，翌日清早我不得不把短袖衬衫换成长袖的了，真可谓一雨便成秋。

大庆在2009年建成萨尔图机场，每天飞往北京便有4个航班。大庆是通往广州的"广大"高速公路的起点。大庆与哈尔滨之间的高铁正在建设中。这座北国新城正在以便捷的交通，迎接四方来客。

顺此一提，《北国新城大庆》一文在上海《新民晚报》发表之后，被大庆电视台制作成电视纪录片——该片用《北国新城大庆》一文作为解说词，并配上相关画面。

呼和浩特沧桑

从上海飞往呼和浩特，客机在降落白塔机场之前，徐徐掠过市区上空。坐在舷窗之侧的我，仿佛观看电影中的横移镜头似的，从空中俯瞰呼和浩特。

呼和浩特有旧城、新城之分。呼和浩特市的蒙古文原意是青城,青城是旧城,始建于明朝,那里的城墙、房屋都是用城郊大青山的青石盖的,泛着青色。眼下展现在我面前的,却是现代化的呼和浩特新城,一幢幢高高瘦瘦的20多层的公寓楼整整齐齐,越是接近市中心,楼房越多越密。看得出这些高楼都是新盖的。我注意到楼顶有的红色,有的蓝色,很特别。后来我才知道,蒙古族喜爱草原上的红日、蓝天和白云,所以红蓝白三色成为蒙古族的标志色。我还看到几幢宽大的楼宇上戴着锅盖般的"帽子",据说这是模仿蒙古包圆形天穹式尖顶……我的双脚还没有踏上呼和浩特,便从空中做了一番宏观的巡礼。

飞机着陆之后,我看到高大的航站楼顶上红色的"呼和""浩特"四个汉字中间,竖写着一行蒙古文。此后我在呼和浩特看到的招牌、路牌,几乎都是汉、蒙古文并书。呼和浩特是以蒙古族为主体、汉族占多数的城市,所以处处洋溢着蒙汉一家亲的互敬互爱气氛。

"天苍苍,野茫茫。风吹草低见牛羊。"呼和浩特处于草原的包围之中。草原是牧民的家,牛羊的世界。我到达之后的第一顿饭,便是荞麦面、烤羊

呼和浩特蓝天白云

肉。我原本对羊肉敬而远之，然而这里的羊肉却没腥膻味。我在战战兢兢尝了第一口之后，胆子就壮了起来，涮羊肉、羊肉串、羊肉煲、萝卜炖羊肉，都能接受，只是对羊杂碎、炸羊尾、血肠之类仍存"敬畏之心"。

这里的牛肉味香肉嫩，尤其是牛奶又鲜又浓，每日早餐总喝一大杯鲜牛奶。呼和浩特有"中国乳都"之誉，拥有"伊利""蒙牛"两大乳制品公司，成为呼和浩特的支柱产业。

呼和浩特新城区街道宽广，高楼比肩而立。贯穿呼和浩特新城的主干道，以"一代天骄"命名，叫作成吉思汗大街。这条大街全长8公里，人称"文化走廊"。元太祖成吉思汗是蒙古族的英雄。这里既有宏大气派的成吉思汗广场，又有绿树成荫的成吉思汗公园。

我在呼和浩特见到当年北大的同班同学，她告诉我，1963年毕业之后分配到呼和浩特。她乘火车在夜里到达呼和浩特车站，一片昏暗，唯见一盏灯在寒风中摇曳。她的心凉了半截，哭了，怎么让她这个瘦弱的江南姑娘到如此荒凉的塞北工作？她咬着牙在呼和浩特坚持下来，后来在这里成家，见证了呼和浩特半个世纪的巨变。她说，如今呼和浩特已经是拥有300多万人口的现代化大

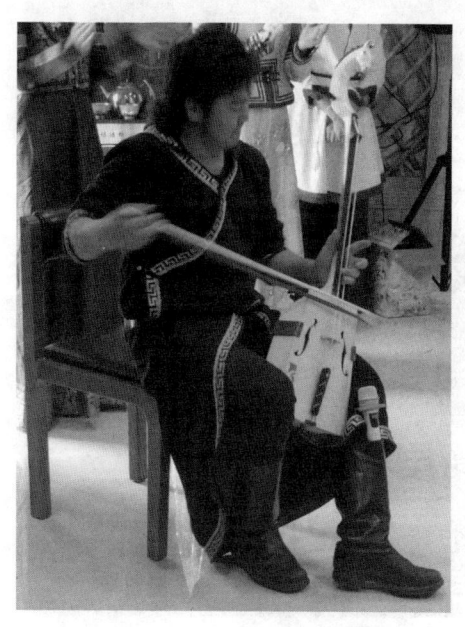

马头琴演奏

昭君与单于的骑马雕像

都市,应有尽有,这里成了她的第二故乡。她的先生也是我的同学,在不远的"稀土之都"包头,从事稀土化学研究工作。

昭君出塞的故事耳熟能详,呼和浩特最值得一看的是昭君博物院。那是昭君墓的所在地,离市区不过9公里,在大黑河南岸。我到了那里,见到一座小山,以为昭君葬于小山之巅。当地朋友告诉我,其实那里原本没有小山,在2000多年前的西汉,众人为昭君积土成山,高达33米。所以那座小山就是昭君墓,是胡汉和亲的金字塔。小山上绿草如茵,人称"青冢拥黛"。在青冢之前,矗立着昭君与单于骑着高头骏马的铜雕。在博物馆内,我还见到巨幅昭君与单于手挽手画像。昭君乃中国古代四大美女之一,据说是仙女下凡,"颜值"甚高,但是那个年代没有照片,所以如何体现昭君之美成为雕塑家、画家的难题。他们以当代最美的影星为昭君模特,仍没有达到昭君乃美的化身这一境界。昭君远嫁塞外匈奴,缔结汉匈姻缘,做出历史性贡献。诚如著名历史学家翦伯赞所言:"王昭君已经不是一个人物,而是一个象征,一个民族友好的象征;昭君墓也不是一个坟墓,而是一座民族友好的历史纪念塔。"

在呼和浩特,我有机会走进一个个圆形的蒙古包。在蒙古语中,包就是"家""屋"的意思。蒙古包用柳条棍和柳条支撑,再搭上毛毡,铺上厚厚的地毯,就可以居住了。蒙古包拆装都很方便,用几辆牛车、马车就可以运走,使牧民可以逐水而居。在蒙古包里,我听一位蒙古族小伙子拉马头琴,那琴声深沉粗犷,如泣如诉,时而若万马奔腾,时而像战风搏雨,我仿佛跟随琴声在草原上骑马疾行,直至天的尽头。

在从呼和浩特前往包头时,途经战国时期的赵长城遗址。赵长城建于公元前3世纪,距今两千多年,是中国最早的长城,我方知长城历史如此久远。

稀土之都包头

据《纽约时报》报道,中国掌握着全球稀土元素近97%的份额,在出口的稀土中,镝和铽所占的比例超过99%。由于这两种元素对于发展绿色能源和军

内蒙古自治区道路两侧高高的白杨形成"V"字（叶永烈摄）

工业都有着非常重要的广泛用途，堪称世界上"最隐秘却又最宝贵"的金属。

中国的稀土，集中在内蒙古包头一带。包头被誉为中国的"稀土之都"。我在不久前走访了包头。

上海有直飞呼和浩特的航班，没有直飞包头的航班，必须在山西太原中转。上海至太原飞行2小时，而太原飞往包头50分钟，加上中转的时间，前后花费了三个半小时。在上海正处于酷暑之尾，最高气温徘徊在33摄氏度左右，而到了包头虽说中午时分还有几分热力，夜晚却必须盖被睡觉，清早要穿长袖衣服。

包头，源于蒙古语"包克图"，蒙古语意为"有鹿的地方"，所以又叫鹿城。包头道路宽阔，两侧竖立着高高的白杨——钻天杨。我所下榻的香格里拉大酒店，位于包头市中心。酒店前是包头的主干道，叫作钢铁大街。入夜，钢铁大街的行道树用成千上万细小的灯泡点缀，大有火树银花之感，格外漂亮。

早在上中学的时候，就从地理课得知包头是"钢都"。包头位于阴山与天山的纵向成矿带上,这里拥有丰富的铁矿——白云鄂博铁矿,已经探明储量约为10亿多吨。包头钢铁集团(简称"包钢")年产钢、铁各500万吨、钢材350万吨以上,是中国著名的大型钢铁企业。

包头的总面积是上海的4倍多,但人口只有上海的15%。人口密度很低。包头分为工业区和居民区,工业区远离居民区。在工业区,我看到的景象真的是"烟囱像森林"。高高的大烟囱,刷着一圈红一圈白,非常醒目。

在包头,不断有冠以"稀土"两字的招牌,闯入我的眼帘,诸如"稀土国际大酒店""稀土大厦""稀土高新技术产业开发区""稀土研究院"……包头是中国的"稀土之都""稀土王国",人称"稀谷"。对于"稀土"我不陌生,我毕业于北京大学化学系,我们系里就设有"稀土专业"。所谓"稀土",即稀土元素。稀土元素是指镧、铈、镨、钕、钷、钐、铕、钆、铽、镝、钬、铒、铥、镱、镥、钪、钇这17种化学元素。17种化学元素都是金属,所以又称稀土金属。稀土元素这"稀",是稀少之意,而"土"则是指这些元素大都以氧化物的形式存在于矿物之中,看上去像土,故得名"稀土"。包

包头稀土展览馆

头的"稀土"不仅储量巨大而且品位高、生产成本低，占到全国稀土储量的91.6%，占世界已探明储量的54.2%。包头的"稀土"，通常伴生于铁矿石之中，即产于白云鄂博铁矿。

"中东有石油，中国有稀土。"这是邓小平在1992年说的一句话。"稀土"是重要的战略金属，广泛应用于高精尖技术之中，从电视、激光、手机、超导体到导弹、卫星，无一离得了稀土。

然而，稀土元素17姐妹齐聚于稀土矿中。这17姐妹性质相近，很难分离，尤其是难以单独提炼某种纯净的稀土元素。往日中国的稀土元素分离、提纯技术落后，只得大量廉价出口"稀土"矿，而出口原始的"稀土"矿是最不合算的，中国因此蒙受巨大损失。日本许多企业从事中国"稀土"矿的精加工，大量获利。一位专家坦言："以氧化镧为例，纯度在90以上每提高1个百分点，价格即可翻一倍。但是我们现在做不到，日本人可以。"包头正密集开发分离、提炼"稀土"的高技术，以成倍增长"稀土"提炼之后带来的高额附加值。

钢铁、"稀土"，是包头两大经济支柱。包头与呼和浩特、鄂尔多斯形成了内蒙古的"金三角"。

在包头，我两度光临"小肥羊"火锅店。我最怕羊膻，尽管上海也有"小肥羊"，我从来不敢光顾。包头的朋友带我来到"小肥羊"，我不得不硬着头皮进去。一进门，就闻到浓烈的豆蔻香味。服务员端上鲜红色的切成薄片的羊肉，放在特制的锅底中一涮，再用麻酱一拌，一点膻味也没有。"小肥羊"于1999年8月诞生于包头，如今连锁遍布全国，而且海外也有众多的连锁店。不过毕竟是包头的"小肥羊"最正宗，所以我吃了一次之后，做了回头客，再吃一次。

我虽然对蒙古族饮食中的手扒肉、烤羊背、烤全羊仍敬而远之，但是喜欢其中的莜面和奶茶。莜面是由裸燕麦（俗称莜麦）粉做的，有一股特殊的香味。这里的奶茶人称"蒙古茶"，不同于台湾的珍珠奶茶，是砖茶水加鲜奶熬制而成，再放上炒小米，香而脆，很可口。当然最适合我的口味的是这里的鲜牛奶以及酸奶。我不习惯于吃这里的奶皮、奶豆腐之类奶制品。

我从包头前往乌拉特前旗，沿途大山起伏。那是阴山山脉的大青山、乌拉

内蒙古自治区乌梁素海惊鸟（叶永烈摄）

山，山峰平均海拔2000米。

在那里，我游览了乌梁素海。在内蒙古、新疆、青海一带所谓的"海"，也就是湖。乌梁素海，蒙古语意为"盛产红柳的地方"。

真没有想到，在内蒙古有这么巨大的湖，总面积达300平方公里。据考证，这里原本是黄河故道，由于黄河改道，在故道形成了一个湖，叫作"河迹湖"。乌梁素海是中国八大淡水湖之一。

黄河之水黄而浊，乌梁素海却清澈见底，湖面平静似镜，蓝天上飘浮的白云，仿佛也飘荡在湖面。大片大片的芦苇，生长在乌梁素海。我乘坐汽艇在湖面上奔驰，穿梭于芦苇"小巷"，如同在江南沙家浜的芦苇荡。乌梁素海中有鱼，海面有水鸟。当汽艇驶近一个小岛，成千上万水鸟惊飞，场景极其壮观。乌梁素海是鱼的乐园，鸟的世界，人称"塞上江南"。

天津第一大院

海河，劝业场，大沽口炮台，望海楼教堂，狗不理包子，猫不闻饺子，十八街麻花，耳朵眼炸糕，泥人张彩塑，马三立单口相声……在我的脑海之中，天津留下的名胜记忆和文化名片，是长长的一串。去过天津那么多回，却没有到过杨柳青，是一种缺憾。这一次去天津，终于得以补缺。

杨柳青是一个富有诗意的名字，据说那里多莳柳，"杨柳青青河水黄，河流两岸苇篱长"，因此得名。这座千年古镇人称"北国小江南"，位于天津西南，距市中心16公里。到了那里，见到店铺林立，游人如织，卖糖人儿的、卖油酥烧饼、卖风筝的，还有卖根雕、鼻烟壶、剪纸的，吆喝声此起彼伏，好不

天津石家大院

热闹。内中，最吸引眼球的是琳琅满目的色彩艳丽的画片儿——闻名遐迩的杨柳青年画。

陪同我的天津友人说，游杨柳青，三天也游不完。我们穿过杨柳青镇中心民俗文化街一大群青砖红柱的仿古建筑群，来到一个"大宅门"。我见到门旁的墙上两块牌子，一块是"天津市历史风貌建筑——石家大院"，另一块是"天津杨柳青博物馆"。这样，既领略天津清代汉族民居建筑的独特风格，又可以欣赏杨柳青木版年画的历代杰作，可谓一举两得。

石家大院名副其实是"大""院"。这"院"，是中国北方典型的四合院，而且是四合院套着四合院——院中有院，院中跨院，院中套院，总共五进，所以显得很"大"，总共有18个院子，278间房屋。进入石家大门之后，中间是一条大青方砖铺成的南北走向的长长甬道，成为大院的中轴线，两边是东院与西院。东院为内宅，有主人卧房、书房及内眷住房等，而西院则是接待贵宾的客厅、花厅、戏楼、佛堂、祠堂等。

石家大院浓缩着清末的士大夫文化，样样都有"讲究"。比如，我注意到每道院门前都是三级台阶，据称寓意为"连升三级"。甬道从南向北共有五道门楼，逐渐升高，寓意为"步步高升"。不论门楼上石刻垂花，还是门柱石鼓上的八骏图和丹凤朝阳，都象征吉祥。花厅正中摆放着一棵玉石雕成的白菜，白菜的谐音是"百财"，寓意"人财两旺"。我还注意到甬道之侧的灰墙高处突出一石，据称"抬头见石"，因为主人姓石，石阶被人踩在脚下，有此高高在上之石，表明石家乃"人上之石"。

石家原本是山东人氏，因经营运河漕运发了大财，落户天津杨柳青。石家四子分别四个大院，名曰福善堂、正廉堂、天锡堂、尊美堂。三位兄长的后代经营不善，福善堂、正廉堂、天锡堂皆破败，唯有小弟石宝珩一枝独秀，石宝珩第四子石元仕驰骋商场，使家业鼎盛，财势显赫，尊美堂兴旺发达。保存至今的石家大院，号称"天津第一家""华北第一宅"，其实也就是尊美堂。山西的乔家大院，因电视剧《乔家大院》名声大振，游人蜂拥而至。我到过乔家大院，论规模、论建筑精美，石家大院有过之而无不及。

石家大院的最高建筑是戏楼。那里摆放着一把把楠木靠椅和茶几，可供200人听戏宴饮，京剧名家孙菊仙、谭鑫培等都曾来此献艺。我最感惊讶的是，戏楼的地面之下居然铺设了纵横交错的烟道，冬日可供取暖，使观众如坐春风。

在石家众多的子弟之中,最为知名的是有着"话剧皇帝"之誉的石挥(原名石毓涛)。他从天津来到上海,先是活跃于话剧舞台,后来主演了12部电影,导演了3部电影,其中《我这一辈子》是他根据老舍小说自编、自导、自演的优秀影片。石家大院里设有石挥纪念室,内有石挥蜡像。

在石家大院,我意外见到"中华人民共和国反腐败第一大案展览"大字横匾。这样的展览,为什么安排在石家大院呢?原来,在天津解放初期,中共天津地委、行署就设在石家大院。中华人民共和国反腐败第一大案的两位主角——中共天津地委书记刘青山、中共天津地委副书记张子善就在这里办公。他们当时贪污的数额可购买黄金近一吨。在他们当年的办公室所在地展出他们的贪污证据以及公审、枪决照片,给众多参观者以深刻的警示,可谓现场教育。

杨柳青杨柳青青

久闻杨柳青年画大名,但过去只是零零星星见过,而这一回在天津得以拜访杨柳青年画大师霍庆顺,感触全然不同。

木刻艺术,世界各国皆有。杨柳青年画不同于一般木刻,是"半印半画",即先像木刻那样用木版雕出画面线纹,然后用墨印在纸上,再以彩笔填绘。正因为这样,杨柳青年画比木刻色彩艳丽,画面丰富。

杨柳青年画是怎么在杨柳青产生的呢?霍庆顺用"兴于明,盛于清"这六个字来概括。据考证,在元末明初,一位外乡的民间艺人避难来到杨柳青镇,他擅长木版雕刻,逢年过节就刻印门神、灶王出售,以维持生计。杨柳青人向他学艺。后来到了明朝永乐年间,南方的宣纸、水彩借助大运河运到了杨柳青,于是形成了"半印半画"的杨柳青年画。到了清朝雍正、乾隆至光绪年初,是杨柳青年画鼎盛时期。霍庆顺指着两张巨幅门神年画对我说,百姓家哪有这么大的门?那是皇宫定制的"门画"——连皇宫里过年时都贴杨柳青年画,可见那时候杨柳青年画是何等风光。18世纪的俄罗斯汉学家阿克列谢耶夫

杨柳青年画模板

杨柳青年画

叶永烈学作杨柳青版画

杨柳青年画

和法国汉学家沙畹曾经来到杨柳青镇,用"家家会点染,户户善丹青"来形容当时年画制作在杨柳青的兴旺。

到了民国时期,随着石印术的兴起,传统的杨柳青年画遭到排挤,逐渐衰落。

杨柳青年画经历了两场浩劫:一是日本军队占领杨柳青镇时,正值天降大雪,道路泥泞,日本人竟然从百姓家抄走年画的木刻母版,用来铺路;二是在"文革"中,杨柳青年画被斥为"封建文化",遭到红卫兵"扫荡",大批木刻母版付之一炬。

"文革"之后,胶印版、铅印版、PS版、电脑喷绘版年画大量印制,占领了年画市场,传统的杨柳青年画濒临绝境。像霍庆顺和他的弟弟霍庆有这样坚持祖传技艺的艺人,成了"稀有元素"。正因为他们的坚持,兄弟俩被文化部授予"非物质文化遗产杨柳青年画代表性传承人"称号。

霍庆顺告诉我,杨柳青年画的传统工艺可以用五个字来概括,即"勾、刻、印、绘、裱":

勾——创作画稿,勾勒线条。作者要有很深的绘画功底。

刻——在杜梨木上刻版。刻版是最难的技艺,没有20年的功夫很难胜任。

印——往木版上刷墨,刷匀之后,铺上宣纸,再用棕刷在宣纸背面来回刷,把墨线印在宣纸上。

绘——用彩笔手绘。用国画彩料,年久色彩不褪不变。

裱——原本没有这道工序。早年杨柳青年画是贴在门上、灶上、水缸上的,旧了就撕掉。如今杨柳青年画成为珍贵工艺品,要裱起来装在画框里,或者裱成立轴悬挂,走上精品化、礼品化之路,所以多了裱这道工序。

霍庆顺当场表演了印刷杨柳青年画的技艺,让我也跟学印刷。我尽量刷匀每一个角角落落,揭下宣纸一看,还是有许多根墨线"断线"。看得出,要经过多年学艺,才能达到霍庆顺的水准。

我还访问了杨柳青年画另一位代表人物"年画张"——张克强,他进行了创新,用丝网代替木雕板。他制作的丝网年画,保持杨柳青年画传统韵味,但是木雕板毕竟受制于杜梨木,不能做得很大,而丝网则可以印制大幅年画,成为杨柳青年画中的新品种。

在机器时代,越是手工的,越是民族的。杨柳青年画是天津民间艺术中的奇葩。天津作家冯骥才为保护杨柳青年画这一非物质文化遗产做了许多工作,他用一副对联为杨柳青年画"画像":"民间文化浓似酒,乡土艺术艳如花。"

杨柳青年画走出国门,受到世界艺术界的高度评价,成为一张特殊的"天津名片"。杨柳青年画也是各国游客在天津喜欢采购的特色工艺品。

杨柳青杨柳青青。在杨柳青镇,古老的杨柳青年画,正闪耀着青春的光芒。

石家大院作为"天津杨柳青博物馆",陈列了历代杨柳青年画的代表作,把我带进了美的世界。

我在历代杨柳青年画的代表作陈列室漫步,使我对杨柳青年画有了总体了解。在我看来，杨柳青年画是一种富有东方色彩的民间艺术。杨柳青年画题材广泛，娃娃仕女、民间风俗、山水花鸟、戏曲人物、神话故事、历史典故，无所不包。杨柳青年画是为了庆贺新年（春节）而绘制，所以杨柳青年画以喜气吉祥为特色，画面上人物以造型喜人的美女、胖娃娃为主，色彩明艳。其中的代表作是年画《莲年有鱼》（"连年有余"的谐音），画着的童颜佛身娃娃怀抱鲤鱼，手持莲花。在石家大院大门口，便竖立着几米高的浑身金色的《莲年有鱼》雕像，成为杨柳青年画的标志。

2006年5月20日，杨柳青年画经国务院批准列入第一批国家级非物质文化遗产名录，足见杨柳青年画的历史地位与艺术品位之高。

2007年6月5日，经文化部确定，天津市的霍庆顺、霍庆有、冯庆矩和王文达为非物质文化遗产杨柳青年画代表性传承人。我很荣幸结识并采访了霍庆顺先生。

霍庆顺告诉我，另一位杨柳青年画代表性传承人霍庆有是他的弟弟。他们的父亲霍玉堂老先生是杨柳青年画"玉成号"的创始人。他们从小就在父亲身边学习杨柳青年画技艺。

枣庄印象

京沪高铁的中点是哪里？答案是枣庄。不论从北京到枣庄，还是从上海到枣庄，都是两个半小时至三小时（行驶时间取决于高铁列车中停的车站多寡）。

2016年9月下旬，我在济南出席齐鲁书香节活动之后，应枣庄学院之邀，前去讲座。从济南出发，高铁一路向南，途经曲阜、泰安，便到达枣庄。沿途不时见到高山峻岭，尤其是泰安那高耸的泰山。列车不时穿越山底隧道。到了枣庄，依然有山，但是山形明显不同，这里的山四周陡峭、山顶较平，当地叫崮，只是没有海拔1524米的泰山那么高。枣庄的抱犊崮海拔580米，乃"沂蒙七十二崮之首"。

枣庄，顾名思义是红枣之庄。在唐朝，这里的一个村庄因多枣树而得名枣

这就是崮：四周陡峭，山顶较平

庄。如今的枣庄，枣不多（只有些许枣树）庄亦无（已经从小村庄发展成为山东的省辖市）。

我在枣庄高铁站下车，那里是枣庄开发区，亦即枣庄新城。轿车从那里沿着宽敞的主干道——光明大道，行驶将近一小时，才到达市中区，亦即枣庄老城。沿途不仅有诸多高楼大厦，而且有许多标明BRT车站。BRT即快速公交系统（Bus Rapid Transit）。

进入市中区，但见房屋密集而老旧。这里是从那个多枣树的村庄发展起来、具有两千多年历史的老城。当地朋友历数枣庄的历史名人，诸如门下有食客三千，出任齐相、秦相和魏相的孟尝君；自荐出使楚国的薛人毛遂；"凿壁偷光"、勤奋好学的匡衡；战国时期著名的思想家墨子；《金瓶梅》作者明隆庆进士贾三近……（《金瓶梅》作者迄今无定论，作者之说主要有五种说法：王世贞、李开先、贾三近、屠隆、民间艺人集体创作等。贾三近只是其中一说——编者注）当然，近代最出名的要算是抗日战争时期活跃在这里的铁道游击队。电影《铁道游击队》主题曲家喻户晓，那"西边的太阳就要落山了，微山湖上静悄悄……"中的微山湖就在枣庄市的滕州。

走进枣庄的餐馆，发觉十菜九辣。内中，最著名的枣庄菜，要算是枣庄辣子鸡。枣庄市政府申报"中国辣子鸡之乡"，已获相关部门批准，所以在2015年9月举办了第一届枣庄辣子鸡文化节。枣庄市政府还专门出台《枣庄辣子鸡产业发展规划》。我感到惊讶，鲁菜不辣（只有个别菜微辣），为何枣庄人如此嗜辣？当地友人告知内中的原因：枣庄的支柱产业不是枣，而是煤。枣庄拥有丰富的煤矿，自古以来煤矿就是枣庄的滚滚财源，所以枣庄别称煤城。1878年枣庄创办"中兴矿局"，专业采煤，与抚顺、开滦并称中国近代三大煤矿产区。煤矿湿冷，矿工们养成了嗜辣驱寒的饮食习惯，所以枣庄之菜皆辣。

不过，经过那么多年的开采，枣庄的煤渐罄，枣庄面临着经济转型。2009年枣庄成为国务院政策支持的东部地区唯一转型试点城市，2013年又被国务院列为中国老工业城市重点改造城市。枣庄如何转型？枣庄市政府把目光投向旅游，投向台儿庄。

台儿庄是枣庄的旅游宝库，有三大特色：其一，台儿庄是一座有城墙、城门的完整古城；其二，台儿庄水网密布，摇桨游全城，这样的水城在中国北方极为罕见；其三，台儿庄是英雄城。1938年3月，中国军队与侵华日军在台儿庄血战，历时33天，消灭日军1万多人，以日军溃败而告终。

也正因经历了那场恶战，台儿庄古城被炮火炸成断垣残壁。重建台儿庄古城，需要花费大量资金。枣庄市政府借助于煤老板们的财力，让他们投资4亿元人民币作为重建台儿庄古城启动资金。凭借这笔资金，完成了旧城拆迁。拆迁之后的土地，升值为16亿元。于是煤老板们投资积极性大为提高。台儿庄古城景区建成之后，资产升值至30亿元，后来又升到50亿元。这样，在2013年重建台儿庄古城不花政府一分钱就完成了。

台儿庄区委宣传部部长陈忠奇先生在接待我的时候谈及，他原本来自建筑行业，参加了台儿庄古城重建工作。他们确定以"原空间、原尺度、原风貌、原材料、原工艺、原地工匠"为标准，遵循"留古、复古、扬古、用古"原则，精心重建，所以台儿庄古城得到各方面专家的首肯。

台儿庄战役是国民党军队抗战的正面战场，指挥官为李宗仁将军。台儿庄设立了台儿庄战役纪念馆，肯定了国民党军队抗战的战功。这样，台儿庄古城成了大陆首家海峡两岸交流基地。2010年5月4日，台湾国民党荣誉主席连战来台儿庄古城为复兴楼奠基。2011年5月12日，台湾国民党荣誉主席吴伯雄参加台儿庄古城开埠仪式。这样，台儿庄古城吸引了许多海峡彼岸的游客。

台儿庄古城被评为国家5A级旅游景区，有"中国最美水乡"之誉，游客从四面八方涌来，带动枣庄运输业、饮食业、旅馆业以及种种市场，枣庄这盘棋下活了。台儿庄古城成为枣庄的新的摇钱树、聚宝盆。可以说，枣庄是中国工矿城市转型成功的范例。

我来到枣庄学院，那里是枣庄的最高学府，综合性大学。枣庄学院校舍整齐，学生近两万人，为枣庄源源不断输送建设人才。据校长告知，枣庄学院正在新区建新校舍，面积将扩大三倍，学生人数还将增加。

欣欣向荣的枣庄，给我留下美好的印象。

夜宿水城台儿庄

居沪上高楼，唯闻人声车声，久违蛐蛐之声。初秋时节，入住台儿庄深宅大院，万籁俱寂，银铃般的蛐蛐小夜曲时起时伏，悦耳动听，如琵琶清脆，若古琴声声。那一夜，虫声唧唧伴我眠，仿佛回到了久远的童年梦乡。

在潇潇秋雨之中，我从枣庄驱车来到台儿庄，已经是夜色如黛。幸有当地友人陪同，在运河码头上了硕大的画舫，朝台儿庄古城进发。夜已深，原本乘坐上百游客的画舫，只有我们这几个游客。画舫沿着京杭大运河缓缓行驶，运河两岸彩灯如云，缤纷灿烂的亭台楼阁，如同一串串夜明珠，镶嵌在黑丝绒般的夜幕上。光影倒映在黑漆漆的湖面上，在浪尖上跳跃。船的右舷出现一座灯光明亮、桥上有廊的古拱桥，那是取义于平步青云、建于明朝的步云桥。过了廊桥，见到一座金光熠熠的双层五角亭，曰五行亭，那里的五行码头是清朝台儿庄最繁华的码头。画舫减速，驶向终点，前方是一座高大巍峨的青砖城门，上面有两层飞檐翘角的城门楼，黄色的灯光把城门楼装点得金碧辉煌，那是台儿庄古城的西门。门楼最高处，悬着一横匾，上书"天下第一庄"，乃清朝乾隆皇帝所赐。

上岸之后，雨越发大了，我撑伞走过护城河上的石桥，穿过西门石拱门，

台儿庄五行亭夜景

便进入台儿庄古城。城内不光是气势雄伟的参将署、高大的"水陆通衢"牌坊都用彩灯勾勒轮廓，就连主干道衙门大街两侧的店铺、树木都流光溢彩，尤其是在地面雨水反射下，如梦似幻，美不胜收。我注意到大街两侧的房屋式样各色纷呈，据称因为台儿庄处于京杭大运河的中心点，当年晋商、徽商、浙商、闽商、粤商云集，在此安家，所以北方大院、鲁南民居、徽派建筑、水乡建筑、闽南建筑、客家建筑以至欧式建筑百花齐放。

我下榻于万家大院。万家曾是台儿庄四大家之一，来自山西扶风，所以大院为晋派建筑格局，取名"扶风堂"。走过两层雕花门楼，绕过屏风，迎面便是大红灯笼高高挂。在一片红光之中，我步入一进又一进的四合院，而与北京四合院不同的是，这里的四合院不是平房，而是两层楼。据称当年万家大院五进九院，拥有百余房间，如今还只恢复三进。我住在最后一进的南屋。当我推开客厅的木雕门，出现在眼前的是八把红木太师椅。我用电子钥匙卡打开南屋房门，里面液晶电视、席梦思床、白瓷浴缸、抽水马桶一应俱全，一派现代化气息。我又试着拉开客厅后门的木栓，门外竟然是一个木结构的阳台式码头。一条十来米宽的河，从跟前流过。在河畔的红灯笼照耀下，我看见码头之侧泊着几艘乌篷船。不远处是一座石拱桥，在灯光下那桥洞富有立体感。台儿庄的街道、房屋大都沿河而建，而河网遍布全城，近百条水街、水巷汇聚，是一座摇桨逛全城的东方古水城。小河称渠，如同水上弄堂。河流交汇处，形成水上"广场"，当地人叫"汪"，诸如蝎子汪、两半汪、龟汪。渠、河、汪、运河，组成台儿庄水的世界。"上善若水"，水是台儿庄

台儿庄万家大院

嵌在台儿庄万家大院墙上的砖雕是《西厢记》图案

的灵魂。

在蛐蛐的唧唧声中,度过难忘的古城之夜。晨起,吱呀一声推开木门,发觉重建的大院精雕细刻,就连柱脚的青石都镌刻花纹,而墙上嵌着的方砖上则刻着《西厢记》图案,讲述张生与崔莺莺这对有情人冲破礼教终成眷属的故事。院内有一棵枝繁叶茂的400多年历史的银杏树,表明古宅焕发青春。雨住,呼吸着潮润而清新的空气,在台儿庄漫步。给我印象颇深的是船形街。这条街的造型很奇特,中间是一艘石砌的乾隆皇帝的御驾画舫,长110米、中间宽60米,两侧是两层楼商铺像括号的两个圆弧包围着画舫。画舫之艏是镇水兽雕像,象征水城波澜不兴,永葆平安。

最为难能可贵的是,台儿庄古城保留了台儿庄大战临时指挥所等53处"二战"遗址。1938年春,在台儿庄战役中,中国军队重创日军,打破日本军国主义不可战胜的神话,而战火把台儿庄夷为废墟,重建古城成为台儿庄几代人的梦想。2008年枣庄市政府筹集社会资金,启动台儿庄古城重建工程,历时5年竣工,再现当年"商贾迤逦,一河渔火,歌声十里,夜不罢市"的繁荣景象。在重建中保留"二战"遗址,为的是让历史告诉未来,使年轻一代居安思危。

小巷深深朱自清

我招手拦下一辆亮着绿色顶灯的天蓝色出租车,刚坐进去,司机用扬州话问我:"去哪块?"我说:"安乐巷。"这位20多岁的司机虽然是扬州本地人,却抓了抓头皮:"安乐巷?在哪块?"他开始用手机向老司机请教,这时候我补充说了一句:"朱自清故居。"他立即挂断电话说:"喔,我知道,我知道!"就这样,他驾车径直朝老城驶去。

我所住的酒店,在扬州新区,28层的尖顶大厦。新区高楼林立,扬州市政府、音乐厅、国际展览中心、会议中心,都在新区。新区一派现代化景象,跟别的新兴城市没有多大差别。

我坐在前排右座,注意到座前贴着这样的广告:"扬州2500周年,我们

的城庆,我们的节日。"扬州与众不同的,就在于那历史悠久的老城。行车20多分钟,马路当中矗立着一座尖顶楼阁式古建筑,外形跟北京天坛的祈年殿很像,那便是扬州老城的地标性建筑文昌阁,建于明代万历十三年(1585年)。老城的主干道从这里通过,叫作文昌路。轿车沿着文昌路前进。在文昌路两侧,有唐代石塔、宋代古井、元代琼花观、明代文昌阁、清代盐运御史衙门,所以扬州人说"文昌路是唐宋元明清,从古看到今"!

车子在文昌路旁一条小巷口停了下来,司机指了指路旁一个像公共汽车站牌大小的牌子,上面画着戴圆形眼镜片的男子肖像,一望而知是朱自

访朱自清故居

叶永烈在朱自清故居（2016年7月10日）

清。司机说："朱自清故居就在巷子里。巷子太窄了，轿车开不进去。"

我下了车，看到小巷入口处挂着"安乐巷"路牌。小巷窄又长。窄，我张开双臂，差不多可以碰上两边的墙壁；长，地上铺着的青砖路，一直朝里延伸。小巷深深，青苔染阶绿，我如同穿越时光，来到旧时的扬州。小巷纵横交错。所幸每逢拐弯、交叉处，总可以看到画着朱自清肖像的指路牌。越是往里走，越发安静，偶尔有自行车驶过。终于见到一堵青砖外墙上，嵌着一块白底黑字的牌子：全国重点文物保护单位·朱自清故居。

跨进大门，迎面便是一座典雅、精致、紧凑的小院。天井里铺着青砖，客厅、正房、厢房、书房井然有序。据说这是一座典型的扬州三合院民居——北方的四合院是四面都建有房舍，而三合院则有一面是墙。雕花的木质门窗漆成深棕色，与室内红木的床、橱、桌、几、椅显得协调。客厅里的对联"开张天岸马，奇逸人中龙"乃清代康有为所撰，山水画则是康熙年间画家王原祁所绘，而书房里书桌上铺着花笺，笔架上挂着多支毛笔，这一切都散发着书香。在正房里我看见高悬着一帧戴瓜皮帽、蓄着长须、穿着对襟衫的长者椭圆形照片，那便是朱自清名作《背影》中所写的父亲。

其实，这座朱自清故居，并非朱家世居，而是赁屋。朱自清祖籍浙江绍兴，1898年11月22日诞生于江苏海州（今连云港市东海县），他却写了《我是扬州人》一文，因为他"从七岁到扬州，一住十三年"。父亲在扬州是客籍，租房而居，竟然连迁七处。这无意之中使朱自清住遍扬州东南西北。安乐巷的三合院是朱家在扬州最后的住处。此前他家住在东关城根仁丰里，与一户庄姓人家共租，那庄姓人便是世界乒乓球名将庄则栋的祖父。朱家在安乐巷住得最久，他与扬州名医之女武仲谦就在这里完婚。当朱自清1916年考取北京大学之后，他的妻子、父母仍在这座小院居住。妻子因肺病故世，他挥泪写下散文《给亡妇》。此后，他的父母相继离世。他与齐白石的女弟子陈竹隐在上海结婚后，也曾来小院居住。所以这座三合院与朱自清的命运紧密相连，如同他所言"大概够得上古人说的'生于斯，死于斯，歌哭于斯'了"。

"青灯有味是儿时。"朱自清在古城扬州上小学、中学，扬州的秀山丽水与悠久的历史文化把他熏陶成为作家。我在又细又长的小巷中漫步。当我从安乐巷穿过只能过一头黄牛的黄牛巷，豁然开朗，前方是宽广而波光涟漪的京杭大运河，河滨古渡的联合国世界文化遗产标志，高大巍峨、保存完好的扬州东城门——东关，古色古香、热闹非凡的东关街……"绿杨城郭是扬州。"不论是"山色有无中"的扬州的山，还是瘦西湖上"真像一瓣西瓜"的小划子，以及"滋润利落，决不腻嘴腻舌"的扬州炒饭、烫干丝，都涌入朱自清的散文之中。

走进"世界超市"义乌

往日乘坐冒着黑烟的火车从上海回温州老家，在金华之前，总要路过一个小站，站牌上写着"义乌"两字。我途经义乌那么多次，从未去过这个小县城。这一回，应义乌友人之邀，前去观光。踏上高铁，从上海呼啸至义乌，不过一个半小时而已。在我的前座，是两位"老外"，一路上埋头于手提电脑。下车时，旅客浩浩荡荡，当年的小站已经突变为足球场那么大的车站大楼。据当地友人告知，义乌不仅有北往杭州、南通金华的高速公路，而且还拥有现代化机场，飞往北京、广州、厦门、深圳、成都、乌鲁木齐、香港的客机此起

彼落。每天进出义乌的旅客数以万计。须知，义乌在1988年才撤县为市（县级市），户籍人口如今也不过80万，而流动人口多达160万。

义乌三面环山，一条碧绿的义乌江横贯其中。从高铁站到市中心的公路上车水马龙。从车旁驶过的一辆卡车，整整齐齐、满满当当叠着一个个方形纸箱，箱子上贴着英文地址，显然是发往国外的商品。这里大多数家庭拥有私家车，所以义乌也堵车。沿途见到很多三四层咖啡色外墙的楼房，往往是底层开商铺，二楼为仓库或者员工宿舍，三楼、四楼是主人家居。

当我步入宏大的义乌国际商贸城，如入山阴之道，目不暇接。那里是"高浓度"的小商品市场。据称，义乌如今拥有7万多个商铺，经营着170多万种商品。义乌的袜子产量占全国的40%。我发现，义乌小商品市场分工极细，专业性极强，因而同一商品的品种繁多。有的卖各种各样台灯，有的售五花八门纽扣，有的摆着大大小小圣诞礼物，有的陈列形形色色手链。光是拉链，就有金属、尼龙、树脂、塑钢、钻石、隐形、双开、编织、防水、防火等50多种规格。饰品、玩具、工艺品、针织品、毛织品、小电器等，门类齐全。整个商城如同一部小商品"辞典"，包罗万象而井然有序，可以依照类别"查阅"。难怪，义乌被誉为"世界超市"。义乌的小商品出口至219个国家和地区，年出口标准集装箱超过77万个。我见到专门的"外国人信息服务中心""国际物流中心"，见到不同肤色的外国商人。一幢大楼顶上写着"汇四海精品，交五洲朋友"，这十个字可谓义乌小商品市场的精髓。

在韩国旅游时，我曾经见到一家宾馆门口，安放着两个弯腰鞠躬的小红人，在那里笑迎来客，当即上前"合影"。谁知在义乌我见到一家专售各种色彩、姿势的"玻璃钢迎宾人物雕塑"商铺，很多国家从这里进口"迎宾小红人"。在商城的院子里，我看见多棵高大的棕榈树，绿叶婆娑，给人美感。经当地友人指点，我才注意到粗大的树干上钉着"绿岛仿真植物"牌子，上面写着销售电话号码。原来这仿真棕榈树是商品广告。许多大厦前矗立着绿意盎然的棕榈树，原来就是来自义乌的仿真植物。

在义乌，我见到"继续发扬鸡毛换糖精神"大字标语，不解。经友人一说明，唤起我儿时的记忆：听见阵阵手摇拨浪鼓声，听见"鸡毛换糖嘞"吆唤声，我便奔了出去。小贩正挑着竹篾编成的货郎担走街串巷。筐上的木板放着一大团白色的麦芽糖，遮着白布。倘若我拿出家中杀鸡拔下的鸡毛，小贩就用

义乌国际商贸城绿意盎然的仿真棕榈树

作者夫妇在义乌小商品超市

小铁锤"笃、笃"敲着铁刀,切下一小块糖给我。小贩用换来的鸡毛做成小商品鸡毛掸出售,赚点小钱。这一回我才得知,当年到温州"鸡毛换糖"的小贩大都是义乌人。从1982年开始,义乌政府号召以"鸡毛换糖"的精神,发展小商品生产,从一分一厘一丝一毫赚起,积小钱为大钱,才有了义乌今日"世界超市"的壮丽景象。

传说称,秦朝有个孝子颜乌,父死后负土筑坟,一群义气乌鸦衔土相助,结果乌鸦嘴喙皆伤,故称义乌。在义乌有条宾王路,那里的宾王客运中心是长途汽车总站。宾王即唐朝诗人骆宾王,7岁便写下名句"白毛浮绿水,红掌拨清波"。义乌文化名家辈出。陈望道、吴晗、冯雪峰、俞天白皆为义乌人。深厚的文化积淀,加上吃苦耐劳的历史传统,在改革开放春风吹拂下,既不靠海又无资源的义乌华丽转身,一鸣惊人,闯出独特的小商品之路,走向世界市场。义乌小商品不仅通过宁波北仑港"借海出洋",而且开通"义新欧"(义乌–中亚五国)国际集装箱专列"借陆出境"。义乌小商品,已经成为一张靓丽的中国名片。

数学与黄鱼

"风吹柳浪白鹭飞,莲盖绿水荷花香",温州城南的南塘河,是当年书圣王羲之乘船赏荷所在。这一回我又来到清波荡漾的南塘河畔,却发现新盖了一座"老宅",门口挂着黄底黑字牌子:温州数学名人馆。

这座二进四合院,梁、柱、门、窗皆老而旧,乃清朝原物,却是从温州市中心高盈里整体搬迁至此。嵌在外墙的青石碑上刻着"谷府"两字。谷,著名数学家谷超豪院士也,

温州数学名人馆谷超豪院士照片

2009年度国家最高科学技术奖获得者。在他生前，曾经跟我用温州话说起，家住高盈里，而我则告诉他上小学时天天走过高盈里。原本温州有关部门有意要我为谷超豪院士写长篇传记，由于彼此都忙，错过了长谈的机会。

步入"谷府"，我见到院子里安放着三尊青铜雕像，两坐一立，立者为谷超豪，坐者为温籍著名数学家苏步青院士、姜立夫院士。苏步青乃谷超豪之师，而姜立夫为苏步青之师。

我在"谷府"漫步，见到一个个房间里，挂着众多温州数学名人的照片、简介，陈列着众多的数学专著，生动地展现了温州拥有的星光璀璨的数学家群体。内中，光是院士（包括原中央研究院院士）就达10人之多，以出生年月为序，即姜立夫、苏步青、柯召、徐贤修、项黼宸、杨忠道、谷超豪、项武忠、姜伯驹、李邦河。姜立夫、姜伯驹为父子院士，姜立夫被誉为中国现代数学祖师，而姜伯驹则曾任北京大学数学学院院长，1980年当选为中国科学院数学物理学学部委员（即院士）。项武忠之父项昌权早年留学法国，其五个子女之中四人为数学博士（另一位为化学博士），内中项武忠为美国普林斯顿大学数学系主任，项武义为美国加州大学伯克利分校数学教授。据统计，温州籍数学教授达200多人，其中曾担任过著名大学数学系主任或数学研究所所长的达30多人。我在美国费城曾于杨忠道教授家盘桓数日，他便是美国名校——宾州大学数学系主任。人们笑称，在世界性数学盛会——国际数学联盟会议，温州话是通用语言之一。

从温州走出那么多数学家，在全中国以至全世界都不多见。这是什么原因呢？我曾请教过苏步青院士。苏步青平常总是笑眯眯的，眼角皱起很深的鱼尾纹。他讲话，常常像相声演员，不时抖响"包袱"，令人忍俊不禁。人家总是尊称他为"苏老"。他却说，"苏老"跟"输老""酥老"同音，不妙哪！他在耄耋之年走起路来快如风，被荣幸地选为全国十位"健康老人"之一。他却说，人老了，都讲"头也白了"，我如今头发都掉光了，分不清白发、黑发，属于"超级老人"！不过，在出

温州数学名人馆苏步青院士照片

席一次在上海召开的温州籍人士座谈会时,我调侃道:"温州出了那么多数学家,听说跟温州人吃黄鱼有关系,黄鱼使人聪明!"众人哄堂大笑,苏步青也大笑。温州盛产黄鱼。我记得,小时候几乎天天吃黄鱼,才一角钱一斤。

可是,苏步青忽地收敛笑容,一脸严肃地说:"照我看,数学家跟黄鱼没有什么关系。我们温州有那么多人研究数学,那是因为当时我们穷,国家也很穷。研究物理、化学离不了实验室,而研究数学只需要一支笔、一张纸。我们是奋斗出来的!"笑声顿歇,与会者不由得细细回味苏步青这几句话语的深刻内涵。

温州出了那么多数学家,除了苏步青说的原因之外,还在于可贵的数学传承。据考证,1896年清末著名教育家孙诒让在温州瑞安创办了"学计馆",成为中国最早的数学专科学校,在温州播下数学的种子。1898年至1911年的13年间,温州前往国外留学的就有130多人,其中很多人学习数学。内中姜立夫前往美国学习数学,在哈佛大学获得博士学位。他回国之后执教于温州中学,手下的数学尖子便是苏步青。后来,苏步青执教于浙江大学,1946年谷超豪成为苏步青的学生,两年后成为苏步青的助教。"谷府"院子里的三尊铜像,形象地勾勒了温州数学接力棒的传承。

温州数学名人馆三代数学雕像,左为姜立夫,右为苏步青,中为谷超豪

谷超豪诗云:"人言数无味,我道味无穷。良师多启发,珍本富精蕴。解题岂一法,寻思求百通。幸得桑梓教,终生为动容。"我想,这首诗正是温州数学名人馆的主题曲。

窦妇桥寻旧

比牛毛还细的冬雨,飘荡在镜子一般的温州九山湖上,给湖面蒙上一层薄薄的轻纱。我踏着湿漉漉的湖滨曲径,寻访当年张爱玲在这里留下的足迹。她曾"变得很低很低,低到尘埃里",这儿便是她的断肠处。

湖上有一座水泥拱桥,汽车来来往往,桥中央刻着"胜昔桥"三个字。其实这是重建的新桥。我曾在九山湖畔上初中,喊这桥为"豆腐桥"。长大之后才知正儿八经的名字是窦妇桥。相传北宋时,九山有一位守寡老妪,姓窦。窦妇织布艰难为生。天上的织女赠一把雨伞给她,内中藏着一只蜘蛛,帮助窦妇织出了轻、柔、薄、美的瓯绸。坏人金刁得知,前去抢伞。窦妇逃至九山湖边,无处可遁,抱伞跳进了九山湖……当地老百姓说:"如果湖边有座桥,窦妇就不会跳九山湖了。"于是这里建造了一座石桥,命名为"窦妇桥"。

九山湖多荷花。这一回我站在桥上望下去,湖中一大片荷叶在冷雨中沤残,只剩下一根根光秃秃的荷梗,再没有盛夏时节"接天莲叶无穷碧,映日荷花别样红"的胜景。

小时候我一次次走过窦妇桥,为的是到桥旁的籀园借书。籀园是一座三进园林,为纪念温州晚清教育家孙诒让(号籀顾)而建,温州图书馆曾经设在那里。我步入籀园,树木葱郁,籀公祠、文德堂依旧,新增了孙诒让雕像。那里现在是温州教育史馆,所以籀园得到很好的保护。我向那里的朋友打听"徐家台门",朋友却一脸茫然。

"徐家台门"是张爱玲命运的转捩点。1946年早春二月,26岁的张爱玲从上海经诸暨、缙云、丽水,千里迢迢来到温州,前往那里寻找丈夫胡兰成。胡兰成后来在《今生今世》一书中写及,他"在窦妇桥徐家台门里赁一间侧屋居住"。胡兰成还写及,那是"三厅两院的大宅","右首即是准提寺"。籀园左边的一扇大门上方便写着"准提寺",所以向左沿途打听,终于有人告诉我,前面就是徐家门台——由于胡兰成不是温州人,把温州话门台错写成"台门"。出现在我面前的徐家门台,只剩下孤零零的大宅门,两边被小吃店、水果店挤得喘不过气来。走进大宅门,里面是大杂院,被分隔成一个个单元,中间只留下窄窄的容一个人通过的小弄。唯有残存的青砖黛瓦、高柱大梁仍显示这百年老宅昔日的不凡气派。

得知东屋住的是徐家后代,便叩门求教。古稀长者徐顺帆告诉我,他的曾祖父是徐定超。我一听便知是民国第一任温州军政分府都督,赫赫有名。这里既是徐家宅院,又曾一度是温州都督府。院内有假山、小亭、鱼池、花圃。1918年"普济号"轮船在上海吴淞口沉没,徐定超伉俪双双遇难,从此徐家倒了顶梁柱。典来的大院不得不分片出租。后来又遭日军轰炸,更是雪上加霜。

张爱玲在文学创作上高智商,可是在爱情上却显得单纯而幼稚,青春年华的她竟然选择了比她年长14岁、有着一妻一妾的文化汉奸胡兰成,并在1944年

温州籀园

今日窦妇桥　　　　　　　　　　　雨中温州九山

8月以一纸双方所写的文字算是婚书而结合。一年之后抗战胜利，胡兰成成了过街老鼠，仓皇从武汉逃到上海，在张爱玲那里只住了一夜，便匆匆躲到诸暨然后逃至温州，化名张嘉仪，蹩进徐家门台。胡兰成曾写及，当时的徐家门台"正厅被日本飞机炸成白地，主人今住在东院，那里的花厅楼台尚完好。西院的花厅也被炸毁，但厢房后屋，假山池榭尚存，分租给几户人家……"他住的地方"原是一个柴间，长方形的平屋"。他的常去之处是一箭之遥的籀园图书馆阅报处，每当他看到报载某某汉奸被捕的新闻往往心惊肉跳。与胡兰成结婚不过一年多的张爱玲从沪追踪至此，见到的却是伤心欲绝的一幕——胡兰成已经与在逃亡路上结识的寡妇范秀美同居，这儿是范的娘家。张爱玲在温州中山公园附近的旅馆里住了20多天，力图挽回感情危机。无奈朝三暮四的胡兰成却选择了范秀美。张爱玲百般无奈独自乘船回沪，怅然写道："我一人雨中撑伞（张爱玲的原文，撑伞，同撑伞）在船舷边，对着滔滔黄浪，伫立涕泣久之。"改名换姓的胡兰成在温州居然结交文化名流，还在中学当起国文教员，直至1950年3月离开温州，4月转往香港，此后定居日本……

毛毛雨翻飞。窦妇桥畔的历史陈迹，正在随风远逝。这里已经辟为九山公园，山巅的净光塔倒映在湖面，依山纳水，成了市民休闲的好去处。

新游厦门

多次去过厦门，这一回是应邀出席在厦门举行的海峡两岸图书交易会。客机进入厦门上空时，我见到一座呈"L"形的宏伟的悬索跨海大桥，巍然立于碧波之上。那是海沧大桥，连通厦门与海沧半岛的台商投资区。厦门是一个海岛，往日从福建内陆到厦门要乘坐轮船，如今"四桥一隧"把厦门跟内陆连成一体。所谓"四桥一隧"，除了海沧大桥之外，还有厦门大桥、集美大桥、杏林大桥以及翔安隧道。

机翼下出现成片的红色屋顶。客机降落在厦门岛东北角海滨的高崎机场。高崎有点像日本名字，其实跟日本无关。那是因为机场附近有个临海的小村叫高崎。高崎原名高碕。碕，弯曲的堤岸之意，唐朝诗人孟郊的《寒江吟》中便有"碕岸㶁崚嶒"之句。只是碕字有点冷僻，后来演变成崎字。

正是秋高气爽时节，到了厦门却秋雨沥沥。前来接我的沙小姐笑称是我把雨带来了。她告诉我，厦门已经38天艳阳高照，就在我到达的时候突然下起雨来了。翌日我从《厦门日报》上得知，原来这是一场人工降雨。当地气象部门发射了98枚装有碘化银的火箭弹。火箭弹在云中爆炸，碘化银扩散，形成大量的凝结核，使水汽凝结成雨滴，终于解除了厦门广大菜农的燃眉之急。

高崎机场离市区只有12公里，一路上花团锦簇。厦门自古就是白鹭的栖息地，有着鹭岛之称。洁白、美丽、高雅、祥和的白鹭，成为厦门这颗熠熠生辉的东南明珠的象征。我见到从身边驶过的公共汽车车身上，还刷着"当好东道主，喜迎金砖会"的标语，因为一个多月前金砖五国首脑在厦门聚首，成为鹭岛的特大喜事。大约只花费20多分钟，轿车便到达我所住的磐基酒店。在那里吃自助餐，几乎半数的菜肴是海鲜。厦门四周是海，海鲜是这里的强项。诸如生鱼片、炸黄鱼、煎鲳鱼、炒海瓜子、蒜蓉扇贝，应有尽有。

厦门建造了环岛公路、步行道，环岛而游，海阔天空，低头看海浪，抬头观鹭鸟，乃是市民休闲美事。我去了厦门大学之侧雪白的演武大桥，因建在古演武场遗址而得名。那是一座环海的景观大桥，海那边的美丽小岛鼓浪屿尽收眼底。演武大桥桥面最低处标高只有5米，被认为是目前世界上离海平面最近的桥梁。厦门刚刚建好地铁。厦门许多地方乃填海而成，在松软的土层中建地铁不是易事。

入夜，厦门流光溢彩。尤其是那四座大桥，用数千LED灯光装饰，成了海上的"星光大道"，美不胜收。海沧大桥在海水倒映下，如同彩虹降落人间，而集美大桥则如美人侧卧，那两座起伏的桥拱犹如"小蛮腰"。当然，最吸引眼球的，莫过于厦门岛上的新地标，即落成不久的高达三百米的双子塔，在夜幕中闪闪发亮，如同一对擎天柱兀然矗立于厦港。我注意到一个细节，入夜之后，厦门所有路牌也都亮起来，原来这里的路牌不是水泥的，而是做成长方形的灯，红色发亮的路名令人一清二楚。

在厦门美术馆举行的海峡两岸图书交易会，不仅读者众多，而且购书热情甚高，出乎我的意料。这一回，我带来《海峡柔情》等八部新著，每一部都像砖头那么厚，很多读者整套购买，沉甸甸的用双手抱在胸前站在长长的队伍中。与我同台的中央电视台主持人敬一丹，她签名时省略了敬字，只写一丹两字，速度大大加快。最感为难的是那位曾在电视剧《红楼梦》中饰演贾宝玉的欧阳奋强，这四个字笔画多，面对众多的"贾粉"，他怎么也写不利索。

我每一回来厦门，都必去鼓浪屿，这一次也不例外。在内厝澳码头上船——厦门的许多地名都带"厝"字，在闽南语中是家的意思。上船之后，我见到船舱里放着一架钢琴。一位扎着马尾辫的姑娘指法娴熟地弹起了《鼓浪屿之波》。像这样在渡轮上摆放钢琴，恐怕只在这里才有。我不由得记起，曾经在鼓浪屿采访钢琴家殷承宗的家，而与他家相邻的则是钢琴家傅聪夫人卓一龙的家。小小的鼓浪屿拥有近千架钢琴，钢琴密度为世界之最，所以被誉为钢琴之岛。

美醉了,南昌"浦东"

4月末的江南浸泡在一大片雨区之中。在中央电视台天气预报图上,江西全是蓝色,而南昌则是深蓝。果真,高铁在傍晚时分驶入南昌,豪雨如注。我乘坐当地朋友的车,乒乒乓乓的雨滴模糊了车窗。我在"稀里糊涂"之中,下榻于红谷滩一家名叫新天地的宾馆。

对于南昌,我可以用两个"十几"来形容:我来过十几次,而最近十几年没有来过。我从未听说红谷滩这地名。当晚,在浓重的夜色和粗密的雨帘中,驱车来到红谷滩一家气宇轩昂的饭店,偌大的可以容纳数百人的餐厅座无虚席。友人说,如果不是预订了座位,就得排队等候了。这家餐厅有两个细节令我难忘:一是点菜时,服务员把一个iPad交给客人。手指轻点,各种菜肴的图片、价格就显示在屏幕上。摁一下"确认"键,就表示要这个菜。点毕,最后显示你点的菜单,你一旦再度确认,这菜单就进入厨房的电脑了;二是在服务员取走iPad时,把一个沙漏放在桌子上。我不解。友人说,这个沙漏的沙子漏完是35分钟。如果沙子漏完的时候,客人点的菜还没有上齐,那就"免单"——

南昌新桥:朝阳大桥

不必付钱！点菜电子化与做菜高效率这两个细节，是红谷滩给我的第一印象。

翌日清早，当我掀开客房的窗帘，第一反应就是没雨了！欣喜的我赶紧下楼散步，沿着湿漉漉的石板路步入后花园，见到前方江水滔滔，一桥飞架。原来酒店坐落在赣江之滨，那座新建的悬索桥，叫作朝阳大桥，全长3.2公里，双向八车道，正式通车还不到一年。赣江是南昌的母亲河，如今已经建成六座大桥和一条过江隧道，而第七座大桥正在兴建之中。

赣江上建造那么多桥，是因为红谷滩改天换地展新颜。南昌朋友驾车带我游览红谷滩，这里大厦崛起，高楼如林，不见一座旧屋破舍。红谷滩原本是赣江沿岸一大片荒滩，从2000年启动开发，十几年工夫建成一座现代化的新城。红谷滩，就是南昌的"浦东"。

红谷滩在赣江之北，隔江相望，南岸是南昌老城厢。我去过那么多次的，就是拥有2200年历史的南昌旧城。旧城有两处建筑是历史的标杆：一是江边那座六层的滕王阁，初唐诗人王勃的《滕王阁序》是千古传诵的名篇，是南昌悠久文化的象征；二是旧城中心的江西大旅行社，1927年南昌起义的指挥部，如今的八一起义纪念馆，是南昌作为英雄城的象征。当现代化的脚步声在南昌响起，旧城也建起了高楼，但是那里毕竟人众屋挤车多路窄，难以施展拳脚。于是南昌人把目光投向赣江北岸红谷滩78平方公里沼泽之地，把宏伟的蓝图铺在了这片沼泽地。

红谷滩古称"鸿鹄滩"。鸿即大雁，鹄为天鹅，鸿鹄志在高远。红谷滩如同鸿鹄展翅，仅仅十几个春秋，便以"高起点、高品位、高速度"这"三高"建成街宽楼高、绿树成荫的新区。赣江上的八一大桥如同一根扁担，一头挑着旧城，一头挑着新区，形成一江两岸皆城区的格局。新区集文化、商务、行政、居住为一体。随着江西省委、省政府、南昌市委、市政府的迁入，表明新区已经成为南昌的行政中心。

红谷滩的地标性建筑是绿地中心的双子塔大厦。顶上的观光厅离地面303米，人称"303观光厅"。在那里如同身处云端，新区一览无余。除了双子塔大厦之外，红谷滩还建成了10幢高达200米以上的摩天楼，至于100米至200米高的大楼则比比皆是。

红谷滩的另一地标性建筑，是离我所住酒店200米处，一个又高又大的摩天轮。那摩天轮叫"南昌之星"，总高为160米，转盘直径153米，高度超过了

南昌音乐喷泉

英国泰晤士河畔的"伦敦眼"摩天轮。

　　最为精彩的一幕,是在夜色如黛之际,我来到红谷滩中心地段秋水广场。这个取名于王勃名句"落霞与孤鹜齐飞,秋水共长天一色"的广场,处于赣江新月形岸线处,与滕王阁隔江相望。上千人拥立广场江岸台阶处。到了整点,伴随着音乐声起,长达百米的喷泉徐徐起舞。在彩色灯光照耀下,如同人间仙境,美女婀娜,孤鹜齐飞,落霞满天,圈圈涟漪,荡漾江面,悠悠乐曲,声声入耳。结束时主喷泉呼的一下直窜128米,利锷刺天,气势如虹。

　　此时此际回首红谷滩,高楼大厦外墙万灯齐放,流光溢彩,浅浅深深,如梦似幻。赣江两岸,人间四月天,美醉了。

西安新观察

　　已经记不清楚是第几次去西安了,2013年金秋十月,又去这座西部古都。夜空,从飞机上俯瞰,街道的灯光连成一根根金线,由城墙围起来的西安古城则如同方方整整的围棋盘。住在西安城内，我的方位感大大加强，这里的纵向大街总是正南正北，而横向街道则是正东正西。在市中心东西南北四条大街交汇处，矗立着建于明太祖朱元璋洪武十七年（公元1384年）的钟楼。

  古城迈向现代化，地铁已经成为西安人出行的主要公共交通工具。当地朋友告诉我，西安建造地铁的进度"特慢"，是别的城市难以想象的：西安地铁常常要半途停工，因为西安曾是中国13个王朝的首都，地下古墓、文物无数，地铁遭遇地下文物，立即"叫停"。要等待专家前来鉴定。倘若认为可以开挖古墓，还算好，但是鉴定、开挖颇费时日。如果遇上重要古墓，还要绕道，那就更加延误工程。西安城内的高楼受到管控，不能建设太多太高，而城外的二环，则是新建的大厦林立，到处闪耀着玻璃幕墙的光芒。今日西安，看上去像个内低外高的蛋挞。

  古都人酷爱文化，西安读者的热忱给我留下难忘的印象。记得2000年1月，在朔风凛冽的日子，我在钟楼之侧的"世纪金花"广场为《十万个为什么》第五版签名售书。当时气温为零下5摄氏度，西安读者居然排起长队，我在短短的两个半小时，签售了近500套，相当于6000来册，总码洋达8万多元人民币。这在收入并不太高的西北地区，是难得的销售记录。这次又来西安，为

大雁塔之夜

《十万个为什么》第六版签名售书。由于这次签售的是980元一套的精装本,不见当年的长队,但是也能签出50来套——近1000册,5万码洋。当一位20出头的小姐来买书的时候,我问她:"给谁看?"她说:"我小时候看过《十万个为什么》,很喜欢。现在我怀孕了,买给'未来的娃'看!"我很惊讶,这"未来的娃"大约是《十万个为什么》最小的读者。我说,现在这套《十万个为什么》20公斤重,你拿得动吗?她指了指身边

西安彩色的夜

的壮汉："他是我老公，搬回家没问题。"望着小夫妻的笑脸，我看到了西安人对于文化的热烈追求。

那天晚上有点空，西安朋友开车送我去看大雁塔。建于唐代永徽三年（652年）的七层大雁塔，向来被视为西安的地标。我多次游历过大雁塔，心想这一回无非是故地重游而已。到了那里，方知发生了天翻地覆的巨变。塔还是那个塔，但塔的四周面目一新。西安人大手笔，以大雁塔为中心，建起南、北两大广场。

我在南广场下车。首先映入眼帘的是用彩虹般灯光装饰的西安美术馆。那是一座宫殿式的大楼，硕大的斗拱，金黄色的琉璃瓦铺顶。在西安，我见到许多新的大楼，都"戴"着这样古色古香的大屋顶，飞檐翘角，这种仿唐建筑体现了古都风格。我在南广场漫步，在<u>一丛丛红色小灯装饰的璀璨小树</u>映衬下，一组组再现盛唐风貌的巨型雕像，分列于广场两侧。在走访欧洲的时候，我曾经羡慕那里的城市有那么多名人雕像。如今在这里，我也见到了李白、王维、王之涣这些盛唐著名诗人栩栩如生的高大石雕，而在广场中心，则是一尊玄奘法师铜像，从侧面看去，玄奘的身体微微前倾，仿佛仍在继续西行。广场上乐声悠扬，上百市民按照音乐节拍翩翩起舞，一派歌舞升平的景象。

向北走向慈恩寺，大雁塔就坐落在慈恩寺内。玄奘曾奉敕主持慈恩寺，在那里翻译佛经。玄奘于寺内建大雁塔以贮存佛经。所以玄奘铜像与慈恩寺、大雁塔，以一根历史红线紧相连。夜幕下的大雁塔在灯光的照耀下，比白天更加宏伟，更加夺目。

走过红墙外的民俗饮食一条街，我来到北广场。北广场全然是另一番景象。这里是一片水景。在音乐伴奏下，在彩灯照射下，水柱腾空，银珠四飞，号称亚洲第一音乐喷泉广场。我细细欣赏这里长达700多米的大型浮雕《大唐盛世图》，盛唐精英在这里大聚会，诗仙李白、诗圣杜甫、诗佛王维、文学家韩愈、书法家怀素、天文学家一行、药圣孙思邈、茶圣陆羽，神态各异，风采照人。

我行脚匆匆。据称，那里新建的"大唐芙蓉园"，还有单轨高架观光轻轨，更值得一游。留点遗憾，以备下回再来西安赏心悦目。

汨罗访屈原祠

"举世皆浊我独清，众人皆醉我独醒。"这是屈原颇为高傲的诗句。依据屈原的诗意，一座四角翘起、绿瓦红柱的亭子，名曰"独醒亭"，翼然坐落在屈子祠之侧。

2017年5月，我随中央文史馆"中华文化四海行"代表团从长沙前往湖南东北角的岳阳，途经汨罗市，那里的汨罗江乃屈原投江之处。代表团拜谒了江畔玉笥山顶的屈子祠（又名屈原庙）。恰逢端午节前夕，细雨蒙蒙，林间山道，弥漫着淡淡的雾气。

山巅之处，一座高大的祠庙坐北朝南，兀然而立，南眺群峰，历历在目。砖砌门楼，白墙红边，三扇大门，呈"山"字形。中间最高的大门之上，白底

汨罗屈子祠

汨罗屈原碑林

红字"屈子祠",格外醒目。门楼之上,刻有十三幅表现屈原生平的浮雕。

屈子祠曾经三迁:始建于汉代;清乾隆二十一年(1756年),移建至玉笥山上;1978年建葛洲坝时,移建至玉笥山顶,亦即今址。

屈子祠建在玉笥山上,是因为屈原当年曾经在玉笥山上居住。屈原乃楚国丹阳人(今湖北省宜昌市境内),是楚武王熊通之子屈瑕的后代。屈原姓芈,名平,字原。春秋初期,楚武王熊通之子被封在"屈"这个地方,叫作屈瑕,他的后代也就以屈为氏。

屈原是战国时楚国的三闾大夫,也是著名诗人。屈原的诗作《离骚》《天问》《九歌》《招魂》,为传世经典。屈原在楚国遭谗被逐,辗转来到汨罗玉笥山居住。公元前78年,秦军攻破楚都郢,屈原得知之后,悲愤交集,于该年农历五月初五抱石投汨罗江而死,时年62岁。后人为了纪念屈原,在汨罗江畔建屈子祠。

我从正门步入屈子祠,进入前厅,巨幅雕屏之上,用金字刻写司马迁《史记屈原列传》全文,上悬"光争日月"横匾。

屈子祠为单层单檐砖木结构,三进三厅。中殿为祭祀厅,设神龛,供"故楚三闾大夫屈原之神位"牌。我见到有人匍匐于神龛之前,执事站于一侧,身穿玄色长衫,头戴礼帽,念念有词,为之祈祷。

过神龛出拱门,我见到枝茂叶盛、树干粗壮的桂树,据称树龄在300年以上。每当秋风送爽,黄色金桂,白色银桂,一齐开放,香溢屈祠。

在祠内,有多幅屈原画像、屈原雕像,皆清癯飘逸,目光坚毅,大有"路漫漫其修远兮,吾将上下而求索"之风度。

屈原抱石投江,"宁赴常流而葬乎江鱼腹中",汨罗民众深为惋惜。屈原"长太息以掩涕兮,哀民生之多艰",受到民众拥戴。汨罗民众在汨罗江遍寻,不见屈原遗体,遂包粽子投江喂鱼,以免鱼食屈原。在屈子祠大殿之后,有屈原墓,由于未能找到屈原遗骨,此墓乃衣冠冢。

屈原爱国爱民,清忠一世,两千多年来,成为中国广受尊敬的文化名人。

汨罗江是龙舟竞渡的发源地。在屈子祠镇,我见到诸多龙舟制造公司前陈放着一艘艘色彩鲜艳的狭长的崭新龙舟。每逢端午,汨罗江龙舟齐发,鼓乐震天,追思屈原,纪念屈原。

屈原在投江前,曾作绝笔《怀沙》一诗明志,内中写及:

　　余何畏惧兮!
　　曾伤爰哀,
　　永叹喟兮。
　　世溷浊莫吾知,
　　人心不可谓兮。
　　知死不可让,
　　愿勿爱兮。
　　明告君子,
　　吾将以为类兮。

江南三大名楼

　　黄鹤楼、岳阳楼、滕王阁,江南三大名楼也。黄鹤楼在武汉,滕王阁在南昌,都在交通干线上的省会城市,所以我很早就有机会几度前往游览。岳阳楼却偏于一隅,只有专程去岳阳,方能拜谒。草长莺飞的夏初,我应邀前往岳阳讲座,终于得以遍访江南三大名楼。也正因为这样,我对三大名楼有了比较。

　　这三座名楼最大的相同之处,便是历史悠久,闻名遐迩,都是当地的地标性建筑,当地的第一名胜。岳阳楼、黄鹤楼始建于三国,而滕王阁则始建于唐朝。"有水则灵",三大名楼皆傍水而建,波光粼粼,景色秀美。黄鹤楼面对滔滔长江浪,岳阳楼前是烟波浩渺的洞庭湖,而滕王阁则坐落在赣江之侧。三大名楼都选择了岸边高处建造,居高临下。黄鹤楼建在武昌蛇山峰岭之顶,据说在三国东吴时便在此建楼,以登高望远,提防蜀汉刘备来袭。无独有偶,岳阳楼建于岳阳西门城头,最初乃东吴大将鲁肃所建的阅兵台。滕王阁则非军事要塞,却是唐高祖李渊的第22子李元婴的别居,登临楼台,江天一色,宴请高朋墨客,把酒赋诗。

　　三大名楼纳水依山,虽然皆是风水宝地,却木秀于林,战火延烧,劫难频

岳阳楼

至。然而三大名楼却屡毁屡建,仿佛在证明此等秀水岸边应有楼。在岳阳楼景区,我见到五座高达十来米的青铜铸造的微缩岳阳楼,名曰"五朝楼",重现了唐、宋、元、明、清五朝风格各异的岳阳楼。最为惊人的是滕王阁,竟然被毁28次,如今呈现在游客面前的是1989年落成的第29次重建的滕王阁!据称,滕王阁创造了名楼重建的吉尼斯纪录,可谓"野火烧不尽,春风吹又生"。

三大名楼的最大共同点,是引无数文人墨客竞折腰,为之写下万千诗文,使其声名远播,彰显了中华传统文化的无限魅力与强大影响力。三大名楼各有一经典名篇,成为"主题曲":"昔人已乘黄鹤去,此地空余黄鹤楼。黄鹤一去不复返,白云千载空悠悠。"唐代诗人崔颢的七律《黄鹤楼》成为脍炙人口的诗篇;"先天下之忧而忧,后天下之乐而乐",北宋范仲淹《岳阳楼记》中的名句,四海传颂;"落霞与孤鹜齐飞,秋水共长天一色",唐代诗人王勃的《滕王阁序》的佳句,令滕王阁美景天下仰慕。我最初便是在中学语文课本中读到这三大不朽名篇,对江南三大名楼颂之、慕之、向往之。崔颢在黄鹤楼墙上题《黄鹤楼》，王勃在滕王阁当场挥就《滕王阁序》，我这次来到岳阳楼惊讶地得知，范仲淹竟然没有到过岳阳楼，却应好友巴陵郡太守滕子京之请，洋洋洒洒写出流传千古的《岳阳楼记》，真乃才高八斗。

　　三大名楼之中，最高的是滕王阁，原高约27米，现高达57.5米。非常荣幸的是，重建滕王阁的总设计师陈星文先生陪同参观，边看边聊，使我对滕王阁有了深入的了解。他说，1926年10月滕王阁最后一次毁于北洋军阀邓如琢的炮火，半个多世纪之后重建滕王阁工程在1985年重阳节动工，历4年完工，可谓"毁于乱世，建于盛世"。重建的滕王阁"明三暗七"，即从外表看上去只三层，而实际上内部是七层，钢筋水泥仿木结构，楼内安装了电梯。

　　黄鹤楼在1981年重建，五层，实际上还有四个夹层，共为九层，象征九五至尊。重建的黄鹤楼也是钢筋混凝土结构，总高度51.4米，稍低于滕王阁。但是黄鹤楼雄踞于海拔61.7米的蛇山之巅，所以显得"高高在上"，俯瞰长江大桥，京广列车在脚下徐徐通过。

黄鹤楼

滕王阁

相比之下,岳阳楼是"小弟弟",三层三檐,覆黄琉璃瓦,翼角高翘,楼高不足20米。然而当今的岳阳楼建于清光绪五年(1879年),1983年在原楼的基础上做了若干更新,是三大名楼中唯一的木质结构的建筑。我沿木梯登岳阳楼,所见的是木柱、木梁、木栏杆、木地板,连飞檐、檐牙啄也都是木质的,无一钉一铆,全靠木制构件的彼此勾连。尤其是三楼盔式楼顶,是中国现存最大盔顶建筑。凭栏俯视,近可见到楼前翼然而立的三醉亭和仙梅亭,与岳阳楼形成一个品字,远可见碧波之中翩翩洞庭小舟,绿树蓊郁的君山岛时隐时现。

三大名楼宛如天仙三姐妹,各有千秋,皆为中华古建筑瑰宝,江南明珠。走马三大名楼,领略古阁丰采,波光楼影,心旷神怡,美景永存脑际,能不忆江南?

塞上明珠银川

除了西藏之外,我没有去过的省(自治区)唯有宁夏。正因为这样,第22届全国书博会日前在银川举行,我得以一睹塞上明珠的丰采,得以填补旅途之空白。从上海经过近三小时的飞行,机翼下出现蜿蜒的黄河,泛着"银"色的波光,两岸一马平"川",这便是银川平原,又称河套平原。

飞机降落在银川河东机场。这"河",指的就是黄河。河东机场离银川市区19公里。高速公路两侧,蓊郁的白杨树笔挺。原本以为宁夏是西部地区,挺荒凉,谁知进入银川市区之后,一幢幢高层大楼闯入眼帘,玻璃幕墙闪闪发亮,全然是一派新兴都市的气派。

银川的"南京路",叫新华街。其中最繁华的一段,辟为步行街。我漫步其中,竟然不知身在何方,因为街道两边的现代化大楼以及时尚、名牌商店,与上海无异。唯一显示与众不同的,是步行街的一端矗立着一座古色古香的鼓楼。鼓楼建于清朝道光年间,成为银川市中心的地标。

银川首屈一指的古迹,是西夏王陵,号称"中国的金字塔"。那里保存着西夏王朝九座帝王陵,253座陪葬墓。王陵就地取材,用黄土夯成,最高的达

银川清真寺

30多米。到了那里,我成了"文盲",石碑上刻着的西夏文字,看上去类似方块汉字,但是一个也不认识。西夏是11世纪初以党项羌族为主体建立的封建王朝,有过灿烂的文明。元朝时改为"宁夏",希冀西夏永远安宁。我在夏日来此,觉得分外宁静,倒是以为"宁夏"这名字跟"银川"一样,充满诗意。

  在路过一座大厦时,当地朋友告诉我,那是"区政府"。我愣了一下,"区政府"的办公楼怎么那样大?后来才明白,宁夏的全称是宁夏回族自治区,"区政府"是指自治区政府。在宁夏,回族人口约占总人口的三分之一。在银川,处处是清真餐馆。这里的清蒸羊羔肉、牛羊肉酥、手抓羊肉,鲜嫩而无膻味,连我这个平常拒羊肉于千里之外的人也爱吃。我抽空去了趟银川最大的清真寺——南关清真寺。乘坐出租车只花七元起步价就到了。在埃及、迪拜、印度我拜访过诸多清真寺,往往通体纯白,而南关清真寺以米黄外墙、绿色穹隆顶装饰,顶端新月闪耀,色彩格外艳丽。在南关清真寺旁边,有一条牛街步行街,倒是道地的本地特色。街边的一长串售货亭,全是绿色穹顶。我还注意到,银川诸多大楼的窗户是穹顶式的,就连路牌上方也以穹顶图案装饰。

另外,银川机场的国际航线虽然不多,却有一条经昆明飞往迪拜的航线,成为联结阿拉伯伊斯兰国家的重要空中通道。

宁夏是西夏文化、伊斯兰文化、中原文化、边塞文化、河套文化、丝路文化的交汇处。全国书博会在银川举行,成为宁夏的文化盛事。书博会在银川新区人民广场西侧规模宏大的国际会展中心举行。那里有一条宽广的马路,叫作上海路,使我感到亲切。司机告诉我,银川的"路"大都是东西走向,而南北走向叫作"街"。当然也有例外,如新华街是东西走向的。银川市区有八条主干道,相当宽敞。不过由于银川发展很快,机动车陡增,在老城区,在出行高峰时间,堵车也是常事。

在银川街头,我看到最多的商店,就是枸杞店,甚至五六家枸杞店紧挨在一起,可以用比比皆是来形容。宁夏的特产有"五宝",各具特"色":红色的枸杞居首,此外还有白色的滩羊皮、黄色的甘草、黑色的发菜、蓝色的贺兰山石。发菜的谐音是"发财",随着销路猛增,过度采集发菜使地表裸露,近年来已经限制开发,所以也就以煤炭代替发菜作为"黑宝"。

在书博会上遇见宁夏作家张贤亮。他说自己现在主要忙于创作"立体作品"——经营西部影城。那里已经成为《牧马人》《红高粱》《大话西游》《新龙门客栈》等许多影视剧拍摄基地,同时也成为银川旅游新景点。另外,银川还有贺兰山岩画、明长城、拜寺口双塔等古迹值得一游。由于书博会安排的活动一个接着一个,我未能有更多的时间去领略塞上风光。留些遗憾也好,将成为下一次游览银川的契机。

爽爽贵阳

2014年盛暑,从滚烫的上海登上西行的飞机,飞了将近三个小时,到达贵阳龙洞堡机场,顿感清凉。炎炎夏日,贵阳成为难得的避暑胜地,人称"爽爽贵阳""避暑之都",即所谓"上有天堂下有苏杭,气候宜人数贵阳"。

飞机上有许多学生,那是正值暑假,家长带着孩子到"清凉世界"贵阳旅游。不过，我此行不是为了避暑，而是为了出席在贵阳举行的第24届全国图书博览会。我的《叩开台湾名人之门》一书刚由上海交通大学出版社出版，即将在全国图书博览会上举行新书发布会。

虽说贵阳是我熟悉的城市，曾经来过多次。不过，上一次是在2006年5月来到这里，为贵州贫穷山区学校送书，也已经八年没有来了。真是"士别三日，刮目相看"，出现在我眼前的贵阳，是一派新景象。第一眼便是龙洞堡机场崭新的候机楼，要比有的国家的首都机场都气派。

龙洞堡机场离市区不过十几公里。这一回，我住在贵阳延安东路18号的栢顿酒店，正处于闹市中心。当我步入15楼的客房，从窗口望出去，四周矗立着一幢幢20多层的高楼，商场、餐馆、银行，密密麻麻。当地人称这里为"喷水池"。后来，我在马路之侧，果真看到一个喷水池，虽说规模不大，而那水却是从地下自动喷出，所以颇有名气。

到达贵阳那天，由于飞机晚点，所以在宾馆放好行李，已经是晚上8时多。想到附近随意吃点宵夜。步出栢顿酒店，走过天桥，便是一条灯火辉煌的夜市街，两侧满是大排档。每个摊位上方，顶着一个灯光广告牌，写着"烤鱼""狗肉""烙锅""酸汤""粉盖饭""湛江生蚝""龙虾"……最令我不解的是，很多广告牌上都用特大字写着"留一手"。向摊主请教，方知"留一手"是重庆烤鱼大排档中的名店，保留传统秘方之意，传到贵阳，很多大排档也就打起了"留一手"的招牌，甚至贵州各地也都有"留一手"烤鱼大排档。

新来乍到，生怕大排档卫生条件不好，便去附近找快餐店，这里肯德基、麦当劳、棒约翰、德克士之类洋快餐应有尽有，北京饺子馆、老上海生煎包、西安肉夹馍、海南鸡饭、台湾小吃之类中国快餐也比比皆是，喷水池四周的繁华由此可见一斑。最后选择了与栢顿酒店相邻的一家火锅店夜餐。

我发觉，贵阳的火锅店之多，令我惊讶。在贵阳的那些日子里，我最常吃的，便是火锅。在上海，通常在寒冬腊月才端上餐桌，而在这暑天炎夏，贵阳餐馆里到处是冒着热气的火锅。有一回，我走进一幢饮食大楼，从底楼到顶楼，居然层层皆是火锅店。此外，贵阳人嗜辣，几乎无菜不辣。据说，这是因为贵州"天无三日晴"，湿气重，寒气重，以火锅、辣椒驱湿驱寒。

给我印象颇深的是在"亮欢寨"的晚宴。这是一家规模颇大、生意火爆的火锅店。刚进门，便看到四位满身银饰的"苗妹"（当地人对苗族姑娘的俗

在贵阳与苗妹合影

称)笑脸迎客。进门之后,便看到一块方形铜牌上,镌刻着:"省级非物质文化遗产代表性保护项目——凯里苗族酸汤鱼制作技艺传习基地"。这家餐馆的服务员,穿着贵州各种少数民族服装,充满浓郁的贵州风情。在那里,我品尝了最地道的贵州火锅。

第24届全国图书博览会的主会场,设在观山湖区长岭北路的贵阳国际会展中心。从市中心的栢顿酒店乘坐出租车到那里,需要20多分钟。我曾经写过一篇《贵阳不堵车》,如今的贵阳轿车猛增,常堵车。遇上堵车,往往要半个多小时以至更长时间才能到达。那里是贵阳新区,叫作金阳新区,犹如上海的浦东新区,是新开发的城市"副中心"。车入金阳新区,我看到一幢幢拔地而起的新高楼。这里的办公楼、公寓楼、商场都是这几年新建的。贵阳国际会展中心也是新盖的。屈指算来,这是我第十五次应邀出席全国图书博览会。全国图书博览会每年轮流在各省的省会举行,而每个省会城市也都兴建了会展中心。相比之下,贵阳国际会展中心显得特别大。这贵阳国际会展中心拥有10万平方米建筑面积,是中国西南最大的会展中心,何况这个会展中心不是楼房,而是以单层宏大的场馆铺展开来,所以显得格外大。那一带还建造了4万平方米的国际生态会议中心、5万平方米的五星级酒店以及3万平方米的企业总部大楼和10万平方米的商业中心,成为一座崭新的现代化的贵阳城。这里的标志性建筑,是观光综合楼,当地人称之为"201大厦"。那是一幢高高的灰色塔楼,像用积木搭成似的,很有特色。

贵阳读者很热情。在我为新作《叩开台湾名人之门》签名售书时,排起了长队。短短一个多小时内,从上海带来的300本《叩开台湾名人之门》一售而空,不得不以"叶永烈看世界"丛书中其他图书临时"顶替"。

在参加全国图书博览会期间,难得有点空闲,我"打的"前往贵阳护国路,参观王伯群故居。王伯群(1885—1944年),贵州人氏,乃国民党四星上将何应钦的内弟,曾任国民政府交通部部长,兼任交通大学、大夏大学校长。这座故居建于民国六年(1917年),法式建筑,以青砖为外墙,方形砖柱,柱顶与柱脚均为白色,自称"清白家声"。其外貌有点类似于遵义会议会址——国民党中将师长柏辉章私邸,只是王伯群故居一侧有着圆柱形碉楼。王伯群故居、柏辉章故居这样的西式建筑,出现在当年相当贫困、闭塞的贵州,表明这里也有人视野开阔,接受西方理念。

在贵阳的时候,正值七夕——如今被称为中国的"情人节",贵阳街头格外热闹。在商场里,满眼是"LOVE"标签,各种各样的商品都在跟七夕攀亲,以求借这个中国的"情人节"促销:婚纱店打出"让时间在这里停留"的广告,美甲店要借助七夕"万指千红",就连卖包的小店也要掺一脚,宣称"浪漫七夕有你有我并不寂寞——男包女包统统打折"……那天晚上,栢顿酒店的两层餐厅被两对新人整个儿包下。我看到这两对穿西装的新郎与穿婚纱的新娘,双双站在底层大堂,笑迎每一位前来贺喜的亲友。我注意到,亲友来到他们面前,第一步是双手捧着一个红包,新郎或者新娘接下;第二步是傧相端上圆形金色大盘,盘里放着一大排香烟和喜糖;第三步是亲友若拿起一根香烟,新娘立即上前"嚓"的一声点燃打火机,不抽烟的亲友则选择吃喜糖……在新郎及新娘身后,各有一位至亲,拎着一个带拉链的手提包,笑吟吟地从新郎或者新娘手中接过红包,放进手提包,随即拉上拉链。每收一个红包,拉一回拉链,一点也不嫌麻烦。

在我结束贵阳4日之旅,前往龙洞堡机场时,上了出租车,发现与前几次乘坐的贵阳出租车不同。这是一辆新车,座位也宽敞得多。女司机告诉我,这是电动出租车,贵阳进了200辆。她驾驶这辆电动出租车,也只有7个月的时间。她还说,各个出租车公司都是遴选最优秀的司机驾驶电动出租车。她说这话时,脸上露出了得意的神色……

传送带上的"凡·高"

我见过许多村口的标志,无非是在一块巨石上刻着"××村"红色大字。然而在深圳,我却见到一个村口,左侧是一尊断臂维纳斯洁白的雕像,而右侧的雕塑粗看像一尊大炮,细细一瞧,哦,那是一个手持画笔的青铜雕塑,画笔像炮筒一般直指蓝天。从这两个雕塑之间走进去,便是闻名遐迩的大芬油画村。2017年3月我应邀出席深圳文博会,大芬油画村是深圳文博会的分会场,便来到这里。

大芬村原本是客家人聚居的普通小村,到处是老土屋、铁皮棚、芦苇丛、

深圳大芬油画村村口的画笔雕塑

臭水沟，人称"深圳的西伯利亚"。村民大约三百来人，种田为生，跟艺术毫不沾边。然而如今出现在我眼前的大芬村，却是一座小城，一幢幢三四层以至八九层的楼房拥立在一起，楼间一条条弄堂里摆满五颜六色、大大小小的油画。这里的油画店铺多达800家，画师、画工、画商近万人！正因为这样，大芬村也就改名为大芬油画村。

　　一个再平常不过的小村，怎么会跃变为油画村？给大芬村带来"艺术细胞"的，是香港画商黄江。他在香港做"行画"生意。所谓"行画"，就是大批复制名画。"行画"生意兴隆，是因为外国人喜欢在家里挂画，"春夏挂绿色的风景画，秋天挂金黄颜色的风景画，冬天挂有下雪场景的"。名画价格昂贵，不是普通家庭挂得起的，所以名画的复制品市场就时兴起来。扫描复制当然便捷，但是没有油画的质感。所以复制油画名作，必须开设油画工厂，雇佣一大批画工复制油画名作。在香港开设这样的油画工厂，人工贵，厂房的租金也贵。于是黄江看中跟香港一箭之遥的深圳大芬村，在1989年租下了大芬村的民房作为油画工厂厂房，带了20多个从内地招募的画工，为沃尔玛完成了6000张油画订单，赚了一大笔。从此，油画工厂在大芬村扎根。1992年4月，黄江接到一位法国客户的36万张的订单，要求一个半月交货。黄江雇了400多名画工，采用流水线方式生产，每位画工只负责画某几笔，大大提高了效率，居然如期交出36万幅复制油画！

　　就这样，大批酷似原作的凡·高的《向日葵》、达·芬奇的《蒙娜丽莎》的复制品，从大芬油画村运往世界各地，订单也就雪片般飞来。这里的油画工厂越来越多，画工也越来越多，复制技术也越来越高。在大芬油画村，我见到用电脑在画布上喷绘出名作的轮廓线，然后一位位画工在规定的部位填充油画颜料，经过许多位画工的填充之后，一幅逼真的名作油画复制品便诞生了。

　　我弄明白了画工与画师的区别。画工就是绘画工人。他们往往是来自全国各地的打工者，原本没有绘画基本功，经过几个月的培训之后，掌握了填充油彩的技术，成为流水线上的众多"凡·高"之中的一位。画工只会模仿，无法独立创作一幅精美的油画作品。画师则不同，来自中央美院、广州美院、四川美院科班出身的毕业生，是创造性的绘画人才，能够按照画商的意图创作迎合时尚、美轮美奂的油画原作，让画工成批生产。画师的工资远高于画工，但是在大芬油画村如凤毛麟角。我见到像模像样的大芬美术馆，高大敞亮的展厅

深圳大芬油画村复制的日本投降油画

里,陈列着一幅幅大芬油画村原创画作。

我在大芬油画村漫步,发觉在那里有不成文的规定:凡是复制的名作,随你拍照;凡是原创作品,则不许摄影,生怕被复制、模仿。我也见到诸多与油画复制产业相配套的商店,比如画框店、画笔店、油彩店、裱画店、美术书店等等,还有各种各样的绘画训练班。除了油画之外,这里也有出售国画、水彩画、书法作品、雕刻、陶艺品的商铺。一切的一切,无不围绕着一个中心——画。

在大芬油画村,我见到梦露、李小龙的肖像画,见到水城威尼斯、上海外滩的风景画,见到日军投降、解放上海的历史画卷,见到牡丹、芍药、玫瑰、月季的盛开图,更多的是苍翠恬静的森林、白浪翻卷的海滩、千里冰封的北国、风吹草低见牛羊的大自然美景,满足不同文化层次、不同审美观的人们的文化追求。如今,内销订单也纷至沓来,随着全国各地一幢幢新楼崛起,家家户户也都挂起了大幅油画。

从大芬油画村归来,在深圳的酒店、餐馆的墙上,总是看到一幅幅色彩缤纷的油画。我猜想,大抵都来自大芬油画村画工的笔下。

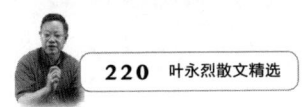

海南"第一课"

对于一个第一次来到海南的游客来说,了解海南的第一站,那就是海南省博物馆。如果海南岛是一本书,那么海南省博物馆就是"序言"。

海南省博物馆是坐落在海口市国兴大道68号的宏伟建筑。对于国兴大道,我很熟悉,因为国兴大道是海口市区主干道,从海口美兰国际机场朝海口市区进发,经过南渡江上的琼州大桥,便来到国兴大道。国兴大道不光是有新建的海南省博物馆大厦,而且还有中共海南省委和海南省人民政府办公大楼,海南省图书馆,海南省体育馆,海南省文化广场……几乎都是这几年新建的大型现代化建筑,可以说是展现在游客面前的海口第一道亮丽的风景线。

尽管我多次来过国兴大道,可是我并不知道国兴大道这名字的来历,以为是"国家兴旺"之意来命名。直到我参观了海南省博物馆,方知是为了纪念王国兴而命名的。在海南省博物馆里,陈列着王国兴的照片以及事迹介绍:

> 王国兴(1894—1975),黎族革命家,海南白沙县红毛峒人。1943年8月17日,他和王玉锦等率领黎族、苗族人民举行武装起义(史称"白沙起义");1944年3月,任白沙县临时抗日民主政府副县长。1949年9月,以黎族代表身份出席在北平召开的中国人民政治协商会议。10月1日,在天安门城楼上参加开国大典。1953年5月,加入中国共产党。曾任海南黎族苗族自治区(1955年10月海南黎族苗族自治区改为海南黎族苗族自治州)第一任主席和第一任州长。"文革"期间,被打成"自治州最大的走资派""反动黎头"和"民族分裂主义头子",关押在阴暗潮湿的茅屋里,备受折磨。1975年1月,在海口市病逝。中共十一届三中全会以后,中共海南黎族苗族自治州委员会为其平反昭雪,恢复名誉。

海南人民怀念王国兴,用他的名字命名海口的重要主干道。

海口还有一条白驹大道,那是以冯白驹的名字命名的。在海南省博物馆里,也有冯白驹(1903—1973)的介绍:他是海南省琼山市(今琼山区)人,海南琼崖革命武装和根据地创建人,被誉为"琼崖人民的一面旗帜"。历任中国工农红军琼崖独立二师师长,广东省人民抗日纵队琼崖独立总队总队长,中国人民解放军琼崖纵队司令员兼政委,中国人民解放军海南省军区暨四十三军政治委员,中共海南区委第一书记,海南省军区司令员兼政治委员,海南行署主任,中共广东省委书记处书记,广东省、浙江省副省长等职。

走进海南省博物馆,我仿佛在阅读一部关于海南的历史、地理、人文百科全书。

一身黎族服装的俊美的讲解员,用清脆的声音首先说起海南省博物馆自身的历史。那是在1991年,一纸调令把47岁的郝思德"空降"到海南,筹建海南省博物馆。郝思德1963年毕业于北京大学考古系,毕业后一直在黑龙江文物考古研究所工作。从中国的最北端调到中国的最南端,郝思德全身心扑在海南省的考古工作中,扑在海南省博物馆的筹建工作中。这一干就是13年,直到他2004年末退休。由于他为海南省博物馆的筹建打下坚实的基础,海南省博物馆终于在这个时候开始动工,历时四年,2008年11月15日正式开馆。

我注意到,海南省博物馆展示,1992年至1993年郝思德主持发掘三亚落笔洞遗址,出土了一批包括人牙化石、石骨角制品在内的文化遗物及大量哺乳动物化石。三亚落笔洞遗址的发掘,把海南岛人类活动的历史提早到一万年前,是目前发现的海南最早的人类活动的始点。

此外,1998年至1999年,郝思德参加对西沙北礁、华光礁等地进行水下考古发掘的活动,他们发现水下沉船遗迹及遗物点14处,打捞出水文物1500余件,表明海南岛曾经是"海上丝绸之路"的重要一站。

海南乃天涯海角,是"天高皇帝远"的"荒蛮之地",所以海南曾经成为历代朝廷放逐贬谪之处。在博物馆,我看到用诸多图片、雕像展现北宋苏东坡在海南的谪居生活。唐朝名相李德裕以及宋朝名相李纲、李光、赵鼎、名臣胡诠,也相继遭贬而谪居海南。

在海南出生的最著名的历史人物当推明朝清官海瑞。海南省博物馆以醒目的位置向观众介绍海瑞的生平。

博物馆里另一显赫的历史人物是冼夫人。我见到一座横刀立马的巾帼英雄

20世纪30年代的海口

今日海口

高大雕像，那便是南北朝岭南地区俚人领袖冼夫人。她是高凉太守冯宝之妻，不仅武艺高强，而且深谙韬略。她佐冯宝平息广东地区汉越冲突，增进民族和解，并招引海南岛各族部落归附隋朝，统一海南。隋文帝册封冼夫人为谯国夫人，夫人卒于仁寿二年（602年），时年91岁。周恩来总理曾赞誉冼夫人为"中国历史上第一位巾帼英雄"。

给我留下深刻印象的是博物馆展示的海口老照片——骑街楼。说明词指出：

> 民国十三年（1924年），海口酝酿从琼山县分出，设立海口市政厅。拆掉明代初年修建的海口所城，将5～6米宽的石板路扩建成能够行驶汽车的街道，大兴土木，扩大城市。在此前后，南洋华侨于中山路、博爱路、新华路、得胜沙路等地兴建中西合璧的骑楼建筑八百多栋，沿街商铺林立，成为民国时期海南岛上最繁华的、最具南洋风情的建筑街区。

博物馆还用海口骑街楼一条街的模型、人物雕像，表现当年海口之繁华，大有南国"小上海"的意味。

骑街楼是南洋的建筑风格。在南洋马来西亚、新加坡一带，阳光强烈又降雨频繁，有了骑街楼，可以为行人遮阳光避风雨。当年，很多海口人前往马来西亚一带经商，赚了钱，就在海口建造起南洋风格的骑街楼。

我曾经多次来到海口新华北路、中山路、博爱北路一带，看到过那里成片的骑街楼。2013年秋，在参加海南省作家协会"走进阳光地带"活动时，又一次来到那里。这一回，我看到"海口骑街楼旅游集散广场"正在兴建，许多骑街楼经过整修，面目一新，再现20世纪20—30年代海口的繁荣景象。在海南作家陪同之下，还曾走进一幢经过整修的三层骑街楼，见到里面的房间高而宽敞，阳台很大，一派大户人家风范。那里如今成了一家马来西亚风味餐馆的所在地。

海南省博物馆里有一组高大雕像，那是1950年4月解放海南岛时的中国人民解放军战士群雕。旁边有一屏幕，滚动播放着中国人民解放军乘坐木帆船横渡琼州海峡、解放海南岛的激烈战斗场面。在海南当地的琼崖游击纵队的配合下，红旗插遍海南岛的山山水水，从此海南岛的历史，翻开了新的一页。

1988年，经全国人大审议批准，海南省正式从广东省分离出来，成为一个

省,同年成立经济特区。海南岛又进入崭新的发展阶段。

海南省博物馆生动展示海南岛从一万年前人类活动的遗迹到改革开放的今日历史进程,同时还展示海南岛的民族、文化、科技、自然风光,使每一个观众从中读懂海南的"序言",了解海南省的概貌。

正因为这样,海南省博物馆值得一游,那里是海南"第一课"。

来自黄岩岛的"海底白玉"

在海口,我见到出售海南工艺品的商店里,常放着洁白的珠子串成的手链,以为是用玉或者玻璃做的,并不在意。

直至来到琼海市潭门镇,我才得知那是用"砗磲"做的。这是我头一回听说砗磲,念作chē qú。在此之前,我甚至没有见过砗磲这两个生僻的字,更不用说见到砗磲。

砗磲究竟是何等宝物?

在潭门镇码头,我见到鳞次栉比的渔船。这些渔船比常见的木质风帆渔船大得多,是铁壳轮船,能够驶往远海。在渔船的甲板上,堆满一个个斗大的三角形巨贝,最大的长达两米,250多斤重。当地渔民告诉我,这便是砗磲原贝。用这厚厚的洁白如玉的贝壳作为原料,加以精雕细刻,就可以制作成精美无比的砗磲工艺品。

走进潭门镇,一条像模像样的大街两侧,拥立着一幢幢新建的两层或者三层的楼房,房子的底层,几乎清一色是砗磲工艺品商店。据说,在2006年,潭门镇还只有5家砗磲工艺品商店。短短六七年间,发展到近200家,并形成了这样一条砗磲工艺品大街。难怪街道两侧,都是新建的房子。如今,潭门镇已经成为全国最大的贝壳加工业所在地。

我漫步于这条大街,踱进一家家砗磲工艺品商店,仿佛在欣赏砗磲工艺品展览会。各种各样的砗磲工艺品,陈列在橱窗里,陈列在博古架上。我看到洁白无瑕的观音雕像,看到满脸笑容的弥勒,看到搏击长空的雄鹰,看到美轮美

海南琼海潭门镇街上摆放着的砗磲

奂的花卉。此外，还有用砗磲做成的款式各异的手镯、手链、项链、图章、笔筒等，琳琅满目。这里还出售各种各样的珊瑚，大都是白珊瑚，也有红珊瑚、蓝珊瑚。漂亮的螺壳也比比皆是，唐冠螺、鹦鹉螺、万宝螺、大法螺被誉为这里的四大名螺。

砗磲跟佛教的渊源颇深。砗磲被列为驱邪避凶的"佛教七宝"之首。据《本草纲目》记载，砗磲有镇心安神、凉血降压的功效，长期佩戴有益身体，可增强免疫力。何况砗磲雪白，象征圣洁。正因为这样，佛门高僧所佩佛珠、念珠，很多是用砗磲做的。

在潭门镇一家写着"高端文化礼品"的砗磲工艺品商店的大门上，我见到这样的广告词："黄岩岛砗磲，厂家直销。"

潭门镇的砗磲，来自南海的黄岩岛，这引起我的莫大兴趣。

当地朋友告诉我，砗磲是海产双壳贝，以其巨大的体型，被誉为"贝类之王"。世界上的砗磲共有9种，主要生长在印度洋和西太平洋，诸如印尼、马来西亚、澳大利亚以及我国的海南岛、东沙群岛、西沙群岛及南沙群岛海域。其中以我国南海黄岩岛海域所产的砗磲品质最佳。

潭门镇是千年古渔镇，潭门港是海南岛通往南沙群岛最近的港口之一。潭门镇共有3.2万人，渔业人口超过40％。他们多数远赴西沙、南沙、中沙作业。

据统计，中国在西、南、中沙海域作业的渔民90%来自潭门镇。潭门镇也是西、南、中、东沙群岛作业渔场后勤的给养基地和远海鱼货的集散销售基地。在2004年，潭门港被农业部定为一级渔港。

潭门镇渔民把包括黄岩岛在内的南海，称为"祖宗地"，因为那里是他们世代生命线的所在地。那里的渔民把黄岩岛称为"第二个家"。潭门镇渔民遍布三沙市。据称，在西沙群岛的永乐群岛，凡有居委会的地方，那儿的居民几乎无一例外来自潭门镇。

早年，潭门镇渔民捕捞活的砗磲，为的是挖取砗磲肉。那时候，潭门镇的饭店里供应砗磲肉，而镇的四郊堆满废弃的砗磲贝壳。从1994年开始，潭门镇有人发现砗磲壳可以用来制作无比精美的工艺品，销往海内外，于是砗磲化废为宝，身份倍增。不仅潭门镇郊堆积的砗磲贝壳一扫而空，渔民们出海时，还特地去海底挖取沉积多年的死亡的砗磲贝壳。渔民们发现，黄岩岛那里水清海浅，海底的砗磲贝壳堆积如山。黄岩岛原本就是海南、广东等地渔民的传统渔场，如今一艘艘渔船驶向黄岩岛，为的是挖取海底砗磲贝壳。我在潭门镇码头

作者立于海南琼海潭门镇巨型砗磲一侧

见到渔船甲板上堆积的一个个巨大的白花花的砗磲贝壳，就来自黄岩岛。

人们发现，砗磲越大，贝壳的价值越高，可以用来制作大型砗磲雕件。那些死亡多年，在海底"躺"了多年的砗磲，经过"玉化"，其砗磲的质量比新鲜的砗磲更高。这样，越来越多的潭门镇渔民，赴黄岩岛挖取海底砗磲。那些没有出海的潭门镇人，则在镇上开设了一家又一家砗磲贝壳雕刻工厂。他们赴福建等地聘请雕刻师，请他们传经授艺，培养出一批本地的雕刻师。鬼斧神工，把砗磲加工成为人见人爱的东方艺术品。与此同时，一家又一家砗磲工艺品商店应运而生，他们不仅在潭门镇向游客销售砗磲工艺品，而且还打进北京、上海这些大城市，甚至远销海外。

砗磲被誉为"有机宝石"，如同象牙一般洁白，又像和田玉那样温润，而且还具备贝类特有的珍珠般的光泽。砗磲工艺品上市之后，很快就成为时尚界、收藏界、玉石界的新宠。砗磲的价格扶摇直上。笔者在潭门镇码头目击了现场交易：渔船甲板上一个西瓜大小的"小型"的砗磲原贝，被人以300元人民币的价格买走。大的砗磲原贝，则一两千元人民币一个。至于砗磲工艺品，则按质论价，一串砗磲手链，差的几十元一串，而看上去带有透明感的手链则几千元一串。一个砗磲笔筒，也要两三千元。至于大型雕像，动辄万元。

不过，在我看来，潭门镇的砗磲雕刻艺人，题材过于传统，无非是佛教、龙凤、花鸟之类。倘若以新世纪的新视角，吸取西方雕塑的特点，创作一批题材、手法全新的砗磲工艺品，会使这种新兴艺术品受到更多人的喜爱。

风起水生，以砗磲产业为核心，带动了潭门镇的腾飞。一幢幢新楼在潭门镇崛起，这是看得见、摸得着的渔民生活的改善。更重要的是，潭门镇渔船纷纷"鸟枪换炮"。原本的风帆渔船，要靠每年的东北季风起才能远航南海，远航黄岩岛，直到西南季风起方能返航，一个航程要几个月。现在买了大吨位机动渔船，成套的水下从业设备，三天三夜就能到达黄岩岛，快捷多了，砗磲产量由此猛增。

2013年4月8日，习近平总书记视察潭门镇，走上琼海09045号渔船与渔民亲切交谈，给了潭门镇渔民巨大的鼓舞。潭门镇的知名度也因此大大提高。

潭门镇如今不仅是海南岛重要渔港，砗磲产业中心，而且还成为海南岛的西沙旅游、南海旅游的"桥头堡"。

体验黎族风情

如今,农家乐处处都有。车入海南保亭县,时近中午,饥肠辘辘。在离县城10公里处的什玲镇桥头西,见到一家叫周道的"农乐乐"餐馆。海南朋友说这家餐馆别有风味,我们便在这里停车。

当时我的第一印象,就是餐馆建筑与众不同。餐厅是圆形的,四周敞开,无门无窗,而屋顶则像一把撑开的木伞,红褐色的木条像伞骨一样向外辐射。餐厅颇大,安放着十几张圆桌,可以同时供应一百多人用餐。

餐厅四周,被浓密的香蕉树、槟榔树、木瓜树、椰子树、橡胶树这些热带植物包围着,看上去如同一把巨伞撑在绿色的湖泊里。一串串沉甸甸的香蕉,压弯了枝条,以致不得不用竹竿支撑着。鸡、鸭成群,在园子里穿梭。最奇特的是,在园子里还散落着几个圆形的小亭子,屋顶同样是伞形木架,上面铺着茅草。那是包厢雅座,小亭子里正好容纳一张圆桌和十把椅子。

这样的伞形屋,又叫船形屋,是黎族的建筑特色。保亭县位于海南岛中部五指山南麓,全称是"保亭黎族苗族自治县"。我对于苗族很熟悉,苗族人口达942万(2010年统计),在中国西南分布很广,在贵州等省常常接触苗族同胞。然而我对黎族有点陌生,黎族人口为127万(2010年统计),以海南岛为祖居地,尤其是集中于保亭县。黎族可以说是海南岛的原住民。黎族早年把旧渔船反扣于木柱之上,作为屋顶,四周围上茅草,作为居所,所以叫船形屋。后来,就以格木、竹子、红白藤和茅草作为建筑材料,建造伞形屋。船形屋、伞形屋,成为黎族的特色民居。保亭县地处热带,所以那家周道伞形餐馆干脆四面敞开,既通风又明亮。

餐馆里来来去去的服务员,一袭黎族服装,女的圆领对襟彩色上衣,边沿绣花,而小伙子则穿无领对襟黑色上衣。内中热情招呼客人的一位黎家阿妹,三十出头,是餐厅老板董小姐。跟她攀谈,得知她是大学毕业生,放弃城市工作,在家乡开设"农乐乐"餐馆。10名当地农民成了她手下的员工。

我问董小姐，何以叫"农乐乐"？她说，"农乐乐"其实就是"农家乐"，但是规模比常见的以家庭为主的"农家乐"要大。"农乐乐"是以"吃农家饭、住农家屋、干农家活、享农家乐"为主题的休闲旅游项目。她的"农乐乐"占地14亩，除了那个黎苗风情圆顶大厅以及5个特色包厢之外，还有客房12间。她很自豪地指了指一个黑底金字的镜框。我细细一看，在"农乐乐"三个大字之下，是三颗金光闪闪的星，下面的一行字是"保亭县农乐乐星级评定委员会颁发"。

原来，"农乐乐"还评级呢！董小姐说，保亭县很重视"农乐乐"，提倡"旅农相融"，专门组织了"农乐乐协会"，首批农乐乐会员单位有11家，现在发展到20家。"农乐乐协会"对"农乐乐"进行严格管理，而且还进行评级：二星级农乐乐奖励5000元，三星级奖励1万元，四星级奖励3万元。她的餐馆被评为三星级，拿到了1万元奖金。

在董小姐的餐厅里，我吃到黎族风味的菜肴。这里的菜肴，很多是用香蕉宽大的绿叶做衬底。其中印象较深的有年糕，有烤牛肉，有腌猪肉。最好吃的是这里的鸡，是在香蕉树下、椰子树下长大的放养鸡，鸡肉很香。这里的牛肉、猪肉也特别香。我尝试喝"鱼茶"，有一股特殊的臭味，当地人像吃臭豆腐一样喜欢，而我则不习惯。不过，这里有一种酒，很甜，像酒酿，连我这个不喝酒的人也喜欢。

我问起生意如何？董小姐说，保亭县内有七仙岭、"呀诺达"等旅游景区，从三亚过来的游客很多，而她的"农乐乐"在交通要道上，所以生意不错。

七仙岭，是七个并列的山峰，类似于五指山——五指山是五个并列的山峰。海南岛与台湾一样，四周是平原，中心是高

海南保亭黎族周道"农乐乐"伞形餐厅

山。七仙岭与五指山都是海南岛的名山，只是五指山的名气更加大一些。七仙岭最高峰海拔1107米，其余六峰相依而小。

海南朋友没有领我去七仙岭，而是去了"呀诺达"。

"呀诺达"的全称是"呀诺达雨林文化旅游区"。进入绿树葱郁的景区，乘坐电瓶游览车上山，入住山中的"呀诺达雨林贵宾楼"。这里空气新鲜，满目苍翠。沿途，遇见的工作人员都穿绿色T恤，见面时总是摆动V型手势（"victory"，胜利之意），同时向游客发出一声声"呀诺达"。

我不知"呀诺达"何意。在景区，承蒙呀诺达雨林文化旅游区总经理助理余先生接待，向我释疑："呀诺达"是形声词，在海南本土方言中是一、二、三的意思，而景区赋予它新的内涵，"呀"表示创新，"诺"表示承诺，"达"表示践行。工作人员以"呀诺达"作为问候语，表示问好之意。

我不由得记起，在美国夏威夷旅游时，当地的波利尼西亚人在见面时都会友善地问候"阿罗哈"（Aloha），意即你好。不仅"阿罗哈"之声响遍夏威夷，连当地的航空公司也叫"阿罗哈航空公司"，飞机机身上刷着巨大的英文字母"Aloha"。大约受到夏威夷"阿罗哈"的启发，这里以"呀诺达"作为景区的名字。在呀诺达雨林文化旅游区里，经常可以看到穿着黎族服装的小伙子、姑娘雕像，笑盈盈地竖起V字手型，仿佛在呼喊"呀诺达"。

余先生说，呀诺达雨林文化旅游区是新建的大型景区，2008年2月2日才开始接待游客。由于这里离三亚只有30多公里，所以许多游客从三亚涌来，一睹热带雨林的奇特景象。很多人误以为呀诺达雨林文化旅游区是三亚的景区，其实这里是保亭县的地界。

令我感到奇怪的是，在呀诺达雨林文化旅游区附近，有一大片新盖的楼房。余先生告诉我，开发呀诺达雨林文化旅游区并非政府投资，而是由北京春光集团投资。北京春光集团是实力雄厚的房地产公司，在开发呀诺达雨林文化旅游区的同时，依托热带雨林的绿色环境，设立"呀诺达·那香山房地产项目"，建设了大批高品位的商品房。

余先生强调说，很多房地产公司在海南建设小区时，往往给了一笔迁移费之后便"赶走"了那里的原住民，而北京春光集团则充分尊重这里的原住民，吸收他们成为呀诺达雨林文化旅游区的工作人员，使他们得以在家乡有了很好的新工作。这里原住民大都是黎族同胞。也正因为这样，原住民心情舒畅，工作热情高。我在景区见到任何一位身穿绿色工作服的工作人员，都向我摆动"V"型"招牌"手势，嘴里发出"呀诺达"之声。

余先生说，呀诺达雨林文化旅游区面积达45平方公里，正在一边开放，一边开发。这样可以把开放所得的资金，投入新项目的开发之中，实现滚动开发。呀诺达雨林文化旅游区是以现代理念进行有计划的开发。总的规划是"五谷丰登"，即开发雨林谷、梦幻谷、三道谷、蓝月谷、志妈谷。目前已经建成的是雨林谷和梦幻谷这两个景区。

在呀诺达雨林文化旅游区漫游，这里有峭壁悬崖，巨岩林立，这里有热带雨林，浓密森林，这里有清泉淙淙，飞瀑耀眼，这里有热带瓜果，山竹杧果，这里还有黎族歌舞，药膳美食……

身处呀诺达雨林文化旅游区，如临仙境，满目葱茏。我所住的小楼，阳台上空便是索道，不时有游客沿滑索而下，宛若一个个空中飞人。

天生丽质亚龙湾

阳光，碧波，沙滩，海风，椰树婆娑，浪遏飞舟，我半躺在三亚亚龙湾海景酒店的藤条椅上，细细欣赏着眼前迷人的海景。

面对此情此景，在我的脑海中忽然蹦出"golf"一词。"golf"音译为高尔夫，这g，green，绿色；o，oxygen，氧气；l，light，阳光；f，foot，脚（脚部运动）。高尔夫以这四要素而赢得人们的青睐。只要把茵茵草地改换成潋滟海波，便是亚龙湾的写照，这里是"蓝色高尔夫"。

亚龙湾天生丽质，东、北、西三面环山，南面捧着一个弯月形的海湾。这里海滩的沙，格外的细，格外的白，赤脚踩上去如同羊毛地毯。这里的海水，明净见底，赛过水晶，可以看见十米深处甩尾的游鱼！

亚龙湾可贵的是热带海洋性气候，这里没有春天、秋日和寒冬，全年长夏，平均气温25.5℃。在严冬，这里海水的最低温度也达22℃，四季都适宜游泳。亚龙湾每年近300天艳阳高照，全年日照时间高达2563个小时，堪称"阳

亚龙湾海景

光海湾"。亚龙湾的海湾面积达66平方公里，可同时容纳十万人嬉水畅游，数千艘游艇在波涛中游弋追逐。

正因为亚龙湾独具天赐，"天下第一湾"的美名扬天下。

也正因为这样，五星级、四星级宾馆如此高密度地一家挨着一家云集于一条马路的两侧，"星"光璀璨，在中国非亚龙湾莫属。

那条马路，是亚龙湾的主干道，叫亚龙湾路。这条马路两侧除了一棵棵亭亭玉立的椰子树之外，清一色全是豪华大宾馆。我在马路两端，见到竖立着蓝底白字的指示牌，密密麻麻写着一连串大酒店的名称。

自西向东，亚龙湾路的高档宾馆是："希尔顿""万豪""喜来登""高尔夫球会""凯莱""红树林""五号别墅""天域""皇冠假日""天鸿""金棕榈""仙人掌""环球城""海底世界""康年·爱琴海""假日酒店""丽思·卡尔顿""铂尔曼""香格里拉""美爵"等。此外，还有一些高星级大宾馆正在兴建之中，抢滩登陆亚龙湾，加入这"星"光大合唱的队伍。

亚龙湾的豪华宾馆不仅多，而且大，好多家都拥有五六百套客房。据当地朋友告诉我,亚龙湾目前已经拥有万套客房。这里如今每年接待的旅客达数百万之多。除了通常的客房之外,好多酒店还另建别墅,供游客度假之用。比如,"丽思·卡尔顿"酒店除了设有417套客房,还有33座含有私家泳池的别墅。

2013年金秋时节,我荣幸应邀参加海南省作家协会的"走进阳光地带"活动,得以重游亚龙湾,倍感亲切。

记得,我第一次去亚龙湾,是在那里过春节。我是经过"搬家",才"搬"进了亚龙湾。

三亚像磁石吸引着我的一家。那一回,长子一家从台北飞抵三亚,我和妻则从上海来到三亚,一家子会师三亚。起初,我们在三亚湾的凯宾斯基酒店订了两套客房,住了下来。

凯宾斯基酒店,一百多年前创建于德国。这家国际名牌酒店落户三亚,选择了号称三亚"地王"的天价地块。这一地块位于三亚湾的尽头——海坡西南端、大兵河出海口,和天涯海角风景区相隔咫尺,是三亚湾剩下的少有的临海一线地段。我在沈阳住凯宾斯基酒店,那是市中心的一幢20层高楼,而三亚凯宾斯基酒店则是一幢幢小楼,星罗棋布在四万平方米的海滨,是三亚唯一的一家拥有自家封闭式海滩的五星级宾馆。

凯宾斯基酒店的环境堪称一流,面朝湛蓝无涯的大海,棕榈、椰林与沙

"星"光璀璨的海景酒店

滩构成一幅热带风光图。然而由于开业不久，客房油漆味尚未完全散去，我的小孙女受不了，我们在那里只住了一晚，不得不赶紧退房。这家酒店很客气，派车帮助我们"搬家"，搬到了30公里外的亚龙湾，住进了五星级的喜来登（Sheraton）酒店。

我庆幸这次"搬家"，它使我得以细细品味亚龙湾风情——倘若不是住在这里，只是匆匆前来旅游观光，就不会有深切的感受。尤其是喜来登酒店位于亚龙湾路的中段，散步时可以顺便走访左邻右舍，欣赏、比较各家星级大宾馆的不同建筑风格，倒是别有一番情趣。

我发现，亚龙湾的酒店的全称，差不多都带有"度假"两字。比如，喜来登酒店的全称是"三亚喜来登度假酒店"。又如，"三亚希尔顿度假酒店""凯莱度假酒店""假日度假酒店""环球城度假酒店""天鸿度假酒店""金棕榈度假酒店""仙人掌度假酒店"等。

这么多带有"度假"两字的高级酒店拥立于亚龙湾，是因为在1992年经国务院批准，在这里建立"亚龙湾国家旅游度假区"。也就是说，国务院对亚龙湾的定位，是国家级的旅游度假区。这一定位是根据亚龙湾的特色而定的，因为亚龙湾并非交通枢纽，也非政治、经济、文化中心，这里是一片"国色天香"的美丽海湾，在这里兴建那么多豪华大宾馆，是供人们旅游度假的，所以这里的宾馆几乎家家都带"度假"两字。正因为这样，我在乘车进入亚龙湾的时候，便见到一堵黑色大理石的墙上，醒目地镶嵌着金色的"亚龙湾国家旅游度假区"十个大字。

走遍世界、见多识广的全国政协副主席、香港著名实业家霍英东先生，被亚龙湾的美色所陶醉，他以"比较旅游学"的目光说："亚龙湾美丽的海滩，香港没有，日本没有，印度尼西亚的巴厘岛不及，只有夏威夷同属休闲型，但亚龙湾的阳光、海水、沙滩、高山、空气五大旅游要素优于夏威夷，亚龙湾可以建成亚洲最理想的度假胜地。"

1992年，联合国世界旅游组织秘书长萨维尼亚克对亚龙湾进行考察后，打了满分："亚龙湾具有得天独厚的自然条件，银色的沙滩，清澈的海水，绵延优美的海滨，未被破坏的山峰和海岛上原始粗犷的植被，这是一个真正的天堂。"

自从国务院批准建立"亚龙湾国家旅游度假区"之后，亚龙湾腾飞了。这里建起滨海公园、豪华别墅、会议中心、酒店宾馆、度假村、海底观光世界、海上运动中心、高尔夫球场、游艇俱乐部，使亚龙湾成为国际一流水准的旅游度假区。

我在亚龙湾各宾馆之中信步漫游。

我发现，这些大宾馆确实"大"。就拿我所住的喜来登酒店来说，是世界著名的连锁酒店。我在纽约住过喜来登酒店，占地面积不及亚龙湾喜来登酒店的十分之一。亚龙湾喜来登酒店的大堂有足球场那么大，这是别的喜来登酒店所无法相比的。客房也大，普通的客房也起码有60平方米，而且还带有很大的阳台。就连底楼的走廊也有十来米宽。正因为这样，2011年4月14日金砖国家领导人第三次会晤就在这家喜来登酒店举行，中国国家主席、巴西总统、俄罗斯总统、印度总理、南非总统住进这里偌大的总统套房。

这些大宾馆的建筑风格，不仅彼此不同，而且跟自身的连锁店也不同。比如，亚龙湾的喜来登酒店装饰着褐色的方木梁、方木柱，这是其他喜来登酒店所见不到的风格，在我看来，倒是跟台湾日月潭涵碧楼的建筑风格有些相近。特别是游泳池，池水与边沿持平，显然是模仿涵碧楼游泳池的设计。希尔顿酒店则以米黄色的外墙，配以灰蓝色的屋顶，形成自己特殊的风格，跟其他希尔顿酒店连锁店全然不同。亚龙湾的万豪酒店（Marriott），是以天然原石与暖色调木质材料相间装饰，也与万豪在世界各地的连锁店不同。

亚龙湾以博大的胸怀兼容并蓄，海纳百川。

环球城大酒店那非洲城堡式的建筑，不同于众，是亚龙湾唯一的非洲主题酒店。

红树林度假酒店展现东南亚海岛风情。

五号度假别墅是由一幢幢巴厘岛式的别墅组成。

仙人掌度假酒店以墨西哥建筑风格装修，体现玛雅文化特色。

天域度假酒店则是美国夏威夷式建筑。

华宇皇冠酒店处处洋溢着浓郁中国风格建筑，被誉为亚龙湾内的"紫禁城"……

我一边欣赏不同风格的亚龙湾各家高星级酒店，一边突发奇想：我从这次的"搬家"得到启示，如果你不怕麻烦的话，在亚龙湾住宾馆，不妨一天"搬"一次，换一家宾馆，多一分新鲜感，多一份不同建筑风格的新体验。

各家大宾馆都拥有自己的一段海滩，供旅客下海游泳。此外，还有自建的

从鹿回头看今日三亚

大型游泳池。其中以希尔顿酒店的阶梯式游泳池最令人喜爱,游泳池一级一级逐步下降,伸向海滩。每一级之间设有白色凉亭、躺椅,供旅客在游泳之余休憩。

在亚龙湾,我见到"百花谷"招牌,起初以为是一家宾馆,经人介绍方知那里是亚龙湾唯一的商业街。这条商业街掩映在绿树丛中,分上、下两层,有点像美国旧金山渔人码头的商业街。底层既有采蝶轩那样的高档中式餐馆、老北京饺子馆那样的小吃店,也有考菲鸟咖啡吧、哈瓦那比萨小食店、乐美颂地中海餐厅,还有超级市场。上层则有一条回廊连接各店,那里有着各种名牌服装店以及海南工艺品商店。

亚龙湾的游玩之处,首屈一指的是海底世界。除了游泳、游艇之外,那里最刺激、最新鲜的旅游项目是穿潜水衣下海,在清澈的海水中与虾兵蟹将、各色游鱼为伍,宛如来到海龙王的水晶宫。值得顺便提一句的是,那里的一家宾馆也叫海底世界。住在那里,稍移玉步就可潜海,非常方便。

喜来登酒店对门,是亚龙湾高尔夫球会。球场依山临海,是高尔夫球爱好者必去之处。那里同样也设有宾馆,下榻于亚龙湾高尔夫球会宾馆,打起球来,更加尽兴。

在亚龙湾,还有一个值得一提的去处是蝴蝶谷。那里是中国目前最大并且配置最完美的生态蝴蝶公园,是以蝴蝶文化为主题,集科普、观光、休闲为一体的生态旅游景点。中国名蝶——喙凤蝶、金斑喙凤蝶、多尾凤蝶和高山绢蝶，世界名蝶——巨型翠凤蝶、猫头鹰蝶、银辉莹凤蝶、太阳蝶、月亮蝶，济济一堂。在那里，我惊叹于蝴蝶之美，那么多姿，那么多彩，犹如百花齐放，争艳耀辉。我的照相机，在那里不停地"咔嚓"，连摁快门的手指都有了酸痛之感。

亚龙湾，如今群"星"灿烂，还因为世界小姐大赛在这里举行。在喜来登酒店，我见到墙上挂着许许多多世界小姐参赛选手的彩色倩照，便因为喜来登酒店是世界小姐总决赛指定入住酒店，群星荟萃于此。

亚龙湾是三亚的瑰宝，海南的明珠。徐霞客踏遍华夏大地，曾感叹道："五岳归来不看山，黄山归来不看岳。"漫步在碧海蓝天、海天一色的亚龙湾，我套用徐霞客的话，"三亚归来不看海"。

海南之冬若暖春

呼啸的朔风，把我从上海"吹"到海南岛。椰树婆娑，春意甚浓，这里的最低气温往往比上海最高气温还高。2015年1月，海南几乎天天艳阳高照。海口市中心的万绿园，在一片浓绿之中盛开着一丛丛鲜花，万紫千红，春光满园。我在早晚忙于长篇写作，而下午则在璀璨的阳光下四处游走。

每一回到海口，我总是找机会乘坐4路公共汽车，从头坐到尾。这路公共汽车从西北角新城区的金贸西路，途经20多个车站，斜穿整个市区，抵达东南角的老城中心——府城。花一元钱买一张车票，晃晃悠悠观光全城，可谓乐事一桩。我发现，今年的海口有三多：一是游人多。今年的游客明显比往年多。大批游客乘坐飞机、火车、汽车、轮船赶往这里旅游，还有很多退休老人则如同候鸟在这里过冬，其中有许多东北口音的长者。二是车多。海口的轿车拥有量大为增加。我的书房正对海口主干道——宽广平直的滨海大道，从天未破晓到万家灯火，车流始终如过江之鲫。三是新楼多。十年前我在海口曾经拍摄许多烂尾楼，如今不仅所有的烂尾楼都已经"面目一新"，而且崛起诸多新建的

海口海轮

高楼。在街上，常有人塞给你房地产广告，"送豪装""赠奢装"的新楼，每平方米不足万元的比比皆是。

海口西北是蜿蜒十几公里漂亮的海滩。一条赭红色的步行道紧贴海岸，碧海、蓝天、白浪、黄色的沙滩、翠绿的椰树，交织出一幅斑斓的彩色之画。那里的假日海滩、黄金海岸，是旅游团必到之处。我却最喜欢离市区很近的西秀海滩，因为那里是"玩海人帆船帆板运动俱乐部"所在地，三角形的彩色风帆在湛蓝的海水中徐徐飘移，背景是海口湾一艘艘巨轮，使海面充满动感和色彩，使摄影画面大为增光。

在海口沿海的西端，我见到一座硕大的白色新建筑，屋面是波浪形的。那是落成不久的海南国际会展中心。从西秀海滩到海南国际会展中心，沿途是一大片海景别墅群。不过，海口与三亚不同，海口的海景房总是朝北的，而三亚的海景房则既朝海又朝南。

海口隆冬飘短裙，南国小姐们已是一身春装。街头，随处可见出售木瓜、杧果、莲雾、释迦、香蕉、菠萝、凤梨之类热带水果的小摊。最诱人的是，剖开的牡蛎放满淡黄色的蒜蓉和青翠的葱花,摆放在铁丝网上用炉火炙烤,还有在滚烫的浇油铁板上哧哧作响的鱿鱼须,散发出"挡不住"的香味,令人食指大动。不过,对海口已经相当熟悉的我,则喜欢在傍晚时分光顾秀英小街人气甚旺的海鲜市场。那时候,一担又一担刚从渔船上卸下的银光闪闪的马鲛鱼、石斑鱼,眼睛发出蓝色光芒的鱿鱼,尚在翕动着的乌贼,还有"张牙舞爪"的花蟹以及活蹦乱跳的手指么粗的海虾,才是真正意义上的海鲜。有时候,还能在那里买到高举双螯的大龙虾。海口老城的东门市场,则是远近闻名的海鲜干货集散地。在长长、窄窄的弄堂两侧,海鲜干货小摊鳞次栉比,虾米、虾干、虾皮、鱼鲞、蚶干、螺肉、干贝、淡菜,应有尽有。

一天傍晚,我在街上看见一根白色的烟柱,从地面腾起,以45度角斜穿苍穹。我赶紧用手机拍下。有人猜想是喷气式战机掠过之后留下的痕迹,但是更多的人以为是在试射火箭。在海南岛文昌市,卫星发射中心从2009年开始建设,到2014年10月已经大体竣工。海南人盼望在海南发射卫星的日子早点到来,所以会有那么多人相信是火箭飞过天空。

海口风帆

晚上，我看海口有线电视，忽然发现一个在上海看不到的新的频道——三沙卫视。三沙市是2012年7月撤销原海南省西沙群岛、南沙群岛、中沙群岛办事处而新设的地级行政区。我注意到，三沙卫视的"基本色"是蓝色，以海洋节目为主，反映南海风光。三沙卫视的天气预报节目不仅预报西沙永兴岛的气象，也预报三沙许多岛礁的气象。

海南岛的东环高铁已经开通，每天从海口东站到三亚的动车多达27趟，全程只需一个半小时，途经文昌、琼海、万宁和陵水。雪白的"子弹头"列车飞速穿梭于南海之畔、椰林之中，成为海南迈向现代化的一个美丽缩影。

怎一个潮字了得

2016年1月24日那场霸王级的世纪寒潮扫荡华夏大地。酷冷之中，就连广州也飘起雪花，唯一没有降雪的省份只有海南。

那阵子，"候鸟"的我正"躲"在海口。记得几日前海口还艳阳高照，气温高达26℃，我只穿一件衬衫而已。寒风从广东刮过琼州海峡，温度计里的水银柱萧瑟地缩到10℃以下，这在海口已经算是很冷很冷的日子，当地朋友说二三十年没见过。海口的房子装的是"抵抗"炎暑的单冷空调，家家户户没有暖气。那天我在打的时一拉开车门，一股暖气扑面而来，这是我在海口头一回遇上热空调。

寒潮来到海南，毕竟已是强弩之末，对于我来说这冷算不了什么，穿上件毛线衣、棉毛裤，就可以了。令我最为难受的却是一个字：潮！

寒流造成连日阴雨，二十来天不见太阳，那大雨、小雨、牛毛细雨，从早到晚说下就下，淅淅沥沥，无穷无尽。还有几回我外出时感到脸上冰冰的，却见不到雨滴，空中飘忽着比牛毛细雨还小的水珠，雨非雨，雾非雾，介于雨与雾之间。

海南无霾，那些日子却多雾，时而浓雾似粥，时而淡雾如纱，更多的时候近处似无雾，远望却朦胧。尤其是清晨与黄昏，雾总是在身边缭绕，挥之不去,驱之复来。

"差不多可以从空气中拧出一把水。"人们常用这样的话,形容空气的潮湿。把这话用在那些日子的海南,恰如其分。海南是岛,四周是海,水汽非常充足,遇冷就从空气中"挤"出水,形成不住的雨、不散的雾,也造成空气极度的湿润。

海南不冷,我平日总是喜欢敞开窗户睡觉。于是饱和的水汽在夜间就从窗口大摇大摆地闯入,凝结在地砖上,弄得地上全是水。清早我一起床,见到室内仿佛也下了一场雨!乳白色的圆形顶灯反射在"铺"了一层水的地砖上,看上去像是一轮明月。就连卫生间四墙的瓷砖上,也挂满豆大的"汗珠"。我每走一步都得小心翼翼。正因为这样,在海口家家户户不铺地板,只铺地砖,地板遇潮很容易变形。我曾在博鳌一家五星级大酒店的餐厅里见到铺着地板,但是那地板受潮已经呈波浪形了。

我拿出照相机,拍摄那地面上全是水的客厅,很快就发现镜头表面也蒙了一层细小的水珠。开了房门,大楼走廊上的地砖也仿佛刚从水里捞出来似的。逆光望去,上面清晰地印着一个个鞋印,"福尔摩斯"似乎可以从中得知谁家今早有人出去或者进来。乘电梯下楼,电梯四壁也"镀"上一层水膜。走出大楼,虽然昨夜没有下过雨,我见到椰子树的叶尖挂着晶莹的水珠,轿车司机正

海口晨雾

在忙着擦去车窗玻璃上的水。

在海南住久了,我发现阳台是天然的"湿度计"。海南的阳台几乎都是敞开的。在湿度很大的日子里,阳台的地面始终是湿漉漉的。衣服晾在那里,尽管不时有风吹动,却晾了几天还是泞泞的。我站在阳台上看下去,家家户户的阳台上都晾满干不了的衣服。只要阳台是湿的,就表明空气很潮湿。从此,只要看到阳台一片水湿,我就不敢开窗,也就不再发生地砖出水的"险情",但是一连多日不能开窗,室内空气变得沉闷而污浊。我不由得叹息,这次第,怎一个潮字了得?!

湿润加温暖,霉菌活跃。我从超市买了一包八宝饭,随手放在橱柜里。两天之后拿出来打算放进蒸锅,却发现已经长满白毛,只得赶紧丢进垃圾桶。这跟上海的黄梅天很相似。比我高几层的一位"候鸟"家,地板上出现一团又一团扇面大小的绿色霉斑,而我家没有一星霉点。经我授以化学"秘诀"——离开时喷撒除霉剂,从此家中无霉斑。也正因为出于防霉的考虑,我在海南没有买牛皮、羊皮沙发,而是买橡胶木做的沙发式椅子。

海南潮湿的气候,也使我受益。在上海,每到冬日,我年年脚后跟因干燥而皲裂。我笑称这是因为我的名字"永烈"(永裂)造成的。到了海南岛,裂缝就自然愈合了。

我离开海口是在傍晚时分。客机穿越厚厚的铅灰色的云层,忽然之间,豁然开朗,西边的天空一片金灿灿晚霞,那般耀眼,那样热烈。哦,久违了红日!我兴奋地用相机一阵猛拍,虽说这近黄昏的夕阳曾是那么的司空见惯。

回到上海,"冷"替代了"潮",我在严寒之中享受阳光,从此告别黏糊糊的海岛之潮。

海口钟楼

香港书展见闻

去过香港多次，参加香港书展却是第一次。2016年7月，我刚下飞机，前来迎接的朋友便献上一束鲜花。据说，在迎接抽烟的嘉宾时，除了鲜花，还有一个打火机，因为他们知道烟客上飞机时被缴了打火机，几小时没有抽烟，下了飞机急于抽一口，正缺打火机……香港人做事，温馨而重视细节，由此可见一斑。

书展设在香港会展中心。这座漂亮的戴着白色鸭舌帽似的巨大建筑，凸出在蔚蓝色的维多利亚海湾之畔。1997年7月1日香港回归祖国大典便在这里举行。会展中心前的金紫荆广场，每天上午8时五星红旗与香港特区紫荆花区旗在这里冉冉升起。这儿是内地游客来港必到的第一景点。我所住的酒店，就在会展中心之侧，窗口正对碧玉般的海湾。

到港之后的翌晨，我便前去逛书展。我被裹挟在拥挤的人流之中。手扶电梯在满负荷运载，每一级台阶上都密密麻麻站满了读者。既有头发花白的长者，更多的是青年学生，人称"文青"。香港书展选择在7月下旬举办，即所谓"文化七月·悦读夏季"，就是为了让广大学生能在暑假逛书展。很多人背着双肩包，也有不少人拖着拉杆箱，仿佛去旅行，其实是为了购书。都说香港人居所仄小，而且网络发达，不大买纸质书，我眼前的购书热流否定了这臆测之语。今年的香港书展已是第27届，人气越来越旺，涌入的读者达100多万，而香港总人口不过720多万，平均每7人之中有一人来到书展。后来我发现，越是到傍晚，越是人潮汹涌。尤其是双休日，会展中心人头攒动，简直成了图书嘉年华！

每一座城市，都拥有自己特色的城市文化。今年香港书展的主题是"阅读江湖·亦狂亦侠亦温文"。我细细参观了书展中的武侠文学长廊，领略金庸、梁羽生等的手稿、作品。当年，香港报纸喜欢连载武侠小说，以使广大读者在紧张工作之后舒弛神经，竟然因此形成香港的武侠小说热，出现诸多武侠小说作家。这与当年上海曾经风行鸳鸯蝴蝶派小说有着异曲同工之妙。我特别关注倪匡的卫斯理小说以及黄易的玄幻小说，他们也被列入"亦狂亦侠"之中。

香港会展中心

五星红旗和香港区旗

　　香港书展是文化交流平台，邀请中国内地、香港地区、台湾地区作家讲座。我被安排在开幕之日讲座，"开头炮"。我所顾虑的是，内地与香港存在文化差异，香港读者会不会喜欢我的创作讲座？我担心出现尴尬的冷场。主办方告知，听讲者要事先在网上报名，从报名的情况来看，不仅一个演讲厅已经爆满，而且还在相邻的一个厅安装了大屏幕，以安排更多的听众。我对演讲做了充分准备，做好PPT，而且还写好讲座稿。那天讲座时，聘请香港凤凰卫视节目主持人杜平先生主持，我与他一见如故，配合默契，讲座很顺利。按照规定留出时间回答读者提问，各种各样的提问反映出香港读者思想的活跃以及眼界的开阔。

香港书展还有一个特色的节目,是作家朗诵会——不是请演员朗诵作品,而是由作家本人朗诵自己的作品。有的作家挑选自己的长篇小说中的一节,而我则选择了发表于《新民晚报》的散文《上海的声音》。大部分作家用普通话朗诵,香港本地作家用粤语朗诵,韩国作家则用韩语朗诵,而我的朗诵中夹杂着用上海话表现弄堂里的叫卖声,可谓百家争鸣。

讲座以及朗诵会都全程录像。香港的工作效率是惊人的。在讲座、朗诵会结束的第二天,工作人员就送给我两张录像光盘,以作纪念。

香港记者也很敬业。我在书展期间几乎每天都要接待记者,或专访,或举行记者招待会。他们会以香港视角进行报道,而且出手很快,往往次日就见诸报端。

在离港的前一日,我终于可以抽空到香港中央图书馆查资料。我在上午10时开馆前到达那里,见到大门前读者已经排起二三百米的长队等候开馆。香港人的读书热情,令我万分感动。

坐拥碧海

上海与香港,都有着"东方明珠"的美誉,有许多相似之处:上海的第一景点是外滩、黄浦江及其对岸的陆家嘴,而香港的第一景点则是湾仔、维多利亚海湾及其对岸的尖沙咀。外滩之侧是上海的购物一条街南京路,而湾仔之侧则是香港的购物中心铜锣湾。

已经到过香港N次,每一回都必到维多利亚海湾徜徉。或者来到尖沙咀,隔着维多利亚海湾观赏湾仔以及中环的高楼大厦。或者来到湾仔,从香港会展中心前的金紫荆广场眺望维多利亚海湾对岸的尖沙咀。这N次,都是走马观花而已。2016年7月,我出席香港书展,接待方安排我住在湾仔的万丽酒店21楼的海景房,坐拥碧海,与蓝宝石般晶莹的维多利亚海湾日夜相伴,才得以细细领略香港之美。那些日子,可以用赏心悦目四个字来形容。

有水则灵。一座城市拥有江、河、湖、海,就会变得生机勃勃。维多利亚海湾宽广而海水透明,富有灵气。尤其是日月交替,风云变幻,窗外的海瞬息

东方明珠香港

万变,多姿多彩,如同靓丽美女不时更换着春装。

记得我刚用钥匙卡片打开房门,放下行李,就直奔窗口。客房的朝海方向没有墙壁,而是整扇又大又宽又明亮的玻璃窗。窗下安放着一张沙发,仿佛是观景专座。

我坐了下来,把视线朝窗外扫描。丽日之下,蓝天、白云、碧波组成一幅色彩明快的图画。此岸的高楼如同筷子笼里的筷子,密密匝匝插在跟前,而彼岸尖沙咀的大厦则高高低低排成一线站在岸边。巨轮、小艇在维多利亚海湾中劈波斩浪,穿梭而行,给画面增加了动感。这便是香港最经典的景观,最精华之所在。

到了夜深归来,我不开房灯,静静伫立在窗前,细细地欣赏与白天迥然不同的画面。此时夜空与海面都如同黑丝绒一般,而海湾四周错落有致的万家灯火倒映在波涛之上,如同满天繁星摇落人间。夜香港如梦似幻。我没有带三脚架,只能紧紧倚靠窗棂,屏着呼吸,在长长的曝光时间之后,相机才响起一声清脆的咔嚓,摄下一帧夜景照片,算是采撷一缕梦幻。

翌日,我在清晨六时醒来,第一件事便是伸手摁动床头电钮,窗帘徐徐上升,顿时一团火光令我一下子睁不开眼睛。旭日临窗,把整扇窗户染成通红。我翻身下床,疾步来到窗前。此刻,一轮朝阳刚刚从黑色的高楼剪影后面冉冉升起,把东方的云彩映照为层层叠叠的灿灿朝霞,海面上金波点点,如同有千千万万个小太阳在那里滚动。我赶紧拿起照相机一阵猛拍。这维多利亚海湾之晨,倘若不是住在高高在上的海景房,很难拍到。东方从火红到浅红,天空由橙转蓝,朝霞随即变为朵朵白色的纤云。

我也见到了彤云密布之际,天空变成青灰色,而海湾也是虾青色,看上去像一幅水墨画,海的神情变得一脸严肃。随着乌云翻滚,豪雨倾泻而下,整个玻璃窗变得模糊不清。窗外一亮一亮闪过银光,耳际传来炸雷。这时候的维多利亚海湾,狂风暴雨推波助澜,海面如同一锅煮沸的水。香港夏日的雷雨很豪爽,来得快,去得也快。俄顷风停雨住,天空中先是出现一团蓝色的天眼,这蔚蓝不断扩大,以至化为一片蓝天。这时,我俯瞰脚下的马路,一辆辆汽车正碾过一摊摊剩水,在飞快地奔驰。

海景房的窗口,毕竟只是"焊"在朝海的一面。经当地朋友指点,我来到相邻的中环大厦,上了第46层。那里是一个观景广场,可以360度俯视香港的

作者夫妇在香港(2016年7月)

核心地段。我在那里慢慢踱步,景随步移,一步一景。除了一幢幢裹着玻璃幕墙的高楼之外,还看到背后的高耸的太平山。那是香港最高峰。中环一带正是拥山纳海,有山有水,成为福地。

除了居高临下之外,我还下楼,穿过香港会展中心,来到海边的金紫荆广场。那里是维多利亚海湾南岸填海建成的广场,沿着海边小道曳足而行,是观赏对岸尖沙咀的最佳所在。

我最喜欢的观赏海景方式,莫过于坐渡轮穿越维多利亚海湾了。通常,乘坐汽车或者地铁,是从海底隧道穿过维多利亚海湾,什么风景也看不到。然而在酒店百米处,便是天星轮渡码头。只消花几港币买张票,便可以上船。渡轮穿梭于湾仔与尖沙咀之间。除了早晚上班高峰,渡轮上的乘客并不多。我挑了靠窗的座位,悠闲赏景。十来分钟到达彼岸。我在尖沙咀香港文化中心拍摄中环楼群,如同在上海陆家嘴拍摄外滩,是难得的好角度。拍完之后再乘坐渡轮纵穿维多利亚海湾,返回湾仔,一路上海天一色,香港美景尽收眼底。

香港后花园——西贡

一提起西贡,便令人记起越南。西贡现名胡志明市。不曾想到,香港竟然也有一个地方名叫西贡。不过越南的西贡是依据越南文Saigon音译,而香港的西贡却取义于"西方来贡"之意——那是在郑和七下西洋之后,许多东西亚国家向明朝进贡,贡品之船途经此港,于是取名西贡。

从香港岛高楼大厦摩肩接踵的中环出发,穿越维多利亚海湾隧道,然后在九龙半岛往东北方向行车。渐渐离开楼群与喧嚣,眼前是绿荫蔽日的山坡,路边闪过一幢幢两层小楼。大约一小时,傍晚时分我看到路边一座教堂上写着"西贡崇真堂"字样,便知道快到海边的西贡小镇了。湛蓝的大海,浅白的沙滩,波光粼粼的海面上穿梭着渔船与游艇,岸上巨伞般的榕树在逆光下成了黑色的剪影。西贡的景象是"非典型"的香港。这里不见地铁口匆匆的步履,只有海浪舒缓地舔着沙滩,顿时令紧绷的神经放松,难怪香港人称这里是"后花园"。

西贡原本是一个小渔村，渔船靠岸就地叫卖海货，形成海鲜市场。后来有人在市场里挂起遮阳布，开起海鲜大排档。生意越来越兴隆，餐馆也就越开越多，弯弯曲曲沿海边绵延一公里，成为闻名遐迩的海鲜一条街。我一下车，便见到一个雕梁画栋的钢筋水泥牌坊，上镌"海鲜街"三个金色大字，那便是西贡的地标。

海鲜街一边是海，一边是餐馆，海风之中夹杂着腥味。走在海鲜街上，如同行进在海洋博物馆。家家餐馆门口，都安放着一大排玻璃水箱以招揽顾客。水箱里的游鱼、活虾、横行霸道的蟹以及蠕动着的蛤、蚌，都是刚从海里捕获的。我看见一位店员双手各拎着一只张牙舞爪的帝王蟹从跟前走过，够生猛的，每只都沉沉的。这里的琵琶虾（香港人称濑尿虾）格外的大，像一支支手电筒横躺在水箱里，玻璃上贴着提示语："勿触摸濑尿虾，不慎咬手，流血不止。"有的琵琶虾甚至一只装进一个塑料瓶，以免互相厮杀，这全然因为个头大才变得如此凶猛。同样粗大的象拔蚌，又白又胖，看上去像一只只藕静静躺在水箱里，则显得斯斯文文。

那天正好是周末，人气格外的旺，海鲜街上人流如织。香港人平时过着高节奏的生活，而高楼之中空间狭小，所以西贡这样的海边古朴小镇，对于他们来说如同世外桃源。散步的，遛狗的，游泳的，潜水的，乘游艇的，购海产的，比比皆是。当然，吃海鲜餐，则是人人必选之项。这里既有路边小摊，也有大排档，还有正规的四层大楼餐馆，丰俭自取。

香港朋友在傍海餐厅招待。透过窗玻璃，可以瞥见夕阳下染成金黄的大海，正是渔歌唱晚的时刻，充满诗情画意。西贡的海鲜套餐颇有特色。首先上桌的是带着一股香味的椒盐琵琶虾，肉肥而鲜。接着是龙虾伊面，即龙虾拌以黄油、淡奶油及意大利面，别有风味。接下去是姜葱炒蟹、蒜蓉粉丝元贝、清蒸石斑鱼以及口感很Q的鲍鱼，厨师不仅改换着海鲜品种，而且改换着烹调手法。柔嫩滑爽，原汁原味，这场舌尖上的盛宴，用一个字来概括，那就是鲜。海鲜毕，送上一盆炒时蔬，以求荤素结合。最后是一客赤豆沙甜点，内有陈皮，据说可以去除口内腥味。这一海鲜套餐，步步为营，可谓精心设计。

走出餐馆，已是夜幕低垂，海边灯火通明，仿佛卧着一条金龙。一摊又一摊，一桌又一桌，此时海风洋溢着姜葱味、酒香味，多少虾兵蟹将化为游客腹中美味。

西贡除了品尝海鲜之外，还可以登岛、爬山。西贡吸引无数游客，更有香港富豪在此安家落户。这里是不一样的香港。在密林深处，一幢幢豪华别墅隐匿其中。西贡傍海依山，乃是水泥森林般的香港难得的一片幽静之地，秀海丽山之处。他们还在海边买了私人码头，停泊一艘艘雪白的游艇，供他们畅游这里的碧海与70多个小岛。

上了车，告别西贡小镇。翻过小山，当眼前出现密集的高楼和繁星般的灯光，我又回到香港的另一个世界。

台湾浓浓的年味

　　人挤人，人推人，满街是人；
　　叫卖声，砍价声，声声入耳。
　　大包，小包，包包皆年货；
　　鱼香，肉香，浓浓的年味。
　　在台北，春节即将到来时，年味最浓的是两条年货街，即迪化街和南门市场。
　　迪化街是台北老街。我在夏天的时候去过那里，这条800米长、8米宽的老街两边，拥立着众多的绸缎店、中药铺、食品店、餐馆，当时烈日当空，街上行人

中国剪纸

三三两两而已。然而春节前夕的迪化街，完全是另一种景象，那里变成一条人的河流。往日的那些绸缎店、中药铺等都"退居二线"，在这些店铺前搭起了临时的货摊，原本就不很宽敞的路面变得更窄。这些临时的货摊上堆满年货：

从一片红色的中国结、剪纸、春联，到一片腥味的鱼鲞、乌鱼子、目鱼干、鱿鱼丝；

从五颜六色的牛轧糖、花生糖、土豆糖，到五花八门的桂花年糕、芝麻棒、核桃糕；

从形形色色的山货蘑菇、鲍鱼菇、黑木耳，到各种各样的肉丸、贡丸、鱼丸；

从台湾各地的屏东黑猪肉、澎湖花枝丸、台中太阳饼、绿岛比目鱼、阿里山芥末、拉拉山雪梨，到世界各国的德国猪脚、日本北海道海苔、印尼鲜虾饼、美国开心果、纽西兰（即新西兰）巧味燕麦片……

真可谓琳琅满目，应有尽有，令人眼花缭乱，应接不暇。

不过，在这里有两点要说明一下：一是我看到"土豆糖"的牌子，感到不解，土豆怎么做糖呢？请教了台湾朋友，方知台湾人所说的"土豆"其实就是花生，"土豆糖"也就是花生糖。他们称土豆为马铃薯。二是我看见"德国猪脚"的牌子同样不解，为什么连猪脚也要从德国进口？难道德国的猪脚有明显的不同？请教了台湾朋友，才知所谓"德国猪脚"是用德国的方法烹饪猪脚，诚如台湾的北京烤鸭用的不是北京鸭，而是采用北京烤鸭的制作方法。台湾人喜欢吃猪脚，台湾的传统烹饪方法是红烧猪脚，而德国是烤猪脚。德国猪脚比较脆，而且少油腻，受到许多台湾人的欢迎，于是德国猪脚这种烹饪技艺在台湾流行，"德国猪脚"也就出现在年货街上。此外，我看到"紫米八宝饭"，一打听，那"紫米"就是上海人所说的血糯米，而"放山鸡"则是大陆所说的土鸡。两岸在许多用词上存在差异。

年货摊太多，彼此竞争激烈。于是，各施妙招，招徕顾客：最通常的招数，就是摆出样品，让顾客免费品尝。一路走，一路尝，客人可以一路尝百味。有的手持电喇叭，不停地高声叫卖；有的拿来高脚梯，放在街道当中，身上挂满广告牌，手持推销的商品，向路人招摇；也有的广告打的是"温情牌"。在一大袋花生上，我不仅看见"盐炒的更香""无敌香"之类广告词，还看到"跪求！！带我走"这样的广告语。据说，有的店铺打的是"美人牌"，即从女大学生中选择漂亮者作为临时工，以求吸引顾客。

我穿行在迪化街，被台湾人浓浓的年味所感染。在这里购物，以家庭主妇为主力军，也有的扶老携幼，甚至坐在轮椅上被家人推着，也要在这拥挤的年货大街分享过年的快乐。在最拥挤的地段，我甚至一停下脚步，后面的人就会推着你向前走。警察局在这里挂出标语，提醒人们："小心扒手，扒手小心。"

　　边走边看，边看边买。800米的迪化街，足足走了近两个小时，把大包干货、小食放在车斗里。

　　同是年货街，为什么去了迪化街，还要去南门市场？迪化街主要是卖台式年货，而南门市场则是卖大陆年货。南门市场是台湾的"外省人"过年必去采购的地方，也是"本省人"喜欢去的市场。

　　对于南门市场，我比迪化街更加熟悉，因为我曾经在离南门市场只有一箭之遥的南海路住了十多天。每天清早我从住处散步到中正纪念堂，南门市场是必经之处。

　　迪化街是一条长街，而南门市场则是规模相当大的室内商场。

　　南门市场历史悠久，自从1906年开市以来，已经有一百多年的历史。早年这里是一大片平房，是台北的果蔬集散地。在1983年，这里拆除了平房，改建成高楼。南门市场设在大楼的地上一层和地下一层。往日，我去南门市场，看见地下一层是菜场，出售新鲜肉、蛋、菜、禽以及水产品，而地上一层是南北食品干货集散地。平常日子，那里的顾客也只是平常的人数。可是这一次我来

叶永烈在台北中正纪念堂前

到南门市场,顾客盈门,可以用"爆棚"两字来形容。

在南门市场大门口,我就看见一个小摊挂着"上海鱼丸"的招牌,那白色、椭圆形的鱼丸,刚刚做出来,又鲜又嫩,漂浮在汤碗中。走进南门市场,我又看到另一家商铺在卖"上海菜肉馄饨"。不言而喻,这些上海小吃,使来自上海的我倍感亲切。接着,我看到黄底红字的"上海火腿行"的大招牌,这家商铺占了好几个店面,出售火腿、酱肉、香肠。此外,还有"上海万有全""上海合兴糕团店",出售种种上海风味的小吃、干货。其中特别是一瓶瓶黄泥螺,是典型的上海货。

在"福州老店"的招牌下,我看见品种繁多的福州燕丸(即燕皮馄饨)、福州鱼丸、福州面线、佛跳墙,而"宁波年糕"的红色横幅也非常醒目。广式腊肠、湖南香肠、湖州粽、金华火腿、宁波枪蟹、山东酸白菜……丰富多彩的中国大陆南北货,在这里足以慰藉台湾"外省人"的乡思。

南门市场的许多"老字号"商店大都是在1949年、1950年开张的。那时候,蒋介石从大陆败退台湾,带来百万"外省人"。"外省人"思念"外省货",于是这些经营大陆南北货的商铺也就应运而生,开张至今。

在迪化街和南门市场,我都看见"宅急送"(即快递)广告,写着"寄常温本岛100元""寄低温本岛150元",所谓"低温"是指冷冻食品。这样的"宅送年菜"业务,大大方便了顾客,只消在年货市场订货、付款,"今日寄明日取","宅急送"直送家中。

在南门市场,我还看见几位中年妇女在现做蛋饺,供不应求。据说,蛋饺的外形像元宝,又是金黄色的,象征"招财进宝",在台湾是很受欢迎的年货。

在南门市场,有两种蔬菜在过年时最畅销:一是竹笋,意味着来年"步步高升";二是芥菜,叶子长长的,寓意"长长久久"。

在南门市场,我还看见自称是"独家"的"臭豆腐馄饨"。我还是头一回听说"臭豆腐馄饨",相信这"独家"也是确实的。这里的豆腐乳分为"臭+辣"、"臭+不辣"、"不臭+辣"、"不臭不辣",供顾客自由选择,从中也可以看出台湾喜欢臭豆腐的人不少,难怪就有人专门制作"臭豆腐馄饨"了。

逛了迪化年货街,逛了南门市场,那浓浓的年味令我陶醉,使我在台湾度过的春节格外新鲜,充满奇特。

在台北过中秋

  风狂雨猛的台风刚刚横扫台湾,迎来风和日丽的中秋佳节。天空像蓝宝石般剔透,纤云朵朵飘荡其间,碧树翠草经过暴雨清洗之后在阳光下发出熠熠亮斑。台北的中秋节显得很热闹,空气中夹杂着阵阵肉香,因为台湾人喜欢中秋烤肉,不少公司的中秋聚餐就是在烤炉旁度过。

  中秋节的前一天,我去台北卡斯柯(COSTCO)超级市场。这是一家美国的连锁超市,规模宏大,一眼望去只见人头攒动,几乎比平日多了一倍。尤其是肉柜前,水泄不通。这家超市把猪肉、牛肉用佐料事先拌好,顾客回家之后只消往烤炉上一烤就OK了,所以特别受欢迎。台湾的猪肉大都来自本岛饲养的黑毛猪,而牛肉则大都是进口货,所以牛肉的价格比猪肉贵得多。

  台北的中秋时令水果是柚子(文旦)。家家户户都买柚子过节。不过台湾的柚子比福建、浙江的柚子小,却很甜。戴"柚子帽"是台湾的中秋风俗。戴过柚子帽之后,孩子们的头发散发着一股幽幽清香。

  跟大陆一样,台湾中秋节的"当家食品"是月饼。台湾的月饼花样繁多,而且是中秋节最好的伴手礼。我从上海带去四盒月饼送台湾朋友,由于在台湾难得吃到大陆月饼,颇受欢迎。

  台湾中秋节放假一天,终日困守电脑前的白领们纷纷举家出游。阳明山上秋高气爽,是台北欢度中秋的首选去处。由于上山的车辆太多,从前山上山堵车严重。后来穿过自强隧道,从天母驶上阳明山的后山,尽管山道弯弯,毕竟通行无阻。沿途我见到不少台湾年轻人头戴橄榄形安全帽,脚踩山地自行车上山,既健身,又轻捷,一路放飞心情。

  我在春、夏、冬季都来过阳明山,春日那里百花烂漫,盛夏浓荫蔽日,冬天依然一片翠绿,而中秋时节给我印象最深的是碧空似洗,白云舒卷,山林绿有层次,近者浓绿,远者淡绿。山间一尘不染,气温比市区低好几度,令人精神为之一爽。山坳里的温泉冒着袅袅轻烟,空气中散发着淡淡的硫黄味。中午在竹子湖的冠宸食馆就餐时，座无虚席，晚来者排起了长队。下午在山腰处蓝顶红檐的中山楼度过，那里曾经是蒋介石退居台湾之后的重要会议场所。楼里山风阵阵，松涛声声。

下了阳明山之后，以月饼当晚餐，略事休息。这时，夜幕悄然降临。推开窗户，一轮银月高悬在高楼之间的狭窄空间。为了尽情赏月，赶紧乘车前往圆山。位于圆山山腰的圆山饭店是赏月的好去处。圆山饭店是一座中国宫殿式的建筑，我去过多次。今天一上山，就看见圆山饭店前的广场上，露天摆着上百桌筵席，这是极其罕见的。据说那叫"赏月宴"，举杯望明月，"樽前对月成三影"，别有一番滋味。

穿过红柱、红地毯的大厅时，我看到在"热烈欢迎"的牌子底下，写着欢迎来自大陆吉林、安徽、四川、江西、江苏等地的代表团字样。进入后楼，在那里茶座坐下，正好面对台北市区，台北是一个盆地，那"盆底"尽收眼帘之中。此刻皎月高悬苍穹，万家灯火，车似游龙，台北101与新光三越如同两根擎天柱立于市区，而基隆河则蜿蜒从圆山脚下静静流淌。这里视野开阔，远非市区"一线天"所能相比。

远眺台北

清风徐徐,香茗一壶,居高临下,美景如画。服务小姐送来圆山饭店自制的月饼,她告诉我,今天销售了五千多盒月饼,这是最后的一批。圆山饭店的月饼馅里掺入XO酱,甜中有咸,带有海鲜味,与众不同。

虽然今宵海峡两岸同赏一轮银月,但是我在台北圆山之上赏圆月,别有一番风光,是难忘的记忆,永远留在我的脑海之中。

热闹非凡的台湾元宵节

台湾的元宵节可真热闹。在台湾,从正月初十就开始"闹"起来,一直"闹"到十六、十七。

作为元宵节的"主打食品"——汤圆,春节刚过,台北的点心店就忙着大量供应汤圆,诸多芝麻汤圆、鲜肉汤圆、豆沙汤圆、枣泥汤圆、花生汤圆、抹茶汤圆……比比皆是。这情形跟大陆相似。

然而,"北天灯、南蜂炮、东寒单"却是台湾元宵节的特色。

所谓"北天灯",是指台北县平溪乡的天灯。天灯又称孔明灯。成千上万盏天灯,飘满元宵夜空,蔚为壮观。天灯放得愈高,表明运气就愈好。

所谓"南蜂炮",是指台南市的蜂巢般的"炮台",密集数以万计以至百万计的鞭炮,燃放时如万箭齐发,火光四射,声如炸雷,用以驱赶晦气。

所谓"东寒单",是台东县的"炮打寒单爷"。"寒单爷"就是财神赵公元帅,生性吝啬,只有用鞭炮轰打,才能"挤"出钱来。可怜那坐在轿子里身穿红裤、上身赤膊的扮演"寒单爷"的男子,东躲西闪也难以招架。

元宵节期间,我没有去台北县放天灯,没有去台南市点燃蜂炮,也没有去台东县"炮打寒单爷",我正一路西行,在离岛澎湖、金门却目击了别样风情的元宵节。

那天,我来到澎湖五洲马公市西南顺承门旁的海灵殿,倚山面海,颇有气派。海灵殿又称南甲宫,崇祀苏府王爷,信徒于1837年前往厦门雕塑金身,迎归澎湖,1864年建庙于此,已经有一百多年的历史。元宵节前,海灵殿前用塑料布搭起了临时性的大棚,为的是能够容纳巨大的"米龟"。

走进大棚,我第一次看见"米龟"——那是用一袋袋大米堆成的乌龟,据说大米的总重量达6万台斤。"米龟"又叫"福龟",几天前在这里举行了隆重的"开光"仪式,由澎湖县长亲自手持朱砂笔在米龟头部画上眼睛,这叫"开光"。县长在为米龟开光时,口中还念念有词:"祈祝国泰民安、风调雨顺,人民平安喜乐、万事如意。"县长出马,足见对米龟重视。

据说,对米龟抚首摸尾,可以招来好运和财运。此外,这里年年要举行"元宵乞龟"的活动。龟是四方神灵之一,象征平安长寿,"乞龟"就是乞求平安。所谓"乞龟",就是要"掷筊"。筊,一种卜具,形似两蚌壳,投空掷之落地,观其俯仰,以断吉凶。如今的筊,是用塑料做的。民众先是燃上三炷清香敬告神明,默默许愿,然后掷筊请示神明。如果筊是一阴一阳,那就是"圣筊",许下的愿望定能实现,同时也可以从米龟分一袋米。如果在获得"圣筊"之后,再掷筊,可以分到更多的米。最高纪录是有人一连掷得16次"圣筊"!不过,到了来年元宵,必须交还更多的米给海灵殿,于是海灵殿就堆出更大的"米龟"。

在正月十三那天夜里,大约8时许,我在宾馆的7楼客房里忽然听见楼下锣鼓声、鞭炮声大作,于是赶紧下楼看个究竟。原来,那是澎湖的元宵大游行。每支游行队伍,都是以一座寺庙为中心,抬出这家寺庙的"当家"的神像,吹吹打打,招摇过市。由于离我所住的宾馆100多米处就是马公城隍庙,而每支游行队伍都必进城隍庙,然后从宾馆门口走过,所以我站在宾馆门口就能"检阅"一支支游行队伍。我看见,每一支队伍总是以一辆开着大灯的敞篷汽车作为先导,中间是一顶轿,轿上"端坐"着"当家"神像,押尾则是一辆电音车,用高音喇叭播放着寺庙音乐。不论是抬轿的人,也不论是边走边放鞭炮的人,一律穿该寺院的统一服装,或红或黄或蓝或白,衣襟及背后印着寺院的名字。这样的元宵大游行,当地人称之为"电音武轿绕境活动"。所谓"绕境",是指全城走透透。那天,总共有31支队伍参加"电音武轿绕境活动",真可谓"澎湖元宵嘉年华"。

宾馆对面是一家商店。有的"电音武轿"特地在商家门口来回摇摆,不断进三步退三步,鞭炮四起,意即恭喜发财。这时,商家就拿出红包,赐给轿夫,表示谢意。

金门元宵灯会头戴虎头面具的游行队伍

金门小学生欢庆元宵

在那个锣鼓喧天的夜晚,我沉浸在元宵节的欢乐之中。

正月十五那天,我在金门。夜晚,我来到金门金城镇的总兵署,那里成为欢乐的海洋。总兵署是清朝金门总兵衙门,已经有300多年历史,这里是金城镇的中心。一支支游行队伍打着旗帜、提着灯笼,走过总兵署。虎年金门元宵灯会的主题灯是"福虎生丰灯",老虎灯笼最醒目。有的中小学生戴虎头面具,列队游行。金门的元宵大游行也很"炫",与澎湖相比各有特色。

当我从金门飞回台北,元宵节早已经过去,但是在台北中山纪念馆,在台北市政府前广场,我看到规模宏大的元宵花灯展览依旧展出。除了各种各样的虎灯之外,还有各种各样欧洲、非洲、美洲风情的花灯,五颜六色,美不胜收。

台湾的元宵节如此"闹猛",使我流连忘返。

"航寄"的孙女

往常儿子、儿媳来来往往,从来用不着我接送。2015年这一回不同寻常,虽说航班下午6时到达,我和妻在4时多就早早来到上海浦东机场,迎接一位"大人物"。那是我的11岁孙女,暑假独自乘坐飞机来上海。虽说她曾经跟随父母去过许多国家,但这回是第一次"单飞"。她妈妈说,已经拜托航空公司一路上照顾,请放心。

那天上午,我就接到航空公司电话,告知孙女到达的航班、时间,并叮嘱我要带好身份证件——要凭证件"领取"孩子。

客机准时到达,但是旅客经过入境登记、海关检查,出来的时候已经是晚上近7时了。我和妻站在出口处"头版头条"的位置,仔仔细细观看从面前走过的每一位旅客。出乎意料的是,孙女由一位地勤小姐陪同,很快就出来了。孙女老远就高喊"爷爷、奶奶",我们也朝她招手。孙女T恤胸前粘着圆形标志,写着姓名、航班号、到达机场名字。地勤小姐查看了我的身份证,然后要我在一张"托收"的单子上签名,写下手机号码、身份证号,这才把孙女交给我。我再三向地勤小姐致谢,她说了句"不客气,应该的",就忙别的事情去了。

"航寄"的孙女（没有大人陪同，带着弟弟来上海）

在回家的车上，孙女告诉我，一路上有空姐细心照料。下飞机之后，空姐把她"移交"给地勤。她只有一个小书包，放着护照、书，没有行李，走在很前面。我问她怕不怕，她说开头有点怕，但是空姐很和蔼、亲切，她渐渐地就不怕了。一路上她看书，所以并不寂寞。

我不由得记起，小时候常见父亲出差，非常羡慕，很想看看外面的世界。父亲说："在你的额头贴张邮票，把你从邮局寄出去就行了。"我一直记得这句话。没有想到，眼下孙女就是托航空公司"航寄"而来。

到家之后，我送给孙女两件礼物，她非常喜欢。

一件礼物是毛笔练字水写布。她下学期就上初中了，可是向来只用铅笔、圆珠笔、钢笔写字，没有用毛笔写字。我让她用毛笔蘸着自来水，在水写布上写字，居然写出黑色的字，她很惊讶。从此她每天都练毛笔字，学会正确的持笔姿势，学会横、竖、点、撇，学会起笔、提笔、行笔、顿笔。她的悟性不错，几天下来，就掌握了书法基本功，而且产生了浓厚的兴趣。她开始照字帖临摹，十来天就大有进步。她过去用硬笔写自己的名字，僵硬而机械，自从用毛笔写名字，有了书法韵味。比如"葉"字的草字头——"艹"，我教她写成"Z"。名字中"品"的三个"口"，照着王羲之写的"味"字中的"口"来

学毛笔字

跟奶奶下象棋

书写，显得很漂亮。这么一来，她的签名有点范儿了。

另一件礼物是一副中国象棋。她小时候下跳棋，如今迷上象棋。于是我送她一副"豪华"象棋，红木棋盘，玉石棋子，她如获至宝，爱不释手。我也是在她这个年龄学象棋，在朋友圈里算是常胜将军。只是由于忙，已经多年没有摸过棋子了。这一回，我只得"舍命陪君子"。我发现，她属于进攻型棋手，攻势凌厉，这在女孩子之中是不多的。她一边下棋，一边托着下巴思索。跟我下了几盘之后，她居然摸到我的"棋路"，想方设法克敌制胜。在上海期间，对她的最大的奖励，就是答应跟她"杀一盘"。尽管这副象棋重达7公斤，她还是把象棋跟毛笔练字水写布一起放进箱子托运回去，说这副玉石象棋太"酷"了。

小时候她像男孩子一样顽皮，如今成了文静的少女。琴棋书画，乃中国文人四大雅兴，她都喜爱。家有钢琴，她能够照五线谱弹练习曲，也喜欢绘画，她对色彩有敏锐的鉴赏力，只是画技尚属一般。她能背诵诸多唐诗宋词，往往奶奶说上句，她就能接下句。她现在最大的兴趣就是看书。她小的时候，话挺多，滔滔不绝，如今拿起一本书，往往一连几小时不出一声。她能看繁体、简体汉字书，也能看英文书，而且每天用英文记日记。大约是看书太多，她戴上了近视眼镜。

我带她去外滩，告诉她当年这里曾是"冒险家的乐园"。步入外滩2号，那里原本是英国总会，当时只许英国人入内。在那里她看到古老的三角形电梯，看到长达33.5米的远东第一吧台，头一回知道上海开埠的历史……

回去的时候，依然是"航寄"。她说，以后年年寒暑假都可以"单飞"上海，来到爷爷、奶奶身边。

东张西望

美妙无比的天际线

我很佩服老祖宗造字之妙,那个"旦"字形象地描述了一轮红日喷薄而出时的情景:上为朝阳,下为天际线。

所谓天际线,天地相交之线也。古人创造"旦"字的时候,放眼一马平川,日出之际的天际线即地平线。

在新疆罗布泊追寻彭加木的那些日子里,每当傍晚遥望四周无际黄沙,我的脑海里常会蹦出唐代诗人王维《使至塞上》一诗中的名句:"大漠孤烟直,长河落日圆。"那日落时壮丽的画面,跟"旦"字相仿,横亘于远处的是一条笔直的地平线。

我乘坐游轮,在波涛壮阔的加勒比海航行,这时候天海交融之处是一根蓝色的天际线。在甲板的躺椅上看久了,渐渐陷于视觉疲劳之中。一旦在这平直的天际线上见到一个黑点,我就会无比兴奋起来,这意味着茫茫前方出现了陆地。

天海交融的海上天际线

当我钻出大兴安岭浓密的原始森林，站在山顶的防火瞭望亭上俯视四周，群山逶迤腾细浪，绿色的天际线从直线变成了起起伏伏的曲线。当我斜倚在阳朔江轮的栏杆上，这时出现在我眼前的天际曲线变得生动活泼，桂林的奇峰怪石在天际演绎着无数神话，或是王母娘娘下凡，或是孙猴子出世，或是玉兔捣药，或是嫦娥飞天。

沙漠、大海、森林那黄褐、湛蓝、翠绿的天际线，都是"纯天然"的。倘若在山顶之上，有亭翼然，或古寺掩映，或层塔矗立，经这些人工元素点缀之后，天际线更加动人。在西班牙高速公路之侧，我看到那山巅之上不是亭台寺塔，却是无比壮硕的黑色公牛的剪影。这黑色公牛高达14米。从公牛脚底下露出铁架可以看出，那是把巨大的铁皮裁剪成公牛形象，固定在山顶的铁架上，再刷上黑漆。一打听，方知这黑色公牛是西班牙著名酒业集团的商标。西班牙原本不许在高速公路旁竖立商业广告，然而由于西班牙人喜爱斗牛，赞赏公牛的剽悍有力，破例允许矗立公牛商标，以为天际线上的黑色公牛形象具有美学与文化的双重价值。

当我走进城市，天际线完全变了，从"纯天然"转为"人造"。漫步在北京故宫，高高的城墙和皇宫的斗拱飞檐，成了天际线上新的人造元素。在现代化的城市，则以高低错落的高楼大厦组成了崭新的人造天际线。这种城市天际线在群楼角逐之中，唯高是从，谁矮谁就淹没在天际线之下，谁高谁就能够突兀于天际线之上，即所谓"鹤立鸡群"，天际线上只有鹤，没了鸡。

尤其是在大都市，摩天大厦成为天际线的主角。不论是在上海陆家嘴，还是在纽约曼哈顿，摩天大厦相拥而立，像尖刀，似长矛，刺向苍穹。每一幢高楼的楼顶，戴着形形色色的"帽

西班牙高速公路旁的公牛广告

上海天际线

子",有的细又尖,有的半球形,有的三角形,有的长方形,使天际线丰富多彩。内中,最吸引眼球的,就是其中最高的"鹤",诸如陆家嘴的东方明珠塔、上海中心、环球金融中心、金茂大厦。这些突出于天际线的顶尖建筑,往往成为一座城市的地标式建筑。诸如迪拜的高达828米的哈利法塔、台北的101大楼。

我来到法国马赛,那里凸出于天际线的地标式建筑,是加尔德圣母院。这座圣母院并非摩天高楼,但是在马赛各处都能见到圣母院顶上的金光闪闪的镀金圣母雕像。那是因为圣母院是建造在150米高的山丘之顶,所以醒目地冒出了马赛的天际线。

变幻多端的城市天际线,在蓝天白云映照之下,才显得楚楚动人。特别是在红日东升或者夕阳西下之际,天空变成血红,而逆光下的天际线变成高楼黑色轮廓线,红与黑构成庄重的画面。入夜之后,彩色灯光勾勒出五光十色的城市天际线,如同黑丝绒上一串夜明珠,无比绚丽。然而在灰霾满天的时候,都市天际线遭到严重侵蚀,变得模糊不清甚至消失,令天际线黯然失色。

天际线,一条用线条描摹的彩虹。不论你行走在乡间小道,行车于高速公路,不论你行船于滔滔大海,行进于大街小巷,不断变化的天际线一直展现在你的前方,令你不停地追逐,不断地前行。

海浪美如花

沙漠，草原，高山，初夏时节，从新疆克拉玛依朝着西部最大的陆路口岸霍尔果斯进发，高速公路两侧总是交替着黄、绿、褐三色。蓦地，一块硕大无朋的蓝宝石闯入眼帘，一扫刚才的视觉疲劳。那是北天山怀抱中的一个风光旖旎的卵圆形高山湖泊——赛里木湖。我急急下车奔向湖边，湖面光洁似镜，倒映着舒卷的白云和皑皑积雪的山峰，近处水清见底，放眼远眺，依次为蔚蓝、蓝中带绿、深蓝。整个赛里木湖像凝固了似的，静静地躺在我的跟前。我细细凝视纤尘不染的湖水，仿佛美中不足，欠缺了点什么？哦，浪，浪，这里美中无浪，成了一幅静态的风景画。

我记起在南非好望角，海水也是那样的湛蓝，远处的大洋则是蓝中带黑。那里天低浪急，波汹涛涌，来自印度洋的温暖的莫桑比克厄加勒斯洋流，来自大西洋南极洲水域的寒冷的本格拉洋流，在此汇合，互相挤对、撞击，再加上那里处于强劲的西风带上，常年有110天都是大风天气，风起浪涌，风大浪高，白浪滔天。风声、涛声，声声入耳；巨浪、排浪，历历在目；碧海、白浪，色彩分明；风中夹杂着浪花的细沫，令人陶醉。

在美国，最富有动感的一段海岸线，叫作"17英里"。那是从旧金山沿太平洋东岸南下洛杉矶的时候，在长达17英里的海岸，一边是山，一边是海。浩渺的太平洋一望无涯，一片瓦蓝。高高的浪头朝海岸扑来，哗的一下，在岸边的礁石上撞碎，顿时化为纷纷白雪。每到海浪最为壮观处，公路之侧往往设有一片停车场，供游人"驻"车赏景。这些观景台，每每由高高的悬崖、成群的礁石、湍急的浪涛三大"要素"所组成。"乱石穿空，惊涛拍岸，卷起千堆雪"，看着千变万化的浪涛，令人心旷神怡。

形形色色的海浪美如花。激流巨浪，怒涛骇浪，固然无比摄人心魄，而浅浅的徐徐的长长的弯弯的浪花飘带也赏心悦目。这样的细浪更为多见。大凡有沙滩之处，缓缓地伸进大海，那海浪不疾不徐，以一条与海岸平行的白色浪带慢慢朝沙滩推进,构成一道难得的风景线。海之蓝,浪之白,沙之黄,伴以海浪扭动的曲线,加上沙滩上五颜六色的遮阳伞,别有风光。沙滩越平,浅浅地浸入大海,形成的浪花带越多,一条又一条,最多的达七八条。不论是在三亚、海口、青岛、大连,还是在夏威夷、洛杉矶、迈阿密、戛纳,这样的沙滩比比皆是。尤其是有的沙滩呈弯月形,白浪以圆弧线一层层向前推进,粼粼细浪如少女长长的秀发随风飘逸,似万千嫩柳在春风中轻轻摇曳。急风狂浪如同男性阳刚之美,而轻风细浪则展示女性温柔之美。

最美的海浪,是在海水像水晶般透明的浅海。班赛岛的水晶海浪,吸引无数游客的眼球。那充满细泡的浪花在海面上层层叠叠,散而聚,聚而散,如飘飘洒洒的梨花,似随波逐流的浮萍。然而在江河口,江河水裹挟万千泥沙令海水变色,既黄又浊,浊浪排空,浪花也泛黄,像散线的古老书页,似秋风扫落的枯叶。近清者洁,近浊者污。所幸浊流污浪只在近海,远洋依然是蓝色的世界。

最美的海浪,是在旭日东升或夕阳西沉之际。那时候,海面像无际无涯的火红的绸缎,金色的阳光在浪尖上跃动,层浪逶迤成了片片闪光的鱼鳞,浪花

伸进大洋之中的好望角

飞溅如同金花、银花、红花、白花，像焰火在海面灿灿四射，似春风吹开千花万花。只是那无比的辉煌只在日出日落时短暂呈现，转瞬即逝。这时，我的耳际仿佛响起邓丽君《何日君再来》的歌声："好花不常开，好景不常在。"

海浪是富有节奏感的舞者。后浪总是那么有规律地推着前浪，一波又一波，一浪又一浪，曼妙起舞，日夜不息，前赴后继。海浪永不倦怠，永远手舞足蹈。

海浪是富有节奏感的歌者。哗，哗，哗，哗，一声又一声，一阵又一阵，海浪发出的每一个音符，永远不紧不慢。观海听涛，我仿佛听见壮阔大海的心跳声。

其实，赛里木湖也有浪。我在赛里木湖乘坐快艇，当速度越来越快的时候，浪遇飞舟，快艇的头部被激浪抬了起来，而船尾则在深蓝色的湖面上划出一道白花花的浪迹。

波涛美，浪花美，美在动，美在永无止息地律动。

棕榈树下富翁岛

我在三年前曾经来到棕榈滩岛。这座世外桃源般的小岛，给我留下难忘的印象。

那是2014年2月，上海寒气未消，我来到美国东南的佛罗里达州迈阿密，却如同到了三亚一样，气候是那么的暖和。在迈阿密，引人注目的是明星岛（Star Island）。那是比斯开因海湾中的一个小岛，诸多影视巨星入住那里，使明星岛名声在外。迈阿密的旅行社甚至安排游艇沿着明星岛转圈，导游指点明星岛上一幢幢风格各异的别墅，让游客知道哪个明星住在哪一幢豪宅，名曰"数星星"。

常言道，"半瓶水晃荡，一瓶水不响。"就拥有的财富而言，顶级的影视明星跟顶级富豪相比，只不过是小菜一碟。跟喜欢张扬的明星们相反，顶级富豪选择了低调。在佛罗里达，真正的富人区是远离闹市而风光宜人的海滨——

作者夫妇在美国棕榈滩岛

棕榈滩(Palm Beach)。诚如棕榈滩的一位富翁所言:"这里没有人注重你是否出名,重要的是你必须拥有数不清的金钱。"这就是棕榈滩与明星岛的区别。

棕榈滩是旅游的"盲点",没有旅行社会带队到那里去"数星星"。我是借助于自驾游,在GPS的指引下,从所住的劳德代尔堡驱车前往棕榈滩,大约行车一个多小时就到了。我先是看到一个镜子般明净的湖,叫作沃思湖。沃思湖畔矗立着许多高楼,这座临湖的城市叫作西棕榈滩市。从那里越过一座大桥,便到了一个小岛,那就是"富人天堂"棕榈滩岛。

棕榈滩岛靠近墨西哥暖流,温暖而湿润。车入棕榈滩岛,便见到处是绿意盎然的棕榈树,树下是茵茵草坪。这里格外的幽静,跟车马喧嚣的迈阿密是截然不同的两个世界。我们的轿车在棕榈滩岛穿行,来到小岛的东岸,那里面对大西洋,是豪宅最集中的地方。一条柏油马路与海岸线平行,马路两侧是浓密挺拔的棕榈树。一座座深宅大院并肩而立。大院筑起高高的围墙,围墙上爬满青藤,筑成一道绿色的篱笆。车子沿着这条柏油马路走了一个来

棕榈滩岛其实也长着许多椰子树

回,在两侧每隔一二百米,往往只见到一扇紧闭的大门。有的大门是铁栅栏门,透过大门可以看见一条两侧都是树林的路,而所有的房子都隐蔽在树林之中,给人一种"侯门深似海"的感觉。也有的房屋没有树木遮挡,可以见到欧式别墅,高梁大屋,浅色外墙,精美浮雕。在柏油马路上,除了偶尔有几辆豪车驶过之外,没有看见一个步行者。给我的印象是,这里的宅主几乎都深藏不露。

棕榈滩岛的高尔夫球场

我们沿着一条小马路驶向海边。那里是一个大院的后门,濒临浩瀚的大西洋。那里的一大片沙滩属于大院宅主私有。激浪猛烈地冲击着沙滩,一排浪头过来,在沙滩上留下一堆雪花般的浪沫。如此充满动感和海味的沙滩,令人缱绻,倘若在迈阿密,无疑将是人头攒动,一片喧哗。可是在这里,除了沙滩上安放着主人的两把空躺椅之外,阒无人影,静悄悄只听见风声与浪声。大约是我们的汽车声音惊动了深宅中的看家犬,远处传来几声狗吠。在海滨之侧,我见到一个又一个高尔夫球场。在这里挥杆,既能充分享受阳光,又能呼吸潮润温暖的新鲜空气。

棕榈滩岛上宅大人稀。据统计,岛上的居民不过万把人。除了岛上几家高星级宾馆的工作人员,除了深宅大院的门卫、佣人们,宅主的人数并不多。这里不愿显山露水的宅主们,个个腰缠万贯。据称,从几个世纪以前美国的范德比尔特家族、洛克菲勒家族、卡耐基家族、梅隆家族,到后来的慕恩家族、贝克家族,他们都曾是棕榈滩岛的宅主。美国前总统肯尼迪,也曾经在这里置

棕榈滩岛大门紧闭的深宅大院

产。特朗普在1985年买下这里的海湖庄园。除了美国富豪之外，国外的富豪也加盟棕榈滩岛的宅主行列。香车、美女、金元、豪宅在棕榈滩岛上集结，所以棕榈滩岛被称为"富豪冬日俱乐部"。有人说，在寒冬，美国四分之一的财富在这里流动。到了炎夏，到了飓风盛行的季节，棕榈滩岛则人去楼空，只剩下管家与看门人。

2015年我在创作长篇小说《东方华尔街》时，把棕榈滩岛作为故事的典型环境写了进去——美国的富翁们从棕榈滩岛出发，前往"东方华尔街"上海开创新业……

硅谷新车

硅谷是一个新鲜事儿层出不穷的地方。我的小儿子在硅谷工作，所以我一次又一次来到这里。

这一回，我在硅谷一家公司的停车场里，见到奇特的一幕：美国的停车场，通常把进出最方便的地方划为残疾人停车位。就在残疾人停车位不远处，我看到地上用白色油漆写着"ELECTRIC VEHICLE PARKING ONLY"，即电动汽车停车专用，一排十来个车位。在每一个停车位前，都竖立着银灰色的方柱，挂着几根电线。我走近其中一辆轿车，见到车的最前端一本书大小的盖子被掀开，插上电插头，正在充电。

儿子告诉我，由于电动汽车"零排放"，亦即没有排出二氧化碳，美国政府对电动汽车采取鼓励政策。硅谷很多公司免费为员工的电动汽车充电。他的好几位同事都买了电动汽车。他们早上到公司上班时开始充电，下班时电动汽车早已经充好了电，回家一个来回绰绰有余，翌日上班又到电动汽车专用车位充电。

硅谷正在大批生产新型电动汽车。我在硅谷"首都"斯坦福大学不远处，看见一座有几个足球场那么大的方形厂房，数以万计的新型电动汽车就是从那里的生产流水线下线的。这家工厂米黄色的墙上，挂着5个红色大字，像英文又不像英文，其中第二个字母写作"三"，而第五个字母是"一"字之下"Π"。据说这是英文的"艺术体"书法,"三"是"E",第五个字母是"A",那5个字就是"TESLA",中文音译为特斯拉。特斯拉,亦即著名电气工程师、物理学家尼古拉·特斯拉(1856—1943)。这家工厂的创始人埃隆·马斯克(Elon Musk),崇敬特斯拉,就用他的名字作为新型电动汽车的品牌。

马斯科1971年出生于南非,父亲是南非的一位工程师。后来他从南非来到加拿大,进入美国宾州大学,再后来他到硅谷斯坦福大学攻读硕士学位,虽然半途辍学,却是富有创新精神的企业家。他早年致力于火箭、航天,现如今转向电动汽车。

虽说电动汽车早已有之,但是由于大容量的电池一直不过关,行驶里程有限,而且速度不快。马斯科注意到手提电脑所用的锂离子电池是成熟的技术,第一个采用锂电池作为电动汽车的动力。我看到特斯拉电动汽车的底盘上安装了一千多个锂电池。这样在充足电之后,行驶里程可以达480公里,而且从启动到每小时100公里的速度只需4.4秒。上千个锂电池排列在底盘上,使轿车的

叶永烈在美国硅谷特斯拉总厂

重心低而稳。电动机结构简单，省去了内燃机引擎的许多管线，所以不仅车后行李舱可以安装两张儿童座椅，而且车头的发动机舱也腾空了，可以安放行李。驾驶座旁装了17英寸的显示屏，GPS及各种行车数据一目了然。

特斯拉电动汽车公司2003年成立。工厂里白色地皮，红色生产流水线由机器人、机械手操作，高度自动化。2008年2月生产第一辆锂电池电动汽车，引起广泛注意，如今已经销售2万多辆。他们近期的销售目标是

特斯拉充电桩

特斯拉变形金刚般的鹰翅车门

50万辆。我在佛罗里达州迈阿密旅行时，在高速公路看到前面一辆白色的漂亮轿车尾部"T"字形银色车徽闪闪发亮，认出那是一辆特斯拉电动轿车，便用照相机拍下，这表明离硅谷四千多公里外的地方已经有特斯拉电动汽车。据称，富有的挪威购进2000多辆特斯拉电动汽车。

特斯拉电动轿车性能完美，而缺点是售价偏高，每辆约10万美元，目前购车者大都是高端客户。锂电池贵，是特斯拉电动轿车成本高的瓶颈。在硅谷，我听说硅电池正在研发之中。由于硅是大自然中的丰产元素，一旦硅电池取代锂电池，将大大降低电动汽车的造价，使这一新型轿车走进千家万户。

电动汽车绿色环保。如果家家户户屋顶都安装了太阳能光伏电板，给电动汽车充电，那将是汽车工业一次大革命，从此汽车告别汽油，告别排放二氧化碳及微尘。

在硅谷，还出现另一新型汽车——轿车里只有乘客，没有司机。这是硅谷的谷歌（Google）公司研制的自动驾驶汽车。特斯拉电动轿车的外形与普通轿车无异，而无人驾驶汽车顶上有一个高速旋转的摄像头，一眼就能识别。无人驾驶汽车在技术上已经相当成熟。网上的谷歌街景地图（Street View），很多是用无人驾驶汽车拍摄的，而且几个月内更新一次。

不过，为了安全起见，目前谷歌无人驾驶汽车在行进时，规定必须有驾驶者坐在驾驶座上，以防万一。另外，无人驾驶汽车能否进入普通家庭，还必须修订相应的交通法律，以求认定无人驾驶汽车倘若发生事故，将由谁承担法律责任。

三访美国航空母舰

凡事有三。我竟然三访美国的航空母舰。

最初的那次，在2001年11月。那是"9·11"恐怖袭击事件爆发不久，美国派出4艘航空母舰，集结于海湾，对阿富汗发动猛烈的攻击，引起我对航空母舰的关注。正巧，我在美国所住的旧金山东湾阿拉米达岛，正是航空母舰的母港。我见到那里诸多涂着灰漆的美国军舰在游弋，也看到了庞然大物——航空母舰。现役的航空母舰当然是外人莫入的军事禁区。听说"黄蜂号"已经退役,可供参观,离我的住处不过是"一脚油"的地方。于是儿子、儿媳驾车陪我和妻去那里。"黄蜂号"的排水量为4万多吨。我从最底层船员宿舍、第二层机库、第三层甲板直至高高的指挥塔,细细地参观了5个小时。那次航空母舰给我的震撼印象就是一个字——大。

第二次是在2007年6月,正值夏日,在强烈的阳光下又拜访了这艘"海上巨无霸"。不过,我仍然只是停留在"外行看热闹"的水平。

2014年春日,我又在阿拉米达岛住下,第三次去访问"黄蜂号"。这一回,我算是细细地"看门道"。因为自从中国拥有辽宁号航空母舰,举国上下关注航空母舰,我也因此看了诸多关于航空母舰的介绍文章、书籍和纪录影片,总算是稍微懂得一点航空母舰的知识。正因为这样,这次我着重看航空母舰的"关键部位"。

旧金山连续阴雨多日,终于放晴。我希望能够拍摄蓝天白云之下的航空母舰,所以趁着难得的晴朗之日,赶往"黄蜂号"。

"黄蜂号"上的讲解员,依然是一群这艘航空母舰的退伍老兵。随着时光的流逝,他们显得更加苍老。尽管步履蹒跚,然而他们对曾经共生死的庞然

"黄蜂号"航空母舰

大物，充满了感情。这一回带领我参观的老兵，一脸络腮胡子，胸牌上写着Alfred（艾尔弗瑞德）。知道我已经是第三次前来参观，是航空母舰的"Fan"（粉丝），他显得很高兴，非常认真地回答我的种种细节问题。

前两次我对阻拦索"视而不见"，压根儿就没有注意。后来从辽宁舰的纪录片中得知，舰载机能否在航空母舰上安全着陆，阻拦索是"生命线"。普通的战斗机着陆时需要近千米的跑道，而航空母舰上的跑道往往连300米都不到，所以普通的战斗机无法在航空母舰上降落。舰载战斗机能够降落，是因为机尾之下有一个尾钩，而航空母舰上则横放着阻拦索，尾钩被阻拦索勾住，舰载战斗机便停了下来。艾尔弗瑞德领着我去看阻拦索，足有甘蔗那么粗，是用特殊的钢丝拧成的。他说，舰载机着舰时的速度仍很高，要在3秒内把速度降到0，阻拦索受到的冲击力很大。他带我到航空母舰甲板的后半部，那里沿左、右舷有4对固定阻拦索的铁钩，以便安装4根阻拦索。为了使阻拦索能够与舰载机的尾钩迅速"勾结"，阻拦索不是平放在上面，而是用许多支架"架空"，与地面保持一定的距离。艾尔弗瑞德强调说，阻拦索受到的冲击力很大，所以使用100次左右，就要换新的了。他说，在战斗中如果出现特殊情况，比如飞机的尾钩损坏了，这时航空母舰上一百多名士兵紧急集合，拉起阻拦网，迅速安装在阻拦索的后面。他指着堆放在一侧、比腰带还宽的白色带子说，阻拦网就是由这些白色带子编织而成的。

这一回我细细"研究"的另一个项目，就是舰载机的起飞弹射器。这也是被我前两次"忽视"的。航空母舰的甲板，对于我这个外行来说，看上去很大，而对于舰载机来说是太小了，人称"刺刀尖上跳舞"。舰载机在航空母舰上着陆时要借助于阻拦索，而起飞则要借助于弹射器。阻拦索的作用是使高速飞行的飞机速度迅速降到0，而弹射器则是使静止的飞机一下子向前高速飞行。这一降一飞，是关键性技术。弹射器的作用，就是当舰载机起飞时用力推它一把。比起阻拦索来，弹射器的研制难度更高。

经艾尔弗瑞德指点，我在航空母舰甲板上一架舰载喷气式战斗机前蹲了下来。我看到战斗机"骑"在一条钢轨之上。这钢轨叫"导向滑轨"，大约有八九十米长。我看到舰载机两个翅膀的根部各有一个铁钩，钩住一根钢索。钢索垂地，中间部分被一个铁钩——推力器钩住。起飞的时候，这个推力器沿着导向滑轨飞速向前，拉着舰载机飞快向前滑行。推力器为什么有那样大的力气呢？原来导向滑轨之下，有一个蒸汽弹射器，借助于超高压蒸汽锅炉喷射的蒸汽的力量，强力推动推力器，从而使飞机猛力向前。

弹射器起着增大起飞速度、缩短滑跑距离的重要作用。经过弹射器拉着舰载机沿着导向滑轨跑了八九十米长，再加上舰载机本身发动机的力量，舰载机就能从航空母舰上起飞了。艾尔弗瑞德说，每起飞一架舰载机，推力器就要往返一次。在作战时，弹射器每20秒就可以弹射舰载战斗机。通常推力器在往返一千多次之后，弹射器要进行一番维修，然后再投入使用。一艘航空母舰上，往往装备4个弹射器，足够弹射舰载机五六千架次。

弹射器属高度国防机密，世界上只有美国等极少数国家能够制造，连法国都是从美国进口弹射器。弹射器的主要设备在甲板之下，站在甲板上是看不见的。"黄蜂号"上使用的是蒸汽弹射器。如今，美国还研制成功更加先进的电磁弹射器。据海外报道，中国辽宁舰上安装了国产的弹射器，打破了美国等国的技术垄断。

在弹射器后面，竖着一块长方形的挡板。艾尔弗瑞德说，那是舰载机起飞时，喷气发动机会朝后喷射强大的热气流，挡板挡住热气流，不使热气流喷射到停放在甲板上的别的舰载机。

艾尔弗瑞德指着航空母舰甲板正中的一根黄线说，这根黄线从舰艏到舰尾，贯穿全舰，是主跑道。舰载机是沿这根黄线着陆，也沿这根黄线起飞。

此外，我看到航空母舰的甲板上有两个用黄线画出的正方形，每一个都有半个篮球场那么大。艾尔弗瑞德说，那是舰载机的"电梯"！那是为了航空母舰能够装载更多的舰载机，在飞行甲板之下，设有巨大的机库。舰载机进入黄线所画的正方形中央，那块飞机甲板可以徐徐下降至机库。同样，机库里的飞机也可以乘坐这硕大的"电梯"上甲板。

我还注意到，"黄蜂号"陈列的所有舰载机，机翼都是可折叠的，就连轰炸机也不例外。不言而喻那是为了节省舰载机占用的空间，以便使航空母舰能够由此装载更多的飞机。艾尔弗瑞德说，"黄蜂号"最多可以装载80多架战斗机。我漫步于一个个机位，看到地面上安装了一个个铁钩，那是在舰载机就位之后，便于用铁索固定。因为航空母舰甲板上往往风很大，而且在航空母舰航行时也会摇晃，舰载机必须牢牢固定在机位上。

航空母舰如同一幢高楼。我站在航空母舰甲板上，隔着湛蓝的旧金山海

舰载机在"黄蜂号"航空母舰上着陆

湾,眺望对岸的旧金山,市中心的高楼大厦历历在目。

在"黄蜂号"号里沿着弯弯曲曲的通道上上下下,我拍摄了近500张照片。

在我告别"黄蜂号"时,艾尔弗瑞德高兴地与我合影。他说,在众多的参观者之中,难得有你这样来自中国的"研究者"。

我期望着有朝一日登上飘扬着五星红旗的"辽宁号"航空母舰。

海明威的三把椅子

在美国最南端的小岛——西礁岛,我沿着主干道白头街,来到907号,那是美国著名作家海明威的故居。

对于一位作家的故居来说,"核心"部分不是客厅,不是卧室,不是游泳池,也不是花园,而是书房。作家所以是"作"家,便是以作品奉献给千千万万的读者。书房是作家工作的场所,也是源源不断的作品出产地。这里是作家创作灵感的所在,也是作家思想的所在。

在宽敞的西班牙式的两层主楼里,看不到海明威的书房。书房在主楼之侧一座不起眼的两层小楼。据说,这里楼下原本是养马的马房,而楼上是堆放杂物的储藏室。海明威入住之后,把楼下的马房改成了客房,而楼上的储藏室则改成了书房。

我沿着小楼外的铁梯上去,来到了海明威的书房。书房大约有30平方米,孤零零的,没有前廊,也没有阳台。书房里的陈设很简洁,几个白色的书架,墙上挂着海鱼标本和鹿头标本,表明主人喜欢钓鱼与狩猎。

我注意到,屋里总共只有3把椅子,这3把椅子3个式样:一把椅子是深褐色的皮椅。那是工作椅,安放在小圆桌之侧,桌上是一台老式的陈旧的英文打字机。海明威早年用铅笔、钢笔写作,后来改用打字机写作。他通常在清早6时步入书房,在那里一口气工作6小时。他几乎每天下午都要驾船出海钓鱼,曾亲手捕过两条500磅以上的大鱼,当然捕鱼并非他的职业,而是他的爱好,充分显示他喜欢亲近大自然、喜欢搏风击浪的性格。晚上则是他在酒吧慢条斯理啜饮品酒、与友人聊天的时间。

年轻时的海明威

另一把椅子是有着浅灰色坐垫的竹椅,旁边安放着茶几,那是海明威在写作间隙抽古巴雪茄以及喝咖啡的地方。或许就是他吞云吐雾之际,产生了创作的灵感。

还有一把椅子是有着厚厚的灰黄色坐垫的躺椅,是海明威写作累了的时候,小憩片刻之处。如今,躺椅的主人早已驾鹤离去,一只乌云盖雪的小猫正蜷曲着身子在那里酣睡。

海明威喜欢养猫。据说,这只"肆无忌惮"盘卧在海明威躺椅上的猫,是当年海明威饲养的猫的"嫡传"后代,但是已经无法考证是第几代玄孙了。除了这只守在海明威书房里的小猫之外,整个海明威故居中到处活跃着猫的身影。令人惊诧的是,这些猫全是六趾的,称作"六趾猫"。不光是海明威家养的是六趾猫,西礁岛上很多家的猫也是六趾的。西礁岛多猫,人称"猫岛"。

对于西礁岛为什么多猫?在我看来,道理很简单,猫喜鱼腥,西礁岛多渔民,因此猫在这里安家落户,理所当然。至于西礁岛上的猫,为何是六趾猫?这是生物学家研究的课题,就不在此探讨了。

我细细在海明威故居参观,时光仿佛倒流到20世纪30年代。那时候的西礁岛,天上没有飞机轰鸣,海上没有豪华大游轮造访,陆上没有高速公路川流不

海明威书房一角

息的汽车,街上没有纷至沓来、说着不同语言的游客。这个小岛是一个海阔天空、没有纷扰的世外桃源。

1928年,海明威离开了欧洲的花花世界巴黎,携新婚妻子宝琳·费孚在西礁岛住了下来。这位长着大胡子的汉子,喜欢驾船出海,喜欢钓鱼,喜欢上这个宁静的小岛,甚至对这里的"邋遢乔"酒吧也情有独钟。从29岁到40岁,海明威把自己的11年壮年时期,托付给了西礁岛的海浪、游鱼与酒肆。这座天涯小岛,也到处留下了海明威的生活印记——更重要的是,海明威把这些印记留在了他的作品之中。

海明威故居

其实，在1939年海明威移居古巴哈瓦那之后，还曾多次渡海回到西礁岛小住。海明威最后一次来西礁岛，是在1960年——他离世的前一年。不过，他的晚年不是居住在古巴哈瓦那，而是住在美国爱达荷州凯彻姆。海明威曾说："每个人都不是一座孤岛，一个人必须是这世界上最坚固的岛屿，然后才能成为大陆的一部分。"这大约是他多年在西礁岛居住而产生的人生感悟。

走进古巴餐馆

一个像圆桶那样的彩色水泥标志，矗立在海滨的一角。虽说纽约冰天雪地，在这里却有那么多穿着T恤、短裤的游客排起了长蛇队，为的是在"圆桶"前留影。这是在佛罗里达州南面的小岛——西礁岛，美国的天涯海角，"圆桶"上写着"美国最南端"。我注意到，水泥标志上方，还写着一行字："90 miles to CUBA"，意即距古巴90英里（145公里）。

我站在这与古巴隔海相望之处。据说，在天气晴朗的时候，用望远镜可以看到彼岸的古巴。乘轮船的话，几小时就能到达心仪已久的古巴。无奈由于众所周知的原因，美国对古巴实施经济、贸易和金融全面封锁，我的面前如同是一道冰河。从迈阿密以及纽约有飞往古巴的不定期航班，但是只有古巴在美国的侨民以及到古巴探亲的美国公民才允许乘坐。

虽说近在咫尺却去不了古巴，但是西礁岛浓郁的古巴风情，使我略减遗憾之情。在西礁岛，耳际响着西班牙语，商店的招牌写着西班牙文——古巴的官方语言是西班牙语。这里的居民，很多来自古巴。街上，古巴工艺品商店、古巴雪茄、古巴咖啡馆、古巴餐馆，比比皆是。听说这里一家名叫El Siboney（西班牙文）的古巴餐馆很不错，儿子便把地址输入GPS，驾车找了过去。

Siboney，是一首西班牙歌曲中姑娘的名字。七弯八拐，在一个不起眼的居民小区里，终于见到一座红砖砌成的平房上挂着El Siboney招牌。门口的停车场上已经停满轿车，足见生意兴隆。我走进这家古巴餐馆，仿佛来到古巴，墙上挂着古巴及哈瓦那大幅图片，古巴地图，甚至还有古巴国旗。座上客有不少男子满腮浓须，一望而知是古巴移民。古巴餐馆里飘荡着咖喱、洋葱和烤面包的馨香。这是我第一次品尝古巴餐。

刚坐定，服务生来了。他刚跟邻桌客人讲西班牙语，而转身对我们讲英语。他送上菜单，同时送上古巴餐的前菜，一大盆刚烤好的面包，名叫吐司塔塔（Tostada）。面包平常稀松，但是这种古巴面包涂了奶油烤成金黄色，又香又脆。明知面包不可多吃，以免吃饱了之后，吃不下主菜，但我还是忍不住多吃了一块。我问古巴菜辣不辣？服务生摇头。此前，我曾经来到墨西哥餐馆，门口挂着巨大的红色辣椒标志，就连餐巾纸上也印着红辣椒，那里无菜不辣。古巴菜不辣，很合我的口味。

古巴盛产海鲜。古巴餐馆最有名的一道"看家菜"，是海鲜饭。不过，服务生告知，订这道菜的顾客很多，要等一个半小时才行。我只得放弃，改点别的菜。古巴菜以烤、煎、炸为特色。烤牛排、煎鱼、炸鸡，拌以芝麻、茴香、花生，香气四溢，令人食指大动。菜盆很大。在菜盆里，附一小团黑豆饭作为主食。古巴盛产黑豆。服务生还送来一碗黑豆汤。最令我惊奇的是，居然还有炸香蕉这道菜。古巴到处是香蕉，而把香蕉用橄榄油炸了作菜肴，我还是头一回吃到。

叶永烈与古巴朋友在西礁岛古巴餐馆

作者一家在迈阿密古巴餐厅

自从在西礁岛领略古巴餐的特殊风味之后，到了佛罗里达州第一大城迈阿密，我们又一次去古巴餐馆。在迈阿密，来自古巴的居民多达40万，所以那里的大大小小的古巴餐馆星罗棋布。夜晚，步入迈阿密"小哈瓦那"一家名叫Versailles的老字号古巴餐馆，哇，竟有四五个大餐厅，每个餐厅都可以容纳上百人用餐。到底是大饭店，很幸运，在那里可以吃到古巴海鲜饭，只消等待半小时而已。

这一回，我很有节制地只吃了一片吐司塔塔，虽然依旧觉得又香又脆，我却必须留下"空间"给海鲜饭。等了一会儿，一位身体壮硕、皮肤黝黑的年轻侍者推着不锈钢小车来了，车上放着一个不锈钢锅子，盖得严严实实。他一掀开锅盖，顿时带着浓烈的海鲜味的饭香四溢。我一看，锅里黄、绿、红、白四色杂陈：那黄色的，是黄饭——在米饭中加了姜黄（一种类似于生姜的天然香料，但是没有辛辣味），还加了咖喱，古巴人喜欢吃黄饭；绿是新鲜豌豆；红是古巴产的大龙虾；白色则是墨鱼片、蟹肉以及鱼块。我终于吃到香气袭人而又鲜美可口的"古巴大餐"海鲜饭。

当我走出迈阿密的古巴餐馆时，在夜幕中见到大门口影影绰绰排起了长队，足见古巴餐馆在美国何等受欢迎。

我期望着有朝一日来到古巴，领略这个岛国特有的风土人情。

在2018年冬，我终于来到了向往已久的古巴。

亲历游轮救生课

我乘坐的皇家加勒比游轮"海洋独立号",像一座山一样巍然屹立在劳德代尔堡29号码头。劳德代尔堡是美国佛罗里达州的著名海港,"浸泡"在深蓝色的大西洋之中,几十个码头一字排开。"海洋独立号"游轮的排水量达16万吨,而美国最大的核动力尼米兹级航空母舰排水量不过9万多吨。游轮大,吃水深,而劳德代尔堡港海阔水深,成为众多豪华巨型游轮的母港。沿途我看到一艘又一艘高楼大厦般的游轮停泊在一座座码头。

这次我乘坐"海洋独立号"游轮,要前往4个加勒比海国家,所以在码头办理了离开美国的出境手续,然后领到了Pass,亦即"游轮一卡通"。这跟银行卡一样大小的卡片,兼具上船通行证、客房钥匙、用餐凭证于一身,而且还与信用卡"绑"在一起,在船上凭此卡购物、消费。在卡上,我看到印着游轮名称、乘船日期、我的姓名、用膳餐厅名称、餐厅所在楼层等等,这些字都很小,密密麻麻,但是右下角却用黑体大字印着醒目的"C18"。我问,这"C18"是什么意思?工作人员答复说,"救生艇的号码"。因为这艘游轮满载的话,可以乘坐4375名旅客,此外还有1000多名船员,一旦发生海难,旅客必须按照指定的号码上救生艇。如果不在卡上醒目地标明救生艇号码,海难时旅客就会乱成一锅粥。

我经过安全检查之后,便拖着拉杆箱,沿着长长的甬道,上了船,然后乘坐电梯,来到预订的客房。进门之后,我看到门后贴着安全提示,告知C18号救生艇在"DECK4",即游轮第四层。安全提示还称,救生衣在衣柜里。我打开衣柜,果真看到两件鲜艳的橙色救生衣,整整齐齐放在那里。

我放好行李,看了一下手表,离开船的时间尚早,便到顶层甲板上漫步、俯拍劳德代尔堡海岸风光。突然,游轮喇叭里响起七短一长的警报声和广播声,要求游客各自前往按照卡上指定的救生艇。我从顶层下电梯时,看到电梯顿时拥堵起来,即便是七八部电梯同时运行,电梯口还是排起了长队。这时,许多年轻的旅客就沿楼梯步行下楼。

　　我在第四层一出电梯，就看到好多位穿着浅黄色马甲的工作人员在那里指挥。很多旅客出示一卡通，工作人员马上告知，你的救生艇在什么位置。我按照他们指示的方向，朝右舷走廊走去，一位工作人员手持"C18"纸牌在招呼，我很快就找到走廊上绿色的C18牌子，而牌子上方悬挂着一艘橙黄色的巨大的救生艇，大约可以乘坐几十人。长长的走廊上方，挂着一长串同样大小的救生艇。每艘救生艇下，都聚集着一群旅客。我看到有几位坐电动轮椅的长者也都来了。

　　旅客们排成一列列队伍。一位金发小姐手持花名册，开始逐一清点"C18"旅客。她叫一声旅客姓名，如果有人答应，就打一个钩。也有的旅客姗姗来迟，她不怕麻烦地一次次呼唤着未到的旅客的姓名。这时斜射的阳光热辣辣地照射在旅客们身上。我的身后，是一位个子矮小、八十开外的美国老太太，她朝我"顽皮"地眨了眨眼睛，因为我高大的身影正好为她挡掉了阳光，何况她正好是在队伍的末尾，还可以背靠走廊墙壁。不料，随着迟到的旅客加入队伍，我被调整到另外一列，她从队伍之末调整到第一排，强烈的阳光就直射到她的

手持"C18"纸牌的工作人员在招呼旅客

手持花名册的金发小姐正逐一清点"C18"旅客

脸上。

　　一直到全部旅客到齐，一位长着胡子却扎着马尾辫的穿黄色背心的汉子，皮肤深褐，看样子是加勒比海本地人，开始讲解怎么穿救生衣，怎样往救生衣里吹气，如何登上救生艇等。他的讲解显得有点冗长。他反复强调，如果游轮遭遇紧急情况，发出警报，一定要镇定，遵守秩序，前往指定的救生艇。他还说，如果你当时在客房里，应当拿出救生衣穿上；如果你在别处，不必折回客房取救生衣，应该直奔指定的救生艇，艇上有备用救生衣……

　　那位瘦小的老太太晒得太久，满头大汗，出现不适，旅客们都劝她回舱休息，她却吞了一颗药丸，然后蹲了下来，以躲避阳光。一直到那黑汉讲毕，老太太这才按照队列的顺序蹒跚地离开了"C18"。

　　游轮的第一课——救生课结束了。这时，洪亮的汽笛声响了，游轮开始启航了。

　　整整两个月后——2014年4月16日，发生韩国渡轮"岁月号"倾覆的不幸事故。据称，由于船长和部分乘务人员首先弃船逃生，船上46艘25人座的救生艇只有两艘救生艇被打开，结果造成数百人伤亡的惨剧。我不由得记起皇家加勒比游轮"海洋独立号"上的救生课。如果船方与旅客都高度重视救生演习，也许会使"岁月号"的灾难大为减轻……

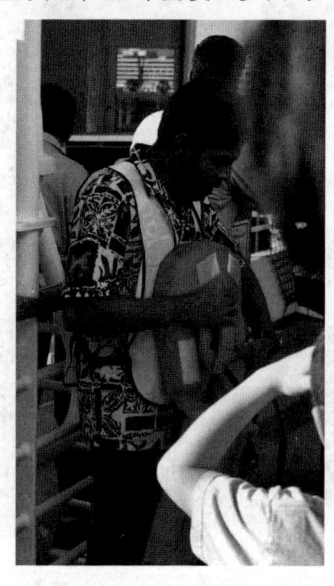

工作人员讲解救生知识并演示如何穿救生衣

入住莫斯科奥运村

莫斯科昼长夜短，我从机场到达住处的时候，已经是晚上8时，依然阳光灿烂。入夏之后，莫斯科在夜里10时才日落，而早上4时多就日出。

真是无巧不成书，我两度在莫斯科的住处，竟然都与1980年的莫斯科奥运会有关。

2001年我在莫斯科住的是"COSMOS"宾馆，亦即宇宙宾馆。宇宙宾馆主楼是一幢浅褐色的弯月形"超级"大楼，拥有1777间客房。前已述及，宇宙宾馆落成于1980年。当时，苏联申奥成功，在莫斯科举办奥林匹克夏季运动会，与法国合资建造了宇宙宾馆，以供各国来宾居住。

这一回，我住的是坐落在莫斯科西郊的奥运村，是1980年莫斯科奥运会时运动员住的地方。

奥运村很大。在阳光下，5幢火柴匣那样的白色高层大楼，围着中间的一个大型商场，像梅花花瓣那样排列。5幢大楼，象征着奥运会的五环。

我所住的那幢大楼，大门上方挂着5个红色俄文字母"ГAMMA"，亦即伽马。莫斯科奥运村这5幢大楼，是按照希腊字母顺序命名的，即A（α）——阿尔法，B（β）——贝塔，Γ（γ）——伽马，Δ（δ）——德尔塔，E（ε）——伊普西龙。伽马楼，也就是3号楼。用希腊字母命名这"五环楼"，是因为奥运会起源于希腊。从这一细节也可以看出，当初苏联当局在为莫斯科奥运会设计奥运村时是相当精心的。

在1974年10月国际奥委会第75届会议上，莫斯科获准承办第22届夏季奥运会，这是苏联对外展示"实力"的难得机会，于是下令精心筹办。1975年3月，莫斯科成立了奥运会筹委会，开始为5年后的莫斯科奥运会进行积极的准备。莫斯科大兴土木。宇宙宾馆和奥运村就是在这个时候兴建的，一个用来接待奥运会来宾，一个用来接待奥运会运动员。据外电报道，苏联当时为主办莫斯科奥运会总共耗费了90亿美元左右。这在奥运会史上是创纪录的数字。

莫斯科1980年奥运会主会场——卢日尼基体育场

作者入住莫斯科奥运村"伽马"大楼

就在筹备工作一切就绪的时候，苏联当局蒙受了沉重的打击：由于1979年圣诞节前夕苏联不顾世界各国的反对，悍然出兵阿富汗，引起公愤。美国以为，苏联派兵入侵阿富汗，跟以和平、友谊为宗旨的奥运会背道而驰，因而发动抵制莫斯科奥运会。美国的倡议得到许多国家的响应。当时国际奥委会承认的147个国家和地区奥委会之中，公开抵制或拒绝参加的占五分之二，参赛的仅80个。

在抵制1980年莫斯科奥运会的国家之中，包括中国。对于中国运动员而言，可以用"忍痛"两字来形容当时拒绝参加莫斯科奥运会的心情：因为中华人民共和国奥委会的合法席位，在国际奥委会1979年10月的名古屋会议上刚刚得以恢复，中国运动员原本可以参加盼望已久的奥运会，然而为了维护奥林匹克精神和中国的国家利益，他们服从了中国奥委会于1980年4月24日发布的公告，毅然拒绝参加莫斯科奥运会。

正因为这样，我这次入住的莫斯科奥运村，在1980年见不到中国运动员的身影。

我在伽马楼总台，拿到723房间的房门钥匙。跟11年前入住宇宙宾馆时拿到的是钥匙圈上挂着一个又大又重的坠子的铜钥匙不同，如今莫斯科的宾馆也使用现代化的卡片式电子钥匙。令我奇怪的是，总台小姐给我4张电子钥匙卡片——我和妻每人2张。为什么会每人2张呢？原来，一把是房门钥匙，另一把则是走廊过道门的钥匙。

那是因为从1972年德国慕尼黑奥运会发生以色列运动员遭枪杀事件之后，奥运会的奥运村都加强了对运动员的保护。所以莫斯科奥运村的防护森严，就连过道也安装了一道加锁的门，一直沿用至今。

出于安全的考虑，莫斯科其他的宾馆如今也在过道安装加锁的门。

莫斯科奥运村的住宿条件还算不错。一进屋，就看到墙上挂着凡·高的《向日葵》油画。与窗帘同一图案的床罩，铺着地毯。在卫生间里，我看到有一根粗大的空心金属管，一摸是烫的，那是专门供晾衣服的，湿衣服晾在上面，很快就可以烘干。窗是双层的，屋里非常安静。令我感到惊奇的是，莫斯科奥运村已经建成30多年，客房里的一切都还很新，墙壁一尘不染，足见他们经常维护、打扫。唯有那24英寸显像管电视机，显得过时、陈旧。

俄罗斯宾馆一般不供应开水，奥运村为了考虑生活习惯不同的外国运动员的需要，在过道专门的房间设有电热水炉，还设有熨烫衣服的设备。对于喜欢喝热茶的我来说，无疑是方便多了。

屋外的阳光还很强烈，我赶紧拉上厚厚的窗帘。由于路途劳累，所以一夜安眠。早上6时醒来，明亮的阳光已经从窗帘的缝隙中射了进来。拉开窗帘，远处是一大片深绿色的森林，被淡淡的晨雾笼罩着。

迎着朝阳，我在莫斯科奥运村散步。莫斯科早晚气温低，下午气温高。在太阳底下，火辣辣的。这里最高气温，只有22摄氏度，比上海低了8度，显得凉爽。

英国人的帽子

此次英伦之行，英国人对帽子情有独钟，给我留下了难忘的印象。

从上海飞抵伦敦希斯罗国际机场，我看到一幅写着"Welcome"的巨大的宣传画，画着一位头戴黑色圆顶硬礼帽的英国绅士张开双臂，表示欢迎。

就像北京王府井有老字号盛锡福帽庄一样，伦敦圣詹姆斯街上有200多年历史的詹姆斯·洛克帽店。那里精工制作的黑色圆顶硬礼帽是英国名牌，几百英镑乃至上千英镑一顶（相当于几千元至上万元人民币），英国达官富贾们却都以戴洛克帽店的圆顶礼帽为荣。

黑色圆顶硬礼帽成了英国绅士的象征。他们在进屋时，总是摘下帽子交给侍从或者用人，挂在衣帽架上。在街头，倘若跟熟悉的女子打招呼，绅士同样要摘下帽子。记得，在中国汉代的《陌上桑》一诗中，有"行者见罗敷，下担捋髭须；少年见罗敷，脱帽著帩头"。罗敷是传说中的美女，可见"脱帽施礼"乃中英同礼。

黑色圆顶硬礼帽是在正式场合戴的。我发现，英国男子在平常也喜欢戴帽子。各种各样男式便帽，有檐的、无檐的，半截舌的帽、鸭舌帽，灰色的、黑色的、苏格兰格子式的，不一而足。世界上的警察通常戴大盖帽，而英国警察则戴黑色窄檐帽，显得轻便利索。

跟深色、式样有点保守的男帽相比，英国的女帽像春天的百花那样多姿多彩。我在观看英国威廉王子与凯特的大婚典礼的电视时，给我的印象仿佛是一场盛况空前的"帽子秀"！由于英国男子在室内不戴帽子，所以那天让形形色色的女帽抢尽风头，女宾们的"头上风光"引发一阵阵"品头论足"。众多女贵宾的帽子样式和帽饰，无一雷同。在众多的大檐花帽之中，英国足球明星贝克汉姆的妻子维多利亚戴了一顶小小的圆盒子一般的黑色锁扣帽，别出心裁，不同于众。

在英国，女王伊丽莎白二世在不同的场合，更换不同的帽子。伊丽莎白二世的帽子显得端庄高贵，通常都是宽檐的，但是以不遮挡脸部为度，而色彩有时很鲜艳，诸如明黄、粉红、天蓝。已故戴安娜王妃的帽子，当年往往领导英国时尚女帽的新潮流。她们的帽子，往往是由专门的帽子设计师为之设计。在设计时，女帽的颜色、款式要考虑到与服装相匹配，形成整体美。

英国人为何男男女女对帽子都如此偏爱？据英国朋友告诉我，这是英国特殊的气候所致。帽子具有四大功能，即"防雨、遮日光、保暖、装饰"。英国是岛国，空气中水汽充沛，雨说下就下，但往往是细雨霏霏，而且一转眼就云开雨散。像英国绅士那样手中老是持一把长柄黑伞，当然可以"防雨于未然"，然而长柄黑伞毕竟是个累赘。最便当的办法，当然是戴帽子。再说，英国一旦阳光璀璨，那紫外线相当强，戴顶宽檐帽子可以遮日光。还有，英国冬日阴冷，戴帽子是保暖的措施之一。至于帽子戴在头上，占领"居高临下"的显要地位，能够美化脸面形象，当然人人都喜欢。所以帽子的四大功能，在英国每一项都用得上，自然而然英国人自古就养成了爱帽癖。随着时代的进步，尤其是家家户户都有了轿车，帽子的前三项功能弱化了，而第四项功能即"装饰"得到强化。特别是英国女帽，成为爱美女性的必不可少的装饰品，所以女性进入无雨、无阳光、有暖气的室内,依然戴着俏丽的帽子。

在英国,帽子引发激烈的争议,倒是出人意料。不过,那不是普通的帽子。我在伦敦的王宫——白金汉宫前观赏皇家御林军换岗仪式,我的眼球被御林军头上又高又大的毛茸茸的黑色帽子所吸引。引起争议的,便是这英国军队最有标志性的黑色礼帽。这帽子高18英寸、重1磅8盎司(相当于45厘米高、重0.68公斤),是用加拿大黑熊皮制作而成。环保团体抗议说,英国皇家御林军的黑礼帽乃是残害野生动物的"标志"。皇家御林军一度改用人造毛皮制作黑色礼帽,但是卫士们反映,人造毛皮礼帽戴在头上气闷,而遭遇下雨就粘在一起,不美观。看来如何解决这一难题,尚有待开发更佳的代用品。好在加拿大黑熊皮制作的黑色礼帽很耐用,英国皇家御林军再戴个十年八年没有问题。

英国皇室制帽名师崔西先生说:"帽子是最具魅力的配件,它让人们串连上优雅与美的字眼。"这句话道出了英国人爱帽的真谛。

高雅美丽苏黎世

有山有水好地方。瑞士是山川秀丽、湖光山影之国。这里多山又多湖,人称"千湖之国"。差不多每一座城市都兴建在湖边,而四周又环山。

苏黎世是瑞士的第一大城,就是一个有山有水的好地方。

先说山。近山黛,远山青。起起伏伏、高高低低的小山,使苏黎世富有立体感。拾级而上,登临苏黎世的最高点——海拔871米的乌特立山。在山巅可以俯瞰树木葱郁、绿草如茵的山谷,还可以朝南远眺雄伟壮丽、戴着"雪帽子"的阿尔卑斯山。

再说水。苏黎世位于从苏黎世湖流出的利马特河河口,利马特河把苏黎世分为东西两岸,也分成新城和旧城。有水则灵。苏黎世的克里特语原意便是"水乡"。苏黎世处处水光,处处倒影,涟漪旖旎,楚楚动人。湖水清澈,水面似镜,见不到一星杂物。苏黎世湖水深达143米,据称干净到可以直接饮用。

我在潇潇细雨中,来到苏黎世。脚踏湖畔湿漉漉的卵石小径,一边是翠绿欲滴的葡萄园,一边是贴着湖面振翅飞翔的白天鹅,呼吸着无比清新的空气,不由得心旷神怡。拥山纳水,得天独厚的自然环境,孕育出历史名城苏黎世。漫步旧城,小巷老屋,弥漫着浓浓的中世纪风情,显得恬静安适。苏黎世市容整洁,老城的街道也都干干净净。在古董商店、旧书店、花铺、传统工匠铺、珠宝首饰铺之中,间或掺杂着几家时尚精品店,橱窗里艳丽的新款女装显得与四周的淡雅古色格格不入。

旧城里最引人注目的是凸出于天际线的圣母大教堂钟塔的绿色纤细尖顶。圣母大教堂坐落在利马特河畔,初建于853年。那绿色尖顶并非涂了绿漆,其实是包裹了一层青铜,最初金光熠熠,日久被空气中的水汽及二氧化碳侵蚀变成了绿色的碱式碳酸铜。教堂的前身是修女院,院长在中世纪权倾一时,居然可以任命市长。教堂前矗立着一座男子骑马的雕像,那男子便是修女院长任命的苏黎世市长汉斯·瓦尔德曼。

班霍夫大道是苏黎世第一大街,也是欧洲最长的一条购物大道,商店林立,雍容华贵。这里除了密集着世界各国的名牌商店,更是云集着许许多多银行大楼。瑞士的金融业,在世界有着独特的地位。银行大都集中在班霍夫大道。瑞士银行与众不同。在瑞士银行存款,可以不用真名实姓,有的只要一个号码就行。瑞士法律规定,储户的存款,纯属个人隐私,银行必须为储户严格保密,甚至要为储户向税务部门保密。如果银行透露储户的经济秘密,要受到瑞士法律制裁。这样,世界各国的大亨们,纷纷把巨款存入瑞士银行,而瑞士也从中获得不菲的收益。于是瑞士银行成了世界巨富们的"保密钱包",瑞士也就有了"金融帝国"之誉。

在苏黎世,我到处见到鲜明的红底白"十"字的瑞士国旗,明显不同于欧洲其他国旗。欧洲的国旗,以三色横条或者三色竖条居多。瑞士的国徽,也是红底白"十"字,只是做成盾形。据说,红色象征热情奔放,而白色则象征和平。瑞士国旗与常见的红十字旗反色。最初,我以为瑞士国旗的设计,一定是受到红十字旗的启发。实际上恰恰相反,瑞士国旗早于红十字旗。1836年当世界拯救战争伤员民间组织在瑞士日内瓦开会的时候,决定设计组织的旗帜。有人建议把瑞士国旗反色,变成白底红字,得到一致赞同。这样,才有了红十字旗,才有了世界红十字组织。至今,世界红十字组织总部仍设在瑞士。

在苏黎世,我见到许多轿车挂了标着"CH"的车牌。"CH"是瑞士拉丁文的开头字母。我注意到,车牌上没有在欧洲常见的欧盟标志——蓝底方块上12颗围成圆圈的小黄星。瑞士车牌不挂欧盟标志,因为瑞士是永久中立国,不参加任何联盟,当然也就不参加欧盟。

苏黎世虽说是瑞士的第一大城,其实人口不足40万,在中国算是小城市而已。然而苏黎世是欧洲最安全、最富裕、生活水准最高的城市之一,也是世界上最宜居住的城市之一。苏黎世是瑞士的经济、金融和文化中心,也是拥有多国餐饮的美食之都。

苏黎世火车站、飞机场的钟,是最准确的,分秒不差。苏黎世的火车误差不超过一分钟。至于飞机,除了受天气影响之外,也非常准时。因为瑞士号称钟表王国,瑞士钟表不仅美观耐用,而且以准确闻名。

在苏黎世,几乎不见房屋外墙挂着空调器——这里只装暖气(水汀)。夏天不热,用不着开冷气。苏黎世年平均气温为8.6℃。每逢夏季,苏黎世游客最多,因为这里是避暑胜地。

携一片湖光,揽一城山色,闻一股清香,捧一束心花,苏黎世给我留下高雅而美丽的印象。

瑞士铁力士雪山

北欧的"凉夏"

夜晚洗了袜子,担心明早离开宾馆时还不干,就放到水汀上,那里正散发着暖气。炎暑时节,挪威佛拉姆山区夜间的气温降到5摄氏度,客房不仅双层窗户紧闭,而且开放暖气。此时此刻的上海,从空调机里吹出来的是冷气。

挪威的西北部是山区。沿途我看见几十辆、上百辆白色的房车停在休息站,形成一个个临时的"房车村"。每逢夏日,大批欧洲中部、南部的旅客驾房车带全家前往北欧避暑。房车里不仅有床铺,而且有厨房、卫生间,成了流动的旅馆。

北欧的温差很大。到了中午,气温升至20摄氏度以上。不过在阳光下是夏日,而一走到树荫底下便是深秋或者初冬。正因为这样,北欧街头乱穿衣。在瑞典斯德哥尔摩,我见到姑娘们穿清凉的露肩装,而与之比肩而立的老太太则戴三角帽、穿羽绒服。

北欧夏日昼长夜短。我在芬兰赫尔辛基时,往往夜11时才日落,而清早4时日出,太阳的"工作时间"显得很长,每天仅"休息"5小时。北欧的阳光也强烈。中国人到了那里,要么撑阳伞,要么戴草帽。令人惊讶的是,当地人从无撑阳伞的习惯。相反,他们是那么的酷爱夏日的阳光:街头的露天吧,人头攒动,在阳光下慢条斯理啜着啤酒,也有很多人在草地上或卧或坐晒太阳。我还注意到一个细节,那里诸多公共汽车站不仅三面是玻璃,连顶篷居然也是透明的玻璃,阳光洒在每一个候车人的身上。

北欧人那么喜爱盛夏的阳光,是因为对于他们来说,昏暗而又滴水成冰的冬日实在太漫长了。北欧北部处于北极圈之中。北欧的冬日跟夏日相反,太阳每天只"露面"5小时。难怪北欧的汽车白天行驶时总是开大灯,因为冬天黑暗的时间太长,即便出太阳也是淡淡的,当地规定汽车一发动就要开大灯,以致到了夏日依旧这么执行。据说,漫漫长冬使好些北欧人患上忧郁症。正因为这样,到了短暂而又"明媚"的夏日,岂可放过那难得的金子般的阳光。如同上海人熬过黄梅天之后要晒衣物，而北欧人则在熬过长冬之后要"晒人"。再说，皮肤白皙的北欧人久晒不黑，只微微有点发红，看上去更有一种健康美。就身材而言，北欧人的腿细而长。在短暂的夏日，姑娘们难得可以"秀"一下美腿，所以个个穿起超短裤，彳亍在街头。

往昔，中国大陆被称为"自行车王国"。漫步在夏日的北欧，常有人骑自行车从身边擦过。不论男女老少，北欧人都喜欢自行车，倒是成了新的"自行车王国"。在家家户户都拥有私家车的北欧，夏日盛行骑自行车，为的是在阳光下享受健身的乐趣，何况又绿色减碳。到了漫天飞雪的日子，只能到健身房里运动或者上山滑雪了。大抵因为北欧人酷爱体育运动，所以极少见到胖子，个个身材苗条。

北欧的房屋色彩鲜艳，深红、米黄、湖蓝、浅褐，比比皆是。那里还习惯把窗框、门框漆成白色，与外墙形成色彩反差。这样的建筑美学，也与气候有关。在严冬惨淡的光线下，色彩艳丽的房屋多少能够给人们的视觉带来几分美感。在夏日强烈的阳光下，在蓝天白云衬托下，北欧的房子更具强烈的视觉冲击力。尤其是那里的森林莽莽苍苍，草原成片连绵，间或闪现一两幢红色外墙的尖顶别墅式木屋，万绿丛中一点红，更加充满诗情画意。

从赫尔辛基乘渡轮，来到芬兰堡小岛。那里有着古堡、巨炮，成了游览的景点。然而在我来到那里的时候，吸引我的眼球的却不是久远的城堡、生锈的铁炮，而是漫山遍野的野生的油菜花。黄灿灿的油菜花，与蓝天、碧海、巧云组合成"色彩大餐"，令人陶醉。据当地朋友说，那里的油菜花在入夏之后才绽开，盛花期不过一周，我庆幸在这花最盛、阳光最璀璨的时刻来到这座小岛，一口气拍了上百张照片，几乎每一张都可以进入"佳作"之列。

我在丹麦哥本哈根买了一大盒当地特产蓝莓。夏日是北欧浆果丰收的时节。森林里到处是蓝莓、草莓、黑莓、云莓，只要你有空，随手可以摘一篮子。夏日也是北欧牧草收割的季节。人们驾驶割草机奔驰在无际的草原上，把鲜草割下并装进白色的塑料袋里。由于这种特殊的塑料袋能够透气，使牧草长期保鲜，保证牛羊在冬日饱餐无忧。

对于北欧人来说，一年之计在于夏，夏天是最舒坦、最欢悦的黄金季节。

"自行车城"哥本哈根

漫步在丹麦首都哥本哈根街头,我常常看到当地民众骑着自行车呼啸而过。那里的大街,在与人行道相邻的地方往往有一条漆成浅蓝色的车道,上面有着白色自行车标志,那便是自行车专用道。诺莱布罗加德大道是哥本哈根的主干道,那里竖立了自行车流量自动计数牌。那红色的数字表示当天通过的自行车数量,蓝色数字则表示当年通过的自行车累计数量。显示牌表明,每天从那里通过的自行车达3.6万辆。哥本哈根市民使用各种交通工具的多寡依次为:自行车居首,公共交通居次,私人轿车居末。

在哥本哈根新港码头,我看到在出租车站"TAXI"牌子旁边,有一块出租自行车"CityBike"的牌子。只消在"CityBike"的停车格投入20丹麦克朗的保证金,就可以从停车格取下自行车。一群背包客正在准备骑车出发。在他们骑自行车旅游之后,把自行车停放到任何一个"CityBike"的停车格,锁好之后,从停车格就可以取回那20丹麦克朗的保证金。

在第二次世界大战之后,美国率先成为"车轮上的国家"——当然,这车轮是指汽车的轮子,不是自行车车轮。汽车是一把双刃剑。汽车在给人类带来交通便捷的同时,造成能源极大消耗,而且还排出大量二氧化碳,造成空气污染,造成地球气候暖化。在最近20多年,北京从自行车王国逐步迈向轿车时代,而哥本哈根则从轿车时代进入自行车之都。就技术而言,从自行车到轿车当然是一种进步。然而就减碳而言,从轿车到自行车是一种进步。

在北欧四国,我到处看见骑自行车者,而以哥本哈根为最多。哥本哈根是世界上唯一一座被国际自行车联盟授予"自行车城"称号的城市。

哥本哈根成为"自行车城",原因是:哥本哈根城市不大,地势平坦,市民喜欢体育健身,而且市民和政府有很强的环保意识。2009年12月联合国气候大会在哥本哈根召开,又给哥本哈根的"自行车化"以强大推力。据统计,如果每天以自行车代替开车上班,按车程5公里计算,每人每年可减少300公斤二氧化碳排放。为了鼓励骑自行车,丹麦对汽车征收高额税,买进口汽车要交100%的消费税;另外大幅提高哥本哈根市区的停车费,从早9时到晚7时的停车费为24.6欧元(相当于196元人民币)。

如今,36%的哥本哈根市民骑车上班,连政府官员很多也骑自行车上下班,其中包括哥本哈根市长。由于大批市民选择了骑自行车出行,哥本哈根出现了新的问题,即自行车的拥堵。哥本哈根市政府采取拓宽自行车道的办法,使自行车在市区街道能够通行无阻。在自行车专用道旁,还设立自行车停车站,以供骑自行车的人在停车站给车胎打气、挂车链和喝水休息。交通信号灯也优先放行自行车而不是汽车。

另外,还在郊区与市中心之间,建立"自行车高速公路"。哥本哈根因此成为世界上第一个建立"自行车高速公路"的城市。所谓"自行车高速公路",就是"自行车道上没有红灯,没有坑洼,没有障碍物"。

随着骑自行车者越来越多,哥本哈根市政府制订了"骑车五原则",要求骑车者"和善待人,做出手势信号,靠右骑行,谨慎超车,自行车铃声给人以愉悦感而不是烦扰感"。

在哥本哈根自行车不仅用来上下班,还用来假日长途旅行以至跨国旅行。我在哥本哈根市中心的阿麦广场,拍到这样一张照片:一位戴着安全头盔的男士骑着一辆自行车,还拖着一辆独轮小车,车上装着帐篷,挂着丹麦国旗。显然他不仅是"背包客",而且还是"帐篷客"。他的自行车满载

哥本哈根街头的自行车

着旅行用品，骑到什么地方，就可以在那里搭起帐篷过夜。骑自行车旅行，可以细细观赏风景，优哉游哉，而且健身、减碳两不误，不亦乐乎？

东京的乌鸦

登上东京都厅大厦第45层的展望台，居高临下，那里是俯摄东京绝佳所在。我正忙于拍摄，然而"煞风景"的是一群乌鸦不时闯入我的镜头。此后，在东京屡屡见到从空中招摇而过的乌鸦，而且不时发出"呱、呱"阵阵聒耳的鸦噪声。据测定，东京的乌鸦最多时达36000只！不过，在定义"东京的乌鸦"时发生困难，因为日本科学家在给乌鸦戴上无线电发射器进行跟踪之后，发现白天在东京上空盘桓的乌鸦，大多数在夜晚飞往东京之外的神奈川县或者千叶县歇脚，这样的乌鸦算不算"东京的乌鸦"呢？

乌鸦们把家安在神奈川、千叶，看中的是那里良好的"居家环境"——繁茂的树林，而每天飞往东京"上班"，则看中那里是食物丰富的"免费餐厅"。人口众多的东京，每天产生大量的生活垃圾，尤其是东京那么多餐馆，人们的残羹剩菜，正是乌鸦们的美食。越是食物发臭，偏爱食腐的乌鸦越是如得甘饴。东京是在早上收垃圾，于是家家户户把垃圾袋堆在街头，而乌鸦们也就赶"早班"飞往东京市区，用锋利的喙啄破垃圾袋，享受着"美味佳馔"。吃饱之后，在东京的楼宇间"散步"，反正东京无鹰无隼，人们对乌鸦们也很友善，所以乌鸦在东京充满"安全感"。直到暮霭降临，乌鸦这才"下班"，飞回远郊安身养神。大阪市习惯于深夜收垃圾，那里的乌鸦则改为上"夜班"。

科学家们经过无线电跟踪，除了发现到东京"上下班"的乌鸦之外，还有真正的"东京的乌鸦"。比如，有些乌鸦夜晚在东京著名的明治神宫"安寝"，而"就餐"则在附近的新宿歌舞伎町，因为那里每天产生的生活垃圾就有30多吨，足够乌鸦们饱食无忧。也有的"东京的乌鸦"在东京的公园里绿树葱郁之处建立爱巢。这些"东京的乌鸦"没有"上下班"的路途劳累，更加优哉游哉，心广体胖。所以人们在总结"东京的乌鸦"的特色时，归为三点：量多，嘴大,肥硕。

说实在的,对于乌鸦我没有什么好感,这倒不是出于中国人向来把乌鸦视为"凶鸟",而是在于那毫无美感的一身乌黑以及刺耳、沙哑的聒噪。我不明白,为什么在日本,特别是在东京,乌鸦竟是那么的多?

听任乌鸦肆无忌惮的最重要的原因,是日本人把乌鸦当作"吉祥鸟""神鸟"以至日本的"立国神兽"。日本足球协会采用八咫乌图案当作会徽,参加世界杯足球赛的日本队员的球衣上绣着八咫乌,而八咫乌就是一只三脚乌鸦。日本对于乌鸦的尊敬,可以追溯到日本第一代天皇,即神武天皇。据日本古书记载,神武天皇在东征时,进入和歌山县熊野一带的山林中,迷失了方向。天神派八咫乌为他引路,破解迷阵,他才得以走出熊野山。从此,日本人视乌鸦为神鸟。

日本的乌鸦聪明绝顶。据说,乌鸦的脑袋比较大,所以在鸟类之中算是"高智商"者。比如,在"水泥森林"东京难以找到筑巢用的枯枝,乌鸦们就地取材,居然看中阳台上的铁丝晾衣架,不客气地叼去作为建窝的"栋梁",再配以在都市里的"特产"诸如塑料袋、香烟的过滤嘴之类,筑成十分暖和而富有"东京特色"的新巢。

日本人爱乌鸦,而乌鸦却"目中无人"。日本人向来爱干净,乌鸦却在锃亮的轿车、充满花香的阳台甚至漂亮的衣服上,毫不留情地投掷"臭弹"——那充满恶臭的排泄物。乌鸦们啄破垃圾袋,用喙和爪翻找食物时,把垃圾乱丢一气,一片狼藉,然后扬长而去。饱食终日的乌鸦还在春情发动的时刻无端攻击妇孺,甚至攻击上野动物园里的熊猫。

作家夫妇在东京樱花前

东京乌鸦

乌鸦的繁殖力颇强,越来越多的乌鸦给东京居民带来诸多麻烦,东京终于设立"乌鸦对策专门官员"来对付乌鸦。按照日本当今的科技水平,根除东京的"鸦患"易如反掌。然而,"乌鸦对策专门官员"只是端掉一批乌鸦巢,处理掉一批乌鸦蛋,却马上遭到东京动物保护协会的强烈抗议。正因为这样,乌鸦仍然成批在东京上空悠悠盘旋,成为这座高度现代化的大都市的一道特殊的风景线。

从细节看印度

从印度回来,脸晒成近乎古铜色,朋友们都笑话我成了"半个印度人"。在印度的那些日子,正值旱季,天天万里无云,而我则天天行走于阳光之下,自然而然也就成了"半个印度人"。

在浦东机场办理登机手续时,我仿佛半只脚已经跨进印度,因为队伍前前后后都是印度人。他们皮肤黝黑,但是鼻子高高的,眼睛很大,长得很漂亮。

叶永烈与新德里少年

其中不少男子留着浓密的长须，把长长的头巾包裹在头上，如同一顶又厚又大的圆形帽子。

我和妻两人闯印度。在飞往新德里的客机上，除了我和妻是中国人之外，几乎看不到别的中国旅客。到了印度，我的感觉跟去日本、韩国、新加坡不同，在印度几乎看不到汉字，也很少见到中国人。英国曾经统治印度长达两个多世纪，英语在印度非常普及，但是印度人讲的英语往往有很重的印度口音。我出了机场，上了轿车，司机坐在前右座，轿车靠左行驶，不言而喻印度沿用的是英国的交通规则。走进印度的超级市场，商品标牌几乎全用英文。商店的招牌，大都是英文与印地文并列。

印度是佛教发源地，我原本以为印度的佛教寺院一定很多。到了印度才知道，只有0.8%的居民信奉佛教。印度人82%信奉印度教。受宗教影响，很多印度人吃素食，不抽烟。印度人喜欢把素食打得很碎，做成糊状，我往往尝了一口，还吃不出那是什么菜。尤其是大部分菜都加了咖喱，口味很重，更难辨别。不过我很喜欢印度的"拉茶"。所谓拉茶，其实就是奶茶，加了Masala（马萨拉），也就是用丁香、姜、胡椒、豆蔻以及肉桂调成的香料，又香又开胃。在印度很少看见中国餐馆，只在新德里吃过两回中餐——那是印度人开设的中国餐馆，从老板到厨师、服务员全是印度人。那印度式的中国餐，还行，

印度泰姬陵

"抓起"泰姬陵

起码让我躲开了辛辣的咖喱。

我注意到,公路旁的男厕所入口处,贴着一张巨大的长胡子的黑桃老K扑克牌,而女厕所的入口处则贴着披长发的红桃Q女神扑克牌。在新德里国际机场,用比人还高的印度俊男美女的巨幅大头照,作为男女厕所的标志。据说这是因为印度的文盲甚多,用这样的图像便于他们识别,当然也反映了印度人的风趣。

印度人从小养成了头顶重物的习惯。我在印度乘火车时,拉杆箱明明是可以拖着走,脚夫却非要放在头上顶着走。至于在街上头顶杂物的妇女,更是比比皆是。印度妇女在街头是不许露出小腿和大腿的,所以总是从头到脚严严实实裹着纱丽,而纱丽的颜色则非常鲜艳,成为一道亮丽的风景线。

在印度乘坐火车,明显感到慢,因为印度没有动车,更没有高铁,火车的速度通常是每小时60公里,而且经常晚点。我乘坐的是空调车厢,相当于中国的软座,还不错,虽然只乘坐3个多小时,免费供应一顿午餐,一瓶纯净水。乘坐卧铺时,床头设有专门的手机充电插座,下方的托盘正好放置手机。

印度的高速公路不多。轿车行进在"邦级公路"上时很"热闹"。很多摩托车是"全家车",前面的驾驶者是丈夫,后座上的"乘客"是妻子,中间"夹"着2个以至3个孩子。三轮的"蹦蹦车"是"邦级公路"上主要的交通工具,原本只能乘坐2位乘客,却像杂技表演似的"塞"进十来个人。牛在公路上"横行霸道",任凭汽车喇叭响,依然"目中无车"……

印度人很热情。有一回我参加社区活动,印度人马上让出两张塑料椅给我和妻坐,还送来糖果。印度人能歌善舞,社区活动以歌舞为主。我们坐下之后,一位长者邀请我和妻上台跳舞。我说,我要拍摄照片,就让妻上台。妻随着音乐节拍,学着同台的两位印度妇女的动作,跳起印度舞。当妻回到座位坐下,另一场舞蹈开始。就在这时,一位印度妇女来到妻的面前,手里拿着一只金光闪闪的手表,问妻是不是她掉的?妻一看,正是她的瑞士金表。刚才妻在台上手舞足蹈,不小心,手表掉在台上。妻连声向那位印度妇女致谢。

印度人性子慢,马马虎虎也是出了名的。我在新德里国际机场入境时,那位官员只花了半分钟,就在我的护照上啪的一声盖了入境章,真"给力"。当时很匆忙,未及细看。到了宾馆一瞧,那入境章上的月、日无误,而年份却整整差了一年!大约是那位官员在新年来到时,忘了调整年份,日复一日地这么盖下去,居然没有发觉年份错了,真是"马大哈"。

印度的交通

我在到达印度占西之后,一位中年司机在火车站迎接我,他驾驶的是一辆日本丰田轿车。我乘坐这辆轿车前往克久拉霍。

这段公路并非高速公路,也就是所谓的"邦级公路",路面窄而不平。由于路况差,相当颠簸,幸亏那辆日本丰田轿车座位高而宽敞。这位中年司机是占西本地人,对这里非常熟悉。他言语不多,驾驶认真。由于"邦级公路"远比"国家公路"差,所以车速不高,行驶了4个多小时,才到达克久拉霍。

不过,这次沿途不时通过一个个小村镇,车窗外的景象如同一幅长长的展现印度底层生活的《清明上河图》。一路上我常看见印度妇女在一上一下用手扳动抽水唧筒的铁把手,汲上来的地下水,哗哗地流进塑料桶。

在"邦级公路"上,飞驶而过的通常是摩托车,车速往往高于轿车。摩托车东拐西弯,有空就钻。印度的摩托车,以"HERO HONDA"最多。摩托车往往是"全家车",丈夫在前面驾驶,妻子坐在后座上,中间"夹"着两三个孩子。也有的摩托车是"情侣车",只夫妻两人。这时后座上的"乘客"往往披着一条长长的色彩非常艳丽的丝巾,从头披到脚。丝巾或者大红,或者大绿,或者鲜黄,或者艳蓝,有的夹了金丝,在阳光下非常夺目,成为风沙弥漫的"邦级公路"上一道亮丽的风景线。

除了摩托车之外,三轮的"蹦蹦车"是"邦级公路"上主要的交通工具。不过这里的"蹦蹦车"跟新德里相比,有一不同。新德里的"蹦蹦车"毕竟要照顾首都的面子,充其量坐两三个人,这里的"蹦蹦车"竟然像杂技表演似的"塞"进十来个人!在"蹦蹦车"的车尾,特地焊上一条结实的铁条,那上面往往站着三四个人。我沿途所见的"蹦蹦车",几乎每一辆都是"塞"爆了的,那种超载真叫人见了捏把汗,而他们看见我在拍照反而笑逐颜开,乐不可支。在这里,这样的超员超载,早已经是司空见惯,见怪不怪了。

在"邦级公路"上驶过公共汽车,没有一辆是关上车门的。只要车速慢下来，乘客可以随时上下。即使到了站，公共汽车经常只是放慢了行驶速度，乘客往往是在公共汽车的滑行中上下车，乘客们都练就了跳下车后顺着惯性朝前跑几步的功夫。没有这种功夫的外国乘客，往往会在下车时摔跤。倘若在中国，公共汽车司机在行驶中不关门，早就下岗了。可是，这已经成了印度的"惯例"，甚至在首都新德里也是如此！我拍到多辆在行驶中不关门的公共汽车的照片。

印度的公共汽车后上前下，售票员坐在后门的靠左边，乘客从后门上车，先买票，然后向前移动，到站时从前门下车。

最使我惊讶的是，好几次我遭遇迎面驶来的长途公共汽车顶上，坐着许多乘客！在经过一个小镇时，我见到多位乘客正沿着一辆长途公共汽车后面的铁扶梯往上攀爬，以爬上车顶。据说印度火车车顶上可以载人，可惜我未能拍到那样惊人的画面。

在经过小镇的时候，行人乱穿公路，牛在公路上大摇大摆前行，"目中无车"，司机对着牛猛摁喇叭，照样"置若罔闻"！骡车、驴车、马车、牛车、骆驼车、人力车、三轮车以及羊群，同样在公路上"自由行"，横冲直撞，热闹非凡。

在从占西到克久拉霍的4个多小时的车程之中，我没有看见一位交通警察。印度的公路交通的混乱，世所罕见。

从占西到克久拉霍是"邦级公路"，并非高速公路，可是在进入克久拉霍时，司机下车去交钱。我问司机交什么钱？他说，从一个城市进入另一个城市，按照印度的规矩要交钱，这钱类似于中国往日的"买路钱"。我问交多少？他说200卢比，远比高速公路上的收费高！

公路交通的混乱，使印度"夺得"一个世界第一，成为公路交通事故最多的国家。据统计，在印度每6分半钟公路上就有一个人因车祸死亡，而死亡者中以行人居多。印度全年的车祸死亡人数已经超过8万人。2008年印度的车祸死亡人数飙升至11.8万人，被称为"公路死亡之国"。

眼见为实，我就亲眼两次看见印度的交通事故：

一次是从新德里前往斋浦尔，车速慢了下来，甚至发生堵车。当轿车从一辆四轮朝天的大卡车旁边缓缓驶过时，我明白发生了交通事故。

另一次是从占西到克久拉霍，公路之侧一辆漂亮的旅游大巴侧翻着，车窗玻璃碎了一地……

印度交通事故频发，还在于司机驾车速度过快。我的亲身经历：

在瓦格纳西，我想出去买瓶矿泉水。马路上各种车辆飞奔，交通相当混乱。我"识相"地尽量靠边。在转弯角，车特别的多，我几乎是贴着墙壁走。这时一辆轿车飞速从我身边呼啸而过，几乎擦到我的身体。我大喊了一声。那辆轿车根本不予理会。这时我身后的一位老人笑道："India！"意思是说，这就是印度！

正因为这样，在印度的街头，我总是格外的小心。

在新加坡"打的"

几年前曾经到新加坡旅游，走马观花，算是从"面"上了解。2014年7月，我住在新加坡友人家中，算是下马看花，从"点"上深入了解新加坡。

友人家在新加坡最繁华的商业街乌节路附近，一幢20多层的公寓楼。由于她不是新加坡公民，不能购买政府提供的价格适中的"组屋"，而只能租公寓楼。她家100平方米，两房一厅两卫，每月租金6000元新币，相当于3万元人民币。我问她，如果买下来要多少钱？她说，300万元新币，相当于1500万元人民币。

在我看来，买得起或者租得起这样的高价公寓的人，似乎不会去乘坐地铁、公共汽车，绝大多数拥有私家车。我的友人不论在美国或者在中国台湾，她都拥有私家车。可是到了新加坡，却没有买私家车。我问她，也许因为新加坡曾经是英国殖民地，沿用英国的右驾左行交通规则，与美国、中国台湾的交通规则相反，从小在美国长大的她，习惯于左驾右行，不敢在这里开车？

她摇头。她说原因是新加坡的进口轿车太贵了。新加坡地小人多，外来人口又很多，按照新加坡的收入，家家户户都有能力购置私家车。这么多的车一上路，新加坡就成了一座"堵城"。正因为这样，新加坡政府提倡公共交通，严格限制私家车。其中的措施之一，就是加重轿车的进口税，使车价涨了几倍。比如新加坡宝马轿车的价格比美国高6倍。此外，新加坡还采取类似于

新加坡街头一景

上海高价购置车牌的政策，而且比上海更严厉，新加坡要通过竞拍获得"拥车证"，目前已经涨到8万元新币，即40万元人民币，使用时间只有10年。到期之后，又得重新竞拍"拥车证"，轿车方能上路，所以新加坡平均每25人才拥有一辆轿车。

由于她家没有私家车，我在新加坡乘坐地铁、公共汽车，也曾多次"打的"——新加坡叫出租车为"德士"，似乎应当叫"打德"。新加坡出租车的起步价为3.2元新币，相当于16元人民币，而上海的出租车起步价为14元人民币，大致相当。不过，新加坡的车费要加17%的消费税。我从乌节路到樟宜国际机场，约15公里，车费20元新币，相当于100元人民币。应当说，跟当地物价相比，新加坡出租车的车费，还不算很贵。

然而我的友人告诉我，从乌节路到樟宜国际机场是"出城"，即离开市中心，出租车价格不贵。从樟宜国际机场到乌节路是"进城"，那就要贵许多。为什么同样的路程，方向不同，价格相差很大呢？经她指点，我才注意到在市中心交通要道路口，建有"∏"状"牌坊"，上面横写"ERP"三个大字。

"ERP"，即Electric Road Pricing的缩写，即电子道路收费系统。新加坡是世界上第一个在市中心建立电子道路收费系统的国家。在高峰时段，汽车进入市中心,从ERP"牌坊"下经过,就会被自动收取费用。不同的车辆收费不同。我看到ERP"牌坊"上方显示,轿车收2元新币,相当于10元人民币;大巴士收3元新币,相当于15元人民币。新加坡采取这样的措施,限制进入市中心的车辆。由于市中心住宅昂贵,很多人通常住在市中心之外,每天驾驶私家车进市中心上班,过一个路口收一次费,累计费用相当可观。新加坡政府就用这样的措施限制私家车。

我看到出租车风挡玻璃下方,有一个方匣子,那叫"IU",即带现金卡的车载读卡器。出租车从ERP"牌坊"下经过,ERP自动从"IU"中收费,而出租车则把费用加在乘客的车费之中。所以我住在市中心乌节路附近,每当从市中心之外"打的"回家,车费会猛然增加。

ERP在交通高峰收费期间,"牌坊"上方亮着灯。在非高峰期间(通常在晚上8时之后),不亮灯,表明不收费。据统计,新加坡总共有70个ERP"牌坊",其中28个位于车流量最大的市中心商业区的通道上。

自从得知ERP的作用之后,我开始注意ERP,拍摄了许多ERP"牌坊"照片。他山之石,可以攻玉,新加坡的ERP给上海、北京治"堵"提供了有益的启示。

新加坡公寓里的"防空洞"

我在新加坡友人家中住了几天之后,她偶然说起,家里有个"防空洞",令我非常惊讶。她住的是高层公寓,家里怎么会有"防空洞"呢?起初我以为是说公寓有地下防空洞,而她却强调说"防空洞"就在家里。

她带我来到厨房之侧,那里是她家的菲律宾女佣居住的地方,所以我没有去过。我看到,那儿有一个"袖珍卧室",总共只有两平方米,仅放下一张担架式小床,床头一个小电扇(那里无冷气),但是房门不同寻常,是一扇坚固的钢门。与卧室相邻,有一"袖珍卫生间",密集安置着抽水马桶、洗脸盆以及一个冲澡龙头。她告诉我,这是按照新加坡统一标准设计的佣人房。这幢公寓楼里差不多每家都雇有佣人，都住这样的"袖珍卧室"。这"袖珍卧室"，也就是"防空洞"。

佣人房怎么会成为"防空洞"呢？原来，新加坡政府有很强的战备意识，在1997年颁布了民防法令，规定新建住宅必须配套建设家用避难所，老百姓称之为"防空洞"（又叫防空所、避难所）。按照设计，这里的"三板"——顶板、底板和墙板的钢筋混凝土是最厚的、最结实的，而且必须配置钢门。紧急时，把钢门关紧，便成为安全之所、避难之处。据说，这"防空洞"便是"经过特别加固设计，用以在危急时刻给住户以保护的民防建筑单元"。设计要求在整幢大楼倒坍时，"防空洞"仍保持完好无损。

我看到，"防空洞"上方，有一个像灶间排烟器通风管大小的通风洞，通向客厅。另外，"防空洞"里有电插座，紧急时可以供照明、收音机之用。有的还安装网线，紧急时可以在这里上网，知道外界消息。新加坡无地震，也无台风，而且多年无战事，但是新加坡政府居安思危，在每套住房中都设计了"防空洞"，平常作为佣人房或者储藏室，打仗时可保障居民安全。据统计，自1997年以来，新加坡已经建造了10万多个这样的公寓内的"防空洞"。随着大批新楼的落成，家用"防空洞"的数量正在不断增加。

新加坡政府规定，居民在装修房屋时，不得破坏"防空洞"结构，不得拆除钢门改换木门（有人嫌钢门不好看，也有人嫌钢门笨重）。"防空洞"平日可以堆放杂物，但是一旦接到政府关于发生紧急情况的通知，应立即清空"防空洞"的杂物，储备必要的食物和饮用水，供避难之用。

她家是两房一厅，如果把这"防空洞"里的"袖珍卧室"算进去，那就是三房一厅了。由于新加坡房价昂贵，房租也贵，"防空洞"往往成为出租房中的"抢手货"。那些手头拮据的外来客，便把目光投向租金相对便宜的"防空洞"。

一位来自北京的租客说，虽然新加坡的"防空洞"是"蜗居"，而且没有窗户，但是外部环境很好，走出"蜗居"，就可以跟房东一样在小区的花园散步，在公用游泳池里游泳。他解嘲说，住"防空洞"，比火车硬卧还舒服些。

除了在公寓内建造"防空洞"之外，新加坡在办公楼、商务楼里也建造掩蔽部，亦即稍大些的"防空洞"。新加坡还在许多居民密集之处的地下建造"公共防空洞"，以备紧急避难之需。在地铁站里也设有"公共防空洞"。这些"公共防空洞"用明显的标志标明。每年9月15日,是新加坡的民防日,中午12时会响起演习警报声,提高百姓防范战争、恐怖袭击以及自然灾害的意识。

据称,世界上只有新加坡规定在公寓里要建造"防空洞",曾经引起争议,认为多此一举,但是新加坡大多数民众支持政府的民防法令。常言道:"天有不测风云。"防患于未然,忧患意识永远是需要的。

远行南非

旅人不知倦。我一口气飞了13395公里,正好是赤道长度的三分之一,亦即飞行了三分之一的地球:从上海飞往香港3小时,从香港飞往约翰内斯堡13小时,再从约翰内斯堡飞往开普敦又是3小时,加上在香港、约翰内斯堡转机的时间,总共达23小时。刚刚抵达开普敦,匆匆吃过中餐,便马不停蹄,登上开普敦海拔一千多米的高耸的桌山。南半球的南非正值炎夏。太阳热辣辣的高悬于头顶,我只穿一件衬衫还汗流浃背,而一天前我在上海正紧紧裹着厚厚的羽绒服。眼望壮阔的碧海,嶙峋的悬崖,还有那蓝天上舒卷的纤云,顿时旅途的疲惫一扫而空。

如果说,非洲大陆是一位曼妙的舞者,地处最南端的南非就是那踮起的脚尖。在北非旅行时,我见到机翼下是无穷无尽的黄色的撒哈拉大沙漠,只有尼罗河两岸才镶着狭长的绿色地带。南非给我的印象是颠覆性的。南非三面临海,我站在桌山之巅俯瞰开普敦,林木繁茂,满眼葱绿。

在南非旅行,仿佛置身于欧洲。在翁郁苍翠的树林里,掩映着一幢幢淡黄、浅绿的欧式别墅。先是葡萄牙人在15世纪末发现了南非好望角,接踵而至的是荷兰人,然后是米字旗在这里飘扬,法国、德国人也在南非建立葡萄庄园。殖民者在奴役黑人、掠夺南非的黄金与钻石的同时,也把现代科技带进了南非。置身于约翰内斯堡市中心,林立的高楼与纽约的曼哈顿无异。南非是非洲大陆经济最发达的国家,是非洲唯一的"金砖"之国。

在南非,我处处见到人们对于黑人领袖曼德拉的敬重,尊崇他为"国父"。我是在曼德拉病逝之后一个多月抵达南非。在南非行政首都比勒陀利亚总统府前,我与新建的高达9米的曼德拉青铜全身雕像合影。跟欧洲数不胜数的横刀立马、耀武扬威的国王、将军雕像全然不同,有着"微笑天使"之誉的曼德拉面带和蔼的笑容,身穿普普通通的非洲布衫,张开双臂,仿佛正在拥抱国家、拥抱整个民族。诚如南非总统祖马在铜像落成典礼上所言,"这象征一个民主的南非团结成为一个彩虹之国"。不论在办公大楼,还是在学校,甚至在商店,我都看到挂着各式各样的曼德拉画像、照片。在南非纸币兰特上,也印着曼德拉头像。

在开普敦湾湛蓝的外海,我看见一座荒凉、孤零零的小岛,名唤罗宾岛。当地朋友告诉我,由于曼德拉领导黑人反对白人政府残酷的种族隔离政策,从1962年起被关押在这个与世隔绝的小岛,长达18年之久。他还曾经在其他监狱服刑,前后共27年。曼德拉以不屈的意志和坚定的信念,终于获得胜利,1994年5月10日成为南非第一位黑人总统,使黑人在政治上获得平等的权利。

一踏上南非的土地,我就见到迎风猎猎、色彩鲜明的南非新国旗。长方形

作者在曼德拉铜像前

的国旗中间是一个"Y"字，红、黑、白、绿、蓝、黄这六色分布于"Y"的四侧，红象征鲜血、黑代表黑人、白代表白人、绿是森林、蓝是海洋、黄表示黄金。这六色新国旗体现曼德拉的"和谐彩虹之国"的理念。我注意到，约翰内斯堡国际机场长长的甬道，地上漆着红、黑、白、绿、蓝、黄横条，而机场大厅两侧则是一个个黑色"Y"形柱子，如同一个个张开双臂欢迎远客的南非黑人。我在南非的日子里，非洲杯足球赛正如火如荼地举行。我从电视屏幕上看到南非足球队员身穿黄色上衣，绿色球裤，红色长袜，队员则由黑人、白人共同组成。我在南非还看到六色毯、六色珠、六色帽，显然也都是从六色国旗衍生出来的。

南非黑人友好而热情。很多黑人见到我，远远就会用汉语喊"你好——"，把尾音拉得很长，这表明来到南非的中国人已经越来越多。在我下榻的约翰内斯堡宾馆，一进大门就看见两根高高的旗杆上，分别飘扬着南非六色旗和五星红旗。每当我拖着拉杆箱入住一家宾馆，黑人服务员会立即递上一杯橘子水，给我宾至如归的感觉。有一回，在斯泰伦伯斯宾馆草坪上，一个国际象棋棋盘足有半个篮球场大小，上面摆放着一颗颗凳子大小的棋子，好奇的我便拿出相机左一张右一张拍摄。这时，我的身旁站着一位黑人，我以为他大约是这儿的管理员。一直到我拍摄完毕，他才拿出手机，请我替他拍照。原来，他也是旅客，很有耐心地在一旁等着我。还有一回，黑人一家在山巅打算合影，朝我挥手请求帮忙拍照，就在我走过去的时候，一位白人姑娘抢在我前头，主动接过黑人的照相机。这时，我用我的照相机咔嚓一声记录下这黑白友善的一幕。

南非的海

走南闯北，见识过各种各样的海，而南非的海却给我留下难以忘怀的记忆。

南非是一个"U"形国家，东、南、西三面全都浸泡在湛蓝的海洋之中。尤其是西南端的开普敦半岛，如同一只伸进大海的腿。我在开普敦半岛旅行，不时被炽烈阳光下的浅黄色沙滩、碧海、白浪所迷醉。开普敦半岛有100多处海湾,千姿百态,各领风骚。

常言道:"好山好水好风光。"大凡有山有水的城市,无不楚楚动人。开普敦依山傍海,那山,悬崖陡壁,怪石嶙峋;那海,蓝中带绿,白浪滚滚。开普敦不仅是南非最漂亮、游客最多、最具魅力的城市,而且是世界最美丽的城市之一。

开普敦看上去像一把中国的太师椅。这把硕大的"太师椅"的椅背,就是以半月形环绕着开普敦的高山,当中的靠背为桌山,两侧的扶手为狮头峰和魔鬼峰。开普敦市区,就坐落在半月形高山所包围的"太师椅"平坦的椅面上。开普敦有作为靠背的高山,有作为椅面的平原,而面前是镰刀形的海湾——桌湾,怎不是"美丽之城"?!

我来到桌湾的敦默克海滩,沙细而白,脚踩上去如同软绵绵的地毯,夕阳把沙滩镀上一层金光,而海浪则不时"舔"着沙滩,闪耀银光,金银交辉,宛如一幅充满诗意的油画。

在开普敦半岛顶端的,是大名鼎鼎的好望角。好望角常被人说成是"非洲大陆最南端"。其实那是"美丽的误会"。非洲大陆最南端是厄加勒斯角。我来到好望角,看到地标牌上清清楚楚写着"非洲大陆最西南端"。好望角是细长的岩石岬角,像尖锐的楔子直插两大洋之中,东北部是印度洋,西南部是大西洋。这两大洋,并非是人为的划分,来自印度洋的温暖的莫桑比克厄加勒斯洋流,来自大西洋南极洲水域的寒冷的本格拉洋流,是两股方向不同、温差颇大的洋流,在此汇合。正因为这样,这里天低浪急,波汹涛涌。

我直视悬崖之下,见到排浪涌来,遇到坚硬、笔直的岩石急急"爬"高,又重重地摔下来,撞得粉碎,化为无数浪花。这浪花刚刚四散开来,又一排巨浪前赴后继扑来,再一次撞得粉碎……如此周而复始,排山倒海的浪头一次次猛烈冲撞岩石岬角,形成惊心动魄、无比壮丽的景色。我久久俯视:巨浪、排浪,历历在目;风声、涛声,声声入耳;碧海、白浪,色彩分明;风中夹杂着浪花的细沫,带来海的气息。我无法辨别,这细沫是来自印度洋,还是大西洋。但这细沫是动荡的大海的见证,也是岩石岬角威严、坚强的见证。这一海域浪高涛大。第一个发现好望角的葡萄牙航海家迪亚士称这里是"风暴角",名副其实。多少远洋之舟在这里倾覆,多少英雄好汉在这里灭顶。就连"好望角之父"迪亚士本人,也葬身于此。好望角,成了"绝望之角""昏暗的海""鬼门关"。恶浪曾经吞噬先前的好汉,而恶浪毕竟制服于后来的英雄。南非风景最摄人心魄的地方,不在别处,就在好望角。

在我看来,南非最美的海湾,天生丽质,当首推福尔斯湾。福尔斯湾在开普敦半岛的东海岸,绵延28公里的大海滩。长长、浅浅的沙滩以小小的斜角,缓缓地向印度洋中延伸。浪来了,这浪不是以排山倒海之势冲来,而是在浅滩上轻歌曼舞,拖着长长的白色纱裙奔了过来。浪,一层又一层,在沙滩上展示海的瑰丽,海的韵律。我数了一下,最多时,多达七重浪。那是在抖动的巨大的蓝缎上,游移着一条条白色的镶带。世上形成层浪的海滩也有不少,但是像福尔斯湾这般开阔,这样有着七重浪的海滩,却十分罕见。

在好望角,我见到的是狂野的海浪,是惊涛骇浪。那种气势,惊天地,泣鬼神,如同千军万马在厮杀。然而在福尔斯湾,我见到的海浪全然是另一种风格。这里的海浪如少女长长的秀发随风飘逸,似万千嫩柳在春风中轻轻摇曳。福尔斯湾不是呈现男性阳刚之美,而是展示女性温柔之美。

福尔斯湾细细、柔软的白色沙滩上,一顶顶五颜六色的遮阳伞星罗棋布,

南非的黄金海岸——福尔斯湾

一群群穿着鲜艳泳衣的人在嬉水、游泳、冲浪。受印度洋暖流的影响，这里水温高，更加适宜于海上运动。福尔斯湾每年来自世界各地的游客，多达500万。沿着长长的海湾建起的小镇，浅色的欧式房屋如同一朵朵绽开的鲜花，涛声与人声混响。南非人以拥有美丽的福尔斯海滩为骄傲，称之为"南非的黄金海岸"。

在福尔斯湾的山坡上，我看到在一间四方凉亭里，坐着一位黑人男子，不时用望远镜瞭望海滩，不时用笔作记录。他是观鲸员。来自南极的露脊鲸，有时候会光顾福尔斯湾海滩。正因为这样，福尔斯湾小镇有着"世界最佳陆地观鲸地"之称。

戛纳静悄悄

戛纳，在香港称"康城"，在台湾称"坎城"，一座躺在法国南部地中海畔的小城。2015年当我从马赛前往戛纳，首先闯入眼帘的是公路左侧的里维埃拉酒店（Riviera Hotel），这座5层米黄色的大楼以整个侧墙，画着一幅巨大的美女头像，一望而知是美国好莱坞巨星梦露。这就是戛纳作为影都的最形象的路标。

我先是从电视中认识戛纳。每年5月，戛纳沸腾了，为期两周的国际电影节在这里举行。戛纳堵车了，从尼斯机场到戛纳的高速公路变成了"堵路"。戛纳爆棚了，上万电影人和记者把小城4000间酒店客房挤得满满当当，以至有的影迷背着睡袋来此。戛纳红透了，红地毯上的帅哥与靓女云集。尤其是流光溢彩的女星，不论是低胸长裙、钻石项链，还是新潮发型、名牌拎包，款款丽人行，通过电视转播，吸引全世界的目光。一时间，戛纳成为时尚、奢华、光鲜、喧闹的代名词。

然而在我来到戛纳的时候，国际电影节早已经落幕，群星散去。戛纳这个人口不足7万的迷你小城，仿佛洗尽铅华，素面朝天。尤其那天恰逢星期日，家家商铺门口挂起"CLOSED"（关闭）的牌子。只有几家露天吧尚在迎客。

在我面前，卸下浓妆的戛纳，清新自然，楚楚动人。碧空如洗，我在戛

影节官,这是戛纳国际电影节的主会场

纳主干道海滨大道彳亍而行,两侧是翠绿的笔直挺立的棕榈树,所以戛纳国际电影节的奖项叫"金棕榈奖"。我的一侧是蓝宝石般的地中海,洁白细软的沙滩,而我的正前方则是苏克山丘,戛纳拥山纳海,被人们誉为"蓝丝绒包裹着的美钻"。

戛纳里维埃拉酒店侧墙(Riviera Hotel)

戛纳天生丽质,却曾经"养在深闺人未识"。早年这里只是一个小渔村而已。1834年,英国勋爵布鲁厄姆路过戛纳前往意大利。不料正遇上意大利因暴发霍乱而封锁边境,只得暂且滞留戛纳。布鲁厄姆是英国大法官兼上院议长,有着一双发现美的眼睛,他惊叹戛纳如同下凡仙女。于是他在戛纳乐不思蜀,

戛纳市政厅

戛纳到处是棕榈树

落地生根，在苏克山丘上盖了一幢名叫艾兰诺的别墅长住。他的最后30年之中，大半时间在戛纳度过。由于布鲁厄姆"发现"了亮丽的戛纳，效颦者纷至沓来。欧洲的贵族们在戛纳苏克山丘上建起了很多幢新居。戛纳从小渔村蜕变为美丽小城，避暑胜地。欧洲名流显贵钟情戛纳，大作家、艺术家莫泊桑、雨果、毕加索、梅里美的光临，英国女王、俄罗斯沙皇以及瑞典、丹麦、比利时和西班牙国王、王后们的莅临，大大提高了戛纳的知名度。

戛纳历史上第二个里程碑，是在1939年。为了对抗当时受意大利法西斯政权控制的威尼斯国际电影节，法国政府决定在戛纳创办国际电影节。第二次世界大战结束之后，首届电影节于1946年在戛纳举行。从此，戛纳成为"3S之城"——大海、美女和阳光（Sea Sex Sun）。

国际电影节使戛纳脱胎换骨。苏克山丘脚下的如画海滩之侧，雨后春笋般崛起一大批现代建筑，形成戛纳新城。豪华宾馆、高级酒店、名牌商店云集。戛纳崇尚白色，不仅大部分房子都是白色，就连旅游小火车也是白色车头、白色车厢。戛纳的地标式建筑，是位于海滨的影节宫，这是戛纳国际电影节的主会场。这幢6层大楼看上去平常稀松，在电影节举行时却万众瞩目。我来到大门口的广场，电影节时影星走秀的红地毯便是从广场延伸到宽大台阶上。眼下不见红地毯，只有空荡荡的广场和白色的台阶，大有人去楼空的冷清之感，唯有地上嵌着影界大腕手印和签名的瓷砖。

倒是大海之旁的长长沙滩显得有点人气，很多人在那里晒太阳，喝啤酒，啜咖啡，聊大天。深秋初冬的戛纳依然繁花似锦。街头巷尾仍不时可以见到巨幅影星照片。我也看到中国电影海报，虽然只是橱窗里的小广告。

我走进戛纳的小街，街上偶有一两行人缓缓而行，手中牵着狗绳。电影节

戛纳沙滩

时豪车如云的景象已经不见，路边停着迷你型单座小轿车，看上去如同玩具汽车。敞开的阳台上，一位老妇人正在打瞌睡，躺椅旁蜷曲着小猫。戛纳显得寂静而又倦慵。

哦，在喧嚣远逝之后，这里已变得静悄悄。戛纳似乎在静静地铆足劲，迎接来年5月的国际电影节。

三国三树

我在西南欧洲三国旅行，葡萄牙、西班牙与法国这三国，一国一树，三国三树。

在葡萄牙，经当地朋友指点，我认识一种叫作"栓皮栎"的树。栓皮栎枝叶繁茂，树干粗壮，看上去像巨大的绿色蘑菇，在葡萄牙漫山遍野。虽说我第一次认得栓皮栎，其实它是我的老朋友，热水瓶、葡萄酒的软木瓶塞，就是用栓皮栎的树皮做的。

常言道："人要脸，树要皮。""树不要皮，必死无疑。"栓皮栎却是个例外，别的树怕剥皮，而栓皮栎在剥皮之后不仅不死，而且还会长出新皮。

葡萄牙到处是栓皮栎。最初葡萄牙人砍伐栓皮栎，看中的是坚硬的树干，用来制作家具或者建造房子。那时候，栓皮栎的树皮被扔进壁炉，当成冬日取暖的燃料。终于有人注意到栓皮栎的树皮与众不同，软软的，富有弹性，用来制作葡萄酒的瓶塞。其实，软木不光是富有弹性，而且具有一系列不可多得的性能：不透气、不透水、不传热、不导电，而且不腐不蛀，无毒无味，吸音、防潮、耐磨、防火，还能耐压、耐酸。软木的优异品质，使软木顿时身价百倍。从高跟鞋、杯垫到潜水艇、宇宙飞船都可以找到软木的影子。其中，建筑业成了软木的大主顾。世界上的软木大国，便是葡萄牙。如今软木世界年产量的50%以上产自葡萄牙。葡萄牙被誉为"软木王国"。

西班牙则有"油橄榄王国"之誉。我小时候就喜欢吃橄榄。到了西班牙方知，油橄榄≠橄榄！许多人跟我一样，把油橄榄跟橄榄混为一谈。在植物学上，橄榄与油橄榄属于不同的科：橄榄属于橄榄科，橄榄属乔木植物，而油橄榄则属于木樨科，木犀榄属乔木植物。油橄榄果实的形状也是两头尖，绿色（成熟时紫色），跟橄榄相似，所以常常被误为橄榄。橄榄是水果，而油橄榄则是油料作物。

油橄榄喜光喜温，而西班牙的气候很适合于油橄榄的生长，所以西班牙到处可以看见油橄榄树。橄榄树的寿命很长，二三百岁的橄榄树在西班牙比比皆是，树冠可以高至10米。

我在西班牙许多山坡上看到人工种植的油橄榄树，通常比较矮小，一行行整整齐齐地排列着。油橄榄树之间，留了一条条小路，为的是让收摘油橄榄的拖拉机能够开进去。在油橄榄成熟的季节，拖拉机在田间小路上缓缓前进，拖拉机上安装的震动杆不断摇晃一棵棵油橄榄树，让青紫色的油橄榄掉下来，落在收集斗里，装进塑料袋。

在西班牙农村，我还看到榨油作坊。那些新鲜的油橄榄，一袋袋被运到榨油作坊。经过清洗，去除树叶、树枝等杂物之后，油橄榄被输入到榨油机榨油。最初从榨油机里流出来的清亮、淡黄色的橄榄油，叫作初榨橄榄油，是品质最好的橄榄油。接着，又经过二榨、三榨，榨出二榨油、三榨油。再从剩下的油渣，用化学溶剂提取橄榄油，这叫二次油。经过化学提取之后的残渣，是上好的饲料。

橄榄油最初用作药物以及美容化妆品。后来，橄榄油作为绿色油料，受到消费者的追捧，尤其是"三高人士"（高血压、高血脂、高血糖），更加独钟橄榄油。于是橄榄油身价看涨，被戴上"液体黄金""植物油皇后""西班牙甘露"之类光环。西班牙的橄榄油产量约占世界总产量的40%，是世界第一的橄榄油生产国。

在法国，我见到处处是梧桐树。对于梧桐树，我很熟悉，我在上海的住处，当年是法租界，行道树便是法国梧桐。法国梧桐高大，树叶茂密，每片叶子有巴掌大，盛夏时节像把巨伞撑在马路上，蔽日遮阴，给行人带来凉意。尤其是马路两边的那些几十年的法国梧桐树，巨大的树冠在马路上空叠加，形成一条拱形绿色长廊，连来来往往的汽车也能够分享清凉。不过，法国梧桐最大的缺点是深秋落叶，增加了环卫工人的工作量，每天都得清扫一车又一车的黄叶。

到了法国，得知所谓法国梧桐，既非梧桐，亦非原产法国。原来，法国梧桐乃三球悬铃木，只因叶子跟梧桐相似，被误为梧桐，而三球悬铃木是从英国输入法国。法国人在上海法租界广种三球悬铃木为行道树，由于双重的错误，上海人称之为法国梧桐。

三国三树，真是各有千秋。

葡萄牙急诊记

读万卷书，行万里路。喜欢旅行的我和妻一起走过那么多国家，从未在外生病。很出乎意料，2015年10月16日在葡萄牙，妻不慎跌跤而骨折，以致不得不叫救护车送医院急诊。

事情发生在葡萄牙首都里斯本以东100公里处的历史文化名城埃维拉。那里曾是葡萄牙皇宫所在地。这座中世纪古城，有着"博物馆城市"之誉，在1986年被联合国教科文组织列入世界文化遗产名录。

走过白墙老宅间小巷的石子路（也就是上海人所说的"弹硌路"），我来到建于1510年的圣弗朗西斯科教堂。在欧洲，教堂比比皆是。一样的哥特式尖顶、尖拱，圣弗朗西斯科教堂除了古老，看上去并无特色。然而这座教堂吸引无数游客的是大堂西侧的一个小厅。那里的墙、柱、天花板，堆砌着5000多个骷髅，人称"人骨教堂"。那是在14世纪当地发生严重的黑死病，死者甚众。为了纪念亡者，选用部分骷髅砌在西厅四壁。在我看来，这是难得一见的世界奇观，便用照相机细细拍摄。妻却感到阴森、惶恐，在走出西厅时，一脚踩空，跌在大堂的灰白色大理石地面上。我一把抓住她，连同我也摔倒了。我打了一个滚，坐了起来，而妻却倒地不起，双眉紧蹙，脸色惨白。我扶起她。她说，右手剧痛。她在跌跤时，本能地用右手撑地。她的手腕处迅速肿了起来，右手指动弹不得，看样子手臂极可能骨折。很多游客伸出援助之手，扶起她在教堂的褐色木长椅上坐定。

这时，有人用手机打112（类似于中国的120）急救电话。没多久，一辆黄色蓝字的救护车呼啸而至。我搀着妻上了救护车，两名护士在车上对妻的右臂进行了临时包扎,用木板固定,绑上白色纱布。救护车行进在石子路上急驶,颠簸着,妻痛得尖叫了一声,司机连忙放慢了速度。救护车驶抵一家医院,墙上写着葡萄牙文"Hospital do espirito santo de evora",即埃维拉圣灵医院。护士马上挂了急诊,没有要我付挂号费,只要求我替妻在病历单上用英文填写了姓名、手机号码、上海地址。我们被安排在候诊室等待。这家医院是埃维拉的中心医院。虽然埃维拉是一座只有4万多人口的小城市,候诊室里却人满为患。

须臾,护士领着我们前往骨科诊室。在走廊上,我不时见到安放着临时病床。骨科大夫是一位长着连腮黑胡、戴深褐色框眼镜的中年男子,穿一身浅蓝色工作服。后来我从诊断书上的署名得知他叫Frederico marquez correia,即弗里德里克·马尔克斯·柯雷亚。他用葡萄牙语询问,我听不懂。他很聪明,拿出手机上了google网,输入葡萄牙文,用葡英翻译软件译成英文。他问明情况之后,开出X光检查通知单。我陪妻来到X光室。我本以为,冲洗X光胶片要等许久。没有想到,当我们回到骨科诊室的时候,X光图像已经出现在弗里德里克大夫的电脑屏幕上。原来这家医院采用数码X光透视仪,并通过网络传输图像,相当先进。

弗里德里克大夫观看了X光透视图像之后,断定前臂的尺骨和桡骨这"双骨"完好,但是腕骨发生骨折。他在妻的腕部打了一针镇痛剂,然后叫来一位女助手,紧紧抓住妻的右肩,而他则抓住右掌,思忖了一下,轻轻拉一下之后,接着再使劲拉了几下。这时,妻的5个右指忽地都能自如动弹。弗里德里

与葡萄牙医生(左)
合影留念

克大夫给妻的右手上了石膏,用纱布层层包扎,那动作非常麻利。接着,他要妻再去X光室透视。当我陪着妻回到骨科诊室,弗里德里克大夫正在仔细端详着屏幕上新的X光图像。他显得一脸轻松,表示手术成功。他用手指从眼睛往下划了几下,再摇摇手,跷起大拇指,表扬妻在手术时没有痛得大哭。这时女助手也笑了,脸上露出两个酒窝。大夫打印了诊断书以及手术前后的X光图像给我。我问,可否用照相机翻拍屏幕上的X光图像,他点头同意。最后,他还高兴地跟我的妻一起合影,作为纪念。

  我去总台结账。总台小姐的电脑屏幕上显示救护车费、医疗费总共为22.6欧元(165元人民币)。我给总台小姐一张50欧元纸钞,她竟找不出,因为这里的居民差不多都有天蓝色的医疗保险卡,看病不花钱,所以她那里没有现金。直到我找出一张20欧元纸币以及几枚硬币,正好22.6欧元,这才结束这次特殊的急诊。

神秘的开曼群岛

  到了加勒比海,才知道什么叫遥远。上海在地球这一边,加勒比海在地球那一边。当上海是上午9时时,加勒比海是晚上9时,二者整整相差12小时。加勒比海众多的岛屿星罗棋布,有许许多多的岛国。我走访了10个岛国及地区。内中,最为神秘的莫过于开曼群岛。

  开曼群岛可以用一个小字来形容:总面积只有香港的四分之一,人口不过6万人。如此"弹丸之地",而且是远海孤岛,却名声在外:它是仅次于伦敦、纽约、香港和东京的世界第五大金融中心!在这里注册的公司数量超过10万家。岛上拥有700多家银行、800多家保险公司和近万家对冲基金机构……

  开曼群岛位于加勒比海西北部,由大开曼、小开曼和开曼布拉克三个岛屿组成。大开曼岛西南岸的首府乔治敦一片浓绿,到处是椰子树、棕榈树和草地。来来往往的人身穿T恤、短裤。这里年平均温度27℃,一片热带气氛。我在"开曼欢迎你"的彩色牌子前拍完照,一位皮肤黝黑的出租车司机就过来用

开曼群岛

英语打招呼。他是本地人,讲英语,开出租车兼导游。我跟他商定游览路线及价格之后,上了车。他驾车靠左行驶,因为开曼群岛是英国直属殖民地,沿用英国交通制度。这里柏油马路平整而干净,楼宇整齐而富有现代感,以白色等浅色调为主,没有热带国家通常那种浓妆艳抹的外墙以及旧房陋屋。一幢幢大楼前熟悉的国际品牌、五星级宾馆招牌从眼前闪过。这里的游客每年超过200万人次。

出租司机在乔治城西海湾停车,我见到一个巨大的海龟雕塑,那里是海龟养殖场的入口处。1503年5月10日,哥伦布率船队对新大陆进行第4次探险时,发现了开曼群岛。当时他在岛上见到许多海龟,便命名为"海龟岛"。难怪在这里的旅游工艺品商店,我看到诸多海龟木雕以及印着海龟图像的拎包。开曼群岛盾徽上方,也画着海龟图案。1586年,英国航海家雷克到达该岛,把海龟岛改名开曼,意即海生鳄鱼,因这里也多鳄鱼。

海龟养殖场的马路对面是海豚基地,游客在那里可以下水与海豚"亲密接触"。我还漫游了开曼群岛海滨,在灿烂的阳光下白色沙滩显得格外耀眼,海水如同水晶般清澈无瑕,这里真是潜水、冲浪的极佳去处。

不过,我最关注的还是这个美丽的小岛怎么会成为世界金融中心?司机用一句话回答道:"这里是'免税天堂'!"

原来,1978年,英国皇家法令规定开曼群岛永远豁免缴税义务。这样,开曼群岛无论是对个人还是公司都不征收任何直接税。何况,这里又没有外汇管制,各种货币可以自由进出,也可以在这里自由兑换、交易。正因为这样,数以十万计的世界各国公司把注册地选在开曼群岛,其中包括诸多闻名世界的大公司,例如苹果、微软、谷歌、英特尔、可口可乐。这么多公司涌向开曼群岛,在岛上却不见鳞次栉比的密集的办公大楼。原来,在开曼群岛注册公司,只需要向政府缴纳一笔注册费用,并不一定需要在这里拥有办公室,只要有一个挂在开曼群岛的信箱地址就可以了。正因为这样,在乔治城南教堂街上,一座名为阿格兰屋的5层大楼,竟然是近两万家企业的注册地,成了全世界最"大"、最密集的办公楼。

为什么开曼群岛享有免税特权?据说,在1794年2月8日,10艘英国商船在开曼群岛东端触珊瑚礁搁浅,开曼居民下海奋力抢救,使商船上58名船员得以脱险,内中就有英国王子。英国国王为了感谢开曼人,颁令对开曼居民永远免除赋税和征兵。

开曼群岛声名鹊起,每年有那么多游客前来旅游,又有那么多公司的注册费收入,这个小岛成了富裕岛,人均GDP位居加勒比海地区榜首。

海阔天空,坐拥碧浪,满目苍翠,人间天堂,小岛给我留下难忘的印象。